Le démon dans ma tête

Titre original : *Death Puppet* (Black Lizard Books)

106, bd Saint-Germain, 75006 Paris

ISBN : 2-286930-578-8
ISSN : 0764-7786

Jim Nisbet

Le démon dans ma tête

Traduit de l'américain par
Freddy Michalski

Collection dirigée par
François Guérif

Rivages/noir

Du même auteur
dans la même collection :

Les damnés ne meurent jamais (n° 84)
Injection mortelle (n° 103)

Remerciements

L'auteur aimerait remercier Blue Wind Press pour leur aimable autorisation de citer dans son intégralité « Poem », extrait de *Something Swims* par Darrell Gray, copyright 1972 par Darrell Gray.

Il est également reconnaissant à University of California Press de l'avoir autorisé à citer des extraits de « Clair de Lune ». Le texte intégral se trouve dans *Selected Poems of Paul Verlaine,* traduction de C.F. Macintyre, copyright 1948 par le Conseil de l'Université de Californie.

Bien qu'il ne soit pas expressément cité, le *Cadillac Desert* de Marc Reisner, Penguin Books, copyright 1987 par Marc Reisner, s'est avéré une source inappréciable de renseignements sur la construction du Barrage de Grand Coulee. Toutes interprétations en résultant reproduites dans le présent volume ne sont que le fait de l'auteur et relèvent de la simple fiction.

Et je tiens à remercier tout particulièrement Jack Nisbet, pour sa générosité, sa disponibilité et son savoir méticuleux de l'histoire naturelle du Nord-Ouest dont j'ai usé avec profit, tout comme de ses articles en cours sur le sujet, une mention toute particulière étant à apporter à ses dossiers concernant le Big Divot.

1

Tucker Harris commença à émerger. Un instant, il ne comprit pas où il se trouvait. Un instant, puis deux, puis trois. Mauvais, très mauvais. Mais des années de pratique lui permirent de rester immobile, sens éveillés mais sans panique, les yeux écarquillés aux pupilles en têtes d'épingle qui absorbaient, pareils à des trous noirs jumeaux, toutes les données qui les environnaient jusqu'à ce qu'il parvienne à leur donner un sens. Peut-être qu'un peu d'adrénaline serait la bienvenue. L'alcool était déjà de la partie, l'alcool, et les amphets, il devait bien encore rester un peu d'amphets. Le cœur battait bien trop vite pour habiter la poitrine d'un homme qui serait resté éveillé après la nuit tombée juste assez longtemps pour écouter le bulletin météo avant de se retirer, paisiblement et en douceur, avec un vieux numéro du *Reader's Digest*. Son cœur n'était pas de ceux-là. Harris comprit qu'il se trouvait dans un lit. C'était déjà ça. Il aurait dû être bien content d'être arrivé jusqu'à un lit. Une gueule de bois. Elle était là. Il sentait tous ses nerfs qui s'y préparaient, comme s'ils s'étaient contentés jusque-là de rester éveillés, la nuit durant, condamnés en attente d'être exécutés qui égrenaient leurs longues filées de perles de chapelet patinées par l'usage, impatients d'être emmenés l'aube venue devant le peloton pour y être fusillés, innocents du crime qu'on leur imputait, mais fatigués d'y penser sans répit tant il les préoccupait. Ces deux dernières années, sa joue gauche se rappelait à lui par un tic nerveux chaque fois qu'il buvait trop, comme une variété de poisson pilote qui ouvrirait la voie au reste du corps — souffle court, articulations arthritiques, traits bouffis face au miroir, un lobe droit du cerveau qui palpitait comme un ballon de basket trop gonflé écrasé sous les roues d'un camion ; il dut plisser l'œil gauche pour lutter contre la douleur, tandis que le droit tremblotait comme un veau à l'abattoir ; pendant ce temps, le lobe gauche de son cerveau partait en roue libre au milieu d'une foison de chiffres huit de plus en plus minuscules, avec, pour couronner le tout, un estomac faisandé qui réagissait avec une réticence de plus en plus marquée à l'ingestion de vinaigre et de lait, tolérant à peine une simple aspirine, sans même parler de Benzédrine, pendant qu'il essayait d'assimiler et de supporter tant bien que mal les ravages et les délabrements de l'alcool. Les poètes du dix-neuvième siècle intoxiqués à l'absinthe avaient arboré les désordres de ce type avec fierté, comment appelaient-ils cela déjà ? Des *tics douloureux*, lui répondit vivement le petit démon lettré qui l'habitait, avec cette clarté déconcertante qui était la sienne lorsque ses autres sens étaient en plein dérangement — même lorsque tout ne coulait pas de source, sans heurts ni secousses, la voix de son démon résonnait toujours à ses oreilles comme un placard plein de jouets à ressorts remontés à fond. C'était les insignes de la maîtrise que ces hommes possédaient de leur art, des symboles de leur volonté de bien faire, poursuivit le démon. Quand on engage un menuisier, on regarde ses mains. Celles-ci sont-elles épaisses et calleuses ? On voit au moins qu'il sait en faire usage. D'accord ? D'accord, concéda Tucker, s'autorisant à fermer ses paupières un long moment. Oh ! Que ne donnerait-il pour un peu de sommeil, un tout petit peu encore, car ce qui fait la différence entre psychose et rêverie, c'est ce qui sépare insomnie et sommeil ; des différences mesurables, évaluées en

MOR[1] pour celui-ci et jactitations pour celle-là. Des *tics douloureux*, corrigea le démon. Les deux revers de la même médaille. Il voulait s'apitoyer sur lui-même. Non, ne fais pas ça. Si elles sont épaisses et calleuses... Quoi ? Qui, elles ? Les mains. Et donc au dix-neuvième siècle, lorsqu'on voulait engager un poète... Pourquoi donc, nom de Dieu, irais-je engager un poète, se demanda Tucker avec colère, en articulant du bout des lèvres sans mot dire plusieurs syllabes de la question. Pourquoi ? se dépêcha d'ajouter le démon toujours prêt à apporter son grain de sel. Suppose que tu sois dans l'armée, analphabète, jamais mis les pieds à l'école — non par manque effectif d'intelligence au départ, ajouta-t-il avec un rictus d'ironie qui se voulait rassurant, mais simplement parce que tu serais né d'un milieu défavorisé et pauvre, fils de tanneur et de fille de ferme. (Tu te souviens de cette superbe phrase de Joyce ? *Le meuglement familier dont elles l'accueillaient, ces ruminantes satinées de rosée*[2]. Que voilà matière à penser, petit gars. Matière ? Materre, avec R roulé et tout. Coton à dire, mais ça roule et c'est su-per. (Coton ? Ma terre ?) (Cotton Mather[3] ?) (Ma terre. Ma mère. M-E-R-E. Irlandaise, tu piges ?) Ma mère, maugréa Tucker, en s'asseyant sur le lit, comme s'il cherchait physiquement à écarter le sujet de la question. C'est alors qu'il se rappela la femme. Il y avait eu une femme dans cette chambre, dans son souvenir, son dernier souvenir d'homme lucide. Mais c'est bien sûr, couina le petit démon, qui travaillait maintenant à mettre en accord d'harmoniques l'étendue du cortex de Tucker : il en étirait la surface comme la peau d'un tambour, au moyen de clés de tension

1. Mouvements Oculaires Rapides. (N.d.T.)

2. Extrait de James Joyce : *Ulysse*. Éd. Gallimard 1957. (N.d.T.)

3. Cotton Mather : Prédicateur (1663-1728) célèbre pour ses sermons sur le puritanisme. (N.d.T.)

comme autant de logiciels neurologiques cachés, pour en élever la tessiture, laquelle n'était en fait rien d'autre que la voix du démon en personne, avant de se mettre en demeure de la passer à l'épreuve au moyen de deux maillets de mauvais aloi, deux têtes atrophiées, réduites à un point innommable et montées sur le tibia de Cesare Borgia. *Thrrum da dum*. Tucker se crispa sous la douleur. Elle s'appelle Madelaine, songea Tucker. Brooke. *Très bien*, dit le démon, d'une voix forte et chevrotante des plus bizarres, comme s'il venait de sauter d'un avion en plein vol, un mirliton dans la bouche, Madelaine Brooke. Enfin ! songea Tucker avec impétuosité, enfin, une fille *gentille*. Bon, d'accord, couina le démon avec mépris, disons *compétente*. Mais pour en revenir à l'idée d'engager un poète — suppose un instant que tu veuilles, *thrrum da dum* — quel poète ? Celui dont tu as besoin, imbécile, pour qu'il t'aide à remonter ton cerveau lent, inexorablement, irrémédiablement, impertubablement obtus, terne et lent, à un régime un peu plus vif, le speeder un peu jusqu'à atteindre la libido d'un petit connard de dix-sept balais tout juste bon à servir de chair à canon, celui qui t'aidera, en bon plagiaire qu'il est, à écrire une lettre à ta petite amie à ta place, te comprends-ti ? Du speed, songea Tucker. Amphets et vitesse. Mais c'est à peine s'il parvenait à entendre la voix qui glissait en ricochets à la surface de son cortex, comme une lumière un peu vive, pareille à un couvercle de boîte de cacahuètes filant à la surface fétide d'une mare insalubre où des neurones avinés tiendraient un congrès sous-marin de l'amicale des anciens, bien qu'à dire vrai, il arrivât fréquemment au petit démon de débarquer avec de merveilleuses suggestions, car il savait bien plus de choses sur bien plus de sujets que Tucker ne parviendrait jamais à en maîtriser ; et, détail non négligeable, il s'avérait aussi femme d'affaires passablement compétente, que Tucker ne manquait jamais de consulter fréquemment à propos de ses problèmes financiers, et qui valait vraiment qu'on lui prêtât une oreille attentive. Elle avait, en fait, sous un avatar ou sous un autre, *suivi* les cours de Harvard. Elle avait son MBA [1]. Et l'une de ces petites *clés*, là. Toujours le même démon, mais avec une voix tout à fait différente : calme, efficace, froide, avec petit ordinateur portable dernier cri, tailleur bleu-marine croisé, frais sorti du pressing, aux plis nets et craquants — déjà porté, mais très correct — escarpins à hauts talons en cuir, carte American Express platine, et petite chaîne de cheville en or à maillons minuscules, maintenue à demeure par le crâne en argent d'un taureau à longues cornes surpris par le coup de merlin, avec cette toute petite clé Phi Beta Kappa suspendue à l'anneau passé dans les naseaux... Tucker ferma les paupières avec force. Le baragouinage sans queue ni tête du démon diminua jusqu'à se changer en couinement haut perché, simple sifflement dans l'oreille droite pareil à une alarme de voiture qu'on entend dans le lointain à quatre heures du matin. De petites étincelles jaunes, d'un jaune intense et brillant, vinrent transpercer son champ de vision, et le tic qui l'occupait à la joue remonta à la paupière du même côté. Il ouvrit l'œil mais le tic continua à faire trembloter la paupière, qu'il referma à nouveau avec force. Son estomac se mit à danser la retourne, pareil à un sachet de Cellophane plein de bouillettes [2], en équilibre instable, prêt à dégringoler la première cassure de pente d'une chute d'eau abrupte, en train de lutter à la course avec un flot de fluides caustiques sur le manège d'un parc d'attractions ayant le métabolisme humain pour thème central. Il inhala profondément, à partir du diaphragme, calmement, avant de souffler en saccades irrégulières. Elle était à côté de lui, tout nu qu'il était. Il se rappela les poissons.

1. Maîtrise en Gestion et Droit des Affaires. (N.d.T.)
2. Mélange de bière et de whisky. (N.d.T.)

* * *

— Des Bettas siamois, dit-elle, l'œil rivé sur eux depuis l'autre côté de l'aquarium. Ce sont des cannibales originaires du Cambodge.

Il prit un air perplexe.

— Cela paraît logique.

Elle sourit, affable, indulgente, condescendante.

— A l'ouest de Seattle.

Tucker commença à faire la moue, en gardant les yeux rivés sur les poissons dérivant sans but. Ils étaient minces et argentés, les nageoires effilées, des dorsales pareilles à des lames de faux, des dents acérées qui ressortaient de la gueule. Non. Leurs flancs portaient des rayures d'un bleu de cobalt brillant, qu'on aurait dit posées là à coups de brosse, et les arêtes des nageoires caudales arrondies en faucille colorées d'un rouge vermillon. Non. C'était des mâles indigo, dont les extrémités ondulaient comme des excroissances de testosterone languide saisies du borscht primitif. O.K. ! Confirmation. Poissons. C'était des poissons, d'accord, pas de doute. Et ces yeux bleu pâle qui observaient depuis l'autre côté de l'aquarium. Nom de Dieu, songea-t-il, elle a même des taches de rousseur, il ne manque rien ; et il se rappela une expression couramment utilisée dans cette partie du pays, « mignonne comme un papon toucheté », un poupon tacheté, et c'est bien ce qu'elle était. Enfin l'expression numéro deux. Il le lui dit. Elle piqua un fard. La rougeur remonta de la gorge jusqu'à la racine des cheveux et s'étendit pour redescendre sur les épaules jusqu'à la naissance des seins, très semblable en cela à la manière dont le soleil couchant teintait de ses coloris d'aquarelles les pentes exposées à l'ouest. C'était un spectacle à ne pas rater. Il ne devrait pas être difficile d'emporter le morceau avec cette nana.

L'idée plaisante le troubla ; il recouvra toute sa lucidité et demanda leurs noms.

— Si Foo et Huit Trésors, dit-elle, indiquant du regard un poisson, puis l'autre.

Tucker Harris fronça les sourcils devant les deux créatures. Chacune se tenait à son propre cercle, mais se risquait, de temps à autre, à une feinte à l'adresse du second avant de battre en retraite. Il étudia ce comportement avec un intérêt croissant et curieux jusqu'à ce qu'il se rende compte qu'une barrière transparente placée dans l'eau reléguait Si Foo et Huit Trésors en ségrégation dans leur zone respective. La découverte l'ennuya. Qu'il n'eût rien remarqué plus tôt le fit se sentir stupide.

— Pourquoi sont-ils séparés ? demanda-t-il d'un ton soupçonneux.

Madelaine ne dit rien. Elle se pencha en avant pour étudier les poissons, les paumes des mains posées sur les genoux sous sa robe de coton. Elle avait encore les joues rouges d'avoir joué à éviter les pieds de l'homme pendant la longue nuit qu'ils avaient passée ensemble à danser au Stirrup à Wilbur, danser et vaciller de toute la bière et de tout le cognac qu'ils n'avaient cessé de boire. Elle était tellement absorbée par la contemplation des deux poissons aux mouvements incessants que ses mains glissèrent de ses genoux à deux reprises. Finalement, elle remonta l'ourlet de la robe de manière à pouvoir saisir à pleines paumes la chair nue des deux jambes dépourvues de bas, juste au-dessus des genoux, de sorte que son visage se trouva situé juste sous le niveau de la surface de l'eau dans l'aquarium, comme s'il flottait au-delà de la paroi, illuminé seulement par la lumière sous le couvercle. Le geste était d'une telle candeur, tellement plein d'innocence, que Tucker s'en trouva pris sous le charme, totalement subjugué. Pour autant que le charme atténue les effets de la psychose, il se sentit soudain moins pugnace, tout désir de lutte enfui. Au travers des poissons, de l'eau de l'aquarium, au-delà de l'éventail couleur de crème rosâtre des plantes aquatiques avec morceaux de corail turquoise sur lit de sable d'un noir de charbon de bois, il apercevait la naissance de ses aréoles exposées par le décolleté de la robe de calicot. N'eût été le bruit de bulles que faisait l'aérateur de l'aquarium, le silence aurait été absolu.

— Mattie.

Le blanc de ses yeux passa vivement le rebord de l'aquarium et elle le regarda. Eclairé par dessous, le visage donnait l'impression de flotter dans l'espace comme un fantôme.

— Pourquoi sont-ils séparés ?

Il fallait qu'il sache.

— Ce sont des poissons de combat, dit-elle d'une voix douce, tandis que son regard revenait se poser sur ses deux petits animaux de compagnie.

— Cette espèce est cannibale. S'ils n'étaient pas séparés, ils se déchireraient à belles dents.

Ce simple renseignement mit Tucker en joie, au point qu'il en sourît presque.

— Raconte, je te prie, dit-il, d'une voix qui se voulait délibérément plus douce.

Son regard s'attarda sur les cheveux quelque peu en désordre qu'elle avait au sommet de la tête, suivit une boucle qui descendait le long de la joue, puis, de là, vint s'égarer sur le spectacle de ses seins au-delà des deux ennemis entre les parois de verre de l'aquarium. Il avala une gorgée de cognac, comme par désintérêt soudain, froid et distant.

— Les as-tu jamais laissé combattre ?

Elle secoua la tête, distraite par les virages arrondis des deux combattants potentiels, les pointes les plus fines de leurs extrémités venant rouler et se déployer en succession, pareils à quelque tissu exotique infiniment malléable au souffle d'un vent au ralenti, semblables aux bannières de chevaliers en armure tournoyant de part et d'autre des lices d'une joute. Elle tapota délicatement le verre d'un ongle sans vernis.

— Ils ne seraient pas là aujourd'hui si je les avais laissé faire.

— Ils combattent toujours jusqu'à la mort ?

— Toujours.

— Ben, bon Dieu, est-ce qu'il n'y en a pas un sur les deux qui remporte le combat, et réussit à survivre ?

— Parfois.

Elle indiqua la partie obscure de la chambre, sur la droite.

— Il y a un livre sur eux sur l'étagère qu'il y a là-bas. Bettas, siamois. Entre Austen, Jane, et Brontë, Emily.

Tucker ne bougea pas.

— Comment les as-tu appelés ?

— Des Bettas siamois.

Il prit un air soucieux.

— Vietnam ?

Elle acquiesça.

— Pas loin. Le Cambodge.

Elle ne remarqua pas le léger changement d'expression sur le visage de l'homme à la mention dudit pays.

— Là-bas, les gens parient sur eux, dit-elle. C'est comme les combats de coqs ou de pit bulls dans d'autres pays. Sauf qu'au Cambodge, les poissons de combat sont autorisés par la loi et aussi très populaires. Ils ont des salles aux murs de tapisseries, avec des rideaux de velours, et des tapis d'Orient sur nattes tressées autour de bassins encaissés en contrebas, spécialement éclairés, dont les fonds brillants sont faits de feuilles de cuivre martelées.

Elle traça des ovales sur le verre, depuis la moitié occupée par Si Foo jusqu'à celle de Huit Trésors et retour.

— On sert des repas rituels très recherchés en ces occasions, agneau épicé à la coriandre et à la menthe, crevettes arrosées de sauce d'arachide avec piment rouge et gingembre ; on y fume des tabacs noirs mélangés d'opium, on y invoque des divinités guerrières, et les conversations que l'on y tient retracent savamment lignées et généalogie des Bettas siamois.

Les yeux repassèrent sur le rebord de l'aquarium. Une nouvelle fois. Tucker croisa son regard et le soutint. Elle s'interrogea, ne sachant s'il se rendait vraiment compte qu'elle inventait de toutes pièces.

— On les élève, là-bas, murmura-t-elle en plaçant un accent particulier sur le mot « élève ». Elle sourit et laissa courir la pointe de sa langue d'avant en arrière, sur le bord des deux incisives supérieures. Mattie était une très jolie femme, une beauté très fraîche, de celles que l'on dit saines, une beauté de « plein air » malgré son travail d'intérieur, mais à son apparence d'innocence se trouvaient mêlés une trace, un soupçon, rien de plus, d'immoralité sensuelle, et la combinaison des deux éléments électrisait Tucker. Au même moment, il se demanda si elle savait qu'il savait qu'elle inventait de toutes pièces, du début jusqu'à la fin, son fameux rituel sur les poissons, parce qu'il avait passé ces quinze dernières années à oublier du Cambodge plus qu'elle ne pourrait jamais en apprendre. Bien que, dut-il admettre à contrecœur, il n'eût jamais entendu parler de ces poissons.

Elle reporta toute son attention sur l'aquarium.

— Les alevins d'un bon poisson peuvent rapporter beaucoup d'argent, mais un poisson ne dure guère que quelques combats, et il n'y a pas beaucoup de propriétaires qui accepteraient de mettre dans l'arène un bon combattant qui serait affaibli, même contre un adversaire inférieur et quels que seraient les enjeux. Au dix-huitième siècle, il y eut un Betta siamois très célèbre qui gagna dix-huit combats, pour finir tout bonnement entre les griffes d'un...

— D'un chat siamois, l'interrompit Tucker.

Elle sourit, surprise. Il avait l'esprit plus vif devant des poissons d'aquarium que les pieds sur une piste lorsqu'il s'agissait de danser.

— Le propriétaire attachait à son chat une valeur

incontestable, qui néanmoins ne plaçait pas l'animal au-dessus du poisson, et minou paya de sa vie son petit en-cas de gourmet, sur un mode des plus sinistres...

— Un chien siamois... hasarda Tucker en toute logique, se penchant plus avant au-dessus de l'aquarium.

Elle éclata de rire.

Il l'embrassa.

Elle se redressa et l'enlaça, maladroitement, de façon à ne rien interrompre de leur tout premier baiser, toujours séparés qu'ils étaient par l'aquarium. Elle se disait, nom de Dieu, il lui en a fallu du temps à se décider, et puis tiens, ça lui apprendra, à Jedediah Dowd, de poser un lapin à Madelaine Brooke. S'il réussit jamais à l'apprendre. L'une des minces bretelles de sa robe d'été glissa de son épaule. Mais quand j'y pense, il va me tuer si jamais il le découvre. Ils continuèrent à s'embrasser tout en se déplaçant latéralement vers l'extrémité de la table. Je ne suis pas sûre de savoir qui irait lui dire. Tucker lui massa le creux des reins de la paume de la main, pressant de ce fait les hanches de la femme contre les siennes. Peut-être que je lui dirai, à Jedediah. Pendant quelques instants, on n'entendit plus dans la pièce que le bruit des bulles d'air qui remontaient à la surface de l'aquarium. Peut-être que je me contenterai de garder mon petit secret...

Elle avait les lèvres douces, songea Tucker, et impatientes. Elle mordillait de dents taquines la bouche de Tucker, et sa langue venait pointer au creux des tendres plaies ainsi ouvertes. Lui s'autorisait ces réflexions gothiques, un peu barbares, parce que le petit démon s'était retiré en son petit réduit pour y lire le *Livre des Hérésies* de Pleuret. Mais le petit démon poussa la peine jusqu'à faire une suggestion.

— Laisse-les se battre, marmonna-t-il, sans relever les yeux du récit des souffrances de Bruno [1].

1. Philosophe italien (1548-1600) brûlé vif pour hérésie. (N.d.T.)

— Laisse-les se battre, murmura Tucker.

Elle s'écarta de lui et le regarda.

Il sourit. Tucker était grand, beau, le visage ravagé, âgé d'une quarantaine d'années, et son sourire était doux et agréable. Un sourire conquérant. Il lui arrivait de temps à autre de devoir baisser la tête devant l'embrasure des portes, sans compter qu'il esquivait ainsi quelque éclat d'obus imaginaire ; il avait une allure un peu arrogante lorsqu'il marchait, sinon, il vacillait, l'attitude toujours un peu distraite, comme incertain, les idées troublées et confuses, une attitude qu'elle voyait chargée de mystère, comme s'il se trouvait toujours mentalement en train de cadrer son film intérieur, ou d'envisager une entrée éventuelle au séminaire, et ce, même lorsqu'il se prêtait à des discussions profanes. Au lycée, il aurait été capitaine de l'équipe de football, le genre d'homme pour lequel, en dépit du bon goût qu'elle manifestait généralement à d'autres égards, Mattie avait toujours, alors comme aujourd'hui, eu un petit faible. Même si les spécimens en question avaient culminé à leur zénith avant d'avoir atteint vingt ans pour se retrouver en état de délabrement avancé dès avant la trentaine, Mattie avait culminé à son propre zénith exactement dans le même temps qu'eux — prenant néanmoins meilleur soin d'elle entretemps parce que, franchement, au début tout au moins, elle avait moins à y perdre qu'eux.

— Jouons à un petit jeu, suggéra-t-il, en laissant courir la jointure du majeur d'avant en arrière à l'intérieur du rebord du décolleté qui échancrait le devant de sa robe d'été, pendant qu'ils se battent.

La bouche de la fille cessa son ouvrage, considérant la proposition, les lèvres ourlées en une moue suspendue en attente de la décision à prendre, pour ou contre la suggestion, pour ou contre l'homme qui la suggérait. Au milieu de ses hésitations, le vent, force rarement absente en cette région du pays, se mit de la partie, à presser de son énergie contre l'extérieur de la maison en bois, pareil à une vieille harpie asthmatique qui palperait les fruits à l'étal du marché, et le bois se mit à geindre et à craquer. Ils l'entendirent distinctement, l'un et l'autre. Il est peu de bruits plus évocateurs, introspectifs et solitaires parmi les frémissements de la nature. Un simple mortel qui se laisse à l'entendre reconnaît facilement, même si la reconnaissance en est inconsciente, que, viennent et passent des générations d'humains sur cette terre, le vent, ce vent-là, continuera toujours à souffler. La balancelle couina sur ses chaînes rouillées sous la véranda en façade. Un peu plus loin, les feuilles des peupliers cotonneux se mirent à frémir. La ligne d'alimentation électrique se prit à osciller au niveau de son point d'ancrage, juste sous le faîte du pignon ouest, comme si elle se trouvait attachée à un caboteur à vapeur soucieux de ne pas rater la marée. *Vis, imbécile*, vous murmure ce vent-là, *parce que tu vas mourir*.

Elle sourit à son état de mortelle, et la pièce retrouva son intimité. Tucker songea qu'en cet instant précis, Mattie ressemblait beaucoup à l'image qu'il s'était toujours faite d'une femme. Ses yeux bleus brillaient d'un éclat intense au milieu de ce visage chichement semé de taches de rousseur, ce visage qui brillait, chaleureux et profond, sur fond de chevelure sombre, pareil aux lueurs de bienvenue d'une ville lointaine dans la nuit déserte. Elle avait du sang sur les lèvres. Elle lui demanda franchement :

— Quel genre de petit jeu, cow-boy ?

Révélant par là même, au ton de sa question, qu'elle était à tout le moins disposée à envisager l'idée d'un petit jeu, voire même, peut-être, n'importe quel petit jeu, qui sait ?

Tucker se mordilla la lèvre et laissa les paumes de ses mains glisser le long du bustier de la robe jusqu'aux hanches de la femme. Il aimait toujours ce moment particulier, ce moment précis où il sentait poindre l'éventualité d'un geste trop loin. « Loin » était, aux yeux de Tucker Harris, le seul endroit où il eût jamais considéré qu'il importât d'aller. En l'état des choses, s'il les laissait suivre leur libre cours, lui et Mattie coucheraient ensemble. Mais, s'il fallait en venir, ainsi qu'il est dans la nature de quasiment tout psychisme conscient de ses exigences, à imaginer des justifications un peu perverses, celui de Tucker n'était pas de nature à ignorer celles-ci. L'excitation même de Mattie s'avérait pour Tucker contagieuse, palpable, un chèque en blanc qu'on serait venu lui signer sur un compte riche en ressources. Il passa la pièce en revue. Derrière Mattie, un canapé s'appuyait contre le mur du salon. Meuble qu'il se mit en demeure d'approcher du plus près qu'il le pouvait de l'aquarium, tout en disant :

— As-tu jamais lu les drames élizabéthains ? Shakespeare, par exemple ?

Elle acquiesça, d'un hochement de tête silencieux, réfrénant un ricanement pour condescendre à un demi-sourire, comme sidérée, plongée en pleine perplexité, mais songeant néanmoins, que connaît donc ce péquenot à quoi que ce soit d'élizabéthain ? L'enseignement américain ouvrirait-il donc de si vastes horizons ? Il éteignit la lampe et revint avec une bouteille de Christian Brothers et deux verres. Verres qu'il remplit à moitié et dont il en tendit un à Mattie.

— A ta santé, dit-il, en toquant du sien le verre de Mattie.

— A ta santé, répondit-elle presque automatiquement.

Elle but une gorgée timide, presque précieuse. Tucker renversa le contenu du verre, d'un geste, dans le fond de sa gorge. Puis se retourna, et le remplit, à moitié de l'eau de l'aquarium.

— Portes-tu des dessous ? demanda-t-il en descendant son pousse-gnôle d'un trait.

— Naturellement, bredouilla-t-elle, doublement étonnée. Espèce de soiffard enf...

Une nouvelle fois, elle changea de couleur, et Tucker

trouva la chose charmante. Il balança son verre dans l'âtre, où le verre atterrit avec un bruit sourd sur un lit de cendres. Tucker réagit à retardement. Il aurait été logique que le verre se fût fracassé, juste conclusion du geste théâtral. Elle éclata de rire malgré elle. Le verre faisait partie d'une série de six. Elle lança soudain le sien, encore plein de cognac. Qui s'en alla rejoindre son collègue et tous deux se désintégrèrent dans les cendres. Tucker sourit et baissa la voix, la modulant jusqu'à un murmure très intime.

— Peux-tu les enlever en gardant ta robe malgré tout ?

Ça, c'est parlé. Elle rougit et sourit, maintenant tout excitée, et peu désireuse de se le faire dire deux fois, s'exécuta, avec modestie et mesure. Elle ôtait ses bottes western sur sa lancée lorsqu'il dit :

— Non, non. Garde les bottes.

Ne la quittant pas des yeux, Tucker Harris écarta les pans de sa chemise en deux directions opposées, de sorte que les boutons-pression nacrés sautèrent l'un après l'autre en rythme, depuis la taille jusqu'au col. Incapable de résister plus avant, elle griffa de ses ongles la toison qui lui couvrait la poitrine. Elle se doutait bien qu'il devait avoir une existence précaire, et ne veillait guère à son alimentation, mais il gardait malgré tout une part de ce physique qu'ont en partage les hommes que leur jeunesse comme leurs nerfs ont pour l'essentiel immunisé contre l'obésité, l'infirmité ou les excès en quasiment tous genres. Sous le bras droit, courait à travers la ligne des côtes, une longue boursouflure de tissu cicatriciel. Elle en retraça le dessin d'un ongle pointu. Un frisson se prit à trembler, oscillant entre leurs deux corps. Aux yeux de l'homme, elle donnait l'impression d'être aussi douce et chaude que le rêve amniotique qu'il chérissait et cherchait en vain à retrouver, lorsqu'il parvenait à dormir.

— Il faudrait qu'on aille leur raconter un peu ça, là-bas à Grand Coulee, dit Tucker, attirant les hanches de la femme contre les siennes. Ils pourraient nous coller des compteurs et facturer Seattle à l'heure.

Il caressa les rondeurs de ses fesses.

— Plus besoin de travailler...

Il remonta les paumes de ses mains du bas des reins jusqu'aux omoplates.

— Sauf si tu appelles ça travailler.

Et, en fait, allumé jusqu'aux yeux qu'il était de tous les amphets, la bière et le cognac avalés, une légère irisation brumeuse de ce qui, en d'autres circonstances, eût pu passer pour la transpiration de celui qui gagne sa vie à la sueur de son front, jaillit à la surface de son épiderme, au-dessus des sourcils. Il fit doucement glisser la seconde des deux minces bretelles de la robe plus bas que l'épaule, avant de les faire tomber toutes deux sous les coudes — elle avait des avant-bras adorables, à la chair duveteuse, douce comme des épis de blé couchés par la pluie — et il l'aida finalement à libérer ses seins, d'un haussement d'épaules, du bustier de la robe. Le haut du tissu de calicot vint se rouler au-dessus de son élastique autour de la taille.

— Tu es très belle, murmura-t-il, en se penchant pour embrasser, puis lécher, chaque téton avant de les mordiller doucement entre ses dents.

Elle était sur le point de plaquer ses deux bras contre la tête de Tucker lorsque ce dernier lui dit d'une voix sévère, Attends ! avant de la faire reculer jusqu'au canapé.

Elle se prêta à son invite, souple et consentante, impatiente de sentir son poids sur elle. Mais à sa grande surprise, il l'aida à monter sur l'assise du canapé, puis à s'asseoir finalement sur le dossier. Il guida les talons des bottes jusqu'à deux coussins posés sur le siège, à sa droite et à sa gauche, de sorte qu'elle se trouva faisant face à Tucker et à l'aquarium avec ses deux Bettas siamois suspendus entre deux eaux.

— Les Elizabéthains étaient incapables de franchise comme nous autres Américains, annonça Tucker d'un ton pédant. Ils utilisaient des mots comme « mourir » et « mort » lorsqu'ils désiraient discuter en termes polis de bon aloi de « baiser » et de « jouissance », « mourir » signifiait pour eux « avoir un orgasme », sans qu'il se trouvât quiconque — il sourit — pour en être « choqué ».

Il porta un nouveau toast à Mattie, directement de la bouteille cette fois, et avala une longue rasade. Elle se contenta de mouiller ses lèvres au goulot d'une petite gorgée maladroite, en songeant, voilà donc ce qu'il sait de Shakespeare : exactement tout ce que le monde sait du personnage. L'itinéraire qu'avait suivi Mattie dans l'existence s'était toujours trouvé guidé — ou dévié, à vrai dire — par le fait qu'elle était plus intelligente que quasiment tous les hommes dont elle tolérait l'intimité ; elle avait besoin de cet avantage, si tant est que ce fût un avantage, avec pour conséquence tout aussi fréquente qu'elle perdait patience pour finalement aboutir à un échec. Ainsi de l'exégète shakespearien, ici présent. Un peu bêta, mais bel animal néanmoins... et incontestablement de passage, en partance pour ailleurs. Parfait à cet égard. Il fit un geste en direction de l'aquarium.

— Est-ce que cette cloison de verre peut coulisser et s'enlever par le dessus ?

Il se saisit de la bouteille que Mattie tenait à la main et la posa à côté de l'aquarium.

Elle acquiesça, d'un signe de tête silencieux, la stupéfaction sur son visage cédant place à la fascination. Il y a études et études dans la vie...

— Bien.

Il contourna l'aquarium et, ce faisant, libéra son ceinturon d'iguane, laissant tomber ses jeans au sol lorsqu'il arriva de l'autre côté, avant de se retourner pour faire face à Mattie.

Le haut de l'aquarium n'arrivait qu'à mi-hauteur des cuisses de Tucker. Mattie corrigea en bien ses petites inquiétudes avec délices et anticipation de plaisir au vu du spectacle qui s'offrait à elle au-dessus des parois vitrées.

— Regardez, murmura-t-elle, Si Foo et Huit Trésors : le Principe Masculin, votre emblème et votre étendard.

Tucker lui sourit de son sourire distrait au-dessus de l'aquarium. La commissure gauche de sa bouche s'anima d'un tic nerveux. Mattie plongea brièvement son regard dans le sien, toujours incertaine. Comme si sa paupière venait de reprendre le tic amorcé par la bouche, Tucker lui fit un clin d'œil. Puis il pinça vivement le rebord supérieur de la cloison vitrée qui dépassait de deux centimètres de la surface de l'eau dans l'aquarium illuminé, entre les jointures de deux doigts. L'aquarium était la seule source d'éclairage dans la pièce.

Mattie remonta l'ourlet de sa robe au-dessus des genoux, puis le long des cuisses, jusqu'aux hanches, ramassant le trop-plein de tissu derrière elle, sur le dossier du canapé. Elle comprenait vite.

— Il y a presque deux ans que j'ai Si Foo et Huit Trésors, dit-elle d'une voix rauque. A cause d'eux, je n'ai jamais réussi à me sentir vraiment chez moi.

Elle se pencha lentement en arrière jusqu'à ce qu'elle pût se tenir d'une main en appui sur le rebord de fenêtre, à trente ou cinquante centimètres derrière le canapé, et ouvrit les jambes jusqu'à toucher du creux des genoux les coussins du dossier, placés de chaque côté.

Tucker toucha le coin de ses lèvres de la pointe de sa langue — quel spectacle elle lui offrait là — puis porta son regard sur l'aquarium sous sa main.

— Voyons un peu si nous sommes capables de tous mourir ensemble, dit-il d'une voix à peine audible. Prête ?

— Adios, Si Foo et Huit Trésors, murmura Mattie,

lançant la tête en arrière, de sorte que sa chevelure vint s'enrouler en tourbillon autour de ses épaules.

— Sois bonne à toi-même, murmura-t-il, tout en relevant la plaque de verre. Dis-moi ce que tu ressens...

L'eau se mit à baratter dans l'aquarium.

2

Une lueur en provenance de la pièce au-delà de la porte lui rappela qu'il passerait à côté de l'aquarium en sortant. Pareille à une méduse ajustant à petits coups son équilibre entre deux eaux, sa libido se trouva aiguillonnée à ce souvenir. Des siècles de pugnacité génétique, sacrifiés sur l'autel du plaisir, flottaient maintenant, réduits à l'état de débris, dans l'aquarium. La respiration régulière sous les oreillers à côté de lui trahissait la présence de Mattie. Il souleva doucement draps et couvertures et regarda ses formes endormies dans la pénombre. Elle était nue et lui tournait le dos, la respiration douce et égale, innocente et rassasiée, capable, en quelques heures, d'arriver à un degré de décontraction qui exigerait de Harris, s'il voulait parvenir au même résultat, un mois entier d'efforts, à essayer de dérober quelques instants de repos au grondement de ses propres nerfs parasités de microfilaires. Il laissa glisser le tranchant de sa main le long de la fente fessière, une caresse de karaté depuis le triangle que dessinait le sommet des cuisses jusqu'aux creux des lombaires, sans même toucher la peau, en parvenant néanmoins à établir avec la chair sous ses doigts une relation électromagnétique. Sa main eût-elle été un aimant, la limaille de fer sous son champ magnétique aurait retracé exactement ce qui se dessinait sous ses yeux au fur et à mesure que la main avançait. Mattie soupira dans son sommeil. Il laissa les couvertures lui masquer à nouveau le spectacle. Une gentille fille, Mattie, une gentille fille aux appétits sains, prise au piège d'une ville où l'on ne comptait qu'un seul ascenseur, une fille dont les charmes naturels auraient séduit tous ceux sur lesquels elle aurait jeté son dévolu, et qui ne trouvait personne. Mais elle s'était tissé un réseau complexe où l'indépendance d'esprit, l'amour propre et les qualités intellectuelles se mêlaient à l'attachement casanier à un lieu donné, au point qu'il pourrait aisément la condamner à passer le reste de sa vie derrière un comptoir de café : toujours célibataire, amère, les joues légèrement affaissées en bajoues, les jambes toujours belles en dépit de son métier, le cœur vide, l'esprit vif et acerbe, d'une amertume qui le rendrait inapprochable, petite chose tourbillonnante qui fendrait les espaces désolés et sinistres de la petite ville, pareille à une de ces étoiles à lancer qu'affectionnent les Ninja.

Ahem ! dit le petit démon depuis sa bibliothèque, levant les yeux par-dessus la caustique de sa medulla oblongata [1] ricotta [2] terracota [3] avec des tas de nerfs qui lâchent à tout va et mitraillent leur vocabulaire inutile par-ci, par-là, et par-dessus un empilement de parchemins, de livres et de disquettes qui crépitaient aussi bruyantes qu'un tas de tôles ondulées en vrac sur lequel se baladerait un bouc, parlant de poètes du dix-neuvième siècle et d'absinthe, afin de pousser plus avant la corruption déjà couronnée de succès de cette

1. Partie inférieure du cerveau des vertébrés qui rejoint la moëlle épinière. (N.d.T.)
2. Fromage blanc italien. (N.d.T.)
3. Argile de couleur brun orangé utilisée en poterie et céramique. (N.d.T.)

gentille fille de petit bled perdu, je pense que tu devrais lui laisser quelque fragment de Verlaine judicieusement séducteur, pour l'impressionner et la garder ferrée, bien accrochée à l'hameçon, ce qui, considérant ton programme prévisionnel pourrait bien durer des années.

Dix années ? Je...

Des années, *des* années, article indéfini pluriel, signifiant plus d'un et moins qu'une infinité, avec éventuellement comme cardinal, quatre, mais selon toute probabilité, quelque fraction de ton potentiel de vie total, si tu joues tes...

Cardinal : exact ?

Oy vey ! [1] Ta gueule de bois te remplit l'esprit de bêtises sans queue ni tête ! Ecoute-moi, moi. Je suis le seul, *moi*, à pouvoir te coller dans les ennuis de la qualité que tu apprécies vraiment, de ceux qui valent chaque seconde du temps qu'il faut pour en faire l'expérience. Jeu de mots pour jeu de mots, c'est, c'est...

Une inanité.

Précisément ! Prenons la poésie, en revanche, la poésie...

Un soupçon des plus légers d'une aurore grise était apparu dans la pièce tandis que se déroulait ce dialogue intérieur. Tucker était obligé de partir. Mattie était gentille, les moments passés en sa compagnie avaient été agréables, mais il avait du pain sur la planche et un Rendez-vous à honorer. Il sortit délicatement de dessous les draps pour éviter de la réveiller. Elle se retourna dans son sommeil et étouffa un bruit de baiser dans l'oreiller, le visage couvert des vagues de sa chevelure.

Les roses étaient toutes rouges
Et les lierres étaient tout noirs... *

1. Raccourci du yiddish *O veyionir*, synonyme approximatif de Caramba. (N.d.T.)

* En français dans le texte.

Putain de bordel, c'est quoi, ce truc, demanda Tucker soudain furieux, presque à haute voix, car à l'instant où il posait la question au petit démon, il se rappela à moitié qui, comment, où.

Je te félicite d'avoir consommé la nuit dernière suffisamment de cognac bon marché pour avoir décapé les croûtes cicatricielles de quelques-unes parmi tes blessures les plus tendrement chéries, patron : Angélique, lui signala le petit démon, avec une précision affectée, tu te souviens d'Angélique ? Angélique, de Hoc Bhui ?

Tucker ignora grossièrement la question, grinçant des dents tout en enfilant ses jeans.

Chère, pour peu que tu bouges,
Renaissant tous mes désespoirs... *

Il n'arrivait pas à trouver ses chaussettes et il enfila ses bottes malgré tout. Et maintenant, au tour de la chemise.

Verlaine était le préféré d'Angélique. Elle vous enseignait la manière même de l'écrire, avec pour résultat qu'elle vous ouvrait aux horizons de l'opium et de Claude Debussy réunis avant même de savoir qui vous étiez vraiment. Sans parler du français. Un niveau au-dessus de l'élixir parégorique et du caramel à la vanille. Tu te souviens, patron ? Et tu as fait semblant de marcher. Et elle, de son côté, a fait semblant de marcher avec toi qui faisais semblant de marcher, jusqu'à ce petit numéro où tu lui attachais les mains derrière le dos lorsqu'elle était nue, en te servant de ce mouchoir rouge qui portait imprimé le plan d'Hanoï...

Suffit ! s'écria presque Tucker avant de découvrir sa chemise sous un exemplaire de *Vanity Fair*, la revue [1].

* En français dans le texte.

1. Également le titre d'un roman de William Thackeray (1811-1863), *la Foire aux vanités*. (N.d.T.)

Bon, dit le démon en soufflant sur l'un de ses petits sabots fourchus avant de l'astiquer contre son gilet de vison, guindé mais logique, quand as-tu donc écouté Debussy pour la dernière fois ?

La chemise était à l'envers. Il l'enfila malgré tout.

Naturellement que tu te souviens. Mais je suis le *seul* qui se souvienne du poème, et cela uniquement parce que la nuit dernière, pendant que tu donnais dans le lascif, j'ai eu, moi, accès à des banques-mémoires normalement tenues verrouillées par le Grand Programmateur, hyuh, hyuh.

Ce « hyuh, hyuh » se démarquait toujours du caquètement normal du démon, qui lui résonnait habituellement aux oreilles comme les ongles des dix doigts en train de ratisser la planche de son cortex, et il était toujours déconcertant d'entendre cette voix de basson qui venait se gausser de son « hyuh, hyuh » pareil au ricanement d'un enfant débile découvrant un numéro de *Playboy* dans la table de chevet de son père, cette voix si contraire au timbre normal de toutes les voix — et elles étaient nombreuses — du petit démon, ce placard plein de jouets à ressort travestis au féminin en train de déblatérer à longueur de temps, rapport au bas filé de l'une d'entre elles qui les mènerait toutes en retard pour leur électrolyse.

Electrolilise, lisette, femelles tapettes, songea Tucker, avec espoir plus qu'autre chose. Toujours extravagant, un vrai Don Quichotte.

Non seulement cela, espèce de taré, poursuivit le démon, si tu m'écoutes, au lieu de m'insulter, et si tu offres à cette fille ton petit compliment, tu auras toujours un endroit où crécher — sans même parler de te planquer — sans compter, incidemment, qu'elle n'est pas le genre de personne à larguer sans arrière pensée — à Dip, Washington. Là où Personne ne songerait jamais à chercher Quiconque.

Ohhhh ! super, ça, c'est super, songea Tucker. *Larguer ? Larguer ?* Et l'*amour* alors, dans tout ça ?

Schlemiel[1], mais c'est bien de ça que je te parle ! Et maintenant, trouve-toi un crayon et un bout de papier.

Fasciste manichéen.

Tu ne connais même pas le sens de ces deux mots-là, petit impudent sans savoir, ricana le démon, sans compter, en outre, que la Tyrannie du Bien Absolu, ç'a jamais exactement, à vrai dire, été ton problème majeur. Mais fais bien attention. Le Manichéen en question, c'était un foutu I-ranien, et tu ne peux jamais savoir à quel moment tu risques de trouver sur ta route un Mormon américain inerrantiste, un costaud bien balèze et versé dans la jésuitique qui traînerait par ici, et tu iras te trahir.

A la face de Dieu et du monde.

Me parle pas de ce gugusse.

Tucker soupira et, sur la pointe des pieds, franchit la porte qui donnait sur le salon, tirant doucement la porte derrière lui pour la refermer. Alors que le battant touchait le chambranle, il eut un dernier regard sur Mattie endormie. Bien que la chambre fût encore enveloppée d'ombre, il lui sembla qu'il pouvait discerner jusqu'au plus petit détail du beau corps allongé sous les draps, et, l'espace d'un instant, un bref instant, il songea à faire demi-tour pour se faire l'instigateur d'une reprise des plaisirs qu'il lui avait offerts. La pensée de leur masturbation mutuelle, bien que simple prélude aux heures instables du petit jour, le fit frissonner. Sans compter à quel point il était toujours sensible à la corruption d'une innocente.

Tsk, tsk, le morigéna le petit démon, c'est que tu gribouilles sur sa *tabula rasa* à cette petite, sa table rase, espèce de méchant vicieux.

Tucker tordit les lèvres en grimace sardonique et secoua la tête. D'aucuns pourraient le cas échéant assimiler masturbation à culpabilité, mais en ce qui le

1. Du yiddish *shlumiel*, nullard, maladroit. (N.d.T.)

concernait, l'un comme l'autre ne relevaient que de l'anthropologie sociale. Mais il referma la porte doucement. Des kilomètres à faire encore. Des hectares à moissonner. Le temps qui passe et se gâche. Là-bas, loin. Ici ne serait plus dorénavant qu'un lieu de déchéance domestique ; assis devant l'âtre joyeux, les pieds posés sur la grille pare-feu bien chaude, un long bâillement d'ennui sur le chemin de la tombe.

Papier, dit le démon.

Va te faire foutre, marmonna Tucker, à mi-voix. L'un de ces quatre, je vais te coller au poteau, attaché en plein soleil, et je vais te rouler dessus avec la Papemobile.

Hé ! rétorqua le démon plein d'agressivité, va donc raconter ça à Torquemada.

Maintenant qu'ils se retrouvaient tous deux relativement seuls, Tucker sentit qu'il pouvait reprendre en toute sécurité des relations normales avec le petit démon qui l'habitait. Aux yeux de tout autre observateur, Tucker aurait donné l'impression qu'il se parlait à lui-même. Mais, ainsi qu'Einstein l'avait établi, l'observation est relative. Bien qu'il se montrât prudent à maintenir toutes les apparences extérieures du propriétaire, Tucker n'était pas dupe. Ils étaient deux, Tucker et le démon, et le démon avait raison, comme pratiquement toujours : il n'y avait pas le moindre signe de fascisme bienfaiteur à l'horizon. Sauf si l'on y incluait la démocratie. En tout cas, la communication l'aiderait à tenir à jour les faits et gestes du petit démon, lequel, livré à lui-même, pourrait inciter à toutes sortes de malfaisances psychiques qui, par le passé, avant que Tucker ne fût parvenu à prendre les choses en mains, l'avaient entraîné dans de nombreuses situations embarrassantes, aussi bien en public qu'en privé. Cette Reprise En Main lui avait coûté, et cher, qui plus est, bien plus qu'une valise de chez Louis Vuitton. De longues sessions à EST [1], interdiction de faire pipi ; des semaines passées à macérer dans la saumure pansexuelle en compagnie de masseurs habitués du jet-set dans les bains chauds à Esalen [2] ; des journées entières à étouffer sous les gargarismes de sel, des journées qui suivaient des nuits entières de thérapie du Cri Primal ; œillère après œillère d'acide borique et de Visine après des heures passées à fixer dans le blanc des yeux des compatriotes pénitents au cours de sessions de Life-Spring [3] ; des mois et des mois à attendre que cessent les insomnies à la cocaïne et les somnolences alcooliques ; des années à errer au milieu de Bardos [4] psychofloraux ; opérations du genou à la suite de trop d'aérobic et de jogging ; il avait probablement dépensé près de cent mille dollars à exorciser ce petit démon. Sans parler du Temps passé. Et il s'était finalement avéré que le simple fait de discuter avec lui de choses et d'autres était apparemment la méthode la plus simple et la plus claire de traiter avec lui. La diplomatie. Qu'est-ce-que-tu-veux-donc-faire aujourd'hui, se dit-il à lui-même, d'une voix aux accents chantants, Oh-je-sais pas...

Tout à côté de l'aquarium, il trouva une de ses chaussettes, sous la cloison de Plexiglas qu'il avait retirée de l'eau. Il ramassa la chaussette et la fourra dans sa poche revolver. L'aérateur continuait à cracher ses bulles, mais l'eau avait l'aspect de lait coupé un peu sale aux reflets vaguement rosâtres. Il n'y avait

1. Méthode — chère et exigeante — d'éveil à une plus grande conscience, dont le pionnier est Werner Erhard. (N.d.T.)

2. Institut au sud de Big Sur, Californie, lancé par Fritz Perls et ses disciples : éveil à la conscience de soi par la nudité, le LSD, les bains, le massage... Du nom des Indiens Esalen et bâti sur un de leurs sites sacrés. (N.d.T.)

3. Avatar de EST, plus cher, socialement plus acceptable mais beaucoup plus stupide. (N.d.T.)

4. Niveaux de conscience, références aux cercles de l'expérience après la mort dans le bouddhisme tibétain. (N.d.T.)

plus le moindre signe de vie dans l'aquarium. Pendant qu'il était plongé dans son observation, le cadavre du survivant, mort de ses blessures peu de temps après avoir tué son adversaire avant d'en dévorer la majeure partie, remonta à la surface au milieu des bulles et flotta là quelques instants pour finir par sombrer dans l'écume. Mattie était d'avis que Si Foo avait gagné, mais le vainqueur était déchiqueté au point qu'elle ne pouvait être sûre de son fait, il était difficile de se soucier de ce détail... Il y avait du cognac dans un des nouveaux verres qu'elle avait sortis, et il le goûta. Et le cognac brûla sur tout le trajet jusqu'à l'estomac et continua à brûler.

Christian Brothers [1], ricana le démon.

Je le bois religieusement, grimaça Tucker.

Avanti, persifla le démon, pas le moins du monde amusé.

Tucker reposa le verre et s'aspergea le visage de l'eau de l'aquarium.

Dans la cuisine, il déroula trois longueurs d'un dévidoir à papier accroché au-dessus de l'évier et trouva un stylo-feutre dans un tiroir parmi tournevis, aiguilles et fil à coudre, un marteau, des ciseaux crantés et des torchons propres. Dans un autre tiroir, il trouva les couteaux de cuisine. Ils étaient pour la plupart inutilisables, trop émoussés ou trop petits ou les deux à la fois. Il y avait un tranchoir qui lui plaisait bien, ustensile à large lame portant poinçon d'idéogrammes chinois, habituellement utilisé pour hacher viandes et légumes. Il le soupesa et en vérifia le tranchant. Le métal était de médiocre qualité et ne tiendrait pas le fil si tant est qu'on pourrait lui en donner un. Il se tapota la joue du plat de la lame. Ce serait bien pour la fesser, pourquoi pas. Mmmm...

Ne tergiverse point.

1. Frères Chrétiens. (N.d.T.)

Il replaça le tranchoir dans le tiroir.

Avant de s'asseoir et de se mettre à écrire, il jeta un coup d'œil dans le réfrigérateur et secoua la tête. Il y avait eu une époque où de semblables réfrigérateurs, les frigos du petit matin d'après la nuit, auraient pu contenir à l'occasion une ou deux bières, excellent pour la gueule de bois, sinon, la raison en eût été qu'elles avaient déjà toutes été consommées et leurs cadavres auraient jonché le sol de la maison. Ces temps derniers, la raison en était qu'il n'y avait jamais eu la moindre bière dans la maison, et qu'il n'y en aurait probablement jamais. D'autres temps, d'autres demeures, des appartements, en fait, des chambres meublées en location, des bungalows à Topanga Canyon. Il referma la porte du réfrigérateur. Sur le plan de travail était posée une bouteille de vinaigre de riz japonais, et il en avala une gorgée. Puis se tint immobile, toujours debout, à sentir — en fait, à entendre un bruit semblable à un grondement de tonnerre estival dans le lointain — ce qui était en réalité son estomac, en train d'ajuster son pH. Peut-être lui restait-il quelques Rainier[1] dans la glacière.

Ah ! ce que c'est que de changer, le tança le petit démon avec suffisance, tout à fait content de Tucker.

Le petit démon traitait Tucker à la manière dont certain type de propriétaire de Porsche traite son véhicule. Partout où il va, il conduit sa voiture à toute blinde. Il la fouette sans pitié, virage après virage, et la pousse dans ses derniers retranchements. A chaque changement de vitesse, l'aiguille du compte-tours est dans le rouge, que le moteur soit froid ou non. Il importe peu à ce genre de conducteur que la durée de vie de sa voiture s'en trouvera diminuée d'autant : bien au contraire, il tire fierté et orgueil de savoir la somme

1. Marque de bière, bon marché et quelque peu verdâtre, du nom du Mont Rainier, qui se consomme surtout dans le nord-ouest des U.S.A. (N.d.T.)

de punitions que sa voiture sera capable d'encaisser. Lorsqu'elle casse, il laisse la clé sur le contact et s'en va.

Et ces propriétaires-là diront à quiconque aura le malheur de leur soutenir le contraire que les voitures en question *aiment* à être traitées ainsi ; « c'est pour ça qu'elles sont faites ».

Et il s'en trouvera bien un ou deux parmi ces propriétaires qui se retourneront pour dire à la voiture, « n'est-ce pas que c'est vrai, ma championne ? »

Tucker s'assit à la petite table sous l'unique fenêtre de la cuisine. Il ne parvenait pas encore à discerner à l'ouest les contours des North Cascades à l'horizon, dans la pénombre qui précédait l'aurore. Il voulait parcourir au moins cinquante kilomètres dans cette direction avant le lever du soleil, et il doutait de disposer du temps nécessaire pour ce faire. Il eut un sourire sinistre. Le travail d'un VRP, voyageur de commerce itinérant, n'était jamais terminé.

A l'intérieur de sa tête, il entendait clairement les cliquetis des touches d'un clavier d'ordinateur. Tu l'as trouvé, ce poème ?

Mec, marmonna le petit diable, pour un gars dont le seul talent est de se rappeler à loisir des scénarios de vengeance par le détail, et peut-être bien, à l'occasion, son propre numéro de téléphone, t'as là à ta disposition des tas de trucs qu'il faudrait remettre à jour pour pouvoir y avoir accès, voire répartir en fichiers et indexer.

La mémoire est un mystère, dit Tucker d'un air absent. Il savait parfaitement pour quelle raison sa mémoire était aussi limitée. Il n'y avait qu'une quantité limitée de choses qu'il avait besoin de connaître, dont l'essentiel se comptait en factures payables au comptant ou à l'échéance donnée. Tu me préviendras quand tu auras trouvé.

Qu'est-ce que tu veux, demanda le démon, son visage

minuscule et hideux illuminé par les lueurs verdâtres de l'écran qui lui faisait face, *Clair de lune* ?

C'est toi qui as parlé le premier de Debussy, dit Tucker, d'un air encore plus absent. Il détournait une part de plus en plus importante de son attention consciente aux événements susceptibles de combler sa journée à venir. J'aime bien cette partie où les fontaines sanglotent d'extase, ajouta-t-il, vaguement.

Des fontaines sveltes, se souvint le démon.

Ouais !

Tucker regarda droit devant lui. Au dehors, le paysage commençait à prendre forme dans la lumière du matin. A l'intérieur, Tucker ne bougeait pas, c'est tout juste s'il osait respirer. Lentement, petit à petit, sa tête s'inclina sur le côté tandis qu'il fixait son regard sur le mur au-dessus du fourneau qui lui faisait face. Son visage s'était changé en masque vide, la mâchoire lâche et pendante. Si une mouche était venue voler jusque dans sa bouche, il n'aurait peut-être pas réagi. En tout état de cause, une gouttelette de salive se forma à la commissure pendante de ses lèvres avant de se mettre à glisser lentement sur le chaume sombre de barbe qui lui couvrait le menton, filet luisant malgré tout en dépit de la faible lumière.

Tiens, voici, dit le démon.

Tucker se mit à écrire sur la serviette en papier. C'est tout juste s'il changea d'expression tandis qu'il écrivait sous la dictée du démon qui l'habitait.

Clair de lune

Votre âme est un paysage choisi
Que vont charmant masques et
bergamasques,
Jouant du luth et...

Hé ! Duluth[1], j'aime bien ça, quelle ville, quelle ville, se dit Tucker. Minnie — soda. Un peu de coke. A se bâfrer.

Les jeux de mots sont indignes d'un homme de ta qualité, dit le petit démon d'un ton irrité, et la friture sur la ligne met nos communications en danger. J'ai des problèmes ici avec mes vérifications d'erreurs. Tais-toi. On continue.

... et dansant et quasi
Tristes sous leurs déguisements fantasques...

Un pli soucieux barra les traits vides de Tucker tandis qu'il écrivait. Je ne lui ai quand même rien dit la nuit dernière, hein ? J'entends par là, est-ce que ça m'a échappé, en pleine extase ? Nan, dit le démon, les yeux rivés sur son écran comme sur une proie. Ses sourcils épais luisaient comme des cimeterres verts sous sa lumière. L'écran était toujours tourné de façon à ce que Tucker ne puisse le voir ; tant que l'image qu'il projetait ne se trouvait délibérément déversée dans son cerveau, jamais il ne la voyait, et Tucker s'était souvent interrogé sur la manière dont le petit démon parvenait presque toujours à faire apparaître ses surprises du néant, là-bas, dans son coin. Lorsqu'il ne s'en trouvait ni révulsé, ni émerveillé, à vrai dire. Quand il s'agissait du contenu du cerveau de Tucker, le démon se conduisait en véritable viandard.

Bien ! dit Tucker, son regard fixe, comme né d'une transe soudaine, allant s'égarer un instant vers la porte de la chambre de Mattie. Ce serait une honte de... de *mettre la sécurité en défaut*.

Je le suppose, soupira le démon. Bien que, personnellement, j'eusse toujours été d'avis que la honte d'une

1. Ville du Minnesota. (N.d.T.)

entité donnée n'est que le triomphe d'une autre. De toutes façons, je te l'aurais dit. Est-ce que je n'ai pas pour habitude de toujours te prévenir lorsque tu déconnes ? Il appuya sur le bouton RETURN d'un geste autoritaire et décisif, qui ne souffrait pas la contestation. Voilà. Tout est dans la boîte, maintenant. Whew. Il frotta ses petits yeux rouges de ses petits sabots fourchus. Un instant — rien qu'un instant — il eut presque l'air mignon et sexy, de façon perverse, comme un Bambi déguisé en travelo. Tu finis, tu veux bien. Je vais me reposer les quinquets.

Une larme perla dans l'œil de Tucker, mais il parvint à dire, bien reçu.

Le démon sourit. « Nuit, patron, ou plutôt, *bonjour* ».

B-b... bredouilla Tucker.

Attention à la transmission.

Tucker renifla, sans interrompre le flux des mots qui coulaient du bout de ses doigts bien qu'à dire vrai, ils eussent aussi bien pu être en hottentot, pour ce qu'il était capable d'en lire.

Tout en chantant sur le mode mineur
L'amour vainqueur et la vie opportune,
Ils n'ont pas l'air de croire à leur bonheur
Et leur chanson se mêle au clair de lune.

Ah ! le fameux leitmotiv. Il savait assez de français pour lire cela — ou plus exactement pour se rappeler le titre du poème qu'il venait de noter quelques instants auparavant. Mais en fait, rien de tout cela n'était exact. Il ne se le rappelait pas pour l'avoir noté quelques instants auparavant. Il se rappelait *Clair de lune* de l'époque d'Angélique, il y avait si longtemps. Angélique de Hoc Bhui... Il entendait la voix qui récitait la poésie et il entendait la musique. En fait, Angélique avait eu en sa possession un enregistrement de Debussy en personne interprétant sa propre composition, dupliqué à partir d'un cylindre de cire que le grand-père d'Angélique avait emporté avec lui jusqu'à la colonie, en 1912... Tucker avait toujours voulu lui demander ce qu'elle pouvait trouver à un bêta lourdaud tel que lui, mais le fatalisme triste qu'il voyait dans son regard lui interdisait de poser la question. En outre, il connaissait la réponse : lui était le parfait soldat... L'époque exigeait de parfaits soldats... On se sentait plus en sécurité avec eux... Eu égard à tous ses desseins et toutes ses intentions, sensibles ou autres, si un scorpion était venu s'installer sur le bout de son nez au cours des dernières minutes, il se trouverait maintenant tout à fait incapable de s'en souvenir. Mais Angélique...

Mais il lui fallait se concentrer. La troisième strophe du poème avait été chargée dans le fichier RAM[1] ce qui impliquait qu'elle était effaçable, elle pouvait être remplacée par une nouvelle masse d'informations que la mémoire centrale viendrait déverser, ou que ses sens pourraient lui fournir, et se trouverait en conséquence égarée. Ce qui l'obligerait, lui, à son tour, à réveiller le petit démon pour qu'il aille lui récupérer l'information, sinon il devrait abandonner la transcription, incomplète. Les deux termes de l'alternative ne lui convenaient pas plus l'un que l'autre. Bien qu'arrivé à ce stade, c'est tout juste s'il pouvait se permettre d'aller aux toilettes sans lui. Tucker se sentit soulagé, vraiment soulagé de voir le démon au lit pour la nuit, car sa présence lui était rien moins que source de tensions très fortes. Il se gratta le dessus d'une botte de la pointe de l'autre. En fait, il soupçonnait l'eczéma qui lui empoisonnait la vie ces temps derniers d'avoir pour origine son petit démon et ses harcèlements intempestifs et permanents — petite peste — pour ne pas dire poison, s'il te plaît, tête d'œuf — toujours présente dans son esprit.

1. Random Access Memory, mémoire vive, en informatique. (N.d.T.)

Au calme clair de lune triste et beau,
Qui fait rêver les oiseaux dans les arbres
Et sangloter d'extase les jets d'eau,
Les grands jets d'eau sveltes parmi les marbres.

Et les jets d'eau sanglotent d'extase... Où est-ce donc ? En quel parc, jardin, cimetière, le marbre sanglote-t-il ? Comment dit-on aquarium en français... ? Et les sveltes réservoirs hurlent de tendre carnage... Pas terrible. Mieux vaut laisser la chose poétique à Paul Verlaine, et la chose charnelle non dite, lorsqu'on est passé à l'acte. Mais de toutes manières, fin de transcription. Maintenant, il pouvait se permettre de réfléchir. Il considéra le travail accompli. Seuls deux ou trois mots étaient raturés, l'ensemble plus ou moins lisible. Qu'avait-elle donc dit, cette femme d'un bar de Venice spécialiste de graphologie, à propos des boucles de ses *p* ? Pas des boucles : des ballons, les ballons de ses *p*. Quoi qu'il en soit, ça se voyait, comme qui dirait haut et clair, accompagné de buccins et trompettes, dans ce mot *opportune*, pour ceux qui étaient au courant. Peut-être était-ce effectivement les ballons des *b*. Ballons. Baillons. Boyaux. Bowling. Laisse tomber. A toi l'honneur pour la petite touche personnelle.

Il lécha la tête de son stylo-feutre, ignorant le goût détestable de l'encre sur sa langue, et lorsque la pointe se remit à fonctionner, il écrivit :

Verlaine, tu te souviens ? Je n'arrive pas à croire moi-même que je sois capable de penser à autre chose après la nuit dernière, mais fait étrange, ce poème m'est revenu en mémoire. C'est comme ça, les gueules de bois. Les derniers vers, en particulier, sont tout à fait suggestifs et j'espère qu'ils te rappelleront les moments passés ensem-

ble pour toujours. Plus précisément de ton point de vue, hah.

Il réfléchit à ce qu'il avait écrit, barra le « hah » puis le réécrivit un instant plus tard.

C'est bien ça, hah. Désolé pour les poissons mais je pense quant à moi qu'ils valaient le sacrifice. Tu pourras t'amuser à essayer de trouver quelqu'un de discret possédant suffisamment le français pour te traduire cela à Dip, Washington. Peut-être même avant que je te revoie. Ce ne sera pas avant l'année prochaine, mais pas plus tard, à peu près à la même époque, sans rire. C'est une promesse. J'ai tenu ma promesse cette année, pas vrai ? Alors. Dans l'attente,

C'est ici que Tucker se mit à hésiter. Dans l'attente, quoi ? La probabilité qu'il réussisse à survivre jusqu'en septembre de l'année prochaine n'était pas plus certaine qu'elle ne l'avait été en septembre dernier. Il songea à son petit démon personnel et fut pris de frissons. Allez, roule, à en faire trembler la caisse. Au moins, Mattie, supposa-t-il, allait-elle survivre jusqu'à l'année prochaine, tandis que pour lui, Tucker, rien n'était moins certain. Il se mordit la lèvre. Mattie était une gentille fille.

Dans l'attente, pense à nous en termes de promesse, celle que je t'ai faite à notre première rencontre de hasard, il y a un an de cela, et la manière dont elle s'est finalement, glorieusement

Il raya « glorieusement »

accomplie, dans toute sa beauté, la nuit dernière, après une année.

Comme il n'avait utilisé que deux feuillets de papier-éponge, il arracha le troisième, le chiffonna et le remit dans le tiroir avec le feutre. Puis il disposa la longueur de serviette en papier sur la table de cuisine, de sorte que le titre du poème commençait juste sous le rebord de la fenêtre et déroulait sa ligne avec élégance en direction de la porte de chambre. Elle le trouverait facilement. Il hésita alors une dernière fois. Puis il écrivit « Bien à toi » au bas de son petit mot, et s'arrêta. Mieux valait ne pas signer de son nom. Sinon il lui faudrait régler son dû au démon[1]. Il se contenta d'écrire un T. majuscule sous la formule de salutation.

Elle saura de qui il s'agit.

Il franchit la porte de la cuisine et s'engagea dans la cour poussiéreuse, en refermant délicatement derrière lui la porte-moustiquaire. Sa camionnette était garée contre une clôture sous l'unique peuplier cotonneux qui poussait là, capot dirigé vers la route, comme à son habitude. Il s'immobilisa un instant et se laissa assaillir par le silence majestueux de ce pays. Le silence était tel qu'il entendait le couinement aigu à haute fréquence qui sifflait dans son oreille droite, mais le vent, bien que quasiment inexistant, était là, présent ; le vent exerça la plus douce des pressions sur ses deux oreilles, et Tucker se prit à nouveau à songer à cette vieille femme, la souillon édentée, en train de choisir ses fruits à l'étal de l'épicier, pinçant de deux doigts ridés l'avocat de son cerveau. Il entendait le vent sans tout à fait en percevoir la présence. Puis il entendit les feuilles du peuplier, bruissant doucement sous la brise

1. Jeu de mots sur l'expression qui signifie également s'attirer de gros ennuis. (N.d.T.)

légère, et une touffe d'herbe vacilla sous le souffle, à ses pieds, dans la poussière. Il n'arrêtait donc jamais vraiment, ce vent, à toujours vouloir s'imposer à tout le pays.

Je me demande, songea-t-il en traversant la cour, tandis qu'il fouillait la poche avant de ses jeans à la recherche de ses clés. Il déverrouilla le pick-up noir — c'était un garçon de la ville, après tout, non, soucieux de sécurité et vigilant — et, comme il grimpait sur le siège conducteur, il vérifia le .30-06 accroché au râtelier à fusil, un garçon de la ville aux aspirations campagnardes — ou, plus exactement, quelqu'un auquel la campagne servait de déguisement. L'arme était chargée, une balle dans le canon, le chien reculé d'un cran, sa position de sécurité. Se trouvait, en fait, sur le siège, une copie en lambeaux de *The Selected Poems of Paul Verlaine,* qu'il balança sur le tableau de bord. Puis il trouva le flacon dans la boîte à gants. Il en fit tomber quatre aspirines dans le creux de la main, plus deux Benzédrine, et se colla le tout dans la bouche. Dans la glacière, trois bières baignaient dans l'eau tiède. Il en ouvrit une, et laissa la mousse s'écouler jusqu'au sol. Une longue et profonde gorgée transféra cent grammes de jus de chaussettes tiédasse de la boîte jusqu'à ses tripes. Son estomac se convulsa, mais la bière resta en place. Il regarda dans le rétroviseur et tira vers le bas la paupière inférieure de son œil gauche en en pinçant les cils pour se perdre dans la contemplation des tics qui tressautaient au-dessus du bout de ses doigts. Il engloutit deux Benzédrine supplémentaires. S'il les écrasait entre ses mâchoires, elles agiraient plus vite. Puis il croisa les doigts autour de la boîte de bière qu'il posa au sommet du volant, bras ballants, retombant en drapé de chaque côté de la colonne de direction, et fixa l'horizon, au-delà du croissant de pare-brise dégagé de poussière. Quatre pierres tombales bien tenues s'alignaient proprement dans un carré de terre sous un autre peuplier cotonneux, un carré clôturé de fil de fer barbelé qui faisait comme une enclave dans la prairie. Je me demande, se hasarda-t-il à penser, tapotant du majeur la boîte de bière tout en mâchonnant d'un air distrait les pilules crayeuses et amères. Je me demande si elle se rendra jamais compte qu'elle a passé une nuit avec le Diable ?

3

Mattie se tenait derrière le comptoir bas, sans trop savoir où elle était. Elle avait oublié ce qu'elle était en train de faire encore quelques instants auparavant. Elle avait les yeux fixés sur deux minuscules mots, à l'encre bleue, en demi-cercle, écrits entre pouce et majeur, sous le corps de son stylo-bille. RODEO SECURITE, disaient-ils ; un videur les avait tamponnés là la nuit dernière après que Tucker leur eut offert à tous deux leurs tickets d'entrée à un bal. Sur ce point, le stylo portait lui aussi un texte en lettres dorées, cadeau offert par une marque de nourriture pour bestiaux : VOS VACHES ONT EU LEUR DOSE RECEMMENT ? Il était posé en attente au-dessus du petit bloc à rayures vertes et chiffre rouge imprimé en coin qu'elle tenait au creux de la paume de son autre main. On y avait écrit quelque chose. 5 EZ DBL BAK OJ LRG BLK [1]. Puis le bourdonnement du long tube fluorescent qui courait au plafond parallèle au comptoir au-dessus de sa tête se mit en phase avec les tremblements nerveux qui lui

1. A lire comme 5 œufs mollets. Double bacon. Grand jus d'orange. Café noir. (N.d.T.)

agitaient l'estomac et résonna en rythme avec eux. Elle se dit qu'elle allait dégueuler en plein dans la figure du routier posté un peu au-delà de son bloc à fiches. Mais l'homme s'adressa à elle gentiment malgré tout.

— Mattie ? avait-il dit. Mattie, tout va bien ?

— Qui, moi ? dit-elle avec un sourire nerveux. Bien sûr, bien sûr que je vais bien. Je te... Je te... regarde, c'est tout...

La bouche du routier se tordit en grimace méchante. Après tout, il n'était pas plus tôt pour elle que pour lui. L'homme, déjà âgé, la cinquantaine, était travailleur indépendant propriétaire de son propre camion. Il transportait le fourrage jusqu'au Okanagan et redescendait à Spokane, chargé de pommes, tous les automnes depuis que Mattie était née. Elle le connaissait depuis dix ans, mais, pour l'instant, son nom lui échappait complètement.

— Tu m'as l'air un peu naze, si tu veux savoir, dit-il franchement.

Elle fronça les sourcils et se demanda s'il savait lire le français.

— C'est cette chaleur, dit-elle irritée, sans raison.

Le routier ne comprit pas bien. Il faisait chaud à Dip à midi, pas de doute là-dessus. Mais les gens du pays se montraient en général reconnaissants aux heures du petit jour et leur température d'une relative fraîcheur.

— Si t'as chaud maintenant, dit-il, y'a des chances pour que tu sèches sur pied et que t'ailles piquer une tête à Moses Lake avant midi.

Un éclat de rire pareil à un aboiement retentit dans son dos au sortir du passe-plat qui reliait la salle à manger à la cuisine, et la voix de Mordecai ajouta :

— Ramène-nous donc un seau de mousse de titâââne pendant que tu y es quand tu reviendras, Mattie.

Le routier sourit et souffla comme un asthmatique, signifiant par là que la chose l'amusait.

A cette époque, une grande usine s'était construite à

Moses Lake, une usine de traitement de mousse de titane. Personne ne savait à quoi pouvait servir la mousse de titane, ni même à quoi elle ressemblait, mais l'annonce de la construction de l'usine de traitement, et du recrutement du personnel nécessaire pour la faire fonctionner avait été le principal sujet de conversation parmi les chômeurs — environ 28 % de la population — à cent cinquante kilomètres à la ronde, et ce depuis deux ans maintenant. Même au Dip Café, à quelque cent kilomètres et des prunes de Moses Lake, il ne se passait pas une journée sans que l'usine de titane ne soit mentionnée.

— De la tarte ? demanda Mattie au routier, en forçant un mince sourire sur son visage. Tout son être se révoltait à l'idée d'une vie entière dans une usine de titane, sans même parler de Moses Lake pour couronner le tout, et sa révolte n'avait d'égale que son aversion physique au fait d'être là aujourd'hui, obligée de travailler derrière son comptoir. Trop peu de sommeil, trop de cognac, beaucoup d'exercice, et on ne se sent plus très bien quand on est femme. Le bourdonnement électrique du néon au-dessus de sa tête venait constamment titiller ses nausées, pareil à l'amorce d'un pétard à dix centimes dans un seau de menudo [1]. Elle se mordit la langue et réfléchit à la remarque du routier. Jake, il s'appelait Jake. Ses cheveux blancs étaient toujours trop longs d'un centimètre ou deux et ses bajoues sans rouflaquettes pendouillaient comme les deux ailes avant d'une vieille Buick. Elle n'arriverait jamais à tenir sans vomir jusqu'à midi.

Le routier sourit et souffla comme un asthmatique à la petite vanne de Mordecai. Ce qui laissa apparaître ses dents gâtées et son visage vira au rouge tandis que ses bajoues tressautaient au rythme de ses ricanements caractéristiques qui n'appartenaient qu'à lui. On se

1. Soupe de tripes mexicaine. (N.d.T.)

serait cru à l'entendre qu'il écrabouillait des souris sous une presse à tortillas.

— Et... et... — le routier essayait de ne pas être en reste après la vanne de Mordecai — t'auras même droit à la pièce pour ça.

L'air siffla au sortir de ses poumons, il claqua le comptoir de la paume de sa main, et Mattie sursauta, un bond de quinze centimètres.

Le visage de Mordecai s'épanouit et son rire — lui aussi bien particulier — vint se joindre à celui de Jake, semblable au couinement d'un chihuahua vieillissant pris d'emphysème en train de compter les souris. Subsistait néanmoins entre les rires des deux hommes une différence qui ne disparaîtrait jamais, celle qui sépare le rire du travailleur de celui qui ne fait rien, mais cette différence se perd souvent dans les éclats de deux mecs qui s'esclaffent en partage, tout prêts à croire que leurs ricanements ont raison d'être tant leur objet est comique. Jake et Mordecai croyaient. Des fondations solides bâties sur les rumeurs qui couraient fréquemment dans le café constituaient l'assise même de cette crédulité, selon laquelle, en échange de peu ou pas de travail du tout, pour un boulot ridicule ou superfétatoire dans le cadre de l'énorme projet en cours à Moses Lake, la paie devait être plus que bonne. Des histoires circulaient sur des dizaines d'hommes au volant d'énormes machines très chères qui tournaient en rond, des jours et des jours durant, sans raison visible de prime abord, un investissement fantastique que quelqu'un allait bien devoir régler — vraisemblablement la victime expiatoire habituelle, qui ne manquait jamais d'endosser le prix à payer pour toute entreprise similaire d'une inefficacité aussi délibérée, à savoir le cochon de payant, ou le malheureux contribuable, selon l'interlocuteur auquel vous prêtiez l'oreille.

Mais c'était là des mecs qui auraient rigolé d'un

busard [1] en train de dégueuler. Ils cachaient leurs sentiments derrière leur rire, ainsi que nous tous, autant que nous sommes, mais ces deux-là poussaient non plus le bouchon, mais la montagne, trop loin. Le lendemain de l'explosion de Challenger IX au décollage, tuant les sept astronautes à bord, tandis que le monde entier était en état de choc, à revoir diffusions et rediffusions du désastre, Jake était entré dans le café avec *exactement,* il n'y a pas d'autre mot, l'air du chat qui vient d'avaler le canari.

— Hé ! Mattie, avait-il dit, avant même qu'elle lui eût dit bonjour, qu'est-ce qu'y a dans un cocktail d'astronaute ?

Elle lui tournait le dos à ce moment-là et lui versait son café, et elle avait vu la spatule de Mordecai s'immobiliser, en attente, pleine d'espoir, suspendue au-dessus des frites et des oignons. Elle soupira d'un air résigné.

— Je ne sais pas, Jake. C'est quoi ?

Jake riait avant même d'avoir lâché sa réponse, ses bajoues tressautant comme les deux ailes d'une Buick à l'allumage mal réglé.

— Du S-S-Seven-Up et une d-d-dose de Teacher's ! [2]

Il n'y avait absolument rien de drôle, mais Mordecai se trouva incapable de cuisiner tant il rit pendant les dix minutes qui suivirent. Ce qui était tout aussi bien. Jake riait trop fort pour manger. Mattie était sans voix. Elle avait *failli* rendre son tablier. Mais, après tant d'années, ces outrages divers qui venaient agresser ses sensibilités se produisaient au moins une fois par jour, quand ce n'était pas trois, lorsqu'elle travaillait au café. Elle y était presque habituée.

1. Rapace capable de se goinfrer de nourriture au point d'être incapable de voler. (N.d.T.)

2. Seven-Up : marque de limonade, seven signifiant sept. Teacher's, marque de whisky, teacher signifiant professeur. (N.d.T.)

En outre, si elle rendait son tablier, comment parviendrait-elle à rester en contact avec tous ces gens tellement dignes d'intérêt ? En fait, Mattie aimait les gens, sincèrement, mais elle avait un jour commis l'erreur de faire état de ses prédilections affectives en la présence de Jake et de Mordecai réunis. Il avait suffi d'une fois.

— Les gens, c'est comme les chiens, Mattie, lui faisait remarquer Mordecai, de temps à autre, depuis ce jour-là, faut se les garder autour de soi. — Petit temps d'arrêt. — Mais si les choses tournent vraiment à l'aigre, quand les temps sont durs, on peut toujours les bouffer.

Souris et chihuahuas.

Travailler dans un café était pratiquement le seul moyen de voir régulièrement des visages nouveaux, ou même familiers, à Dip. Les familiers en question, au moins pour une certaine catégorie d'entre eux, on pouvait toujours se les voir à l'église — quand on pouvait supporter l'église. Mais rarement un étranger à la ville. Les étrangers ne se montraient qu'au café. Impossible d'en voir ailleurs.

Sans compter qu'elle en avait sacrément besoin, de ce boulot. Elle était l'une des cinq ou six femmes de Dip, Washington, qui touchaient salaire.

En ce moment, juste derrière elle, Mordecai abaissa la paume de la main sur le vibreur de la petite sonnette de service posée à même le passe-plat, à plusieurs reprises, tout en riant. Laquelle retentit avec un bruit impatient, signe sans ambiguïté que Mordecai s'amusait beaucoup.

Reconnaissante de cet instant de répit sur le sujet de discussion en cours, à savoir sa santé, Mattie raffermit sa position contre le rebord du comptoir et attendit que l'hilarité générale s'atténuât. Au dehors, une énorme moissonneuse-batteuse John Deere, d'un vert poussiéreux, passa sur la grand-route, laissant derrière elle une traînée de bruit et de paille de blé, plus un nuage de poussière qui vint se déposer en couche supplémentaire sur les fenêtres du café, côté route. Mattie soupira. Une machine de ce genre-là devait coûter, flambant neuve, près de 42 000 dollars, et la plupart des ranches qui tournaient dans la région en possédaient au moins deux. A cette époque de l'année, on y trouvait facilement du travail. Elle avait fait plusieurs tentatives, comme cuisinière pour les équipes de moissonneurs dans différentes exploitations, et elle avait aimé ça. Mais les emplois étaient saisonniers ; et tôt ou tard s'y associait ou une trop grande intimité ou un ennui bien trop important. Ou bien la famille se montrait trop curieuse quant à sa vie privée, ou alors, ils étaient tous trop polis, voire guindés, autour de la table à la maison — ou autour du hayon de la camionnette-cantine dans les champs — avec, pour résultat, de longs repas taciturnes au cours desquels on n'entendait que des bruits de mastication, parfois accompagnés du ronronnement de l'aéromoteur dans la cour, en train de pivoter pour se mettre face au vent, Seigneur, ou le crissement d'une grosse sauterelle qui passait devant la moustiquaire, ses ailes jaune vif déployées au vent, dans la chaleur de l'après-midi... Elle songea à tout cela pendant un moment. Un jour en Idaho dans le Payette [1], elle avait remarqué que les sauterelles avaient le dessous des ailes d'un carmin brillant. Elle en avait même capturé une pour l'examiner de près. L'insecte ressemblait à ceux-là mêmes qui sautaient dans les herbes autour de Dip, sauf que les sauterelles de Dip étaient d'un jaune verdâtre brillant, presque couleur de chartreuse pâle, là où les sauterelles de Payette étaient carminées d'un rouge lumineux. Saleté de saleté, c'est à cause de toute cette diversité que la vie est un vrai scandale.

Et puis Mattie rougit. La nuit dernière avait été un véritable scandale. Qui continuait, d'ailleurs. Mattie la

1. Région du centre-ouest de l'Idaho où se trouve Hell's Canyon, le Canyon de l'Enfer. (N.d.T.)

sentait encore, et c'était un scandale d'éprouver des sensations aussi agréables. Dans toute leur diversité. Pas un sillon qui n'eût été labouré. Un petit sourire vint voleter sur l'expression légèrement contrariée qu'elle affichait au travail. Existait-il donc des gens, là-bas, de par le monde, qui pratiquaient cette sexualité-là comme allant de soi, comme une chose banale ? Régulièrement ? Tous les soirs ? Son regard quitta le pan grisâtre et poussiéreux du silo à grains de l'autre côté de la Highway 174 pour venir se fixer sur le visage rougeaud et tremblotant d'un Jake Macbee aux yeux plissés, secoué par les spasmes d'un rire qui touchait à sa fin. Les paupières n'étaient plus que des fentes au milieu de ce visage rond et charnu, pareilles à des entailles au couteau dans le flanc d'un jambon. Non, songea-t-elle, pas moyen, impossible, pas question, ça ne se peut pas. Et pourtant Jake, et ça, elle le savait, était marié depuis trente ans et avait cinq mômes. Possédait-il un aquarium ? Elle secoua la tête, légèrement, d'avant en arrière, l'air incrédule.

— Pas de cerises ?

Mattie rougit de la gorge à la racine des cheveux.

— Bon sang ! dit Jake en claquant le comptoir du plat de la main. Qu'est-ce t'as, alors ?

Mattie se renfrogna et le regarda.

— Hé ! Mattie.

Mattie regarda par-dessus son épaule en direction de Mordecai.

Sans même lever les yeux du plat qu'il était en train de cuire, Mordecai fit un geste de sa spatule au milieu d'une colonne de vapeur.

— On a une tourte presque entière ici, il n'y manque qu'une part !

Elle regarda le présentoir à gâteaux, à la droite du passe-plat, juste à côté de la caisse enregistreuse. Dans le miroir au-dessus de la seconde étagère, elle vit clairement la part manquante d'une tourte épaisse et bien dorée dont le triangle manquant se délimitait par deux tranches aux cerises luisantes rouge sang mêlées de pectine sirupeuse. Elle repensa une nouvelle fois aux ailes de sauterelles de Payette. Elle se retourna vers Jake, dont le visage s'était éclairé.

— Cerises ? demanda-t-il.

— C-π [1]..., écrivit-elle sur son bloc vert. Avec de la glace ?

— Du titane.

Mordecai aboya de rire et fit tinter sa sonnette.

Elle se renfrogna et nota « Titane » d'un geste rageur sur le bloc au point de casser la mine du crayon. Tandis que Jake écrabouillait ses souris et Mordecai jappait comme un coyote du sud de la frontière, elle se retourna, enficha la commande sur le tourniquet du passe-plat et fit tourner l'engin, violemment. Mordecai glissa sous le tourniquet une grosse assiette couverte d'œufs fumants avec bacon, pain grillé, pommes de terre et oignons. Petit déj' instantané. Même pas besoin de le noter, sauf que les Contributions voulaient être tenues au courant. Le petit déjeuner de Jake variait uniquement selon que la tourte aux cerises était disponible ou non, ce qui n'arrivait pas souvent, nom de Dieu. Comme elle se retournait, l'assiette dans la main, elle fut assaillie par l'odeur d'albumine frite en plein nez. Son estomac se révulsa, la bile lui remonta à la gorge. Elle fit demi-tour et posa l'assiette sur le comptoir. Laquelle glissa et vint heurter les couverts posés sur la serviette face à Jake tandis que Mattie se précipitait vers la salle de bains, à l'autre extrémité du comptoir, les deux mains en coupe sur le visage.

Mordecai sortit sa coiffe de chef par le passe-plat, suivit Mattie des yeux et échangea un regard avec Jake avant de retirer ladite coiffe et de retourner en cuisine.

— Bon sang, Mattie, dit-il à haute voix.

1. A lire comme C-pie, tourte aux cerises. (N.d.T.)

Il leva les yeux pour avoir confirmation de la commande qu'elle avait prise.

— Tu vas bien ?

Elle savait ce qu'ils avaient en tête, tandis qu'elle vomissait ses trois tasses de café dans la cuvette. Ils devaient se dire que c'était là une nausée matinale. Probable qu'ils ne pensaient pas à mal, qui plus est, mais tout bien considéré, elle se sentit très gênée. Le fait de leur laisser accroire qu'elle était enceinte de quelqu'un qu'ils s'imaginaient connaître se situait à un cran au-dessus, dans l'échelle sociale, de la simple découverte qu'elle avait mal au cœur pour avoir avalé une demi-bouteille de cognac après trois bières avant de passer une nuit blanche à se faire baiser en long, en large et en travers, par quelqu'un que personne ne connaissait, pas même elle. Ainsi donc la disgrâce n'est que relative, comprit-elle soudain, le cœur aux lèvres, bouche béante en quête d'air, à genoux devant la cuvette, tandis que lui dégouttaient par le nez les dernières séquelles de son bol stomacal. On en apprend tous les jours.

Deux nouvelles contractions n'amenèrent rien que des larmes à ses yeux, puis la nausée s'apaisa. Elle se laissa glisser au sol et resta là à se reposer quelques instants, le front posé contre la porcelaine fraîche de la cuvette. Au bout de quelques instants, l'odeur l'obligea à se remettre debout.

Il n'y avait pas grand-chose comme graffitis sur le mur, mais une ligne ressortait du lot à hauteur d'yeux.

Une heure de NAUSEE est une Victoire sur la MORT.

Elle fronça un sourcil. Elle se trouvait dans les toilettes pour hommes.

— Mattie ? Ça va ?

Elle se pencha au-dessus du lavabo et se regarda dans le miroir. A s'apitoyer sur elle-même. Elle fit couler un peu d'eau sur les paumes des mains et se rinça le visage. Puis elle fit une tentative de sourire, à titre expérimental. J'ai aimé ça, dit-elle à son reflet par télépathie. Elle le répéta une fois encore, articulant ses paroles d'un mouvement des lèvres, de manière à se voir le dire dans le miroir. Je savoure ça jusqu'à la dernière goutte, et cette petite gêne momentanée en vaut la peine. Je me demande si tout le monde est au courant, pour le cognac. *Bière et whisky, drôlement risqué* — c'était quoi, la suite, déjà ? *Cognac et bière, la queue en l'air* ? Ah ! la quête par le péché pour un peu d'innocence et quelques mauvaises rimes, aussi vieille que la prostitution, la politique, l'esclavage, et la perpétuelle remise des choses à plus tard... Et cette douce et agréable lassitude qui naît de l'assouvissement sexuel comme de son étrange prélude, entre danse et lutte, pas moins intense et complète que temporaire, se diffusa au travers de tout son être. Elle se plaça debout devant le miroir, jambes écart, et remonta la masse de ses cheveux au sommet du crâne, de ses deux mains. En dépit de son uniforme de serveuse, malgré ses trente-cinq ans au tournant, pâle, la gueule de bois, elle était très jolie. Pimpante, même. Pas aigrie, pas encore. Pré-caillée, peut-être. Un yaourt au lait de chèvre parfumé au miel. Le sourire se teinta d'une coloration sardonique. Après tout, songea-t-elle, il me reste une vie entière à me remettre de ça. Suivit un moment d'amertume, qu'elle se mit en devoir d'étudier. Une femme comme Mattie, dans une ville comme Dip, aurait très bien pu ne jamais trouver à se masturber face à un beau cow-boy masturbateur, tandis que ses deux poissons de combat siamois se déchiraient l'un l'autre à belles dents.

Eh bien ! songea-t-elle soudain hautaine. Il aurait tout aussi bien pu n'être que cow-boy.

Elle s'interrogea, soudain soucieuse de savoir si Tucker Harris se payait de telles parties de plaisir de manière régulière. Il paraissait avoir à cet égard un don incontestable. Mais alors, en se fondant sur la rareté présumée des poissons de combat Bettas siamois au cœur de l'État de Washington, elle se mit à douter de la chose. En outre, sur le plan local, il n'y avait pas d'autres filles comme Mattie. Elles s'étaient toutes, ou mariées des années auparavant, aujourd'hui mères de plusieurs enfants, ou alors elles étaient parties depuis bien longtemps, sans plus jamais donner de leurs nouvelles. Plus elles étaient jolies, plus elles partaient — ou se mariaient — jeunes. Mattie était l'exception ; les raisons en étaient simples et directes, voire brutales. Fille unique, ses parents s'étaient tués dans un accident de la circulation lorsqu'elle avait neuf ans. Sa grand-mère l'avait élevée dans la maison que Mattie habitait encore aujourd'hui. La vieille dame était décédée lorsque Mattie avait vingt-cinq ans. Toutes deux avaient vécu grâce aux revenus de l'assurance-vie de Grand-mère, de la sécurité sociale de Grand-mère et de quelques hectares de pâturages donnés en location ; et jusqu'à ce jour, Mattie recevait cent dollars tous les mois d'une compagnie d'assurance automobile du Connecticut. Elle était rentrée à la maison après sa première année d'université pour s'occuper de sa grand-mère, la mère de sa mère, la seule famille qui lui restait, et avant sa mort, six ans plus tard, Grand-mère avait depuis longtemps repris l'habitude d'appeler Mattie du nom de sa mère. Elle était morte lentement, mais sans souffrances. Sa maladie avait dévoré toutes leurs économies. Mais arrivée à ce stade, Mattie s'était habituée à la maison et à sa bibliothèque, à la solitude et au vent, et même à son boulot. Le boulot...

Jake avait plus qu'entamé son assiette de petit déjeuner et il en était à téter sa troisième tasse de café noir. Penché sur le comptoir, une cigarette dans le cendrier placé en face de lui, les lèvres entrouvertes sur le rebord de la tasse, il leva les sourcils à l'adresse de Mattie et hocha tête, lèvres et tout le reste.

— Tiens, grommela Mordecai depuis la cuisine. — Il fit glisser un grand gobelet à café en polystyrène par le passe-plat. — Avale quelques gorgées de ça, ça t'fera du bien.

On apercevait de la mousse dans le gobelet. Une bière. Reprends-un-peu-de-poil-de-la-bête, -y-se-pourrait-que-tu-sois-obligée-de-remanger-un-de-ces-quatre. Elle échangea un regard avec Mordecai. Mordecai était ce qu'on appelait un Jack-Mormon, quelqu'un qui avait perdu la foi, ou qui s'en fichait, ou que l'on avait exilé de l'Église — personne ne savait au juste. Bien qu'habitant Dip depuis vingt-cinq ans, il n'avait pas grandi sur place et son histoire, en conséquence, ne s'était pas gravée dans les mémoires — pas encore. Mais tout le monde à Dip savait que Mordecai aimait à siroter des bières une journée de long, lentement, non pas au point de s'en trouver gêné dans son travail de cuisinier, mais suffisamment pour qu'à la fin de la journée, il tourne encore sur suffisamment de cylindres pour se souvenir de verrouiller la porte, avant de prendre la route jusqu'à sa petite caravane Airstream d'après-guerre, rangée sur une falaise de trois cents mètres, face au sud, à l'embouchure d'un petit estuaire étroit à vingt kilomètres de la ville, et tomber dans les vapes.

D'un autre côté, songea-t-elle, en regardant le contenu du gobelet d'un air soupçonneux, c'était bien la bière qui l'avait mise dans cet état. Pourquoi donc devrait-on en boire encore plus ?

— C'est bon pour c'que t'as, dit Mordecai d'un ton bourru, anticipant sa question. Ça remet l'estomac d'aplomb, ajouta-t-il, avant un temps de silence un peu gêné. Bon ! dit-il, allez, vas-y, et quand tu seras remise, M. Jake ici présent aimerait sa tranche de tarte *à la mode*, avec de la glace.

Il adressa un clin d'œil à Mattie et il serra le poing droit. Elle entendit le craquement caractéristique de l'aluminium qu'on écrase, et vit les restes d'une boîte de Rainier disparaître à sa vue, tourbillonnant en direction du frigo de la cuisine, près duquel étaient placées les poubelles. Elle ricocha sur la porte en aluminium et prit la place qui lui revenait.

— Deux points pour le lancer, coassa Jake.

Elle lui porta un toast et avala une gorgée de son verre.

Quinze minutes plus tard, Jake était à l'œuvre sur son cure-dent et l'estomac de Mattie allait bien. Le gobelet en polystyrène était presque vide, et elle songeait justement qu'il serait éventuellement judicieux de renouveler la dose, lorsqu'une Chevrolet poussiéreuse, modèle fin des années soixante, quitta la grand-route pour virer sur le mouchoir de poche gravillonné situé devant le restaurant routier. Deux hommes en sortirent. Ils s'étirèrent comme s'ils étaient restés longtemps enfermés dans l'espace restreint de la voiture et clignèrent des yeux face au soleil, au vent et à la poussière.

4

C'étaient de vieux hippies. Ils avaient tous deux les cheveux longs, blonds, raides et coiffés très proprement en queue de cheval pour l'un, très bouclés pour l'autre, d'un brun noirâtre, broussailleux, tellement épais et mal entretenus qu'on aurait dit un nid d'oiseau dont un visage aurait occupé le centre. Le blond était mince et le brunet gras. Ils étaient tous deux vêtus de jeans, pattes d'eph' de couleur bleue pour le blond sur bottes de cow-boy bien usagées, noirs et droits sur bottines noires pour l'autre. Le blond portait une chemise à motifs cachemire, le brunet, un sweat-shirt rose aux manches coupées plus un bandeau turquoise. L'homme à la chevelure noire avait le teint pâle et malsain, et portait aussi sur le bras droit le numéro 13 tatoué, tandis que la poche revolver laissait apparaître un livre de poche tout dépenaillé. Le blond arborait un hâle doré et se déplaçait avec la souplesse d'un chat.

Ils s'installèrent à la table du coin à gauche de la fenêtre. Numéro 13 laissa tomber son bouquin sur le plateau de la table et remonta ses pantalons d'un cran avant de s'asseoir. Le blond se glissa avec souplesse et agilité dans un fauteuil, face à Numéro 13.

Cela faisait bien longtemps que Mattie n'avait vu un hippie authentique, voire un stéréotype de l'espèce, bien moins encore un adulte qui en eût le costume. A vrai dire, il ne s'était guère écoulé beaucoup d'années depuis la dernière fois où elle en avait vu un. Dip était un endroit totalement à l'écart, avec le genre de réputation susceptible de décourager quiconque de s'y arrêter ; pour tout dire, en un mot comme en cent, Dip n'avait aucune réputation du tout. Toujours est-il que la mode branchée — ou le phénomène culturel, à votre gré — était arrivée tard et repartie tôt. Mattie se montrait un peu curieuse, sans plus, un tant soit peu révulsée par ce qui n'était à ses yeux rien d'autre que des tenues vestimentaires inverties, mais ceci mis à part, elle était sans opinion. Bien au contraire, il était agréable de voir quelqu'un sortant de l'ordinaire s'arrêter là en chemin, loin de la grand-route. Et la boîte de bière qu'elle venait de consommer la laissait pour l'essentiel d'humeur bien disposée. Les pensées qui agitaient Jake suivaient un tout autre cheminement. Il s'étrangla de manière ostensible sur son café, reposa bruyamment la tasse sur la soucoupe et fixa du regard les deux nouveaux arrivants.

Mattie apporta deux verres d'eau et deux menus à la table.

— Salut, dit-elle.

— Comment va, dit le blond.

Les yeux étaient d'un bleu lumineux et le regard ne cillait pas.

— Ouais ! dit son ami, le livre maintenu ouvert du tranchant d'une main pendant sa lecture, tandis qu'il jouait à rouler et dérouler une mèche de ses longs cheveux noirs autour d'un doigt de sa main libre.

— Café ? demanda-t-elle.

— Ouais ! dit-il, sans lever les yeux de son livre, du même ton que précédemment.

— Avez-vous... demanda le blond, en rassemblant les doigts d'une main en pincement géant, du jus d'orange *frais* ?

— Tout frais, droit sorti de la boîte, monsieur, répondit Mattie.

— Dégueulasse, dit le blond.

— Quand on est à Rome, marmonna son ami, toujours sans lever les yeux, on fait comme César, on mange des pâtes. Pourrais-je avoir de la crème ou du lait avec mon café ?

Le blond avait des pattes d'oie autour des yeux, vraisemblablement à cause du soleil, et une mèche de cheveux gris au sommet du crâne. Il n'était pas jeune. La petite quarantaine. Mais bien conservée.

— Il y a des sachets de crème sur la table, monsieur, justement.

Entre salière et poivrière, devant le distributeur de serviettes en papier, était posé un bol plein de petites enveloppes blanches et roses. Le bouclé leur jeta un coup d'œil.

— Ce truc, ça va te tuer, Eddie, dit le blond.

Eddie grommela.

— Et un verre de lait, ajouta-t-il en retournant à sa lecture.

— Qu'avez-vous précisément à nous offrir ? demanda le blond.

— Eh bien ! monsieur, commença Mattie, il y a des tourtes fraîches maison, le spécial d'aujourd'hui, c'est poulet frit et, bon, tenez, jetez un coup d'œil au menu pendant que je vous apporte vos cafés.

— Votre café, corrigea le blond, en levant son verre d'eau à la lumière où il se mit à le scruter d'un œil soupçonneux.

— Rien qu'un lait et un café, dans ce cas, et c'est tout ?

— Je prendrai un cheese burger, des frites et une tranche de tarte, la dernière à être sortie du four, dit le bouclé, toujours dans sa lecture, et un milk shake au chocolat.

— Un peu rétro, tout ça, dit le blond, en faisant tourner le verre d'eau entre le pouce et un doigt.

Mattie nota sa commande tout en se retirant derrière son comptoir. Mordecai était invisible. Impossible de mettre la main dessus. Elle épingla le reçu au tourniquet qu'elle fit pivoter.

— Mordecai ! dit-elle sèchement avant d'enfiler la tête par le passe-plat.

— Mordecai ?

Elle fit tinter la sonnette.

— Bon Dieu de nom dé é é é é é é Dieu, dit Jake d'une voix tonitruante, désignant les deux clients du cure-dent qu'il avait sorti de sa bouche, si c'est-y pas un couple de hippies, des hippies certi-faillés !

Mattie regarda Jake par-dessus son épaule.

— L'article authen-tic-tic-tac-tique, et en deux tailles, poursuivit Jake.

Il leva deux doigts en l'air et adressa un clin d'œil à Mattie. Puis il pivota d'un quart de tour sur son tabouret afin d'avoir un meilleur cadrage des deux nouveaux venus. Son visage était barré d'un large rictus bien méchant.

— Bouseux, marmonna le mec aux cheveux bouclés, toujours plongé dans son livre. Bouseux à deux heures.

— N'use pas de ton mental pour juger les autres, dit le blond, toujours plongé dans l'examen de son verre.

— Y'a pas grand-chose de mental là-dedans, répondit son compagnon.

— Hé ! toi, le hippie, avec les longs cheveux blonds, dit Jake, savourant chacune de ses syllabes, viens par ici une minute.

Personne ne dit rien. Quelque chose grésillait tranquillement sur la plaque à feu au-delà du passe-plat. Une mouche décolla du rebord de la fenêtre de façade et atterrit brutalement, tête en bas, sur le plafond.

— Viens par ici, dit Jake en se voulant cajoleur, comme s'il appelait un chiot qu'il envisageait de noyer. Viens ici.

Il siffla entre ses dents et agita les doigts.

— Hé ! Jake... commença Mattie sans trop savoir.

— C'est à toi que je parle, hippie, dit sèchement Jake, le sourire figé sur le visage.

— Le mec, là, au comptoir ? dit Eddie le bouclé avant de tourner une page de son livre sans lever les yeux.

— Ouais ! dit le blond, en reposant son verre.

Eddie croisa les bras sur la marge inférieure des pages ouvertes devant lui, et baissa la tête, comme s'il s'apprêtait avec sérieux et conviction à réfléchir à ce qui s'y trouvait imprimé.

— Y veut te dire un mot, dit-il.

Le blond se retourna et regarda Jake.

— Il parle anglais ?

— Pssst, siffla Jake, suffisamment fort pour qu'on pût le prendre pour une crevaison dans une chambre à air, viens'ci.

— Vous me parlez, m'sieur ?

— Ecoutez-moi ça, dit Jake d'un ton vicieux, ça *pourrait* p't'êt ben êt'un homme.

Mattie se retourna et regarda une nouvelle fois par l'orifice du passe-plat. Aucun doute là-dessus, Mordecai avait disparu. Elle se replongea dans le spectacle du café silencieux. Elle avait toujours pensé que Jake était stupide, mais jamais elle n'aurait cru lui voir assez de culot pour se montrer aussi grossier.

— Eh bien ? dit le blond, les yeux rivés sur Jake.

— Viens par ici une minute, hippie, dit Jake, le dévisageant à son tour. J'ai que'que chose à t'dire.

Le blond hésita.

— Que'que chose qu'y faut qu'tu saches, ajouta Jake.

Le blond soupira et regarda Eddie. Eddie leva les yeux de son bouquin et examina Jake.

Le blond se retourna vers Jake.

— Quelque chose qu'il faut que je sache, *moi* ? dit-il en pointant un doigt sur sa propre poitrine. Quelque chose que *vous*, vous allez pouvoir me dire, à *moi* ?

La lèvre supérieure de Jake se retroussa légèrement.

— Viens'ci.

Le blond se leva.

— Ne vous en faites pas, monsieur, se dépêcha de dire Mattie avec un geste en direction du blond. Je vais vous apporter votre café à table.

Elle se retourna et s'affaira à rassembler tasse, sous-tasse et cuillère de dessous le comptoir avant de verser le café. Mais lorsqu'elle fit demi-tour, le blond se tenait aux côtés de Jake, juste devant elle, de l'autre côté du bar. Elle resta immobile, pétrifiée, une vraie statue, tasse et soucoupe d'une main, pot à café de l'autre.

— Oui ? dit le blond, croisant les bras avant de se mettre à basculer d'avant en arrière, en appui sur les talons.

Mattie remarqua qu'il se tenait légèrement hors de portée de Jake.

Jake plissa les yeux.

— Dis donc, je crois ben qu'c'est pas un mâle, dit-il avec un mépris indéniable, c'est une femelle.

Le blond regarda tranquillement Jake et sourit légèrement.

— La femme qui est en moi, ça fait des années qu'elle me dit ça, dit-il. J'essaie de ne pas lui montrer, ajouta-t-il d'un haussement d'épaules avant de cligner de l'œil en baissant la voix, — vous savez bien comment elles sont, les femmes.

Mattie inspira sèchement. Le clin d'œil et le numéro du blond étaient incontestablement d'une extrême salacité.

Qui ne fut pas perdue pour tout le monde. Pour preuve le visage de grizzli de Jake qui vira au rouge avant que le bonhomme ne se remette brutalement debout. Il rapprocha sa figure à quelques centimètres de celle du blond.

— Laisse-moi t'dire queq'chose, 'spèce de foutu hermafarodite, persifla-t-il. Si mon propre fils se laissait pousser les cheveux comme ça, j'lui arracherais le bras et je le tabasserais à mort avec le moignon, ajouta-t-il, bougeant le nez de manière à ce que le cure-dent s'approche du menton de l'autre homme au point de le toucher, inclinant lentement la tête sur le côté, comme s'il s'agissait d'une soupape sur une conduite maîtresse de gaz, — rien que pour épargner à quelqu'un d'autre l'ennui de le faire.

— Seigneur Jésus, dit Eddie d'un air dégoûté depuis l'autre bout de la pièce, j'ai déjà entendu mieux au club de jardinage pour se débarrasser des limaces d'un potager.

— Jake, s'entendit dire Mattie avec colère, Jake, ne...

Mais Jake ne cilla pas, il n'en avait pas terminé.

— ... et après, j'lâcherais mes chiens sur le cadavre...

— Jake, s'il te plaît...

— ... et j'les laisserais l'bouffer jusqu'à ce qu'y dégueulent les poils.

Eddie sourit.

— Hup ! dit-il.

— *Jake MacBee* !

— Reste en dehors de ça, Mattie, dit une nouvelle voix.

Mattie se retourna et vit Mordecai debout dans

l'embrasure de la porte de cuisine. Au creux du coude était posé un fusil de chasse. Il avait toujours son tablier crasseux et sa toque de chef. Et elle se surprit à constater, en baissant les yeux, qu'elle tenait toujours une tasse de café dans une main et le pot dans l'autre.

Jake ne daigna même pas se retourner. Du point de vue de Mattie, il ressemblait à un bouledogue mal rasé au bout de sa chaîne, plus proche d'un enjoliveur sur son propre camion qu'un être humain de sexe masculin. A cet égard, d'ailleurs, Jake donnait tout à fait l'impression d'un homme prêt à quitter Dip au volant de son camion avec, sur le capot, la tête de ce parfait inconnu, la chevelure blonde flottant au vent ; véritable hyperbole dieseliste d'une xénophobie triomphante.

Aux yeux de Mattie, l'issue d'une confrontation physique directe ne faisait pas de doute. Même si, ainsi qu'il semblait le prétendre, le blond avait une femme en lui, Jake leur rendait à tous les deux, homme et femme réunis, un bon cinquante kilos. Il fallait néanmoins porter au crédit du blond hippie qu'il donnait tout à fait l'impression de vouloir aller au tombeau sans un battement de cil. A vrai dire, il ne paraissait pas le moins du monde concerné.

Puis elle entendit un gloussement.

— Pas mal, pas mal du tout, gloussa une nouvelle fois Eddie. Voyons un peu comment tu vas te sortir de ce coup-ci.

Était-il cinglé ?

— Monsieur... commença-t-elle.

— Mattie ! dit Mordecai d'un ton sévère, légèrement embiéré. Pense à ton état !

Mattie se retourna. Mordecai avait quelque peu modifié la position du fusil, et sa main tripatouillait nerveusement le pontet, pareille à un papillon en train de butiner une fleur d'une trompe hésitante.

— Mon état ? dit-elle d'une voix perplexe. Puis elle se sourit, — mon *état* ? hurla-t-elle. Espèce de fils de pute à la tronche de pâte molle, qu'est-ce que tu peux savoir, nom de Dieu, de mon état ?

Et elle balança le pot de café en direction de Mordecai.

Bien que complètement pris par surprise et rien moins que lent à réagir, Mordecai se baissa, heureusement pour sa figure, tandis que le pot de café allait s'exploser contre la porte de la salle de bains, ratant sa tête d'un bon trente centimètres, mais libérant une pluie de café bouillant mêlée de débris de verre qui lui tomba sur le dos. Mattie n'avait pas vraiment eu l'intention de le toucher, et à peine le pot eut-il pris son envol qu'elle se sentit consumée de remords. Elle suivit, tremblant de tous ses membres, la course de la cafetière tandis que le bolide se précipitait à la rencontre de Mordecai, comme au ralenti, et avant même qu'il eût parcouru les deux tiers du chemin jusqu'au mur, elle fut soulagée de voir qu'il allait rater sa cible.

Malheureusement, les deux canons du fusil de chasse posé au creux du bras de Mordecai lâchèrent, lorsque ce dernier se baissa, leur décharge de plombs, faisant voler en éclats la grande baie vitrée près de la porte d'entrée. Mattie battit en retraite, horrifiée par le spectacle : l'arche de lettres en demi-cercle au sommet de la vitrine — DIP CAFE en rouge ombré de noir — accompagnée des tubes de néon rouge de l'enseigne RAINIER qui la surplombait, se désintégra dans une explosion d'éclats de verre. A l'impact de la décharge, un tourbillon de poussière s'en alla voler à l'extérieur et se déposa en cours de trajectoire sur les capot et pare-brise de la Chevrolet garée là, avant de soulever de drôles de petits geysers en tombant devant le silo à grains de l'autre côté de la route. Aux yeux d'un éventuel spectateur, le coup aurait pu paraître à peu près aussi violent, et aussi inoffensif, que les premières gouttelettes timides d'une fausse ondée un jour d'été.

Entendant le calibre douze aboyer dans son dos,

Jake se mit à hurler et plongea au sol sur le flanc, convaincu qu'on venait de le tuer.

Le hippie blond avait décroisé les bras qu'il laissa retomber d'un geste placide. Mattie fut la seule à voir l'esquisse du geste lorsque l'homme avait porté la main au creux du dos avant de la laisser retomber. Il avait compris que l'arme de Mordecai était vide, et se contenta de rester sur place, tout bonnement. Mais avant que Mattie pût y réfléchir à deux fois, Mordecai était sur elle.

— C'est quoi, ton camp, hein, Mattie ? s'écria-t-il, de la voix la plus forte qu'elle l'eût jamais entendu utiliser. Foutue bonne femme stupide, ça t'aurait plu de me brûler la viande avec ton pot de café bouillant !

Une grosse tache se mit à couler du mur derrière Mordecai, brune et fumante tout comme sa chemise de cuistot toute détrempée, tandis qu'il continuait à crier.

— Qui c'est que tu traites de stupide, espèce de Mormon débile, répliqua Mattie d'une voix forte, quand c'est toi qui menaces d'une arme deux parfaits inconnus, nom de Dieu ?

Les deux hommes à longue chevelure échangèrent un regard. Le blond se tourna vers Mattie, et, levant un doigt, dit :

— Ahm ! mademoiselle...

Mattie lui fit face :

— Ne vous mêlez pas de ça ! hurla-t-elle.

Elle indiqua Jake du doigt, toujours roulé en boule sur le plancher, mains et bras couvrant sa tête, image vivante des affiches illustrant la conduite à tenir en cas d'explosion atomique.

— Ça fait dix ans que ce salopard m'emmerde à mourir.

Elle se tourna vers Mordecai.

— Dix ans ! dit-elle d'une voix qui monta d'un octave. Il s'est toujours trompé. Complètement et absolument à côté de la plaque, et toi, tu l'as soutenu !

Elle hurlait maintenant.

— Comme d'habitude.

La bouche de Mordecai se mit à béer, mâchoire tombante.

— Ce bigot coincé, stupide et plein de préjugés, ce vieux porc à bajoues avec son bide en barrique et sa cervelle de moineau, à toujours bouffer ses tartes, ce...

— Mattie... commença Mordecai d'un ton qui se voulait conciliant.

— Du cocktail d'astronaute. *Mon cul* !

Ils la regardèrent tous, les yeux vides, sans expression. Mattie tremblait de furie. Mordecai en était abasourdi.

— Qu'est-ce...

— Laisse tomber !

Tandis qu'elle hurlait, Jake était parvenu à la conclusion que finalement, les coups de fusil ne l'avaient pas coupé en deux. Il dégagea la tête des bras qui l'enveloppaient et se mit en demeure de se remettre debout, reprenant son second souffle, à l'occasion de quoi il s'exclama :

— Espèce de merdaillon communiste faux jeton comme un hongre vicieux...

Eddie, toujours installé à sa table en coin, devant son livre ouvert, leva un sourcil :

— Voilà ce que j'appelle des insultes dignes de ce nom. A entendre ce gus, on croirait Jesse Helms[1], observa-t-il d'un air songeur. Oui, je me souviens de lui quand il était propriétaire de cette station de télé... à Raleigh, je crois, en Caroline du Nord !... Et ce fils de...

Mais Mattie lui avait coupé la parole depuis longtemps.

— Toi, hurla-t-elle à l'adresse de Jake par-dessus le comptoir.

Ses hurlements d'hystérie avaient fini par remplir

1. Sénateur conservateur de Caroline du Nord, borné et réactionnaire. (N.d.T.)

toute la pièce, et les hommes présents ne pensaient qu'à trouver les moyens de la calmer. Jusqu'au blond qui avait résisté jusque-là aux menaces irrationnelles de Jake avec un sang-froid étonnant : il recula d'un pas, par déférence, face à une Mattie sauvage qui se mit en devoir de déverser sous-tasse, cuillère et bol plein de son quart de litre de café bouillant sur la tête d'un Jake en pleine passe de déveine.

— Par le doux Joseph Smith [1] ! beugla Jake, tandis que descendaient sur lui liquide chaud et couverts, avant d'essayer, mais l'outrage était fait, d'esquiver par une roulade.

— V'là un mec qui n'a jamais eu besoin de station télé, marmonna Eddie en opinant du chef.

Le hippie blond éclata de rire.

— Nom de Dieu de nom de Dieu, Mattie ! s'écria Mordecai, refaisant soudain surface devant l'événement, mais c'est Jake MacBee qui est par terre ! C'est notre *meilleur client* !

Mattie pirouetta sur les talons et lui fit face :

— Et moi, je suis ta meilleure serveuse, Mordecai Sturm, gueula-t-elle.

Elle montra Jake, en train de se contorsionner au sol, puis de l'autre pouce dressé contre sa propre gorge, elle dit :

— Fais ton choix !

Un silence soudain emplit la pièce. Personne ne comprenait vraiment comment les choses avaient pu en arriver là. Jake finit par arrêter ses convulsions, lentement, au milieu des échardes de verre contre le mur, sous l'énorme trou béant de la vitrine. Il contempla d'un air égaré le foutoir par terre, puis ses yeux quittèrent le sol pour se poser sur Mattie avant de revenir au foutoir, le regard de dessus les sourcils aussi chargé de furie à l'adresse du blond qu'un chien qui

1. Fondateur de la secte des Mormons (1805-1844). (N.d.T.)

aurait reçu un coup de pied. Chose incroyable, le cure-dent était resté accroché de biais à sa lèvre inférieure.

Le blond s'éclaircit la gorge :

— Ahm, m'dame, se dépêcha-t-il de dire, on peut simplement se tirer d'ici en vitesse... de la même manière qu'on est venus ?... et... euh... on vous laissera régler en toute tranquillité vos problèmes de carrière. On... euh... on n'avait pas l'intention...

Et ce fut vers lui que se tourna Mattie, cette fois :

— Vous êtes quoi, vous ? Un *invertébré* ? Une chiffe molle ? s'écria-t-elle, sachant pertinemment qu'il avait, sans l'ombre d'un doute, fait la démonstration du contraire. Se tirer ! Vas-y donc ! *Tire-ailleurs* !

— Il a raison, dit Eddie, le second, en ajoutant son grain de sel timide.

Mattie lui lança un regard furibond. Eddie se leva de sa chaise en coin. Il corna la page et fourra le livre dans la poche revolver de son pantalon en se servant de ses deux mains.

— Nous pouvons aller vaquer à nos occupations. Elle n'est pour rien dans tout ce qui est arrivé, poursuivit-il en s'adressant à Mordecai, pas plus que nous, d'ailleurs.

Il rejoignit son ami au comptoir, laissant filer son regard de Mordecai à Jake puis Mattie et retour, avec, aux lèvres, un sourire d'espoir :

— D'accord ?

Mattie se vit sur le point d'être abandonnée. Les deux inconnus s'étaient rendu compte qu'ils allaient sortir du café avec, sur les bras, une serveuse au chômage, s'ils ne mettaient pas les choses au point avec le patron. Ils ne voulaient rien avoir à faire avec elle. Elle les regarda, l'un après l'autre, et songea, qu'ils aillent au diable, tous les deux. Qu'ils aillent tous au diable. Elle se tourna vers Mordecai, d'un air de défi.

— Mattie Brooke, dit Mordecai tremblotant de toutes ses bajoues, tu es virée.

— Je vais t'épargner ce problème, Mordecai, dit-elle d'une voix épaisse, tout juste capable de maîtriser sa furie, se surprenant elle-même de voir jusqu'où sa colère l'avait emportée. Je vais te l'épargner, ton foutu problème.

Elle commença, sans grand résultat, à tirer sur les cordons du tablier noué au creux de son dos :

— Je laisse tomber.

Mordecai secoua la tête :

— Tu es virée.

5

Mattie arracha son tablier et le balança sur le comptoir.

— Eh bien ! j'peux t'dire, nom de nom, qu'ça me convient au poil, Mordecai Sturm. Je n'ai pas besoin dans la vie, de me retrouver mêlée à des mecs de ton acabit avec ta clientèle de bons à rien ; on dirait des statues, nom de Dieu ; c'est trop dégradant. C'est trop mesquin. Ça me rétrécit mes horizons.

Mordecai ne l'écoutait pas. Il dévisageait, toujours sur ses gardes, le blond à la queue de cheval. Avec ses deux canons vides, Mordecai n'était plus qu'un homme désarmé. Puisqu'il avait été le premier à menacer l'étranger sans raison, il était à même d'envisager dorénavant l'avenir avec quelque incertitude. Selon le Code de l'Ouest, l'étranger pouvait maintenant extraire froidement un .44 Magnum de sa manche et offrir sa juste récompense à Mordecai en lui faisant sauter la tête en toute impunité. Il fallait néanmoins apporter au crédit de Mordecai que son expression laissait plus ou moins à entendre, bon, d'accord, j'ai viré la fille ; qu'est-ce que t'attends pour me finir, bon sang ? Alors qu'en réalité il émettait le vœu ardent d'avoir fréquenté plus assidûment l'église où sa dernière visite remontait à vingt-cinq ans. Mais peut-être qu'un soupçon égaré de sa foi abjurée lui revint-il en mémoire en cet instant précis ; car il avait au moins l'assurance que quelqu'un irait jusqu'aux fonts baptismaux en ses lieu et place, comme son digne représentant. C'était la façon mormone de faire les choses. Le blond regarda Mordecai un instant et secoua la tête.

— Ne vous en faites pas, dit-il avec aigreur. Y'a pas de mal. Mais vous ne devriez pas vous séparer de cette dame à cause de nous.

Mordecai n'était pas bien beau en disant d'un air méchant :

— Je la vire de son propre gré.

Le blond remit sa chemise en place, soupira et regarda Mattie.

— Voulez-vous qu'on vous dépose quelque part, m'dame ?

Les lèvres tremblantes, Mattie contemplait le plancher, en se disant, tiens, c'est l'époque des moissons. Peut-être que je pourrais me trouver un ranch, chez les Johnson, qui sait, songea-t-elle, avec un enthousiasme mitigé. Mickey Johnson lui empoisonnait l'existence depuis le lycée. A l'époque, le doux euphémisme qui avait ses faveurs s'exprimait par : « Viens, Mattie, on va faire un tour à cheval jusqu'au Grand Coulee pour voir le coucher du soleil ». C'est vrai qu'il avait été mignon dans le temps. Si seulement il avait pu trouver une petite chose de poétique, du genre « On va aller voir les kilowatts battre au cœur des isolateurs ». Mais non. Tout ce qu'il savait faire, c'était la bombarder à mort de clichés sur les couchers de soleil. Elle s'était refusée à lui. Aujourd'hui, vingt ans après le lycée, Mickey était divorcé, et l'ouverture était devenue,

« Viens, poulette. On se trouve une bonne bouteille de whisky et un guide des programmes télé, et on se prend une petite chambre dans un des motels qui donnent sur Chelan Lake, spécialité jeunes mariés ». Clin d'œil. « Là où y reçoivent la chaîne Playboy ». Clin d'œil. *Doux Jésus.* Tout un chacun grandit — mais apparemment, jamais au-delà de ses possibilités. Elle eut un soupir amer et une larme roula sur sa joue.

— M'dame ? répéta le blond.

Elle leva les yeux vers lui comme si elle le voyait pour la première fois. L'homme se radoucit en voyant la larme couler.

— Aw, dit-il tranquillement, en raclant le plancher de la pointe de sa botte, c'est qu'un boulot, m'dame.

— Arrête de me coller tes « m'dame » à la figure, espèce de salopard de hippie à longs cheveux.

Afin de mettre un terme à son sourire soudain, le blond fit la moue et leva un sourcil, sans toutefois dire un mot.

— Nous ferions bien de partir.

Eddie sortit le premier. Le verre crissait sous ses pas. Le blond passa par-dessus les jambes de Jake puis tourna à la porte. Un courant d'air fit voleter une boucle de cheveux sur son front.

— Au r'voir, dit-il, à personne d'autre que Mattie.

Mattie l'ignora.

Il sortit.

Un long moment de silence suivit. Mordecai était toujours debout, appuyé contre la porte des toilettes, le canon du fusil dans la main, crosse posée au sol. Jake débarrassait vivement le sol des échardes de verre afin de se dégager un espace suffisant pour lui permettre de prendre appui sur les mains et se lever.

— Je vais chercher mes affaires, c'est tout, dit-elle en se dépêchant dans la cuisine.

Quelques minutes plus tard, elle s'était changée en jeans et bottes. Bien qu'elle eût porté des bottes toute sa vie, elle avait remarqué depuis bien longtemps que c'était à des moments comme celui-ci que les bottes western la faisaient véritablement se sentir stupide. Elle accrocha l'uniforme sur la porte d'un petit casier à l'arrière de la cuisine et sortit par la porte de derrière sans même demander ce qu'on lui devait, moins encore pour dire au revoir. Au dehors, la chaleur de midi commençait à envelopper la ville où soufflait une douce brise chaude. Elle contourna l'arrière du café, sous un compresseur rugissant, jusqu'à l'autre extrémité du parc de stationnement. Sa camionnette pick-up était rangée à l'ombre d'un peuplier cotonneux poussiéreux et décharné qui avait poussé là, au-delà de la clôture qui séparait le parking du café de Mordecai du magasin d'électroménager situé plus au sud. Lorsqu'elle ouvrit la porte côté conducteur, elle fut assaillie par une vague de chaleur cuisante. Elle descendit la vitre et alla jusqu'au côté opposé où elle fit de même. Sous une telle fournaise, elle aurait pu laisser les fenêtres ouvertes pour garder une relative fraîcheur à la cabine, et la sécurité n'était pas vraiment un problème majeur dans un endroit comme Dip ; le pile ou face ne se jouait pas entre la fournaise et un vol éventuel dans la voiture, mais bien entre fournaise et poussière. Dix heures sur ce parking, toutes fenêtres ouvertes, et la cabine en aurait été couverte.

Dix heures, songea-t-elle, en reclaquant la portière passager avant de retourner côté opposé vers le siège du conducteur. Qu'est-ce que je vais bien pouvoir faire de dix heures de temps libre par jour ? Apprendre à chanter la tyrolienne ?

Elle se retourna et se plongea dans la contemplation du silo à grains, propriété de la Coopérative agricole des céréaliers — comté de Lincoln. Elle avait lu la pancarte aux lettres délavées à de si nombreuses reprises qu'elle ne la voyait même plus lorsqu'elle l'avait en plein dans son champ de vision. De se retrouver ainsi virée donnait un nouvel éclairage à la réalité, lui sembla-t-il, et lorsque cette idée lui traversa l'esprit, elle se sentit pour la première fois d'humeur quelque peu allègre. Peut-être que ce n'était pas si terrible que ça, de se faire virer, après tout. Sa première réaction avait été l'humiliation. Mais elle se rendait compte qu'elle n'était pas humiliée d'avoir été virée. Elle était humiliée d'avoir à travailler pour Mordecai Sturm. Elle avait occupé divers emplois depuis qu'elle était adolescente, mais jamais elle n'avait été remerciée, pas une seule fois. C'était les ivrognes et les incompétents qui se faisaient virer ; Mattie n'était ni l'un ni l'autre. Mais malgré tout, entre le congé proprement dit qu'on lui avait signifié et l'instant présent, elle avait commencé à se sentir bien. Elle écarta une mèche de cheveux qui lui couvrait l'œil, une mèche, accompagnée d'une larme. Elle se présenta visage en plein vent, ferma les yeux, et sourit. Virée. Je suis virée. Peut-être bien que je vais me trouver un pack de six canettes et décompresser un peu ; ça me changerait...

— Je suis désolé que vous vous soyez fait renvoyer, m'dame.

Elle ne les avait pas entendus approcher. Mais elle pivota sur les talons et explosa :

— Mais pour l'amour du ciel, quand donc allez-vous cesser de m'allonger vos m'dame longs comme le bras ?

Ils se tenaient tous deux près du hayon, le gars à cheveux blonds et son copain Eddie avec ses bouclettes.

— Moi aussi, dit Eddie, plissant les yeux devant le soleil et la poussière qui volait. Moi aussi, je suis désolé. Les places, ça ne doit pas être facile à trouver dans le coin, probablement.

Sa sincérité la prit par surprise.

— Ah ! soupira-t-elle, avant de prendre une profonde inspiration. J'étais justement là, bien tranquille, et je commençais tout bonnement à me dire que ce n'était pas si déplaisant que ça, comme impression, après tout. En fait, je commençais à me faire à l'idée et à l'apprécier. De toutes manières, ajouta-t-elle en haussant les épaules, j'ai passé de trop longues années dans ce vieux boui-boui pourri.

Leur arriva aux oreilles le couinement précipité d'un démarreur pneumatique qui entraînait un moteur diesel, au loin, au-delà du café.

— En outre, dit-elle en riant, de se faire virer, c'est vachement plus drôle que de se faire tuer, pas vrai ?

— Probablement, remarqua Eddie.

Un vieux tracteur Mack s'engagea sur la grand-route, en direction du sud, tirant une remorque à plateau où s'entassaient des cageots pleins de pommes rouges poussiéreuses. Le tromblon qui servait d'avertisseur résonna à deux ou trois reprises et le gros poing charnu de Jake sortit de la cabine, un doigt unique bien dressé, suivi par sa voix qui se perdit dans le grincement de pignons de la boîte de vitesse.

Eddie se retourna pour contempler le spectacle.

— Qu'est-ce qu'il dit ? demanda le blond.

— Je crois qu'il est en train de profaner ta mère, dit Eddie.

— Ma mère ? Et la tienne, de mère, elle a quoi ?

— Je ne sais pas, dit Eddie qui haussa les épaules avant de se retourner. Mais comme lui aussi c'est un enfant de sa mère, je dirais qu'il sait de quoi il parle.

Mattie sourit.

— La femme qui est en vous n'est pas encore mère, si je comprends bien ?

Blondie sourit à son tour :

— Pas encore, dit-il.

Elle éclata de rire. Il avait un joli sourire. A quand donc remontait la dernière fois où elle avait ri au cours d'une conversation ? Oh ! elle se souvint. Hier au soir, ou plus exactement, ce matin, aux environs de trois heures. Mais une discussion avec Tucker Harris n'avait rien de semblable à une discussion avec ces deux-là. Une conversation avec Tucker suivait à vrai dire un cours tout à fait plaisant, mais elle se chargeait toujours de sous-entendus d'un genre un peu bizarre, qui, maintenant qu'elle y pensait, avaient contribué de façon conséquente à la tension sexuelle qui s'était installée entre eux. Mais il avait un rire un peu égaré, pas bien net, en tout cas...

La conversation s'interrompit un instant tandis que l'esprit de Mattie s'en allait battre la campagne, remontant le chemin aux souvenirs, mais personne ne sembla en avoir cure. Les deux hippies donnaient l'impression de disposer de beaucoup de temps et d'apprécier, dans le même moment, le fait d'être là, dehors, à ne rien faire qu'échanger quelques plaisanteries par-dessus le hayon d'une camionnette à plateau.

Jedediah, tenez, se surprit-elle à penser, eh bien, une rigolade avec Jedediah, ça ne se danse pas pareil, ce n'est pas vraiment le même fandango. Il est bien trop sérieux, et il le sera toujours ; son rire est bien plus l'expression de ses bonnes manières, une fonction de sa bonne éducation, que la réaction à quelque chose de drôle qui l'aurait amusé. *Arrête de glousser comme ça tout le temps, Mattie, je suis sérieux, marions-nous avant que nous...*

— Demande-lui, dit Eddie.

— Me demander quoi ? sourit-elle à Eddie, avant de tourner la tête vers le blond. Comment vous appelez-vous ?

Le blond la regarda de ses yeux bleus et froids.

— Scott, dit-il. Scott Michaels.

— Et moi, Eddie, dit le second. Eddie Mertz.

— Mattie Brooke, dit-elle.

Ils se serrèrent la main.

Pause.

— Demande-lui, dit Eddie.

Scott se tirailla le lobe de l'oreille gauche des doigts de la main opposée, échangeant des regards avec Eddie pendant toute la durée de l'opération.

— Euh ! Eh bien !... commença-t-il, nous sommes venus ici à la recherche d'un ami à nous.

— Oui ? D'où ça ?

— San Francisco.

Mattie sourit.

— Ceci explique cela.

Scott prit un air perplexe.

— Expliquer quoi ?

— Pourquoi vous avez l'air de mecs totalement différents.

— Hé ! dit Eddie en plissant les yeux. Il faut bien que quelqu'un le fasse.

Mattie éclata de rire.

— A ce que j'ai entendu dire, de là où vous venez, les mecs, tout le monde le fait et s'éclate.

Eddie opina avec enthousiasme.

— Quelle ville, mais quelle ville.

Mattie rit et secoua la tête.

— Pour en revenir, dit Scott, il s'appelle Jedediah Dowd. Le connaîtriez-vous ?

— Jedediah Dowd ? Vous plaisantez ? Bien sûr que je le connais.

— Oh ! dit Scott d'une voix douce en échangeant un regard avec Eddie.

— Il y a quelque chose qui ne va pas ?

— Non, dit Scott en secouant la tête, pas du tout. Je dirais qu'il s'agit d'une... d'une coïncidence absolument étonnante : une seule personne daigne apparemment nous adresser la parole dans ce bled, et il s'avère qu'elle connaît aussi notre vieil ami, Jedediah.

Eddie eut un sourire de satisfaction.

— Le monde est petit, dit-il.

— Ce n'est pas une plaisanterie, concéda Mattie d'un air soupçonneux. Par ici, tout le monde connaît tout le monde. N'importe qui serait capable de vous dire qu'il connaît Jedediah, même s'il n'y a pas grand peuple qui sache où il habite. C'est tout juste s'il met les pieds à Dip, et quand il vient, il ne dit pas grand-chose. Il ne vient ici...

Elle s'arrêta.

Pause.

Scott et Eddie se regardèrent.

— Quelque chose qui cloche ? demanda Eddie.

— Non, dit Mattie, le front soucieux. Ça ne cloche pas vraiment, c'est juste que...

— Hé ! dit Eddie, levant les deux mains, paumes en avant, pour bien montrer qu'elles étaient vides de toute mauvaise intention ou de mobiles cachés, vous n'êtes pas obligée de nous dire quelque chose que vous n'avez pas envie de dire...

— Non, ce n'est pas ça, dit-elle, c'est juste que... j'entends par là, quand je dis que je connais Jedediah Dowd, je... Il...

— Vous voulez dire que vous ne le connaissez pas ? demanda Scott.

— C'est tout à fait le contraire, Scott, dit-elle en secouant la tête. Vous vous rappelez, quand j'ai lancé le pot de café sur Mordecai ?

— Bien sûr.

— Savez-vous pourquoi je l'ai lancé ?

— Aucune idée.

— Il avait parlé de votre état, dit Eddie d'un air pensif.

— Exact, dit Mattie. Mordecai savait que je n'étais pas dans mon assiette ce matin, une petite gueule de bois — pas besoin d'exagérer, se dit-elle — mais il croit en même temps que je pourrais être enceinte de votre ami, Jedediah Dowd.

Elle regarda Eddie droit dans les yeux, en évitant le regard de Scott.

Mais bon Dieu pourquoi ai-je été leur raconter ça ?

Scott siffla.

— Ça commence à devenir intéressant.

Mattie fit la moue pour s'empêcher de sourire, en évitant toujours les yeux de Scott. S'il croisait son regard, elle rougirait, elle en était sûre, elle le sentait.

— Ben, que je sois pendu, dit Eddie. Je crois effectivement que vous *devez* connaître notre ami Jedediah, dans tous les sens du terme.

— Non, non.

Elle secoua la tête.

— Vous ne comprenez donc pas ? dit-elle avec conviction. Jedediah refuse de coucher avec moi ! Vous pigez ? Il y a des mois que je suis prête à aller au lit avec lui, mais il me dit que non, pas avant le mariage ! Et c'est pour *ça*, que j'ai balancé ce foutu pot de café...

Scott et Eddie se regardèrent, hésitants, dans l'expectative.

Nom de Dieu, songea-t-elle, lorsque sa bouche finit par se fermer au bout du compte. Ressaisis-toi, bon sang ; mais qu'est-ce que tu *fabriques* ? Tu ne les connais même pas ces mecs, et te voilà déjà à leur raconter des histoires inventées de toutes pièces. Qu'est-ce qui t'arrive ? La vie n'est pas assez intéressante comme elle est ? O.K. ! Pourquoi ne pas leur parler des poissons ? Conneries. Oublie ça. Tu es bien plus à côté de la plaque que tu ne le croyais, Mattie Brooke, dépêche-toi de rentrer tout de suite à la maison et passe-toi la bouche au savon, non au bourbon, tu veux dire à la crème anti-escarres, espèce de petite marie-couche-toi-là et lave-toi la cervelle avec Henry Miller tu veux dire Mary Baker Eddy [1] peut-être même Wendell Berry [2] et pourquoi pas Mari Sandoz [3]...

Eddie ôta ses petites lunettes à monture ronde et sortit un grand mouchoir de calicot rose de la poche revolver opposée à celle qui contenait le bouquin. Mattie se surprit à se demander si on l'avait jamais appelé Mary Baker Eddie Mertz. Probablement pas.

1. Mary Baker Eddy s'est inspirée de la Bible pour rédiger les textes fondamentaux de l'Église de la Science chrétienne. (N.d.T.)

2. Poète, écrivain et essayiste américain dont l'inspiration est la vie rurale sur le modèle de sa vie de fermier du Kentucky (N.d.T.)

3. Écrivain, auteur de romans nostalgiques et sentimentaux sur la prairie du Nebraska. (N.d.T.)

— Hmm, dit-il, en levant ses lunettes à la lumière avant d'étudier le ciel au travers d'une des lentilles.

— Hmm, confirma Scott.

— Hmm ? dit Mattie, le sourcil froncé.

— Mm-Hmm, dit Eddie.

Il choisit un coin non souillé du mouchoir et en essuya ses verres.

Scott se tiraillait le lobe de l'oreille d'un air songeur.

— Qu'est-ce qui se passe ? dit Mattie. On se croirait au zoo, dans la cabane aux singes.

— Eh bien ! dit Eddie, pour vous dire la vérité, cela ne ressemble guère au Jed Dowd que j'ai connu jadis, mais alors pas du tout. Ça y ressemble, à ton avis, Scotty ?

Scott secoua la tête et d'un signe du pouce, montra Eddie.

— Il n'a jamais posé les yeux sur Jed Dowd de toute sa vie.

Imperturbable, Eddie replaça les lunettes sur son nez et se moucha dans son carré de calicot.

— M'dame, dit-il d'une voix à l'accent traînant fortement marqué, tout en s'astiquant le bout du nez, plein d'une énergie soudaine, si j'étais ben le Jedediah Dowd dont vous nous causez, j'vous sauterais sur le râble à vot'demande. Peut-être pas avant, mais pour sûr qu'ce serait pas longtemps après non plus, nom de nom.

Il replaça le mouchoir dans sa poche et sourit, plein d'espoir.

— A pieds joints. Régulièrement. Au point que vous pourriez régler votre cristal de quartz dessus.

— Hé ! dit Mattie d'un ton incertain, c'est que vous le feriez, en plus ! Bon, à vrai dire, ajouta-t-elle, c'est bien ce qu'il fait. C'est un miracle que je ne sois pas encore grand-mère.

— Ahm, dit Scott en tirant à nouveau sur son lobe d'oreille tandis qu'il lançait un regard sévère à l'adresse de son partenaire, je crois que ce qu'a dit Eddie, c'était censé être comme qui dirait un compliment. Et ce que vous avez dit — il regarda Mattie d'un air très convenable — ne nous regarde en rien, en vérité.

Qu'est-ce que c'est que ça ? se dit Mattie, voyant Scott sous un nouveau jour, déjà jaloux ?

— Oh ! je suis désolé, m'dame, dit immédiatement Eddie.

Il ignora les plis d'exaspération qui froncèrent le front de Mattie à l'annonce de ses excuses. Bien au contraire, ce fut une expression soucieuse et inquiète qui vint remplacer la caricature de lascivité qui lui baignait le visage.

— Je plaisantais, voilà tout.

Il hocha la tête.

— En fait, poursuivit-il d'un air penaud, jamais je n'ai sauté sur le râble de quiconque. Je crois que je suis trop timide. Je veux dire, sans y avoir d'abord été invité. Non que je sois immoral et de mœurs légères. Je veux dire, oh, et puis zut ! La vérité c'est que, non seulement je suis timide, mais je suis également inverti. Un homo, je veux dire. Une pédale.

Il baissa les yeux, remua la poussière du bout de sa chaussure et releva la tête.

— Mais c'est vrai, vous êtes vraiment jolie, ajouta-t-il en rougissant.

Les joues de Mattie virèrent au rose devant ce compliment imprévu et équivoque, et elle regarda Scott. Dont le visage était barré d'un grand sourire.

— C'est ça, timide ? dit-elle.

Scott éclata de rire.

— Pudique serait plus proche de la vérité.

— En réalité, dit Eddie, je me soupçonne d'être homo, et c'est tout.

Mattie eut l'air choquée, genre déléguée à la Chambre de commerce.

— Envisagerais-tu de te révéler enfin au grand jour, à Dip, Washington ? s'esclaffa Scott.

Eddie regarda les alentours d'un air inquiet et feignit d'être horrifié par la perspective.

— Oh non, non ! Mais je suis tout prêt et enclin à me laisser convaincre de renoncer à ce préjugé banlieusard, se hâta-t-il d'ajouter, en reportant ses regards sur Mattie. Je... je veux dire par là, je ne suis pas vraiment sûr, je veux dire — il saisit la main de Mattie, qu'il serra entre les deux siennes et l'implora, les yeux dans les yeux — accepteriez-*vous* de m'aider à me décider une fois pour toutes.

Mattie libéra sa main, vivement, d'une secousse, dans un éclat de rire.

— Peut-être pourrions-nous retourner à cette gente dame la faveur qu'elle nous a faite ce matin, remarqua Scott, en parvenant à dissuader Jedediah de faire certaine chose ?

— Hé, hé ! dit Eddie, attends une minute. Homo, c'est une chose, mais le célibat, c'en est une autre. Le célibat, c'est sacré. — Il serra le poing. Son expression se fit féroce. — C'est une chose de l'esprit. — Puis son expression se radoucit. — Bon sang, que vous êtes jolie, m'dame, sourit-il. Jedediah est cinglé. Ou alors il a de la chance.

Mattie ne pouvait s'empêcher de sourire face à ce petit bonhomme.

— Vous êtes plutôt mignon dans vot'genre, dit-elle, genre petit chiot ébouriffé qui vient juste de casser sa coquille, en sortant tout droit d'un œuf de dinde [1].

— Qu'... ? Eh bien ! hé, *merci*.

Eddie frétilla des sourcils à l'adresse de Scott et dit,

— Hé ! 'Pa, ch'peux avoir les clés de la Chevy ? Y'a une fille ici qui croit que ch'suis un genre d'anomalie génétique.

Il serra une main de Mattie entre les siennes.

— Qu'est-ce tu dirais si on larguait Blondie ici

1. La dinde est le symbole de l'incompétence, de la maladresse, du manque de réussite. (N.d.T.)

présent pour aller cueillir des champignons sur l'Ile de Vancouver et là on passerait tou-ou-ou-te la journée à inventer charades et énigmes métaphysiques et allitératives sans queue ni tête... ? Dis, oui. Je t'en prie. Tu me le fais, ce petit bonheur !

— Dites-lui de cesser, dit Mattie, toujours riant, le rire, c'est mauvais dans mon état.

Eddie relâcha la main de Mattie et joignit les dix doigts en signe de prière.

— Je vous implore...

— Est-ce que Jedediah est le *seul* petit ami que vous ayez ? demanda Scott, sincèrement perplexe.

Mattie regarda Scott. Oh non ! songea-t-elle, personne mais personne ne doit savoir pour Tucker Harris. Une seule solution, garder ça pour elle. Elle sourit tendrement, presque mielleuse.

— Le seul.

— Mec, marmonna Eddie en regardant aux alentours, je n'ai pas vu de tantes quand nous avons traversé la ville, et toi ?

— Non, concéda Scott, souriant de tous ses yeux droit au visage de Mattie, mais ça ment comme ça respire dans ce boui-boui.

— Oh ! dit Eddie, posant d'un geste théâtral le dos du poignet sur le front avant de fermer les yeux.

— Mais écoutez un instant Mattie, poursuivit Scott ; verriez-vous un inconvénient à nous donner le moyen d'entrer en rapport avec Jedediah ? Nous savons qu'il ne dispose pas de téléphone. Nous aimerions bien renouer le contact avec lui autour d'une bonne bière. Il y a trois jours que nous sommes sur la route...

— Scott a le gosier sacrément à sec, sourit Eddie. En fait, ajouta-t-il poliment, vous êtes la bienvenue si vous désirez nous accompagner, puisqu'il s'agit également de votre ami, dit-il en écartant les mains, cela ne le dérange pas de se contenter de vous *regarder*, j'espère ?

Sa première réaction fut de refuser leur invitation.

Non qu'elle doutât de leur sincérité ou de la pureté de leurs intentions — elle se trouvait en confiance avec ces deux inconnus, malgré leur bagou. Elle avait toujours fait confiance aux gens qui avaient du bagou : c'était, à ses yeux, des blessés de l'émotion, et en cela, au-delà de toute volonté délibérée de subterfuge, des blessés sympathiques ; mais elle jugeait qu'il lui serait peut-être un tout petit peu trop difficile de voir Jedediah, immédiatement dans la foulée, après sa nuit sauvage avec Tucker. Jedediah était un taré au cœur de pierre, mais il pourrait bien se montrer suffisamment susceptible pour remarquer disons quelque irrégularité — pour ne pas dire allégresse — dans le comportement qu'elle affichait aujourd'hui.

Bon ! attends une minute, se dit-elle. Tu ne traînes pas la patte, ou quoi, quand même.

Qui plus est, Jed lui avait posé un lapin deux soirs auparavant sans la moindre explication. Ce qui, la chose pouvant se défendre si besoin était, l'avait directement incitée à accepter, l'après-midi qui avait suivi, de la part de Tucker Harris, une invitation tout a fait inattendue qui s'était prolongée jusqu'au petit matin de la veille. Ainsi donc c'était Jed qui avait creusé sa propre tombe. Un point, c'est tout.

Et en plus, je me suis fait virer. Je peux toujours lui raconter que si je me sens tellement bien, c'est parce que je viens de me faire virer. Se faire virer, c'est comme se faire baiser, pas vrai ? Et avec les deux mecs ici présents, Scott et Eddie, si vraiment ce sont de vieux potes à lui, Jedediah pourrait peut-être même ne pas remarquer que je me trouve dans la place. Tout à fait lui, ça. Comportement caractéristique. Mais c'est comme un souffle d'air pur, ces mecs-là. Quelques heures en leur compagnie à partager quelques bières ne pourraient que me faire du bien.

Lorsqu'elle prit la parole, le vent se leva et un tourbillon de poussière pareil à un grand diable se fraya un chemin dans le parc de stationnement, ramassant feuilles mortes et débris de papier et de polystyrène en chemin. Il se vrilla en spirale ascensionnelle en traversant la grand-route et vint se disperser contre le monolithe gris indéracinable du silo à grains. Passa une voiture en direction du nord, décélérant en traversant le centre ville — le silo proprement dit — avant de ré-accélérer lorsque le conducteur remarqua le panneau de contreplaqué qui portait inscrits les résultats du championnat de basket féminin, vieux de cinq ans, en lettres jaunâtres sur fond de peinture noire écaillée, laissant transparaître le grain du bois en bordure du panneau qui délimitait la ville proprement dite, à moins de deux cents mètres du silo à grains. C'était le premier véhicule à passer là depuis que Jake MacBee avait traîné son attelage sur la grand-route.

— Je vais vous dire, décida-t-elle. La propriété de Jedediah se trouve à soixante-dix kilomètres d'ici, soit quarante-cinq kilomètres plus loin que là où j'habite. Vous pouvez me suivre jusque chez moi, ou alors on peut laisser mon pick-up à la maison et je fais le reste du chemin en votre compagnie. Jedediah pourra me raccompagner plus tard, dit-elle, lointaine et solitaire, le dos de la main collé contre le front, en parodie volontaire du geste d'Eddie, — s'il le veut bien, s'entend.

Scott essaya de prendre un air soucieux.

— Nom de Dieu, dit-il. C'est à ce point désespéré ?

Elle songea à la chose. Deux hommes en deux jours ? Petite coquine, va. Elle sourit.

— Une fille ne perd jamais espoir.

Eddie secoua la tête avec énergie.

— Ce Jedediah, il n'a jamais eu beaucoup de cervelle.

Scott le regarda. Mais il laissa filer son sourire de lui-même, sans dire un mot.

6

Lorsque Mattie pénétra dans sa cour au volant de son camion, la première chose qu'elle vit fut la Jeep de Lize Gallagher rangée près de la porte de cuisine. Oh ! nom d'un chien, songea-t-elle, encore une casse-pieds dont il va falloir se débarrasser. Elle fit signe à Scott et Eddie d'entrer tandis qu'elle ouvrait la marche en direction de la cuisine.

La Jeep était ouverte à tous vents et remontait à la Seconde Guerre mondiale. Son pare-brise reposait à plat sur le capot, et le canon d'un fusil de chasse sortait sur le côté derrière le siège. A l'approche de Mattie, un chien de chasse se redressa à l'arrière du véhicule et s'ébroua. Ses longues oreilles se mirent à battre alternativement le sommet du crâne et la gorge sous le menton. Au bruit, on aurait cru qu'on fouettait des œufs en omelette.

— Salut, vieux Joe, dit Mattie.

Le chien bâilla et remua la queue.

Enfin quelqu'un qui sait que tu existes, songea-t-elle, en s'arrêtant pour gratter Chef Joseph derrière les oreilles. Il se prêta à sa caresse. Bien qu'il fût chien d'arrêt de valeur aux talents reconnus, il ne possédait aucune des qualités de nervosité qu'on associe généralement à ce genre d'animal. Il faut dire que Lize ne le gardait pas non plus enfermé dans son enclos bétonné et grillagé, cinquante semaines par an. Tout au contraire, il accompagnait sa maîtresse partout où elle allait. Mais il ne chassait jamais tant que Lize ne lui en donnait pas l'ordre. Mattie avait vu une grouse et ses huit ou neuf poussins à la file traverser le corral de Lize à moins de quinze mètres de Joe, là où ce dernier avait ses quartiers, sur le perron, tête levée, haletant légèrement, son climatiseur naturel en position Froid Modéré, à les suivre du regard, les yeux mi-clos, imperturbable. On pouvait tout aussi bien laisser quelque gibier fraîchement tué à portée de sa gueule, il se refusait à y toucher. Comme pour confirmer la chose, elle remarqua une grouse étendue sur le siège passager, aussi morte que le vaudeville à Broadway.

Chef Joseph aboya une seule fois, sans grande vigueur, lorsque Scott et Eddie descendirent de leur Chevy poussiéreuse.

— Ça va bien, Joe, ils viennent en amis.

— Ce sont des hommes, dit une voix rocailleuse derrière la porte-moustiquaire. Garde-moi ces salopards à l'œil.

Chef Joseph tourna en rond et alla s'allonger sur une vieille paire de pantalons de treillis. Une grosse cartouche de fusil, de couleur verte, se mit à rouler près de sa patte et revint toujours roulant se nicher contre ses couilles.

— Salut, dit Mattie, abandonnant le soleil éclatant pour s'enfoncer dans la pénombre fraîche de la cuisine.

Elle frôla Lize au passage, laquelle se tenait dans l'embrasure de la porte, plissant les yeux en direction de Scott et Eddie qui se dirigeaient vers la maison en discutant et inspectant les alentours.

— Salut, ma belle, dit Lize. T'en ramènes deux à la fois, maintenant, hein ? En espérant que ça fera le compte ?

— Qu'est-ce que t'en dis, à ton avis ? sourit Mattie, en regardant la cuisine.

S'y trouvait encore, sur la table, le poème de Verlaine, aussi vivace à son esprit que peut l'être un écrit salace rédigé sur du papier de cuisine en grosses lettres bien marquées. Sans la moindre hésitation, elle plia soigneusement les feuilles le long de la ligne pointillée et les plaça dans une corbeille posée sur le sommet du réfrigérateur, où se trouvaient déjà le bulletin d'information de Grange, l'annuaire du téléphone et la facture d'électricité.

Lize Gallagher avait les pieds sur terre et ne s'en

laissait conter par personne ; elle était propriétaire d'un ranch dont les terres jouxtaient la maison de Mattie à l'ouest, ce qui en faisait sa plus proche voisine. En fait, son ranch s'appelait le « Pas Si Bête », bien que tout un chacun, ou presque, jusques et y compris Mattie raccourcissait le nom en « Bête » en parlant de l'endroit en question, et nombre de gars du coin allaient plus loin et se contentaient de « Pas ». Si elle éprouvait pour Mattie une tendresse rugueuse de tantine un peu brusque, Lize jugeait d'un œil critique le reste de la race humaine dont elle mettait tous les représentants dans le même sac, ce qui limitait de manière conséquente ses rapports avec les autres humains de l'un ou l'autre sexe.

— Celui-là, il a une queue plus longue que celle du cheval de Buffalo Bill, marmonna-t-elle. Ça le fait ressortir du lot, comme qui dirait, mais ça le rend pas plus malin pour autant.

Mattie lui sourit. Lize avait la réputation notoire d'une femme aux manières bourrues, elle avait vexé quasiment tout le monde à Dip et aux alentours à un moment ou à un autre, soit dès qu'ils l'avaient vue débarquer ou immédiatement après qu'elle eut ouvert la bouche. Il suffisait tout bonnement de poser les yeux sur elle pour se sentir intimidé dès la première rencontre. Lize mesurait un mètre soixante-dix, les épaules larges, les bras épais, les mains gercées, aussi brunes que le visage et le cou, à force de travaux en plein air par tous les temps. Été comme hiver, elle portait une vieille paire de bottes de chasse aux semelles crantées, qu'elle laçait à l'extérieur de ses Levi's presque jusqu'aux genoux, une large ceinture de cuir avec boucle d'attache à double languette qui aurait parfaitement fait fonction de surfaix dans un harnais de labour, l'inévitable chemise western à carreaux, avec poches de poitrine à double joug et boutons-pression nacrés, et un gilet de pêche à la mouche en toile doublée de duvet, tellement fine et usagée qu'il était difficile d'en déterminer la couleur, à l'exception des coutures de la poche à gibier dans le dos tachées d'un brun de rouille. Les innombrables poches du gilet avaient fasciné Mattie depuis qu'elle était petite fille — tant il est vrai qu'elle la connaissait depuis tout ce temps, et pour autant que Mattie pût en juger, seule Mattie avait vieilli. Lize et son gilet n'avaient pas changé. Quelque part dans ces poches se trouvaient toujours un morceau de ses propres venaisons boucanées maison pour quiconque voulait en goûter, généralement Chef Joseph, tabac et cahier de feuilles pour ses roulées, trois ou quatre calibres différents de balles, un demi-sachet d'hameçons montés, l'une de ces cartouches vertes pour la chasse, les clés des pompes à essence et kérosène de la grange, un ou deux boulons, une vis, des rondelles, des tarauds et toujours — toujours — une petite clé, aux pas de 13 et 16 : pour resserrer les deux tailles de boulons les plus fréquentes sur tout ce qui se faisait en mécanique aux États-Unis (avec cette clé, avait-elle dit à Mattie à plus d'une occasion, en levant l'objet face au soleil comme une flamme olympique, tu pourrais démonter le monde pièce par pièce), une lame à rasoir à un seul tranchant pour châtrer les veaux, deux étiquettes pour les marquer, une boîte d'aspirines, plusieurs allumettes de ménage et un moignon de crayon.

Elle gardait son couteau dans la poche de son pantalon.

Lorsqu'elle était petite fille, Mattie avait passé des heures entières sur les genoux de Lize à farfouiller dans toutes ces poches. Lize se contentait de rester assise en la laissant faire, à lui raconter des histoires ou à bavarder sans interruption avec Mère ou Grand-mère. Si Mattie se coupait avec la lame à rasoir, si elle s'empalait le doigt sur une mouche montée, ou si elle ressortait la main pleine de tripaille de poisson, comme ça lui était arrivé à une occasion, alors, c'est qu'il ne fallait pas chercher plus loin, c'était comme ça, c'était pour Mattie la manière d'apprendre que certaines choses étaient pointues tandis que d'autres étaient pourvues de tripes. La grand-mère de Mattie avait été la meilleure amie de Lize, probablement la seule qu'elle eût jamais eue.

Une grouse était posée sur la planche à découper près de l'évier.

— J'me suis dit que ch'te laisserais bien un peu de volaille c'matin, hurla Lize. Joe a fini par se nettoyer la truffe de toute sa morve et il en a levé une paire.

Ainsi que la plupart des gens qui passaient leur temps en plein air, Lize parlait toujours d'une voix très forte. Elle ne précisa pas qu'elle avait abattu les deux volatiles dans la foulée, l'un après l'autre.

Mattie toucha l'oiseau mort. Le cadavre était encore mou et souple au toucher, le cou étiré sur toute sa longueur, les yeux fermés. Une tache de sang marquait de rouge la pointe du bec.

— En plus, tu dois commencer à avoir faim, grommela Lize d'un pouce tendu en direction du salon. J'ai cru qu't'avais finalement craqué et que tu les avais bouffés, tes deux fichus poissons.

Mattie se serait empourprée jusqu'à la racine des cheveux, si elle n'avait pas éclaté d'un grand rire.

Lize n'avait jamais beaucoup aimé l'idée de garder des poissons vivants dans la maison. Elle y voyait quelque chose d'un peu malpropre.

— T'as guère pu en avoir plus qu'une bouchée, je dirais, poursuivit-elle d'un ton pensif. Est-ce qu'y z'étaient bons ?

— Ils étaient super, dit Mattie avec enthousiasme. Un peu beaucoup d'arêtes.

Elle s'empourpra immédiatement, plus rouge encore que précédemment, en regrettant sa petite remarque tout en finesse.

Lize fit la moue, ses yeux noirs qui ne cillaient pas rivés au dos de Mattie.

— Voyez-vous ça !

Pour masquer son embarras, Mattie se faufila dans

le salon. L'aquarium était toujours éclairé et l'aérateur crachait joyeusement ses bulles, mais il n'y avait pas le moindre poisson dans l'eau trouble. Elle tendait la main pour débrancher la prise lorsqu'un morceau de poisson remonta au milieu des bulles et refit surface.

— Ils se sont battus, dit-elle à haute voix en tirant la prise. — L'aquarium s'éteignit et resta silencieux. — Tu aurais dû voir ça.

— Uh-huh ! dit Lize.

— Je nettoyais l'aquarium.

— Uh-huh !

— Une mêlée de dents et de nageoires.

— Ouais !

— C'était terminé avant que j'aie même eu le temps de mettre la main sur le filet à poissons.

Mattie entendit le couinement du ressort de rappel sur la porte-moustiquaire.

— B'jour, dit Scott.

— Salut, dit Eddie.

Lize garda le silence.

— Lize, dit Mattie au bout d'un moment, dis bonjour à Scott et Eddie.

Tout en parlant, elle balayait le salon du regard à la recherche de preuves du passage de Tucker Harris. Elle vit alors la bouteille presque vide de Christian Brothers, toujours ouverte. Tout près d'elle, se trouvait un verre vide et un second avec encore un reste de cognac était posé sur la table de l'aquarium. Mattie secoua la tête de désespoir à la vue des deux coussins du canapé, placés à un mètre d'écart, avec chacun une marque en creux là où venaient tout récemment de se tortiller les talons de ses bottes impatientes. Mais à côté du canapé, sur le piètement du lampadaire de sol, se trouvait la preuve la plus préjudiciable de toutes, une chaussette de sport défraîchie blanche, le talon sali, deux bandes rouges cerclant son ouverture. De toute évidence, une chaussette d'homme. Merci, Harris. T'habiller avant de disparaître, tu ne sais pas faire, hein ? La pièce était en fait dans un beau désordre et la mort dans l'âme, Mattie comprit que Lize ne devait pas avoir eu de problème pour comprendre ce qui s'était passé, plus ou moins. Non pas précisément ce qui s'était passé, Dieu merci, rien que le plus ou moins. Personne n'irait croire les détails de ce qui s'était déroulé là dans toute leur simplicité, espéra-t-elle au fond d'elle-même sans grande conviction, Lize moins que tout autre — pas vrai, ou alors ? Elle hait tellement les hommes qu'elle n'a jamais véritablement dû se rendre compte de leur utilité ainsi que j'en ai fait l'expérience la nuit dernière... n'est-il pas vrai ?

Non pas que Lize était une fouineuse. Ce n'était pas le cas. Simplement, elle n'était pas aveugle.

Puis Mattie se rendit compte que Scott ou Eddie, ou les deux à la fois, allaient indubitablement prendre la forme du ou des coupables possibles aux yeux de Lize.

— Lize, dit-elle, serrant les dents tandis qu'elle repoussait le canapé contre le mur, voici Scott et Eddie. Ils sont passés ce matin au café à la recherche de Jedediah. De vieux amis de San Francisco. Je les emmène jusque chez Jed.

Elle fit glisser la chaussette sous le canapé de la pointe de la botte.

— Hmm, entendit-elle répondre Lize d'un ton grognon, y semble qu'on ne manque pas de représentants du sexe masculin dans ce pays. Y'en a déjà plus qu'y n'en faut dans le coin.

— Oh ! Lize, dit-elle en tirant le tapis en place. Asseyez-vous dans la cuisine, les gars. Je n'en ai que pour une minute. Vous voulez du café ?

— Non, merci, dit Scott.

Mattie entendit un bruit de chaises qu'on bougeait. Un silence gênant s'installa.

Lize changea de sujet.

— Un peu de compagnie fera pas de mal à ce garçon, reconnut-elle. Il ne voit pas assez de monde.

— Pas comme tous ceux qu'on connaît, dit Mattie.

Elle fit disparaître d'un air songeur les fossettes qui marquaient les deux oreillers qu'elle plaça aux deux extrémités du canapé. N'étaient les convenances, elle aurait peut-être laissé le désordre sans rien en changer un peu plus longtemps, comme souvenir, comme aide-mémoire — comme de se garder la boîte de bonbons un bon moment après avoir mangé toutes les sucreries.

— Il est trop jeune pour vivre comme ça. Ce n'est pas bon pour lui.

— Jed ne reçoit personne ? demanda Scott.

— Pratiquement jamais, dit Mattie.

Elle tenait la bouteille de cognac dans la main, mais elle ne parvenait pas à retrouver la capsule.

— Absolument jamais, dit Lize. Il n'est pas venu me rendre visite depuis...

— Vous êtes aussi une de ses amies ? demanda Scott d'un ton plaisant.

— Je connaissais son papa, répondit Lize d'un ton déplaisant.

— Oh ! répondit Scott, en pleine incertitude.

Apparemment, la capsule avait disparu depuis longtemps.

— Elle ne prend pas ce ton-là à cause de vous en particulier, dit Mattie.

Elle abandonna ses recherches et glissa vivement la bouteille sous un exemplaire de *Horse and Rider* dans une poubelle en osier placée à côté de la porte de chambre. Ce faisant, une bouffée du petit reste de cognac lui arriva aux narines et son estomac se remit à sa juste place, à la manière d'un cruchon qui s'incline pour éjecter sa dernière bulle d'air avant de sombrer dans les eaux graisseuses d'une crique. La salive lui inonda la bouche. Elle déglutit et prit une profonde inspiration.

— N'est-ce pas, Lize ?

— C'était la dernière des raclures, difficile de trouver pire, dit Lize d'un ton convaincu. Je jure que le petit a passé les cinq premières années de sa vie sous une couverture de canasson, installé à même le plancher de la camionnette que le vieux venait ranger devant toutes les tavernes entre Missoula et Vancouver.

— Son père buvait ? en conclut Scott.

— Comme un radiateur troué en plein mois de juillet. Jed s'est enfui dès qu'il a su courir. Pratiquement toutes les familles de la région l'ont recueilli à un moment ou à un autre, et moi plus souvent qu'à mon tour. La première fois que Mattie a posé son regard sur lui, c'est bien ici, pas vrai, Mattie ?

Mattie jeta un dernier regard circulaire au salon. Maintenant, au moins, l'endroit était respectable. Elle ferait quelque chose pour l'aquarium un peu plus tard. Peut-être irait-elle jusqu'à Seattle où elle se trouverait deux nouveaux Bettas pour septembre prochain. C'était une idée. Un long voyage jusqu'à Seattle. Une longue attente jusqu'à septembre prochain. Elle aurait largement le temps maintenant, qui plus est, sinon l'argent. Mais, chose plus vraisemblable, l'eau finirait là où elle serait la plus utile, dans le parterre de roses, et l'aquarium finirait dans le hangar, et tout serait dit, on n'en parlerait plus.

Naturellement, le petit mot disait que Tucker serait de retour l'année prochaine.

Ça lui faisait une belle jambe.

D'un autre côté, il était réapparu un an après sa dernière visite, ainsi qu'il l'avait dit.

Elle pinça les deux verres entre les doigts et se rendit dans la cuisine. Les deux hommes étaient installés face à face, et Eddie était plongé, le nez dans son livre. Lize était assise sur le poêle à bois.

— Je me disais toujours qu'il revenait chez moi parce qu'il aimait ma cuisine, disait Lize. (Elle fit un clin d'œil à l'adresse de Scott.) Mais depuis que Mattie a grandi, j'en suis plus aussi sûre.

Lize, se dit Mattie, en posant les deux verres dans l'évier, elle n'avait pas cru un seul instant l'idée que ces deux mecs venaient seulement de faire leur apparition le matin même. Ça la ferait bicher comme pas possible si elle parvenait à tirer les vers du nez de Scott.

Mais Scott se contenta de lui renvoyer son clin d'œil avant de regarder Mattie.

— Elle est jolie, se contenta-t-il d'acquiescer.

— Seigneur, dit Mattie.

Le visage de Lize s'assombrit quelque peu. Mattie resta volontairement face à l'évier de manière à masquer son sourire au regard de Lize.

— Est-ce que vous êtes vraiment pressés, les gars, dit-elle, ou est-ce que j'ai le temps de préparer cette volaille ?

Scott secoua la tête.

— Y'a pas urgence.

— Je pourrais peut-être préparer un peu de thé glacé ?

— Bien sûr. Eddie ?

— Hein ? dit Eddie, sans relever les yeux de son livre.

— Du thé glacé. T'en veux ?

— Ouais, bien sûr, du thé glacé. O.K. !

— Lize ?

— Pas de whisky ?

— A sec. Et pas de bière non plus.

— Je dirais pas non, je crois.

— En fait, c'est du thé-soleil, dit Mattie.

Scott fronça le sourcil.

— Du thé-soleil ? Est-ce que c'est parce qu'il est chaud ?

— Bon Dieu, protesta Lize manifestant un intérêt certain. Vous débarquez d'où ?

— De San Francisco, dit Scott. Le soleil, on ne connaît pas, là-bas.

— Hmph ! grommela Lize. J'me suis laissé dire qu'on y trouvait tout le reste, pourtant.

— Quelle ville ! ah ! cette ville ! dit Eddie, toujours sans relever la tête.

— Comme tu dis, confirma Scott. Alors qu'est-ce que c'est au juste, le thé-soleil ?

— C'est simple, dit Mattie en sortant un cruchon de quatre litres à moitié plein du réfrigérateur. On met des sachets de thé, du thym-citron, de la menthe et autres dans une cruche d'eau, on met le tout en plein soleil, disons sur le toit de votre camion. Deux heures plus tard, presto, voilà le thé-soleil.

— Huh, dit Scott, l'air songeur. C'est bien vrai. On ne pourrait jamais faire ce genre de thé à San Francisco.

— Quelle ville.

Lize était incrédule.

— Et pourquoi qu'on pourrait-y pas, au nom du ciel ?

— Facile : pas de soleil. Fait trop froid, la plupart du temps. Peut-être éventuellement quelquefois dans l'année...

Ils parlèrent du temps qu'il faisait à San Francisco pendant quelques minutes tandis que Mattie descendait des verres d'une étagère au-dessus du plan de découpe. Ce faisant, elle se rappela qu'il ne lui restait plus que quatre verres assortis, dont deux traînaient dans l'évier, encore empuantis de cognac. Elle aurait aimé pouvoir servir le thé dans des verres identiques, rien que pour faire preuve d'un peu de style, mais elle se savait tellement préoccupée par les deux verres de cognac qu'elle se dit qu'en les lavant, elle ne ferait qu'attirer sur eux l'attention générale. Tout ceci accumulé fit qu'elle hésita un moment pendant qu'elle préparait le thé que, finalement, elle se résolut à servir dans trois types de verre différents, en se disant, Seigneur, tandis qu'elle inclinait la grosse cruche pour remplir le dernier verre, est-ce que je vais toujours me comporter comme si j'avais encore douze ans en présence de Lize ?

— ... l'a fini par dégueuler une pinte de sang et de whisky contre un mur et il est mort, disait Lize, dans une taverne à Republic. On a dit qu'il ne se sentait pas dans son assiette, il était même allé jusqu'à s'excuser du tabouret qu'il occupait au bar, un vrai monsieur ben poli, on aurait dit. Tout le monde a raconté qu'il avait eu des derniers moments difficiles, mais c'était pousser le bouchon un peu loin. Et y z'ont essayé de faire dire des tas de trucs à sa dernière remarque, mais c't'un peu dur à avaler, même si c'est bien fait, de penser que les dernières paroles qui sont sorties de sa bouche étaient bien calculées, comme des excuses qu'il aurait adressées à la face du monde pour avoir été le dernier des ratés. Ça fait beaucoup à avaler, si vous voulez mon avis. Y'a de fortes chances qu'y devait plutôt croire qu'y faisait lever les gens de leur siège à l'église, rapport à ce qu'y voulait s'installer à sa place habituelle.

Mattie plaça le pot à mayonnaise de trois litres — aujourd'hui à moitié rempli de thé — sur la table en Formica entre les coudes de Scott et le bouquin d'Eddie et alla préparer la grouse. Lize racontait toujours cette histoire avec une certaine délectation. Non pas qu'elle eût quelques réserves contre la boisson, loin de là. Elle buvait, personnellement, tous les jours, mais en quantité modérée. Mais elle avait détesté Seamus Dowd, et les circonstances sordides de sa mort lui étaient la source d'une petite satisfaction mesquine. Bien qu'elle n'abordât pas le sujet en ce moment, Lize avait souvent raconté à Mattie qu'elle s'était finalement résolue à abattre Seamus la prochaine fois qu'il serait venu exiger de récupérer le gamin qu'elle avait en garde, chose qu'il faisait toujours, tôt ou tard, parce que la peur qu'elle lisait dans les yeux du garçon était plus qu'elle ne pouvait en supporter. Elle avait même décidé qu'à la prochaine occasion où le gamin viendrait chercher refuge chez elle, elle lui ferait part de sa décision et lui montrerait l'arme, de sorte qu'il puisse se décontracter une bonne fois pour toutes en lui offrant ainsi un espoir de sortie possible. Mais les choses avaient pris un tour différent. Jedediah était bouclé dans une petite caravane posée au fin fond d'une ravine brûlée de soleil à près de trente kilomètres de la taverne où son père était mort, lorsque c'était arrivé. Naturellement, elle n'avait plus jamais revu Dowd senior face à face ; il se passa plus d'un an avant qu'elle apprenne sa mort ; et plus de vingt ans avant que Lize ne revît Jed. Ce jour-là, elle trouva devant elle un parfait inconnu, car, entre-temps, ce qui lui était arrivé était encore pire que ce qu'il avait connu. Et Lize se sentit envahie d'une profonde amertume devant les choses de la vie.

Elle se prit alors à répéter que le Seigneur aurait au moins pu lui offrir la satisfaction de descendre ce fils de salaud en personne. Seamus était un moins que rien, vicieux et méchant. Jamais elle ne précisa que sa satisfaction ultime aurait été d'élever Jedediah comme s'il s'agissait de son propre fils, sans toutefois essayer de masquer ce détail.

— Il devait avoir une douzaine d'années la dernière fois que je l'ai vu, disait Lize. La fois suivante, il avait dépassé la trentaine.

Mattie entendit clairement au son de sa voix que la conversation prenait un tour personnel. Lize commençait à s'agiter.

Après un silence gênant, Scott demanda :

— Comment se débrouille-t-il avec son ranch ?

— Comme un pied, s'autorisa à dire Lize, ce garçon, l'a que de la tête et un chapeau mais comme bétail, que dalle.

Un léger sourire vint jouer sur les lèvres d'Eddie, lorsqu'il plissa les yeux en relevant la tête de son bouquin.

— Bon sang de bon sang, dit-il d'un ton appréciateur, que voilà une belle expression. Familière, mais des plus succinctes.

Lize lança un regard furibond à Eddie, comme s'il s'agissait d'une chose innommable qu'on n'aurait pas touchée du bout des doigts.

Scott dessina des cercles sur le plateau de la table à l'aide de son verre de thé.

— La première fois que je l'ai rencontré, à Danang, il avait dix-sept ans. Il avait menti sur son âge pour pouvoir sortir de Washington. Tout ce qu'il y avait gagné, c'est de se retrouver au Vietnam, dit-il en secouant la tête. Je sais qu'il espérait autre chose. Ça a dû être drôlement dur pour lui, de vouloir se tailler à tout prix.

Le regard de Lize vint se river sur Scott. Un nouvel intérêt s'y faisait jour.

— Vous connaissez Jedediah depuis qu'il a dix-sept ans ?

Elle regarda en direction de Mattie, détourna les yeux et la regarda à nouveau.

— Qu'est-ce qui se passe, Mattie ?

— Ouais ! dit Scott. Il y a quelque chose qui ne va pas ?

Mattie fixait en silence le contenu d'un tiroir qu'elle venait d'ouvrir.

— Qui ? dit-elle sans se retourner. Quelque chose qui ne va pas ? Non, dit-elle en secouant la tête, non, tout va bien.

Mais le tranchoir n'était pas à sa place. Il était posé à plat sur le plateau en plastique du tiroir à argenterie, masquant la plupart des couverts. En plus, ce n'était pas le bon tiroir. Elle ne l'avait pas laissé ainsi. Jamais elle ne le laissait ainsi.

— A croire que tu viens de voir un serpent dans le tiroir, dit Lize.

— Je ne reste pas les yeux écarquillés quand je vois un serpent dans un tiroir, dit Mattie d'un ton songeur, sortant le tranchoir tandis qu'elle refermait le tiroir de la hanche. Je saute en l'air.

— T'as rien d'une grenouille, concéda Lize.

Le regard d'Eddie passa d'une femme à l'autre avec une expression soucieuse.

— Nom de Dieu, mais de quoi parlez-vous toutes les deux ? dit-il.

Mattie tâta le tranchant de la lame pour en vérifier le fil, en songeant, pourquoi diable Harris aurait-il eu besoin de ce tranchoir ?

— Une verte à cornes, dit Lize, tout amusée à l'évidence. Dans la mesure où une grenouille est capable de sauter de trois à cinq mètres quand tu lui titilles la queue en lui parlant gentiment, tu pourrais croire qu'elle est capable de faire un bond de trente mètres quand elle voit un serpent. Mais c'est pas le cas. C'est pas comme ça que ça se passe, tout simplement. Une grenouille, ça se contente de regarder le serpent de tous ses yeux avant de se faire bouffer. Ça bouge pas d'un poil pour se sauver, encore moins pour se défendre, ce qui serait du dernier ridicule. Mme la Grenouille, elle sait que tout ce que veut le serpent, c'est de se bouffer une grenouille, de façon à pouvoir rester là, vautré dans son coin, à rien faire pendant trois, quatre jours. Mais une grenouille, ça reste là, tout bêtement, et ça attend que ça lui tombe dessus, face à face avec la bête.

Le regard d'Eddie alla de Lize à Scott et retour.

— Comme Gandhi ou un mec comme ça ?

Scott ferma les yeux et secoua la tête.

— M'est avis, dit Lize sèchement, que Gandhi, c'était l'exception.

Peut-être qu'il cherchait un crayon, songea Mattie. Ça doit être ça. Elle décapita la grouse. Il cherchait un stylo ou un crayon pour rédiger son petit mot, et il a tout bonnement oublié de remettre le tranchoir à sa place.

— Comme de tirer le cerf de nuit à la torche ? demanda Eddie d'un ton enjoué.

— Ouais ! concéda Lize avec acrimonie. Comme de tirer le cerf de nuit à la torche.

7

Le barrage de Grand Coulee irrigue un grand nombre de terres à blé entre Dip et la ville de Grand Coulee. Mais les signes du désert que ce territoire fut jadis et qu'il menace, inlassablement, de redevenir à tout moment sont présents partout. Les terres arides s'étendent jusqu'en altitude. En termes géologiques, une coulée est un flot de lave en fusion ou une dalle de lave solidifiée, mais dans cette partie du monde, le mot en est arrivé à désigner les canyons abrupts, profonds et inattendus, qui fissurent les étendues basaltiques de cette terre. Toutes ces formations sont volcaniques. Les géologues émettent l'hypothèse que l'ensemble de la région est resté en feu pendant près de dix millions d'années, un phénomène qu'ils dénomment vulcanisme. Puis les choses se sont tassées en se refroidissant pendant un moment, au point qu'au bout de quelques millions d'années, arrivèrent les glaciers. Lesquels labourèrent le paysage, meulant la surface du Canada dont ils poussèrent les moraines devant eux en descendant plus au sud. Lorsqu'ils se furent retirés, ils laissaient derrière eux une terre arable profonde, meuble et réduite en poudre fine appelée loess, matériau nutritif réputé pour ses capacités à retenir l'humidité et donc terre à blé réputée. Naturellement, il n'existe, à proprement parler, que peu d'humidité disponible sur ces territoires à l'ombre des montagnes de North Cascades, véritable barrage aux eaux du ciel : la majeure partie des pluies en provenance du Pacifique tombent au nord et à l'ouest. Le versant oriental des Cascades est un désert, aux conditions peu amènes, chaud l'été, froid l'hiver. Sans irrigation, il serait resté désert, mais la présence de la Columbia River a rendu possibles les projets théoriques d'irrigation, tandis que l'édification du barrage de Grand Coulee marquait le passage de la théorie à la réalité. On trouve là de vastes fermes céréalières, spécialisées dans la production de blé, situées pour l'essentiel à l'est de Grand Coulee, dont l'existence proprement dite dépend totalement de l'eau fournie par cette foutue rivière. Les terres y sont élevées, plates et couvertes de loess. Mais à l'ouest du barrage, et de la Columbia, c'est une autre histoire.

Entre le petit groupe de communautés nées de la présence du barrage, ce barrage qui les faisait vivre — Grand Coulee, et Electric City, — et la petite ville de Bridgeport, soit une étendue de quatre-vingts kilomètres, le paysage change du tout au tout. Là s'étire un désert d'altitude que viennent seulement interrompre les ruines d'une propriété qui avait eu l'ambition de survivre sur ces terres : un toit effondré sous le poids de la neige et les rafales de vent, ses clôtures abattues, gisant au sol, ses peupliers cotonneux soufflés et éclatés par le tonnerre et l'éclair, des boules d'amarante amassées contre le seuil de la porte d'entrée déchiquetée. On y trouve quelques ranches étendus — des ranches véritablement immenses — qui, pour l'essentiel, élèvent du bétail car, en dépit de la proximité du potentiel d'irrigation, la terre est tout bonnement trop aride et trop sauvage pour être cultivable. Le paysage se présente comme de vastes étendues solitaires et inhumaines de poussière et de buissons d'armoise inlassablement balayées par le vent ; mais la caractéristique première de ce pays, celle qui surpasse toutes les autres, ce sont ces excroissances rabougries et effrayantes de basalte pur qui surgissent du sol avec le même abandon lourd de menaces qu'un navire de charge qui viendrait donner de la bande au-dessus du doris de votre être. Ces formations brutes allant du brun rougeâtre au noir dépassent quelque peu l'échelle humaine, un peu plus grandes qu'un homme, un peu plus petites que les ambitions qui l'animent ; elles sont là, inflexibles, inexplicables. En apparence, elles ressemblent beaucoup aux excroissances de tuf calcaire exposées au fil des siècles par les eaux saumâtres de Mono Lake en Californie, au fur et à mesure de leur recul. Certaines ressemblent à de vastes meules de foin taillées à même le ciment brut. D'autres sont des cubes aux arêtes déchiquetées, aussi gros qu'une maison, d'une forme quasiment identique. D'autres encore sont des cylindres aux formes irrégulières, coiffés d'un dôme en chapeau, pareils à de petits silos à grains. Toutes sans exception représentent les survivances du passé géologique violent de cette région, et certains vont jusqu'à dire que ce sont là, telles qu'en elles-mêmes, des icônes qui se prêtent parfaitement aux spéculations impressionnantes que ces époques-là éveillent chez tout individu. D'autres, d'une chapelle différente, leur tirent dessus sans raison aucune. Lorsqu'on tombe effectivement sur une ferme à blé dans la région, et il en existe quelques-unes, on aperçoit les champs labourés de sillons réguliers qui remontent jusqu'à ces témoins de basalte intransigeants, les contournent et s'étirent au loin, très semblables en cela à ces jardins de méditation où l'on a placé délibérément des rochers qu'on pourrait croire disposés par le plus grand des hasards. Personne ne peut se permettre de déplacer les formations rocheuses les plus grosses, pas même les faire sauter en morceaux, si la chose était possible. Le basalte est dur. La fréquence de distribution de ces résurgences rocheuses n'est pas très grande ; au contraire, il n'est pas rare de n'en voir que quelques-unes seulement d'un point de vue donné. C'est-à-dire que pour l'observateur banal, il n'apparaît nullement que le paysage soit justement constitué dans son intégralité par ces monuments basaltiques. De par leur relative rareté, ils apparaissent comme des anomalies. Alors qu'en fait ils dominent le terrain, comme des tiges enracinées à même la fondation rocheuse de toute la région.

A découvert, les formations basaltiques prennent toutes les formes imaginables et il est fréquent, au crépuscule, de les confondre en y voyant tout à fait autre chose, ce qui ne fait qu'ajouter plus encore aux côtés fantomatiques d'un pays d'ores et déjà célèbre pour les murmures et les hurlements qui courent les terres, portés par le vent implacable, et la solitude interminable et sans limites qui est le lot inévitable de quiconque essaie de s'installer là. L'imagination humaine a souvent accoutumé d'attribuer finalité et raison aux bruits et aux formes inexplicables indistinctement perçus par l'oreille ou l'œil, et l'humanité entière pourrait se résumer à l'image de deux enfants blottis sous leur tente, en train d'essayer de donner un sens aux bruits nocturnes émanant des étendues sauvages selon les termes — des plus imaginaires pour l'essentiel — de leur expérience. Les formations basaltiques du comté de Douglas ne sont tout bonnement que stimuli aux nerfs exacerbés, et la culture de la région est pleine des récits d'événements surnaturels et inexplicables, d'apparitions d'OVNI et de disparitions mystérieuses.

Il est un fait que tout n'est pas pur produit de l'imagination. Les forces armées des États-Unis conduisent un certain nombre d'expériences et manœuvres diverses dans le Nord-Ouest américain, simplement parce que très peu de gens habitent là. Pour quiconque se trouve être résident de l'Ouest, aux bases militaires secrètes, grandes comme des régions entières de la taille de Rhode Island fermées à la circulation automobile, viennent s'ajouter d'énormes volumes de l'atmosphère fermés à tout trafic aérien, bangs, doubles, triples, quadruples bangs, explosions lointaines et mystérieuses, d'une puissance phénoménale, éclairs terrifiants qui colorent l'horizon au beau milieu de la nuit, traînées lumineuses de poussière fluorescente remontant en spirales vers la Grande Ourse comme si un quartier entier du ciel se trouvait enserré des entrailles d'un serpent fantôme en train de dérouler ses anneaux, sans compter d'étranges points mobiles de lumière rouge ou verte traversant le ciel comme des traits de couleur entre les mamelons obscurs de deux mesas au lointain, un rugissement effroyable, annonciateur de malheur, voyageant du nord au sud, de l'est à l'ouest, d'horizon à horizon, sans origine apparente ; des têtes de flèches en alliages de molybdène, plates et noires, chargées d'armes, les ailes delta écartées, en train de filer en rase-mottes le long d'une vallée de désert sur cent soixante kilomètres de distance, à quatre-vingts mètres du sol, Mach 2, et sans faire le moindre petit bruit.

Lorsque la quincaille militaire sophistiquée vient couiner « côté mouillé », au-delà du versant occidental des Cascades le long de Puget Sound, les gens attendent habituellement de pouvoir se faire entendre avant de dire à leurs enfants, « T'entends ça, petit loupiot ? C'est le Son de la Liberté ». La remarque fait référence à une pancarte battue par les vents, accrochée au-dessus de l'entrée de la base aérienne sur l'Ile de San Juan. On y voit l'image d'un pilote de chasse tout sourires, casque en place, masque à oxygène pendouillant, un pouce dirigé sur un F-100 stationné en arrière-plan, avec un logo qui dit : « Pardonnez le Bruit que nous Faisons, mais c'est le Son de la Liberté ! »

« Côté sec », à savoir le versant oriental des Cascades, le terme « sec » n'est pas le signe d'un sens de l'humour poussé, pas plus qu'il ne se réfère à la disponibilité toute relative de boissons alcoolisées (universelles) ; c'est l'expression d'un état de la gorge, de la terre et de l'esprit. Bien qu'elle eût vu en son temps, de ses propres yeux vu, nombre d'appareils à l'aspect féroce volant à basse altitude, en acrobates fervents de gymnastiques aériennes qui les poussaient à câliner le sol au plus près dans le seul but d'éviter les radars, Mattie Brooke n'avait jamais, à proprement parler, entendu quiconque formuler avec alacrité l'expression, « le Son de la Liberté », avant d'avoir accompli sa seule année d'université à Everett, près de Seattle. Mais, détail ironique, l'armée de l'air est loin de pratiquer autant de manœuvres à basse altitude sur le côté mouillé que sur le côté sec. La première fois que vous quittez délibérément la route au volant de votre camionnette, en pleine panique, pour éviter une collision bille en tête avec un couple de sémillants Phantoms en train de baguenauder au-delà de la vitesse du son, vous ne rigolez pas. Vous faites réparer votre camionnette. Ou alors vous passez quelques jours à rameuter le bétail éparpillé au cours des paniques bovines irrésistibles induites par lesdites manœuvres, vous allez même jusqu'à abattre les têtes de bétail qui ont survécu à la course folle et aveugle qui les a précipitées au bas d'une coulée, là où elles meuglent faiblement, trois pattes brisées sur les quatre, et tous les jours qui vous restent à vivre, vous les passerez peut-être, dès lors, à essayer d'obtenir du gouvernement qu'il vous rembourse les quelques bêtes perdues. Mais vous ne rigolez plus. La région est trop dure, à ces moments-là. Vous pouvez rigoler quand un cheval en veine de caracole fait dégringoler votre partenaire en allant se frotter contre une clôture. Vous pouvez rigoler quand le système de conditionnement d'air se remet soudain, mystérieusement, à fonctionner à nouveau dans la cabine de votre moissonneuse-batteuse au premier jour de gelée blanche. Vous pouvez rigoler lorsque la radio dans la cabine de votre moissonneuse capte à nouveau, de la façon la plus énigmatique qui soit, la retransmission du « Théâtre du Mystère » de E.G. Marshall [1], à la nuit tombée, cinq sur cinq, haut et clair, alors qu'il vous reste trois cents hectares de blé à faire, mètre après mètre, à la lueur des phares.

Mais la majeure partie du temps, vous jurez, vous vous émerveillez, vous tremblez devant la nature impitoyable et inexplicable des espaces sauvages qui vous entourent.

1. Programme radio, voué au macabre, à l'horrible et au mystérieux, célèbre par son générique de grincements et de claquements de portes. (N.d.T.)

Un récent exemple en est le Big Divot [1].

En 1984, deux cow-boys étaient en tournée d'inspection sur des parcelles reculées, presque toujours ignorées, appartenant à une ferme de la Réserve indienne de Colville, à l'ouest de Nespelem. Dans une petite cuvette, où il était extrêmement improbable que cinq personnes aient pu mettre les pieds depuis les relevés topographiques exécutés par la compagnie de chemin de fer au dix-neuvième siècle, ils avaient découvert ce qu'on vint à connaître sous le nom de Big Divot. Au départ, ils avaient cru que ce n'était rien d'autre qu'une résurgence de basalte de la taille d'une voiture. Avant de s'apercevoir que la chose en question était parvenue à accumuler sur elle suffisamment de terre arable pour permettre aux barbons et à l'armoise d'y croître. Et ils finirent par remarquer que les arêtes, là où les faces rejoignaient le sommet et la base de l'excroissance, délimitaient des carrés presque parfaits. Et lorsqu'ils s'étaient approchés suffisamment près, leurs chevaux n'avaient guère apprécié, comme si la chose sentait l'ours ou le couguar.

Curieux, ils firent faire le tour de la chose une ou deux fois à leurs montures réticentes, et, selon toute apparence, cette excroissance de terre donnait l'impression d'avoir été extraite du sol par une bêche géante au fer carré puis délicatement reposée, intacte.

En toute logique. A vingt-deux mètres du bloc de terre, ils trouvèrent le trou.

Les flancs du trou étaient verticaux, le fond en était plat. Deux des côtés mesuraient trois mètres, les deux autres deux mètres dix pour une profondeur de soixante centimètres. Les dimensions correspondaient exactement à celles du bloc de terre tout proche, et le fait qu'il y eût congruité entre les parties mâle et femelle ne faisait aucun doute. Quelqu'un, ou quelque chose,

1. D'origine écossaise, motte d'herbe. (N.d.T.)

avait extrait le bloc de terre de la butte sur laquelle ils se tenaient au moyen de quelque outil ou machine géants — voire un instrument semblable à un louchet géant, le type d'outil à fer carré qu'on utilisait pour les plantations d'arbres. Dans ce cas, le fer du louchet aurait dû mesurer deux mètres cinquante à trois mètres au tranchant, ce qui équivalait, en se fondant sur les proportions courantes de l'instrument en question, à un outil d'une longueur totale de sept à huit mètres, et pour l'utilisation proprement dite, à une botte cloutée un tout petit peu plus grande que le pied qu'elle abritait, soit à peu de choses près, la taille du Café de Dip.

Les deux garçons vachers ne purent trouver la moindre trace : chenilles de Caterpillar, coulures de fuel, marques de pneus de tracteurs, restes de câbles de traction, vieux pneus, boîtes de bière percées de trous de balle, terre calcinée, dentelures d'instruments métalliques, ou tout autre signe de complicité humaine ou mécanique. Toutes les preuves — ou plus exactement, le manque total de preuves — suggéraient un phénomène immaculé. Ou — chose plus, ou moins, étrange ? — spontané. L'objet — et l'orifice qui y faisait pendant — eût-il été découvert dans Central Park à New York, la curiosité aurait très vite fait long feu, ou bien encore, on serait venu l'admirer comme sculpture minimaliste à laquelle on aurait accordé quelque crédit. Mais dans le comté de Douglas, les nouvelles de la découverte se répandirent vite et Mattie elle-même entendit diverses hypothèses sur les origines du Big Divot, des semaines, des mois, des années durant après sa découverte. Des centaines de personnes vinrent faire pélerinage sur les lieux. Et très vite, toutes les preuves existantes qui auraient expliqué la nature et l'origine du Big Divot se trouvèrent effacées par le passage des sabots de tout le bétail qui venait paître là, des fers des chevaux et des roues de quatre-quatre qui venaient là en visite, voire soufflées dans les airs jusqu'au fin fond du pays par tous les hélicoptères venus d'aussi loin que Spokane et Seattle pour filmer en vol stationnaire le phénomène à l'aide de leurs caméras vidéo.

De même que les excroissances de basalte qui parsèment le paysage, c'est la taille proprement dite de l'objet qui déconcertait le public. La chose était juste un peu trop petite pour qu'on n'y crût pas, et beaucoup trop grosse et imposante, comme quelque mauvais augure, pour qu'on pût l'éliminer sans autre forme de procès, même si les dimensions du paysage d'où elle était née comme l'immensité du ciel en surplomb la remettaient à sa juste mesure, celle d'une petite chose naine égarée là. Trois tonnes. Voilà. Elle était là. Personne ne pouvait nier que c'était un mystère impressionnant, aux origines inexplicables. Les seules véritables questions étaient les suivantes : en quoi un OVNI sorti de son quartier galactique aurait-il été intéressé par trois tonnes de loess et d'armoise ? Qui plus est, ayant fait la démonstration de la finesse technique nécessitée par l'extraction propre et sans bavures de l'échantillon en question, pour quelles raisons les extraterrestres l'avaient-ils laissé tomber ? Peut-être s'entraînaient-ils, tout simplement ? Peut-être avaient-ils eu peur et pris la fuite ? Si tel était le cas, quelqu'un avait dû logiquement les voir. Mais si quelqu'un les avait vus, les extraterrestres ne pouvaient courir le risque de laisser des témoins derrière eux. Aussi avaient-ils peut-être emmené les témoins avec eux. Un spécimen humain n'offrirait-il pas plus d'intérêt aux yeux des extraterrestres que le Big Divot ? En conséquence, qui avait disparu de la région ces temps derniers ? Question potentiellement plus intéressante, qui était réapparu ? Bon, bien sûr, il y a bien un gars, tout là-bas, à Omack, qui prétend être le bonhomme en question. Ils l'ont emmené sur Mars et ils l'ont gardé avec eux jusqu'à ce qu'il leur révèle tout ce qu'il savait sur le jeu de poker. Il a déclaré qu'ils avaient trois mains et deux cerveaux, de sorte qu'ils étaient capables de jouer un genre de poker solitaire, en étant sûrs d'avoir un donneur honnête. Non, le mec a dit qu'ils ne s'intéressaient pas à la défense nationale. Rien qu'au poker. Et ainsi de suite. Une autre école de pensée attribua immédiatement le Big Divot à la présence d'une nouvelle arme secrète des militaires, indispensable à la défense nationale, et donc bonne et justifiable, et arrêtèrent en conséquence de mettre leur imagination à l'épreuve sur le sujet.

Mais toutes ces spéculations, aussi bizarres les unes que les autres, ne devaient leur origine ni à Mars ni aux forces armées, elles étaient nées du paysage. Un paysage capable d'engloutir hommes, bétail, machines, d'anéantir des efforts de coopération gigantesques, pour ne laisser derrière lui que des sémaphores insondables comme le Big Divot, ou alors les rogatons les plus sinistrement sentimentaux des entreprises les plus chères aux cœurs des hommes, ces carcasses squelettiques, effondrées, dépourvues de toit, mangées de poussières et balayées par les vents, jadis pivots de tous leurs espoirs, aujourd'hui symboles hantés de leur défaite.

* * *

C'était dans ces territoires d'altitude, aux terres désertiques sans irrigation, à l'ouest de Grand Coulee, que Jedediah Dowd avait fait retraite, après son retour du Vietnam. Il avait acheté pour une bouchée de pain un ranch modeste à une vente aux enchères organisée au profit d'une banque. La propriété consistait en une vaste grange en relativement bon état, une maison délabrée mais spacieuse, de l'outillage agricole qui ne fonctionnait pas, diverses dépendances et l'électricité. Mais aux yeux de Jedediah, l'avantage essentiel de l'endroit était son emplacement, éloigné de tout. Les villes les plus proches étaient Bridgeport, Dip et un endroit du nom de Mansfield, tous à égale distance du ranch, soit près de cinquante kilomètres. Jedediah était proche voisin du district fédéral de Columbia qui, hormis qu'il électrifiait et irriguait la majeure partie de tout le Nord-Ouest, formait ici la frontière sud de la Réserve indienne de Colville, à environ trente kilomètres au nord du Cloverleaf — la Feuille de Trèfle. Il avait choisi ce nom de Cloverleaf non pas tant par ironie, car mis à part l'armoise, rien d'autre ne poussait sur ses deux cent quatre-vingts hectares et il n'était nullement dans ses intentions de jamais y faire pousser le moindre arpent de trèfle, que par respect pour la chance, cette chance pure et simple qui lui avait permis de survivre à un séjour au Vietnam en 1970-71. Après avoir erré pendant dix années d'insomnie post-guerrière, dont il n'avait quasiment rien dit à Mattie, Jedediah s'en était retourné dans l'État de Washington, avait inspecté les lieux et décidé de s'installer près de l'endroit qui l'avait vu grandir. Personne ne l'avait rencontré pendant près de vingt ans, et tant de jeunes avaient quitté la région que Mattie et Lize demeuraient parmi les rares personnes à se souvenir de lui.

Jed était l'unique enfant d'un homme qui avait immigré d'Irlande dans les années trente, et Seamus Dowd s'était rendu directement de Ellis Island au site du barrage de Grand Coulee. Là il s'était fait inscrire sur les listes d'embauche, et avait attendu. Trois mois plus tard, un ouvrier avait été tué et Seamus Dowd l'avait remplacé. Il avait travaillé dans l'équipe de construction jusqu'à la mise en service du barrage en 1940. Il était ensuite resté dans les équipes chargées des modifications et des extensions exigées par les besoins énergétiques de la guerre. En 1944, bien qu'il eût économisé jusqu'au dernier centime des salaires cumulés de huit années, l'argent dont il disposait avait à peine suffi pour payer le passage de sa future épouse, une jeune fille du pays natal qu'il connaissait plus ou moins depuis son enfance, et qu'il avait vue grandir par voie épistolaire, grâce aux lettres que lui adressait un cousin et que contresignait sa mère. Maureen Dowd, née McCaffry, jolie et timide, débarqua à dix-sept ans à Grand Coulee au printemps de 1945 avec, pour seuls bagages, un sac de toile et un bout de papier portant le nom de Seamus. Seamus prit une demi-journée, un samedi, pour se marier. La lune de miel se déroula la journée du dimanche au cours de laquelle ils essayèrent pour l'essentiel, l'un comme l'autre, de surmonter leur timidité naturelle pour s'adresser la parole. Au bout d'une heure ou deux de ce manège, Seamus abandonna et emmena la jeune fille visiter le barrage.

Ils vécurent dans une petite maison de compagnie à Electric City. Seamus travaillait dix heures par jour, six jours par semaine, toute l'année. Bien qu'il eût presque la trentaine, le mariage le changea. Jadis homme de peine et dur à la tâche, il devint ivrogne du samedi soir. Puis ivrogne du dimanche, et pour finir, ivrogne du lundi matin. Après tant d'années passées sur le barrage, il était suffisamment apprécié de ses supérieurs, en dépit de son ivrognerie ; l'ivrognerie n'était pas rare. Mais arriva la fin de la guerre. On se sépara de Seamus et c'en fut terminé pour lui. Le barrage était devenu sa vie. Après le barrage, ne resta plus que la bouteille.

Maureen Dowd tenait sa maison, se défendait sans grand succès contre les instincts brutaux d'un époux pris de boisson le samedi soir, et se languissait de l'Irlande. Elle avait découvert qu'en Amérique, il n'y avait pas de pluie, pas d'herbe, pas de musique. Il n'y avait pas de rivages marins à arpenter sans but, pas de tonnelles de verdure ombragées qui prêtaient à méditer. Tout au contraire, l'immensité du ciel et les espaces désolés qu'il surplombait, aussi bien que les audaces très égyptiennes des entreprises gargantuesques qui l'entouraient de toutes parts, engloutissaient jusqu'à la moindre de ses pensées sans rien donner en retour. Dans cette partie de l'Amérique, pas une bâtisse n'excédait la hauteur de deux étages, à l'exception du barrage de Grand Coulee, haut comme un immeuble de cinquante étages. Pas plus qu'il n'y avait ports, bateaux, bibliothèques, jésuites, pierres de Blarney[1], petites charrettes à deux roues tractées par des ânes, récits de contes de fées en celte, pas de roi à mépriser ni de famille, cette famille énorme qui, au grand complet, jusqu'au dernier de ses membres, était venue saluer son départ jusqu'à ce que le bateau qui l'emportait aux Amériques se fût englouti dans les brumes du port de Dublin. Elle écrivait de longues lettres détaillées au pays, à Dublin, gardait sa maison propre et ordonnée, fabriquait des rideaux pour les fenêtres jusque-là nues, époussetait, nettoyait, lavait, peignait, réparait, cuisinait, priait, faisait de longues balades à pied, allait chevaucher sur des chevaux d'emprunt, se trouvait toujours à la maison pour le retour de l'époux, et malgré cela, il lui restait toujours huit bonnes heures de jour à remplir. En conséquence, elle lut tous les livres disponibles à la ronde, dans un rayon de plusieurs kilomètres du barrage de Grand Coulee, jusques et y compris les Apocryphes, diverses versions de la Bible, le livre des Mormons, le Coran, tout Jane Austen, les Brontë, Hardy, George Eliot, Trollope. D'Irlande, on lui envoya Yeats et Synge et même Oscar Wilde. Lorsqu'elle en eut terminé avec les Anglais, elle lut les Russes. Lorsqu'elle en eut terminé avec ceux-là, elle passa aux Français. A l'issue des *Liaisons dangereuses* et du *A rebours* de Huysmans, elle se trouva encore plus étrangère aux gens qui l'entouraient, son mari tout particulièrement, qu'au jour de son arrivée. Sa force d'esprit ne se trouvait surpassée en intensité que par la fragilité de son corps, et lorsque, après trois années passées à éviter l'inévitable, elle conçut un enfant, elle comprit que la fin était proche. Ses lettres

1. Du nom du château de Blarney en Irlande, pierres porte-bonheur. (N.d.T.)

à Dublin se firent plus longues encore. L'environnement astringent qui était le sien lui arracha de l'esprit une lucidité que personne, l'ayant rencontrée chez elle dans son univers quotidien, n'eût crue possible.

Soigneusement, avec prudence, elle abandonna son corps au nourrissage de l'étranger qui grandissait en elle. Les lettres se firent plus fréquentes, jusqu'à trois ou quatre par semaine à certains moments, de longues et belles lettres qui en vinrent à être consultées, reconsultées, avec un détail extrême, et partagées par des parents et des membres de la famille sidérés qui, souvent, ne pouvaient pas se résoudre à y répondre à des intervalles inférieurs à deux mois. Séparée de son univers familier, elle déversait à flots dans ses lettres tout ce qu'elle avait à cœur, dans l'esprit comme dans l'âme, de la même manière qu'elle métabolisait la plus petite parcelle de nourriture au détriment de sa propre santé chancelante, afin de la consacrer aux forces en devenir de celui qui allait être, elle en avait la conviction, son enfant unique.

Tandis que se rapprochait l'heure de donner naissance à son fils, ses lettres avaient atteint cette intensité fiévreuse et lucide que beaucoup au nombre de ses correspondants finirent par considérer comme pure folie furieuse. Il est un fait que la nature épiphanique de ses dernières entreprises épistolaires était incontestable ; mais, si pour un type donné de lecteur, elles trahissaient un esprit qui n'était plus assuré de tenir ses bons ancrages, pour d'autres, elles manifestaient avec la plus grande précision de détail une beauté poétique et éphémère qui transcendait les circonstances mêmes de leur production comme de leur réception.

Elles retraçaient, ces lettres, une sacrée belle tranche d'histoire. Et c'est Jedediah qui les avaient en sa possession. Après le Vietnam, il s'était rendu en Irlande où, par un effet du hasard, une tante lointaine avait rassemblé l'intégralité de la correspondance de Maureen ; lorsqu'elle comprit qui était Jedediah, après lui avoir parlé, elle lui donna toutes les lettres, sans même qu'il en fît la demande. Le trésor se trouvait rangé dans un coffret d'acajou doublé de cèdre, aux arêtes ferrées de laiton, merveilleusement agencé, ouvragé de la main d'un menuisier de Dublin, spécialiste de la fabrication de cercueils, qui avait conçu l'objet expressément à cette fin-là. A l'intérieur, les lettres se trouvaient rangées en piles soigneusement disposées dans l'ordre chronologique, classées par destinataire. Chaque fois que la chose avait été possible, les envelop-pes originales s'y trouvaient incluses, accompagnant les lettres qu'elles avaient contenues, avec timbres, tam-pons et toutes les marques de poste internationales intactes.

Le simple fait d'ouvrir le coffret était comme un début de voyage vers le passé, à s'y sentir à ce point tiré par les odeurs mêlées de cèdre du Liban et de papier pourrissant. Ne serait-ce que pour cette seule raison, Mattie chérissait ces lettres. Elle les avait vues, elle en avait lu la collection entière à quatre reprises, et certaines parmi ses favorites plus souvent encore. Jedediah les avait emportées avec lui en revenant dans le Washington. Et, elle le savait pertinemment, c'était autant les lettres elles-mêmes et la présence spirituelle de la mère de Jedediah qui s'en dégageait à leur lecture que les qualités propres du fils qui avaient poussé Mattie à se convaincre qu'elle pourrait bien être amoureuse de Jedediah Dowd.

Maureen Dowd était morte en donnant naissance à son fils, ainsi qu'elle avait été conduite à s'en convaincre par sa simple prescience, et elle mourut, étrangère virtuelle à la ville d'Electric City. Au contraire d'elle, son garçon était un enfant en pleine santé, aux cheveux roux comme ceux de son père, aux yeux bleus hérités de sa mère. Sur le conseil d'un contremaître qui se piquait d'histoire, un Seamus ahuri le prénomma Jedediah Smith Dowd, en l'honneur d'un des premiers pionniers blancs à avoir arpenté les rives de la Columbia

River. Il fallut à Seamus Dowd douze années supplémentaires pour mourir d'un trop plein de boisson.

Suite à quoi, Jedediah se trouva placé dans une succession de foyers adoptifs et orphelinats divers, dont le dernier en date se situa à Walla Walla, sous la garde d'un gardien de prison et de son épouse, couple sans enfants apparemment convaincu que l'agence d'adoption de l'État avait pour seule fonction de trouver des foyers convenables à des domestiques sous contrat d'apprentissage. Jedediah s'engagea, dès avant la fin du lycée, dans une armée très friande d'hommes jeunes mais beaucoup moins regardante quant aux faits de l'état civil. Puis on lui fit visiter Fort Bragg, Hawaii, les Philippines, Guam, Bangkok, l'Asie du Sud-Est...

* * *

— ... Où je l'ai rencontré, ajouta Scott d'un air songeur, tandis que la voiture commençait à tanguer doucement en remontant les derniers huit kilomètres de la route délavée qui conduisait à la grille d'entrée du Cloverleaf.

La route se terminait sur la rive sud de la Columbia, au bord de la réserve indienne, là où il n'y avait pas de pont. Dans la mesure où le ranch de Jedediah était la seule exploitation en activité sur les cinquante kilomètres qui séparaient la grand-route de la rivière, le comté ne veillait guère à l'entretien de cette partie du pays.

— Mais il ne m'avait jamais parlé de son passé, ajouta-t-il.

Défilèrent quelques poteaux de clôture.

— Merde, dit Eddie en secouant la tête. C'est bien l'histoire la plus déprimante que j'aie entendue au cours des quatre millénaires que j'ai vu passer comme ressuscité perpétuel réincarné en propriétaire de Chevrolet vieille de dix ans.

— Ce n'est pas vrai, répliqua Mattie. C'est... c'est...

Le fil du récit s'était dévidé jusqu'au bout, elle se trouvait à court et cherchait ses mots.

— Comme je l'ai dit.

— C'est beau ! Cela vous apprend comment la beauté... peut ressurgir en dépit de... en dépit de... ou peut-être bien à cause de...

— En dépit de toutes les circonstances qui tendraient à prouver le contraire, inspira Eddie.

— Ouais ! dit-elle en claquant des doigts, c'est exactement ça.

— Et alors, et cette Mme Dowd ?

— Quoi ? Que voulez-vous dire ?

— Elle est morte.

— Non, mais vous ne comprenez donc pas, reprit Mattie avec conviction. Elle vit dans ses lettres.

— Ouais ! répondit Eddie d'un ton caustique, et Ronald Reagan vit dans sa politique étrangère.

— Mais je vous le dis.

— C'est à elle qu'il faut le dire.

— Qui ça ?

— Mme Dowd.

— Lui dire quoi ?

— Lui dire que rien ne vaut qu'on sacrifie sa vie.

Mattie se trouva perplexe.

— Elle n'est pas morte pour quoi que ce soit, elle n'a rien sacrifié.

— Et les lettres alors ? J'ai bien l'impression qu'elle est morte à écrire toutes ces lettres.

— Elle est morte *en* les écrivant.

— Rien ne vaut la peine qu'on y sacrifie sa vie, déclara Eddie d'un ton sans réplique. Rien.

— C'est exact, claironna Scott à son tour. Les gens meurent tout le temps exactement pour cela — pour rien du tout.

— Y vivent pour la même raison, marmonna Eddie en regardant par la fenêtre.

* * *

Ils se trouvaient dans la voiture depuis près d'une heure. Aucun des deux hommes n'avait insisté auprès de Mattie pour obtenir des renseignements ou de simples rumeurs, mais, comme précédemment sur le parc de stationnement, lorsqu'elle avait inexplicablement lâché tout de go ses affabulations scandaleusement intimes, au sujet non seulement d'elle-même mais aussi de Jedediah, Mattie s'était mise, en toute ingénuité, à dévider le fil de ses récits sur la vie à Dip et dans ses environs. Cette fois, elle s'était montrée un peu plus sincère, néanmoins, et bien qu'elle eût pu faire montre de plus de discrétion en se confinant volontairement aux événements de sa propre existence, elle ne voyait aucunement en quoi les origines de Jedediah auraient pu embarrasser, voire compromettre ce dernier. En fait, elle était d'avis que c'était là, au demeurant, une plutôt bonne histoire. A vrai dire, elle considérait qu'il s'agissait de l'histoire de Maureen Dowd et de ses belles lettres décrivant la vie du Nord-Ouest dans les années quarante, bien plus que le récit des origines de Jedediah. En outre, bien qu'elle n'en touchât mot, il s'était agi là d'une découverte phare dans la vie de Mattie, une découverte qui restait encore aujourd'hui aussi intense, toute cette œuvre écrite jamais publiée dont elle restait inébranlablement convaincue de l'authenticité et du talent littéraires. D'elles-mêmes, ces fameuses lettres l'avaient plongée dans une orgie de lectures diverses, auteurs revêches et brillants qui avaient failli — il s'en était fallu de très peu — l'aliéner à son propre univers de manière aussi irrémédiable qu'ils l'avaient fait de Maureen, face au monde qui était le sien. Une telle découverte était rien moins qu'un événement mineur, dans la vie de quelqu'un qui en était venu à adorer la littérature pour elle-même. L'art pour l'art, en somme. Et finalement, Mattie en vint à manifester bien moins d'intérêt à Jedediah Dowd en personne qu'à l'intention fervente qu'elle avait de faire publier les lettres de la mère de Dowd sous la forme que celles-ci méritaient. C'était devenu là sa seule et unique ambition ; et, à cet égard, elle était profondément reconnaissante à Jedediah de l'avoir autorisée à lire la correspondance de sa mère. Ce fut seulement après la première lecture par Mattie de ces fameuses lettres que Jedediah lui avait appris que personne d'autre qu'elle ne les avait lues depuis qu'elles avaient quitté Dublin.

— Personne ? avait-elle demandé, d'un air désapprobateur.

— Excepté toi.

— Et toi, alors ?

— Non.

— Mais ! avait-elle protesté, ce sont les lettres de ta propre mère. Sans elles, tu ne la connaîtras jamais.

— N'importe qui aurait pu les écrire, dit-il en déguisant sa pensée.

— Ouais ! rétorqua-t-elle, et toi, tu pourrais être le fils de n'importe qui.

Il sourit et indiqua les étagères qui s'alignaient sur un mur entier de son salon, pleines de romans western de mauvaise qualité.

— Je n'arrive pas à trouver mon bonheur dans ce qui est trop bien écrit, avec trop de cohérence et de sens.

Cette dernière remarque n'était pas sans quelque vérité, bien que Jed n'en crût pas un mot. En représentant typique du sexe masculin, qui se refusait à essayer de comprendre ce qu'il éprouvait face à quelque chose tout comme la manière dont il l'éprouvait. Elle laissa tomber le sujet.

Mais il ne se passa pas de jours, ou peu s'en faut, qu'elle ne pensât à ces lettres. Elles couvraient des centaines de pages. Il serait facile d'en faire un livre, un bon livre, qui plus est. Elle avait tout prévu. D'abord, sortiraient des Morceaux Choisis. Puis, lorsque le public aurait vu leur valeur et serait bien accroché, viendraient les Œuvres Complètes. Elle avait souvent débattu du problème, à savoir la manière dont s'effectuerait cette métamorphose, le passage d'un coffret plein de papier pourrissant à un texte relié entre deux couvertures. Elle savait, pour le moins, qu'il lui faudrait retranscrire l'intégralité des lettres, ne serait-ce que pour les préserver, sans compter tout ce qui suivrait, recherches, mise en page et publication, tâches qu'elle entreprendrait avec plaisir. Elle savait que la retranscription ne pouvait attendre bien longtemps, car, en dépit du coffret, le climat du Washington semblait avoir un effet nuisible sur les papiers qui s'y trouvaient rangés. Elle était convaincue qu'un peu de tact de sa part viendrait à bout des réticences éventuelles de Jedediah sur la question, mais elle ne roulait pas sur l'or. Une transcription, pour être utile, devait être saisie sur ordinateur, simple détail qui l'empêchait d'aller plus avant. Un traitement de texte et une imprimante de qualité correcte coûtaient au moins deux mille dollars. Sans compter le voyage jusqu'à Spokane. Voire même Seattle.

Mais chaque chose en son temps. Elle avait déjà fait un premier pas, en commandant un livre choisi dans une revue, *Writer's Market*, Le Marché de l'Écrivain. Ensuite, elle avait soigneusement séparé le bon grain de l'ivraie en réduisant ses catalogues de centaines d'éditeurs à une liste de vingt maisons respectables dont l'intérêt se portait sur des œuvres de la meilleure qualité littéraire. A chacune, elle avait adressé une lettre où elle s'enquérait de l'intérêt éventuel pour les merveilleuses lettres qu'elle avait découvertes. Elle les informait également de leur grand intérêt historique, vu l'époque à laquelle elles avaient été rédigées, cette période d'un Ouest ambitieux constructeur de barrages. Du fait qu'elles avaient été écrites par un être tout de sensibilité, une femme qui plus est pauvre et perdue au milieu du chambardement ambiant qu'était en ces temps-là un chantier d'envergure, isolé à la frontière du pays. De la manière dont cette femme avait suppléé à ses manques intellectuels en se forgeant sa propre culture, en se bâtissant sa propre vie dans un pays aride et dur, en dépit d'un mari brutal. De la façon dont, elle, Mattie, aimerait rassembler ces lettres, les publier, et peut-être en apprendre suffisamment pour être à même d'en rédiger une introduction, sinon savante, du moins bien informée, en replaçant les missives en question dans le contexte qui était le leur, tant historique que géographique et sociologique. Il ne faisait pas de doute qu'un éditeur raisonnablement avisé serait des plus intéressés par un matériau de cette qualité, d'une authenticité historique incontestable. N'était-il pas vrai ?

Au départ, suivant les conseils de *Writer's Market*, elle adressa sa demande à un seul éditeur à la fois. Son premier courrier lui revint moins d'une semaine plus tard. Il revint si vite qu'elle crut un instant ne pas avoir suffisamment affranchi l'enveloppe. C'est alors qu'elle vit les gros caractères du tampon encreur en tête de sa lettre soigneusement dactylographiée, similaires aux textes des avis de recherche du temps jadis :

OFFRE SPONTANÉE DE MANUSCRIT
RETOUR A L'ENVOYEUR

Avec une petite main dont le doigt tendu la désignait, elle, en pointant sur l'adresse de réexpédition. Quelque peu intimidée par cette réponse grossière, elle retapa soigneusement sa lettre, avec nom et adresse du deuxième éditeur de sa liste à la place du premier, juste au-dessus de la formule d'introduction, et expédia son enveloppe. Cette fois, trois mois s'écoulèrent avant qu'elle ne reçût une réponse.

Merci de nous avoir proposé votre manuscrit.
Nous regrettons que votre livre ne s'inscrive pas

dans nos prévisions de publication. Nous vous sommes néanmoins reconnaissant de l'intérêt que vous nous avez manifesté et vous souhaitons bonne chance avec les autres éditeurs auxquels vous proposerez cet ouvrage.

Sincèrement etc.

Un peu prise au dépourvu par la sécheresse de ton du refus, ainsi que par la qualité relative tant en grammaire, orthographe et ponctuation de frappe de la missive, après un examen plus attentif du texte, elle remarqua que l'éditeur lui avait adressé une photocopie d'une photocopie de l'original, ce qui expliquait le flou de la lettre.

Se rendant alors compte qu'elle n'arrivait exactement à rien, chose qui demanda un temps certain, elle se mit en demeure de faire à son tour des photocopies de sa lettre de requête sur la machine au bureau de Grange, en laissant en blanc l'adresse de l'expéditeur, à compléter ultérieurement, photocopies qu'elle posta à toutes les adresses qui lui restaient sur sa liste. Ce ne fut que plus tard, en feuilletant distraitement son exemplaire bien racorni de *Writer's Market*, qu'elle découvrit que cette pratique portait le nom de « soumissions simultanées » et que les éditeurs respectables la considéraient avec dédain tant elle manifestait un manque d'honnêteté de la part de son auteur. Elle espéra que les éditeurs en question ne s'en apercevraient pas.

Tout se passa comme s'ils avaient été mis au courant. Dix de ses demandes lui furent retournées sans même avoir été ouvertes, neuf lui revinrent accompagnées de petits mots photocopiés exprimant un désintérêt certain avec plus ou moins de politesse dans la forme. Elle attendait toujours les quatre dernières.

Et donc quatorze mois s'étaient écoulés.

Mattie n'avait pas encore eu la bravoure de franchir le pas en décidant de rédiger le livre en personne, mais elle n'en était pas loin ; en fait, elle s'en trouvait plus proche qu'elle ne l'imaginait. Parce qu'elle croyait déjà de tout son cœur dans son projet, il ne lui restait plus qu'à se convaincre avec détermination que le livre était tout à fait faisable sans l'aide de quiconque — ou, pour reprendre la conclusion à laquelle arrivent la plupart des individus qui se lancent dans la publication de leurs propres œuvres, sans que quiconque vienne mettre son grain de sel dans l'affaire.

Mais ce qui lui travaillait l'esprit en cet instant, tandis que l'avant de la vieille Chevy venait de s'enfoncer dans une grosse ornière de la route, c'était le fait que la relation qu'elle avait nouée avec Jedediah pourrait bien n'aboutir à rien d'autre que la découverte des lettres de sa mère ; d'ailleurs, s'il advenait que les choses en arrivent là, ces deux années de cour amoureuse (à défaut d'un meilleur terme) hésitante, voire presque réticente, n'auraient pas été inutiles.

L'arrière de la Chevy s'écrasa au fond de l'ornière alors que l'avant en ressortait d'un bond.

— Nom de Dieu, dit Scott en s'agrippant au volant, Jedediah doit se racheter une nouvelle voiture tous les ans à force d'emprunter cette route.

— C'est vrai, c'est bien ce qu'il serait obligé de faire, dit Mattie, d'une voix dont les mots s'entrechoquaient dans la gorge, s'il lui arrivait de sortir de chez lui de temps à autre.

Scott tourna le volant.

— Est-ce qu'il ne vient pas vous rendre visite ?

— Pas souvent. D'habitude, c'est moi qui suis obligée de venir jusqu'ici.

— Mec, dit-il, cet Agent Orange [1] a dû lui supprimer toute sa testostérone, au Jed, aussi bien que sa cervelle.

Eddie était assis, penché en avant, une main agrippée

1. Utilisé comme défoliant au Vietnam et responsable de désordres, à long terme, du système nerveux chez ceux qui l'ont inhalé ou manipulé. (N.d.T.)

au rebord du siège, la paume de l'autre pressée contre le plafond.

— Normalement, dit-il à l'adresse du pare-brise, les mots jaillissant en secousses de sa gorge, normalement je me poserais la question de savoir où t'as bien pu trouver un mot comme testostérone, Scotty, mais je te propose ma théorie : si tu empruntais cette route suffisamment souvent, il ne t'en resterait plus une trace, de ta testostérone. Je crois que Dowd doit être très branché sur la conservation de l'environnement.

— Oh ! tout à fait, merci Eddie, bredouilla Mattie. Et ça me laisse où, tout ça ?

— La petite amie victime des sévices de la route, répondit Eddie. P-persévérante, fi-fidèle, o-o-béissante... On p-pourrait aller ju-jusqu'à dire, sacrifiée à la c-c-ause de la p-p-protection de l'environnement...

Le livre d'Eddie jaillit de sa poche revolver pendant qu'il bégayait.

— Hé ! Eddie, dit Mattie en rattrapant le bouquin qui allait disparaître entre les coussins, avant que je vous fasse sauter la tête dans le fossé, c'est quoi ce livre que vous lisez ?

— Un poète français, dit Eddie sans se retourner, tandis qu'il essayait d'empêcher son crâne d'entrer en collision avec le plafond, Paul Verlaine.

8

Et c'est alors, comme à bien des reprises dans son existence passée, que Mattie éprouva le besoin de rentrer dans sa coquille pour dissimuler ce qu'elle éprouvait.

La sensation est, à vrai dire, crispante, même pour ceux qui en ont l'habitude, mais du fait de l'incertitude initiale à savoir s'il est ou non trop tard pour se mettre à jouer au fortiche lorsqu'il s'agit de vie ou de mort, on s'effondre avant même d'avoir trouvé la faille de l'adversaire. Pour un professionnel, quelqu'un qui a passé sa vie à dissimuler, une heure de sincérité est une heure de gâchée, une heure dangereuse, une heure sans protection. Pour le professionnel, la simulation aiguise l'intellect. Tandis que la même pratique épuise les nerfs du novice, le professionnel s'en nourrit et prospère.

Mattie se trouva encouragée par un environnement favorable. En premier lieu, il faisait chaud dans la voiture, trop chaud pour garder les vitres fermées. Que l'on avait donc descendues. Mais dans un second temps, il ne faisait pas de doute que la route était très poussiéreuse. Un grand panache de terre poudreuse montait du sol après leur passage, avant d'être balayé vers le sud-est, porté par la brise qui soufflait sans repos. Cependant, chaque fois que Scott se trouvait forcé de ralentir devant une ornière — quand il ne devait pas s'arrêter complètement pour qu'Eddie pût sortir et dégager un rocher sur la route — la poussière venait les rattraper et envahissait l'intérieur du véhicule. Il y en avait partout, sur le tableau de bord, les garnitures du toit, les sièges et le plancher. Lorsque Eddie abaissa le pare-soleil, un nuage de poussière lui tomba en cascade sur les genoux comme au sortir d'un tamis. Lorsqu'il se réinstallait sur son siège après être sorti pour déplacer un rocher, un petit nuage de poussière se soulevait de toutes parts. Accumulation de petits détails qui contribuait à l'inconfort général des trois passagers qui plissaient les paupières, l'air généralement las, allant de temps à autre jusqu'à grommeler d'un ton revêche. Mais les conditions les autorisaient dans le même temps à masquer les sentiments sincères qu'ils auraient choisi, les uns comme les autres, de ne pas afficher. Ainsi donc, tandis que Mattie tenait d'une main appuyée au siège l'exemplaire des *Poèmes Choisis de Verlaine* d'Eddie, l'autre main pressée contre le toit de la voiture pour résister aux chocs du chemin cahoteux, la goutte de sueur qui emperla soudain son front pour se frayer un chemin dans la mince pellicule de poussière qui lui couvrait la tempe avant de virer brutalement dans l'œil qu'elle se mit à piquer, aurait aisément pu passer pour la conséquence directe de l'inconfort environnant qui était leur lot à tous trois. Mattie ne fut pas dupe. Elle avait la conviction qu'en aucun cas, un regain aussi soudain d'intérêt pour la poésie d'un homme dont la réputation avait, la majeure partie du temps, franchi le siècle qui venait de s'écouler à se languir à l'ombre de son plus célèbre contemporain, Arthur Rimbaud — « Poète et Explorateur », était-il inscrit sur la plaque apposée au mur en pignon de la maison que la mère de Rimbaud occupait à Charleville, mais bien que l'intérêt pour l'individu n'eût besoin d'aucun encouragement, on aurait pu tout autant y inscrire « Trafiquant d'armes et Gavroche » — en aucun cas, elle en était absolument sûre, ce regain soudain d'intérêt, si tant est qu'on pût user de ce terme, ne pouvait trouver son origine à Dip, État de Washington.

En dépit de cela, elle avait, ce même jour, entendu le nom de Paul Verlaine mentionné à deux reprises, et la journée n'était pas finie, le dîner était encore loin. Avant aujourd'hui, la dernière fois qu'elle était tombée sur ce nom remontait à l'université, onze ans auparavant. Depuis cette époque, ses goûts littéraires s'étaient égarés bien loin des entreprises et de tout le cirque des soi-disant symbolistes français. Les préférences de Mattie allaient aux romans bucoliques et maniérés d'auteurs tels que Jane Austen et compagnie, bien qu'à vrai dire, de la compagnie en question, il n'existât aucun digne représentant ; et ces deux dernières années, elle s'était plongée dans une liste d'ouvrages établie pour l'essentiel à partir des lettres de Maureen Dowd, pour s'autoriser, sinon, quelques petits écarts dans les histoires respectives du bassin de la Columbia, du barrage de Grand Coulee et de l'Irlande dans les années trente.

De sorte que Mattie Brooke se mit spontanément sur ses gardes devant cette découverte inopinée tombée du ciel sans garde aucune. Elle prétendit avoir vaguement entendu parler de Verlaine, mais exprima son intérêt le plus vif en ces termes qui ne sont familiers qu'au lecteur boulimique. Pendant que, dans le même temps, elle s'interrogeait sur ce qui pouvait bien exister de commun entre ce mec, Eddie, et Tucker Harris, sinon Paul Verlaine et — elle-même ?

— Vraiment ? pépia-t-elle d'une voix d'oiselle. Paul Verlaine ? Un Français ? Elle prit le livre et commença à en parcourir les pages d'un œil distrait. Pas un mot qui eût le moindre sens. Son intérêt lui parut bien factice à ses propres oreilles.

— Un rigolo, dit Eddie, bien que la majorité de ses œuvres érotiques aient été supprimées la plupart du temps des éditions universitaires de bon ton.

Tiens, *ça*, c'était une chose qu'elle ignorait.

— Alors, comme ça, vous lisez de la poésie.

— Ouais ! dit-il d'un air dégoûté. Vous lisez bien les lettres écrites par d'autres — il se racla bruyamment la gorge et cracha par la fenêtre — moi, je lis de la poésie.

— La majeure partie du temps, Édouard vit dans l'Esprit Universel, nota Scott, d'un ton plutôt sentencieux, libre et disponible, sans frais ni corvée de transport.

— On y risque moins de maladies de société qu'ailleurs, dit Eddie d'un ton un peu guindé.

— Si ce n'est l'Esprit Universel tel qu'en lui-même.

— Mon gars, dit Eddie d'un ton grincheux, ce

domaine-là, c'est pas ta pointure viens pas foutre ta merde, c'est trop profond pour toi.

— Et dire que j'ai oublié mes bottes dans l'étable.

Mattie passa en revue la table des matières. C'était une édition bilingue, le texte français faisant face à sa traduction anglaise. Voilà, il était bien là, *Clair de Lune*, pages 52 et 53. Elle se reporta aux pages en question. Le livre était une édition de poche à la reliure bon marché et plusieurs pages lui tombèrent sur les genoux lorsqu'elle feuilleta le bouquin.

— Oh ! je suis désolée.

— Ce n'est pas grave, dit Eddie d'un ton acide, ce n'est que de l'Art, promulgué sous une forme un peu chiche.

— Encore une autre maladie de société, dit Scott. Promulg... promulg...

— Promulgation, confirma Eddie. Là tu tiens quelque chose. En avons-nous déjà parlé auparavant ?

Elle lut le poème. Même à son œil relativement peu éduqué en la matière, la traduction était d'une mièvrerie absolue, à croire que c'était de la poésie cow-boy pleine de grands mots et sans le moindre cheval. Mais c'était la dernière strophe que Tucker Harris lui avait dit de retrouver.

> ... the lovely melancholy light that sets
> little birds to dreaming in the trees
> among the statues makes the jets
> of slender fountains sob with exstasy.

Transmigration de sensibilités, via le stéthoscope intérieur.

Baisse le jour lumineux de soleil jusqu'à retrouver les lueurs douces et bleuâtres de l'aquarium qui se reflétait sur la chair pâle de deux spectateurs ; change les petits oiseaux dans les arbres rêveurs en deux Bettas siamois, en train de mettre à l'épreuve du duel les rêves de morts qu'ils portaient codés génétiquement à l'intérieur de l'aquarium ; les bruits des pneus rebondissant parmi les rocs et la poussière épaisse deviennent ceux des bulles de l'aérateur qui venaient découvrir la surface de l'eau ; rends-toi compte qu'il suffit de peu de choses pour comprendre la manière dont « les grands jets d'eau sveltes sanglotent d'extase », bien qu'une seule et unique fontaine suffirait — suffisait — avait suffi. Une fois ces quelques petites métamorphoses établies — avec l'aide des souvenirs vivaces de la nuit précédente, ou plus exactement, des petites heures du matin d'aujourd'hui, une aide encore accrue par la lettre d'adieu de Tucker Harris, maintenant traduite — chose aisée, accomplie dans l'instant, Mattie se trouva rapidement plongée en pleine rêverie de délices psychoérotiques. Disparus, la poussière, les chocs à vous renverser cul par-dessus tête, les claquements des pare-chocs mal fixés, le boulot perdu, la duplicité, la gueule de bois au-delà de toute rémission, même par l'aspirine. La chaleur, cependant, venait juste à propos et elle la conserva donc telle quelle. Jedediah Dowd s'évanouit dans ses pensées pour se trouver réduit à un minuscule point habitant un petit ranch au-delà d'un virage sur l'horizon lointain. Les vannes décousues que s'envoyaient Eddie et Scott, installés de part et d'autre de Mattie, perdirent de leur intensité pour n'être plus qu'un marmonnement indistinct. Les Chinois avaient une expression pour cela, ces palabres inchoatives, pour exprimer les bruits distants de l'humanité perçus comme au travers d'une haie de verdure.

Il était quand même sacrément sexy, ce gus...

Il fallut à Mattie entendre le bruit aisément reconnaissable d'un enjoliveur de roue rouler derrière eux et tomber dans le fossé, sentir la Chevrolet tanguer jusqu'à l'arrêt afin de permettre à Eddie de récupérer l'enjoliveur et voir la porte latérale s'ouvrir, pour qu'elle se secoue de sa torpeur et retrouve le présent avec un soupir.

La voiture se remplit de poussière.

En l'espace d'un instant, vraiment, elle venait de revivre en pensée près d'une heure du temps qu'elle avait passé en compagnie de Tucker.

Elle sourit, referma le livre et s'en servit comme d'un éventail pour chasser l'air chargé de poussière devant son visage. Seigneur, bonté divine. Toujours rêveuse, elle lut le texte de la quatrième de couverture. « Un délice, de la première à la dernière page. » « M'a tenu éveillé, hors d'haleine la nuit entière ! » « Le poète le plus brûlant de tout le XIVe arrondissement », etc. Elle plissa le front. Le tableau de bord et la réalité ambiante revinrent s'imposer à elle. Par tous les diables, qu'est-ce que deux personnes au courant des écrits de cet homme-là pouvaient bien fiche à moins de huit cents kilomètres l'une de l'autre, le même jour, dans les environs de Dip, État de Washington — à vouloir me parler, à moi, Mattie Brooke, quand ce n'était déjà fait ?

Au travers du pare-brise poussiéreux, elle suivit des yeux Eddie qui se pencha précautionneusement dans le fossé pour y récupérer l'enjoliveur en mal de liberté. Toute coïncidence était hors de question, et elle frissonna de la tête aux pieds. Ainsi donc, ces deux-là, qu'elle ne connaissait pas le moins du monde, étaient, d'une manière ou d'une autre, en relation avec Tucker Harris, dont elle pouvait dire, en toute éventualité, qu'elle le connaissait à peine. Tout ce qu'elle savait en fait de Tucker était qu'il se prétendait vendeur-représentant et qu'il ne passait dans cette région de Washington qu'une fois l'an. Il donnait l'impression de savoir se débrouiller. Il était au moins au courant des décrets particuliers à plusieurs comtés du sud de l'État de Washington qui interdisaient expressément le démarchage habituellement associé aux vendeurs-représentants itinérants. Qui plus est, son imagination sexuelle était fertile, on pouvait compter sur lui pour être minutieux et détaillé dans ses initiatives sensuelles. Et c'était là tout ce qu'elle savait. Apparemment, il lui restait encore bien des choses à apprendre. Elle émit le souhait de n'en savoir aucune.

Eddie remonta en voiture et balança l'enjoliveur sur l'un des deux sacs marins qui occupaient le siège arrière. Quant à ces deux personnes, elle se rendit compte qu'elle en savait encore moins à leur sujet. Sauf que d'une manière ou d'une autre, ils connaissaient Jedediah. Hormis le fait qu'ils se trimbalaient avec Verlaine dans le Nord-Ouest...

Petite synthèse méchante : cela signifiait-il que Tucker connaissait Jedediah ?

Tandis qu'elle essayait de réprimer son angoisse face à cette éventualité et d'en éliminer les conséquences comme un détail un peu comique, elle croisa l'œil de Scott dans le rétroviseur. Il sourit et détourna la tête, mais elle comprit qu'il était en train de l'observer. Elle replia le livre entre ses mains, coinça les mains entre les genoux, se laissa glisser sur le siège sous le champ de vision du rétroviseur et essaya de se faire plus petite encore entre Scott et Eddie. Oh ! bon sang, se dit-elle. Dans quel guêpier me suis-je fourrée ? Elle sentit soudain son cerveau s'embraser des pires fantasmes. C'est *bien* la route qui mène chez Jed, exact ? Je serai parfaitement en sécurité une fois avec lui, pas vrai ? Elle s'obligea à réfléchir calmement. Mordecai, se rappela-t-elle, Mordecai a peut-être bien remarqué que j'avais quitté la ville en compagnie de ces mecs, qui qu'ils puissent être. D'abord on racontera comment j'ai perdu les pédales avant de me mettre de leur côté pendant la bagarre dans le café. Ensuite on viendra dire que j'ai quitté la ville, et que ces deux-là m'ont suivie, tandis que je me dirigeais vers ma maison. Lize, et Lize alors ? Elle est partie de chez moi avant nous, mais au moins, elle a vu qu'ils étaient là. Si elle n'a pas de mes nouvelles les deux semaines qui viennent, elle va commencer à poser des questions un peu partout, elle trouvera la camionnette dans la cour, les poissons morts dans l'aquarium et le poème de Verlaine rédigé à l'encre noire bien baveuse sur une serviette en papier beige posée au sommet du réfrigérateur, et aussi la grouse préparée pour la cuisson en train de pourrir dans le tiroir à viande, et on se mettra à ma recherche, mais alors, il se sera bien écoulé un mois ou à peu près et je serai alors dans une forme splendide, il sera trop tard, mes molécules se seront changées en protéines et calcium dans le lait coulant des tétines d'une femelle coyote, droit dans la minuscule gueule de l'un de ses petits encore non sevrés, lequel, sinon, passera son temps à mordiller et tirailler les lambeaux tout juste reconnaissables de cette même chemise écossaise de style western dans la tanière dégoûtante qu'ils occupent tous, tandis que la maman coyote sera partie chasser, en quête d'une nouvelle proie aussi bonne que le souvenir de mon propre foie...

Elle se surprit à agacer nerveusement la perle d'un bouton-pression au revers remonté de la manche de sa chemise western écossaise.

Fichtre, songea-t-elle, au moins j'aurai servi à quelque chose. Mais ce n'est pas drôle. J'aime bien être inutile, tout au moins pour l'instant, et c'est mon droit le plus strict de décider quand et comment je ferai autre chose dans ce bas monde que de balancer leur ragoût aux clients et ramener à la maison des inconnus que je ne vois qu'une fois l'an — ce n'est pas juste, je n'ai même pas encore ouvert la bière qu'on me doit comme prime de licenciement.

Les émotions qui l'agitaient gagnèrent en intensité au point de faire naître en Mattie un accès d'indignation des plus sincères. Si elle avait connu Scottie un peu mieux, elle aurait peut-être été jusqu'à lui claquer le côté du crâne d'une belle gifle de son livre de poche, sans aucune raison particulière que Scott eût été à même de comprendre. Mais là, si ce mec, le Scott en question, est un genre de taré amateur de chair fraîche, un moyen efficace de s'en assurer est de le foutre en rogne. Whoa ! Eh là ! doucement, Mattie, calme-toi.

Y'a aucune raison de précipiter l'explosion avant son heure. Après tout, tu n'as aucune raison de penser que ces mecs sont autre chose que ce qu'ils prétendent. Et en plus, ils connaissent Jed. Ils connaissent au moins son nom. Elle alla jusqu'à regarder à la dérobée Scott, puis Eddie : ces mecs-là ne sont pas des tarés. Elle fronça les sourcils. C'est quoi, un taré ?

— Hé ! nom de Dieu, dit Scott apparemment exaspéré, qu'est-ce quc c'est que ça ?

Devant eux, sur une petite butte à leur droite, la clôture de barbelés tout détendus qui longeait la route se terminait à un grand poteau autour duquel pivotait sur charnières une haute barrière métallique pour le passage du bétail. La clôture se continuait vers le nord au départ d'un poteau à l'opposé de la grille. Une poutre, en fait un tronc non écorcé, s'affaissait entre les sommets des deux grands poteaux ; s'y trouvait suspendue une pancarte trop patinée par le temps pour être lisible. Un faucon perché au sommet du poteau le plus éloigné tourna la tête pour suivre l'approche de la voiture.

Mattie ne put retenir plus longtemps un profond soupir qui dut résonner aux oreilles de ses compagnons comme l'expression de son soulagement : le long trajet était terminé. Mais l'intérêt que Scott avait manifesté à son égard dans le virage était pour Mattie la confirmation que ces deux gugusses n'allaient pas l'emmener jusqu'à la rivière pour la noyer dans un sac après lui avoir sculpté quelques symboles astrologiques dans la chair de ses parties inférieures.

— Ça y est, dit-elle avec impatience. Voilà la bifurcation.

Elle était ennuyée de constater à quel point elle se sentait maintenant soulagée lorsque la voiture ralentit effectivement pour quitter la route et aborder la bifurcation.

Le faucon se laissa glisser de son poteau en un vol plané qui le mena vingt poteaux de clôture plus au nord, où il réatterrit en leur tournant le dos. Lorsqu'Eddie sortit pour ouvrir la grille, Mattie en profita pour quitter la voiture et se dégourdir. La Chevy franchit avec fracas la grille, un caillebotis de tuyaux destiné à empêcher les bestiaux de sortir. Mattie se tenait sur le bord de la route. Elle suivit la voiture des yeux. La brise qui venait inlassablement agresser ses joues aussi bien que les vastes espaces qu'elle traversait avait la particularité de modifier de manière trompeuse la perception des distances. Alors que le véhicule, moteur tournant au ralenti, venait de dépasser de quelques mètres seulement la voûte du portail, lequel grinça sur ses gonds lorsqu'Eddie le fit pivoter pour le fermer, les bruits qu'elle entendait auraient aussi bien pu lui venir d'une centaine de mètres plus loin. Les armoises desséchées craquaient en morceaux sous leurs bottes et le sol aride sonnait creux à chacun de leurs pas. Le moindre bruit se chargeait d'une mélancolie perdue bien particulière, une intimité qui n'appartenait qu'à lui, et qui allait droit des oreilles au cœur de Mattie, pour ne paraître laisser qu'à l'occasion, comme en passant, un message à cette partie de son cerveau qui s'en allait transmettre à sa raison la signification dont le bruit était chargé. La désintégration des armoises, peut-être bien ; le caillebotis de tuyaux de fer galvanisé destiné à empêcher le bétail de passer, éventuellement ; l'air chaud et sec de cet été indien, qui lui arrivait par bouffées violentes dans les cheveux, pourquoi pas ; un cœur égaré dans une terre sans espoir, très probablement. Néanmoins, l'ironie incontournable de ce pays dur était, et sera toujours, qu'il est beau, d'une beauté intransigeante, terrifiante et absolue. Il est un fait, que Mattie avait appris depuis bien longtemps, que c'était avec les paysages intérieurs, tous ces paysages d'horreurs et de beautés totalement sans rapport, que cette terre entrait le plus souvent en conflit ; et c'était les petites batailles mesquines livrées par les petits hommes aux monstrueuses machines — et non le vent, la sécheresse ou l'érosion — qui le plus souvent la défiguraient à la face du monde.

Mattie se trouva soudain très ennuyée par les circonstances stupides et pleines de confusion dont le jour lui avait fait cadeau. Ce qui se mijotait entre ces deux-là était lourd de signification qu'elle ne saisissait pas encore. En des situations similaires, elle avait toujours remis son avenir entre les mains de sa petite destinée historique futile et sans importance, et elle se laissa aller intérieurement à un haussement d'épaules comme en déférence à l'état d'âme qui était le sien. Mais elle se sentit alors virer de bord, proche du spectre du désespoir qui avait levé son groin monstrueux quelques instants auparavant, effrayée soudain de se débattre au milieu d'événements qui dépassaient son entendement, de savoir que si elle ne se reprenait pas pour s'adapter à leur cours, ce pays, voire quelque force obscure et inconnue, allaient se rendre maîtres d'elle pour l'engloutir à jamais avec un gloussement de joie malfaisante et c'en serait fini de toute trace de son passage sur cette terre. Elle était soucieuse. C'était là, elle en était convaincue, de la même manière qu'elle avait hurlé à la face de Mordecai, l'angoisse futile et mesquine d'une existence pathétique.

Elle remonta dans la Chevrolet entre Scott et Eddie, et passa les trois derniers kilomètres jusqu'à la maison de Jedediah à ressasser ses sombres pensées. L'atmosphère était étrangement tendue à l'intérieur du véhicule. Scott donnait l'impression d'avoir une expression sinistre figée sur le visage, et Eddie avait commencé à fredonner en solitaire.

— Hé ! dit-il sans prévenir, tendant la main vers le bouton de la radio, que diriez-vous d'un peu de musique ?

Scott ne dit rien, pas plus que Mattie. Appuyés tous deux contre le dossier, Scott et Mattie sentirent leurs épaules se toucher ; ni l'un ni l'autre ne bougèrent pour rompre le contact. Dans cette atmosphère surchauffée, elle sentit son odeur. Une fragrance naturelle, où se mêlaient poussière, sueur, sensation de galère, la route, et par-dessus tout cela, l'odeur distincte des phéromones inquisiteurs ; comme autant de points de repère, pareils en cela aux pornographes qui cachent sous leurs imperméables les revues qu'ils revendiquent comme les indices de leur virilité. Cette fragrance, d'une manière subliminale à peine intelligible à son entendement, était à Mattie aussi douce et complexe que l'odeur d'une barbe à papa dans un abattoir en plein mois de juillet. Bon marché, mais accessible.

La radio crachota, couina et claqua tandis qu'il faisait défiler l'aiguille en allers et retours sur le cadran. Il essaya à nouveau, mais le cœur y était moins. A remonter et à redescendre les fréquences dont s'affichaient les numéros. Rien, sinon des crachotements d'électricité statique. Un long moment, Eddie arrêta de balayer les ondes et écouta le bruit de fond en se penchant vers le haut-parleur du tableau de bord, la main toujours posée sur le bouton. Puis il ouvrit le poste à fond et se renfonça sur son siège. La voiture tanguait vers l'avant au travers d'une poussière si épaisse qu'elle étouffait jusqu'au bruit de leur passage.

Eddie regarda par la vitre côté passager et suivit du regard la lente procession d'armoises, de chardons, d'amarantes, avec, de temps à autre, une excroissance de basalte.

— Seigneur, dit-il doucement, comme pour lui-même, il n'y a rien ici... rien du tout.

C'était la complainte d'un homme abandonné par le Destin.

— L'antenne est cassée, imbécile, ronchonna Scott. Eteins-moi ce foutu truc.

Eddie et Mattie regardèrent l'aile droite. Effectivement, ne subsistait plus du tube d'antenne qu'un moignon tordu. Personne ne bougea.

Scott tendit la main vers le bouton. Son bras frôla le sein de Mattie et s'arrêta. Le bras hésita. Sa vie en eût-elle dépendu, Mattie n'aurait pu nier la décharge électrique qui était passée entre leurs corps. Elle frissonna, et se dit, *c'est du joli, je suis une traînée.*

— Seigneur, tout ce que j'essaie de faire, c'est de conduire, dit Scott en retirant le bras pour repartir à la lutte avec le volant.

La voiture fit une violente embardée.

Eddie éteignit la radio.

— Eh ben ! merde, dit-il d'un air renfrogné, appuyé contre son dossier, le regard fixé par la vitre côté passager, on *dirait* vraiment qu'il n'y a rien par là...

— Exact, grommela Scott. Tu veux dire qu'il n'y a pas de Hunan, pas de restaurants mexicains, pas de salons de massage...

— Hé ! se plaignit Eddie, je me contenterais d'un peu de nourriture thaï et d'un exemplaire de *Watchtower*[1].

— Hé ! vous-même, dit Mattie d'un ton soupçonneux, il y a combien de temps que cette antenne a disparu ?

— Depuis que nous avons la voiture, dit Scott. Eddie a quelque chose en tête, je le sais. Genre curry d'agneau sur lit de feuilles de menthe.

Mattie regarda Scott. Et Bettas siamois ? Puis, se tournant vers Eddie :

— Genre quoi d'autre ? demanda-t-elle.

Eddie pivota pour lui faire face un instant. Il regarda Scott sans s'arrêter sur Mattie, haussa les épaules et reprit sa contemplation par la vitre.

— Genre fontaines qui sanglotent d'extase ? dit-il.

Verlaine encore. Mattie se sentit plongée en plein désespoir.

— Qu'est-ce que c'est censé vouloir dire, nom d'un chien ? s'écria-t-elle.

Eddie se tourna et lui adressa un long regard. Qu'elle lui retourna. Puis il jeta un coup d'œil rapide à Scott.

1. Revue des Témoins de Jéhovah. (N.d.T.)

Accompagné des yeux furieux de Mattie. Eddie reprit une nouvelle fois sa contemplation du paysage par la vitre.

— Tout le temps, tout le temps, se dépêcha de la rassurer Scott. Il a tout le temps quelque chose en tête.

Ces deux mecs n'arrêtaient donc jamais leur baratin, à parler comme ils le faisaient par énigmes. Exaspérée et inquiète, Mattie croisa les bras, s'appuya contre le dossier et fixa les yeux droit devant.

— Genre fontaines, ajouta Scott d'un ton apaisant.

Elle n'en crut pas un mot. A croire que tout se liguait pour faire virer à l'aigre cette journée où, inexplicablement, rien ne tournerait plus rond.

9

Il se révéla très vite qu'Eddie était dans l'erreur quant à prétendre qu'il n'y avait rien par là, bien qu'aucun d'eux n'aurait pu deviner à quel point l'erreur était manifeste.

La route remontait en lacets sur une pente douce qui aboutissait à la mesa, le promontoire central du Cloverleaf. Alors qu'ils contournaient une excroissance géante de basalte, leur apparurent le ranch et toutes ses dépendances ; la maison d'habitation délabrée que Jedediah remettait en état depuis des années ; deux hangars un peu à l'écart, un aéromoteur qui pompait l'eau du sol ; plusieurs enclos d'engraissement, corrals et plans inclinés de chargement en état plus ou moins piteux, bâtis pour la plupart de matériaux patinés par l'air du temps, pieux et planches marron gauchies, longues pointes et fil de fer barbelé. C'est tout juste si les poteaux de clôture méritaient leur nom, car ce terme dénote une certaine solidité, et tous les cinquante ou soixante mètres, chose qui était vraie de toutes les clôtures bâties là, on trouvait disposés ces mêmes et minces pieux de bois en triangle autour d'un cairn de rocs de basalte, afin de tenir le barbelé plus ou moins tendu et permettre à la clôture de tenir plus ou moins debout.

Il y avait également une grange, une grange de bonne taille, à peu près convenablement réparée, où seules quelques longueurs de tôle galvanisée mal fixées se retroussaient et venaient battre au vent. Haute d'un étage, longue de près de soixante mètres sur au moins dix-huit mètres de large, la structure se dressait contre un gros nuage d'orage à l'est sur fond de ciel d'un bleu céruléen, et écrasait les autres bâtiments de toute sa hauteur. Jadis le Cloverleaf avait fait partie d'un gros ranch qui tournait bien. On y avait connu des parcs à cheptel, des enclos d'engraissement, un petit troupeau de vaches laitières, de nombreuses têtes de bétail et un nombre relativement important de chevaux. Le corral — un parmi d'autres — le plus proche de la grange était suffisamment vaste pour qu'on puisse y débourrer un cheval, ou isoler un nombre important de têtes de bétail du reste du troupeau, ou y laisser pour la nuit toutes les montures de tout le personnel employé là. Pour l'instant, s'y trouvaient trois ou quatre chevaux de selle qui traînassaient à côté d'une vieille baignoire à l'ombre de la grange : c'était là l'étendue du troupeau de montures, propriété de Jedediah. L'une d'elles avait passé la tête au-dessous de la clôture sur l'arrière et tirait une longue gerbe de luzerne d'une pile de balles de fourrage entassées un peu plus loin. Plusieurs poulets picoraient entre les sabots des chevaux.

Tableau paysan et ranch normal. Le seul détail inhabituel était la bonne dizaine de voitures et camions garés là, au-delà des cinq ou six véhicules que Jedediah s'efforçait de tenir en état de fonctionnement. La plupart se distinguaient des caisses de Jed par le fait qu'ils avaient l'air de pouvoir rouler en toute confiance. Jed avait deux véhicules auxquels il pouvait se fier sur la grand-route, une vieille camionnette à plateau Datsun, l'une des premières de ce pays, qui avait connu deux propriétaires avant Jed et une Buick Roadmaster de 1953, non restaurée, à quatre ouïes chromées sur les ailes couleur brun chocolat-sous-la-poussière, sa joie et sa fierté, qui tournait comme une horloge lorsqu'il avait l'occasion de la conduire, mais ne possédant ni carte grise ni assurance, il ne la conduisait pas souvent. Il y avait aussi un camion à plateau Ford de 1949, aux couleurs passées, moteur V-8 à soupapes latérales, sur lequel s'entassaient des piles de bric-à-brac ; un tracteur John Deere à peu près du même millésime, un tracteur Ford plus petit, idem, et une moissonneuse-batteuse.

Mais aujourd'hui, garées autour de la grange, on trouvait deux Suzuki Samouraï, une Land Rover, un Power Wagon Dodge, deux camionnettes japonaises flambant neuves avec coques plastiques de camping-car, une Cadillac, une Toronado d'époque, un nouveau pick-up Ford sur son trente et un, une modeste Winnebago, et une Porsche 928, environ 65 000 dollars à l'achat — à peu près le prix du ranch — et un gigantesque mobil-home Winnebago.

— Le gros lot, dit Scott d'une voix douce.

— Mais bon Dieu, dit Mattie avec colère, Jed organise une soirée et il ne m'a pas demandé de venir ?

Eddie lui lança un regard sans aménité, hésita, puis regarda à nouveau devant lui.

— On le dirait bien, marmonna-t-il. Excusez-moi, et il reprit son livre d'un geste brusque.

— Y'a de la belle ferraille garée dans la cour, approuva Scott. Je me demande bien nom d'un chien comment ils ont amené la Porsche jusqu'ici avec cette route.

— Voilà une bonne question, dit Eddie sarcastique. Tu la leur poseras quand on sera sur place. Ça les distraira un peu de ce qu'ils seront en train de faire.

Mattie fit la moue.

— Toutes ces nom de Dieu de charrettes à la frime, elles seront enterrées sous les amarantes et la fiente de poulets d'ici au lever du jour.

Scott avait ralenti, la voiture avançait au pas. Il leur restait deux ou trois mètres de route en piteux état à parcourir pour arriver à la maison. Un homme apparut sur le porche, et les observa un moment avant de se dépêcher vers la grange.

Scott et Eddie tournèrent la tête vers Mattie en échangeant un regard.

— Attendez une minute.

Scott tendit soudainement le bras devant Mattie et arracha le livre des poèmes de Verlaine de la main d'Eddie.

— Vous ne savez rien de ceci, d'accord ? demanda-t-il en présentant le livre sous le nez de Mattie.

Celle-ci baissa les yeux sur le bouquin. Comment pourrait-il savoir que je connais quelque chose à Verlaine, songea-t-elle. Est-il possible qu'il sache qui est Tucker Harris ? Elle regarda Eddie. Eddie la regarda, elle d'abord, puis Scott, puis finalement la grange. Eddie était un peu nerveux. Un bref instant, Mattie faillit lui dire tout ce qu'elle savait, c'est à dire pas grand chose : Tucker Harris avait débarqué la veille, sa dernière visite remontait à un an, c'était la seconde fois de son existence qu'elle avait de ses nouvelles et le voyait en chair et en os, et il lui avait fait passer un excellent moment. Il était représentant, toujours en vadrouille, un mec à lever pour un soir, un rencart d'une nuit, un moment d'évasion sauvage qui la sortait d'une existence routinière, un petit virage bien sec à gauche pour une fille habituée aux longues lignes droites. Lorsqu'elle s'était levée le lendemain matin, ce qui remontait à moins de sept heures en fait, il n'était plus là, et elle avait trouvé, sur la table de cuisine, un poème rédigé à la main dont l'auteur était censé être un certain Paul Verlaine. La dernière fois qu'elle avait entendu le nom de Paul Verlaine remontait à l'époque où elle était étudiante, dans une péniche transformée en boîte de nuit d'homosexuels où elle s'était égarée par erreur un soir à Seatt...

— Eh bien ? dit Scott, d'une voix tranchante.

C'en était fini de son attitude amicale.

Il était on ne peut plus sérieux. Puis il battit légèrement en retraite et dit :

— Ecoutez, Mlle Brooke, Eddie et moi, nous nous sommes comportés comme si nous étions en quelque sorte persuadés que...

— Scott, dit Eddie, le doigt pointé sur quelque chose.

Scott se retourna et regarda en direction de la grange. Trois hommes se tenaient dans l'embrasure de la porte ouverte. Deux d'entre eux se dirigèrent lentement vers les voitures garées. Le premier s'arrêta à côté d'une des Samouraï, dont l'avant était dirigé vers la route, l'autre s'immobilisa, un pied posé sur la première marche qui conduisait au porche de la maison. Mattie vit qu'il s'agissait de Jedediah.

Scott soupira.

— Est-ce qu'au moins vous le connaissez, ce mec ?

— Quoi ? Mais bien sûr que je le connais, c'est mon petit ami.

— Super.

Scott balança le bouquin sur les genoux d'Eddie.

— C'est tout simplement super. La femme de gauche ne sait même pas ce que fait l'homme de droite.

— C'est-y pas comme ça que se fait l'histoire ?

Scott fit la moue.

— Vous ne savez pas quoi ?

— Quoi ? répondirent les deux autres.

— Je la crois, cette fille.

— Bonnard, soupira Eddie.

Le regard de Mattie alla de l'un à l'autre.
— Eh bien moi aussi, dit-elle. A quel propos ?
— J'en reviens à super, rien que super, dit Eddie.
Scott observa le pare-brise, soupira et dit :
— Bon, c'est trop tard maintenant. On est sur place. Et on avance.
— Hé ! qu'est-ce qui vous donne... ? demanda Mattie.
— Mec,... commença Eddie.
— Laisse tomber, dit Scott. Il pourrait bien s'avérer que toute cette affaire fonctionne, humainement parlant, à un niveau que nous ne comprenons pas encore.
Ils étaient presque arrivés à la première voiture garée.
— Humainement parlant ? dit Mattie, le front soucieux.
— Ouais ! dit Scott d'un ton aigre, l'erreur est humaine.
— Et le pardon, divin, dit Mattie automatiquement.
— Exact, ajouta Scott, l'air très sombre. Et c'est bien là ce qui me tracasse.
Mattie secoua la tête.
— Je... je... je n'ai pas le moindre indice...
— Quel est votre degré d'intimité avec Jedediah, Mattie ? dit Scott. Le connaissez-vous vraiment bien ?
Ils étaient maintenant tellement proches des voitures que Scott cherchait un endroit où arrêter la Chevy, le visage barré d'un large rictus factice, comme s'il se trouvait réellement enchanté de se trouver là, en acteur au beau milieu d'une pub pour pâte dentifrice. Le sourire était en contradiction flagrante avec sa question.
— Mais je vous l'ai dit, répondit Mattie, lui et moi...
Scott arrêta la voiture, qui se trouva enveloppée par le nuage de poussière qu'ils traînaient derrière eux :
— Mattie, l'interrompit Eddie, j'ai trois choses à vous dire, et nous manquons de temps. La première, c'est que vous allez avoir droit à la surprise de votre vie. La deuxième, c'est que, quoi qu'il puisse se passer

dorénavant, quelles que soient les questions qu'on vous pose, y compris M. Dowd en personne, là-bas — il indiqua l'homme au pied posé sur la marche — vous ignorez qui nous sommes et la raison de notre présence ici.

Scott arrêta la voiture, la plaça en position parking, et relâcha le frein à main.

— Hé ! pas de problème, je me demande même ce que je fabrique ici, mais...

Le regard de Mattie alla d'Eddie à Scott et retour.

— Je croyais que vous n'aviez encore jamais vu Jed !

— Scott a un album de photos souvenirs absolument super. La troisième, dit Eddie en cherchant la poignée de la portière à tâtons, c'est que, quoi qu'il puisse se passer, souvenez-vous que nous sommes vos amis, et que vous pouvez vous confier à nous.

— Vous confier quoi ? hurla-t-elle à son adresse. Mon compte bancaire ?

— Relax, dit Scott d'un ton sinistre, le visage toujours barré de son long sourire. J'ai vraiment connu Jed au Vietnam, et Eddie ne l'a effectivement jamais vu. Nous vous expliquerons plus tard. Vous allez être la seule avec Jed à passer un mauvais moment. Mais essayez de rester large d'esprit, ne soyez pas sectaire et nous nous en sortirons sans problème.

Large d'esprit ? gémit-elle intérieurement. J'ai passé toute la nuit dernière à avoir l'esprit large et ouvert. Je n'ai pas droit à un jour de repos ?

Lorsque Scott se leva de son siège et sortit de la voiture, il dit calmement, d'une voix forte et assurée :

— On arrive, enfoiré.

Mattie ne savait plus que penser. Elle se sentait gênée d'être en vie. Il ne faisait plus l'ombre d'un doute dans son esprit qu'elle n'avait rien à faire à se trouver dans cette voiture ou sur le ranch de Jedediah Dowd. Allègrement, délibérément, elle avait conduit deux inconnus, chargés de bien plus de secrets qu'ils ne voulaient en dire, directement à quelqu'un qu'ils voulaient voir, Jed, lequel n'était pas non plus, de son côté, sans petites cachotteries. En outre, débarquer ainsi à l'improviste dans le ranch de Jedediah alors que s'y déroulaient des événements décidément importants, dont elle ne possédait pas le moindre indice quant à leur nature exacte, représentait de toute évidence, une intrusion dans les affaires privées de Jed que ce dernier ne lui pardonnerait probablement jamais.

Mais que pouvait-il donc bien se passer ici de tellement important ? Une soirée dansante ? Un barbecue ? Un battage à l'ancienne ? S'était-il offert un magnétoscope ? Après tout, ce n'était là rien d'autre qu'un foutu ranch à bestiaux complètement brûlé par le soleil dont l'allocation en eau par droit d'usage était tellement chiche que Jed ne pouvait même pas se permettre d'en pomper une partie pour arroser ses pâturages. Mattie avait toujours considéré Jed comme un peu rêveur à cet égard, lorsqu'il envisageait de transformer ce ranch en lieu d'élevage de chevaux, mais, bon sang, il n'y avait là rien de bien neuf, le comté de Douglas avait toujours eu son comptant de rêveurs. Il était pratiquement indispensable d'être rêveur pour venir vivre là.

A l'extérieur de la voiture, les premiers signes de reconnaissance commençaient à se faire lentement jour sur le visage de Jedediah. Mais la conscience du fait qu'un ami qu'il n'avait pas vu depuis dix ou quinze ans venait le saluer n'effaça pas totalement l'expression qu'il avait arborée précédemment. Il avait l'air suffisamment furieux pour prendre une colline d'assaut malgré lance-flammes et propagande.

— Scott ? Scott Michaels ? Ce n'est pas possible... Mais qu'est-ce que tu viens foutre par ici ?

— C'est possible et ça l'est, Jed Dowd, et non seulement ça, mais c'est moi que tu attends.

Le visage de Jed se marqua une nouvelle fois de surprise tandis que son regard allait de Scott à Eddie.

Eddie tint en l'air les *Poèmes Choisis de Paul Verlaine* pour que tous puissent voir le livre, pareil au carton de note d'un juge au cours d'une compétition de plongeon.

De toute évidence, Jedediah était stupéfait, comme frappé par la foudre. Mais, lentement, le plus large sourire que Mattie lui eût jamais vu envahit son visage. Jedediah se claqua la cuisse de la paire de gants qu'il tenait à une main et s'écria :

— T'es dans l'affaire, toi aussi ! Mon salaud, t'es dans l'affaire.

Il poussa un hourra, se claqua à nouveau la cuisse et les deux hommes s'offrirent l'accolade juste devant le capot de la Chevy.

Eddie baissa le bras qui tendait le livre et se laissa retomber contre l'aile de la voiture, se libérant visiblement de toute la tension accumulée. Eh bien ! que voilà de jolies retrouvailles, se dit une Mattie rageuse, bouillant intérieurement sur le siège avant. Je suppose qu'ils sont en train de discuter affaires genre show biz. Elle savait que Jed ne s'était pas encore aperçu de sa présence, et elle ne fit pas le moindre geste pour sortir de la voiture et attirer l'attention sur elle. Mais sa nature était sur le point de l'emporter sur ses résolutions. Quel culot, ce Jedediah Dowd ! Quelle affaire ? Elle couchait avec ce salopard depuis près d'un an et pour autant qu'elle sache, la seule affaire qui le tenait était de perdre jusqu'à son dernier rond le plus lentement et avec la plus grande dignité possible, tout en faisant semblant de continuer à vivre en 1878.

Jed présentait les hommes qu'on voyait depuis la cour.

— Voilà Sam Rodriguez, de L.A., et Tamil, de Kansas City...

— Voici Eddie, de Frisco.

— Ça, c'est une ville, dit Jed, d'un pouce vers le ciel.

— Quelle ville, reprit Eddie, sans son enthousiasme habituel.

Bon sang, se dit Mattie, de plus en plus nerveuse, ça commence à donner dans le bizarre. Nom d'un chien, mais c'est qui, tous ces gens ? Des francs-maçons ?

— Ahm, Jed... commença Scott, après un temps de réflexion, il y a un petit quelque chose en plus...

— Quoi ? dit Jed en regardant son vieux copain en face. Quelque chose en plus ?

Il sourit et claqua une nouvelle fois ses gants sur la cuisse.

— Je veux bien *parier* qu'y a quelque chose en plus !

D'un large geste du bras, il balaya le ranch tout entier.

— Mais il va falloir que tu te démènes un peu pour remuer tout ce peuple, mec, dit-il, en commençant à décompter sur les doigts. Pas de racoleuses, mais on a du champignon, du rock, le nouvel album des Dead...

Des racoleuses ?

Scott baissa la tête et se mit à tirailler le lobe de son oreille.

— Ah ! Euh ! Bon ! Jed, je pense que peut-être...

— Et dans la Bago que tu vois là-bas, il y a un bar au grand complet, avec machine à glace, magnétoscope...

Il claqua le bras de Scott de sa paire de gants.

— Les bières les plus fraîches des quarante-huit États...

Il sourit et son regard alla de Scott à Eddie.

— Je ne bois pas, dit Eddie.

— Attends une minute, attends, dit Scott, en lançant un regard anxieux en direction de Mattie. Ce n'est pas ce que... je veux dire tu ne... c'est...

Des racoleuses...

— Naturellement, poursuivit Jed, le truc en cours est pratiquement terminé, Scott.

Il brandit sa paire de gants.

— Y doit rester une dizaine d'acheteurs, peut-être

une douzaine. Ça fait trois jours qu'ils sont là. Y'en a un paquet qui sont partis au lever du jour ce matin. Le reste de la troupe se taille à la tombée de la nuit. Mais il reste encore plein de marchandise. Ce qu'il y avait de mieux est parti, naturellement, mais...

— Jedediah Dowd !

La voix de Jedediah Dowd mourut net dans le fond de sa gorge et il resta là, bouche bée. Au bout d'un moment, son visage rougeaud de rouquin rougit plus encore. Il connaissait la voix. Jamais il ne l'avait entendue sur ce ton, mais il connaissait la voix. Ses yeux verts ne quittèrent pas le visage de Scott, il ne tourna même pas la tête pour regarder Mattie debout près de la Chevy.

— Mattie !

On aurait cru que la foudre venait de l'abattre.

— Mattie ! insista-t-il, comme pour se confirmer qu'il s'agissait bien d'elle, toujours sans la regarder.

Il parla d'une voix encore plus calme.

— Vous avez amené Mattie Brooke avec vous ? Jusqu'ici ? Aujourd'hui ?

Mattie sentit un changement brutal d'atmosphère. A croire qu'un ciel clair venait soudain de mettre toutes ses ressources en œuvre pour leur offrir un cyclone. L'air s'assombrit et se colora d'un jaune sale, la température se mit à fluctuer, et la pression atmosphérique tomba à presque rien avec un grand bruit sourd presque audible. Il ne leur manquait plus que la trompe longue et noire d'un fourmilier qui serait tombée en spirale d'un ciel bouillonnant pour venir les engloutir tous autant qu'ils étaient au milieu d'une cacophonie de beuglements de bestiaux et de fenêtres en train d'exploser. Pendant un instant, tout fut tellement paisible que Mattie crut même que le vent avait cessé de souffler. Mais elle vit clairement qu'il n'en était rien. Les extrémités sombres de la moustache rousse de Jed se mirent à trembloter, là où ils les avaient cirées. Son regard brilla à l'ombre de son chapeau.

L'instant se figea dans le temps, en bribe d'éternité. Mattie resta là, si longtemps, sans bouger, à attendre que Jed disparût dans les airs, englouti dans un nuage de fumée, que son esprit eut le temps de vagabonder. Elle vit plusieurs hommes dans l'embrasure de la porte ouverte de la grange, un autre à la portière de la Winnebago, prêt à monter. Une musique jouait en sourdine derrière lui, et Mattie comprit, à la manière dont il sc tenait, que la main qu'il posait en appui tenait quelque chose masqué à sa vue par le rebord du toit au-dessus de la portière. Une bière ou une arme, se dit-elle.

Puis un petit sourire nerveux éclaira un bref instant un côté de la bouche de Jed sous la moustache, avant de disparaître. Il avait le bout du nez à trente centimètres de celui de Scott, sans que leurs regards se soient quittés un seul instant.

— Mec, dit Jed d'une voix paisible, tu m'as encore baisé.

Il prononça ces mots délibérément, comme si la conscience de ce qu'il disait faisait son chemin pas à pas dans son esprit, sans qu'il soit vraiment sûr de savoir jusqu'où les implications de ses paroles allaient le mener.

Mais non, et ce fut en cet instant précis que Mattie comprit tout ce qui lui restait à comprendre de Jedediah Dowd : elle vit qu'il savait très exactement jusqu'où toutes les implications allaient le mener. Ou, pour être plus précis, il savait jusqu'où celles-ci allaient mener Mattie. Tout ce que Jedediah avait maintenant besoin de savoir était la manière dont le reste du monde allait considérer l'issue de la situation, maintenant qu'il venait de prendre sa décision. L'opinion de Mattie n'était pas comprise dans le lot.

Mattie sentit intuitivement la fureur de Jed faire volte-face en changeant d'objet. Elle en fut glacée. Elle se rendit compte qu'il se fichait d'elle comme d'une guigne. Dire qu'il était perfide ne suffisait pas : c'était un véritable traître. Elle eut la trouille, alors ; non, elle se sentit prise de furie ; avant d'avoir la trouille, à nouveau.

Mais Scott Michaels valait le coup d'œil. Mattie avait déjà vu Jed furieux par le passé, d'une folie presque aussi furieuse qu'aujourd'hui, et la plupart des gens cédaient le pas, la place et le reste quand ils sentaient la crise monter. Mais Scott ne reculait pas d'un pouce et Mattie comprit alors que ces deux-là avaient dû très bien se connaître à une époque.

— Renvoie-la chez elle, Jed, dit Scott d'une voix égale. J'ai déconné, mais elle n'a rien vu.

Qu'est-ce que je n'ai pas vu ? faillit-elle s'écrier à haute voix. Mais au fur et à mesure que s'égrenaient les secondes, Mattie en apprenait plus que son comptant. Elle sut que, plus jamais il n'en serait de même entre elle et Jedediah, quoi qu'il pût arriver. Mais, bien plus encore, il était visible que Jed se trouvait mouillé jusqu'aux yeux dans quelque chose d'important, voire dangereux. Dans la mesure où elle ne savait pas de quoi il s'agissait, peut-être était-il judicieux qu'elle ne cherchât pas à le découvrir. Mais pourquoi donc ne devrait-elle pas chercher à savoir ? Ils avaient bien parlé de mariage tous les deux, pas vrai ?

Bon, non, pas exactement.

A vrai dire, maintenant qu'elle y pensait, le sujet n'avait jamais été soulevé. Jamais.

Qui pourrait vouloir épouser ce débile ?

Jed continua à dévisager Scott. Mattie ne l'avait jamais vu afficher une telle autorité.

— Comment as-tu pu…

— Hé ! Scott secoua la tête et haussa les épaules, c'est ta petite amie, pas vrai ? (Il plaça les deux mains sur sa poitrine.) Ma bourgeoise *à moi*, elle sait ce que je fais dans la vie. Elle sait d'avance quand j'ai fait un détour par le Mitchell Brother's Theater [1] pour me

1. Théâtre de San Francisco, pionnier dans les années soixante, des premiers sex-shows. (N.d.T.)

faire de la monnaie pour le bus, mais, pour l'amour du ciel, elle sait même ce que je pense alors que je ne suis même pas en train de penser. Comment oserais-je imaginer qu'il puisse en être autrement pour d'autres couples ?

Mattie fut abasourdie. Scott était marié ? Elle lança un regard à Eddie. Lequel roula les yeux au ciel.

— C'est justement là le problème, grommela Jed, ce ne sont pas tes oignons.

— D'accord, d'accord, dit rapidement Scott, j'ai déconné. Moi, bibi, en personne.

Il fit un geste en direction de Mattie, battant l'air des bras, comme s'il chassait un troupeau de poulets devant lui.

— Mattie, dit-il, prenez votre voiture. La clé est sur le contact. Cassez-vous. Allez, du vent.

Mattie le fixa des yeux. *C'est un trouduc' mais il a raison*, lui dit une petite voix dans l'oreille. *Tire-toi.*

— Allez, la pressa Scott en se dirigeant vers elle, montez, démarrez et partez loin d'ici.

— Mattie, dit Jedediah d'une voix ferme.

Scott s'immobilisa, dos tourné à Jed, mâchoires serrées. Le regard de Mattie passa sur lui sans s'arrêter.

— Oui, M. Dowd.

— Tu es cordialement invitée à passer la nuit sous mon toit dans la chambre d'amis, et demain, après le petit déjeuner, nous aurons une petite discussion et je te ramènerai.

Elle regarda Scott. Dont les yeux disaient non.

Mattie faillit exploser. Ils étaient vraiment trop nombreux, tous ces bonshommes, à vouloir lui dire ce qu'il fallait faire.

— C'est ce que j'appelle se comporter en bon voisin, vraiment, M. Dowd, dit-elle en serrant les dents.

Elle s'écarta de la voiture et en reclaqua la porte, avec violence, au point qu'Eddie se laissa tomber au sol de l'aile opposée où il était installé tandis qu'un nuage de poussière s'élevait du toit.

— J'accepte, dit-elle.

Silence.

Elle resta sur place, hésitante, pieds légèrement écartés. Elle ne savait que faire de ses mains.

— Oh ! merde ! bon sang de bonsoir, dit Scott, d'une voix si douce que Mattie fut la seule à l'entendre.

— Est-ce que tu ne vas pas m'embrasser ? dit-elle à Jed, d'une voix suave, d'une voix acide.

— Pourquoi ? dit Jed, la bouche bizarrement tordue. Y fait même pas encore noir.

10

— Mec, dit Jed tandis que le groupe s'approchait de la grange, j'ai jamais vu de gus capable d'aller foutre ses amis, et lui avec, dans une merde plus noire que Scott Michaels. T'as d'autres surprises du même genre ?

Scott se racla la joue d'un revers de la main et ne dit rien. Mattie marchait derrière les deux hommes en compagnie d'Eddie ; elle ne pouvait voir leur visage mais il lui sembla qu'ils avaient abandonné leur mode agressif pour revenir à ce genre de rapport d'amitié et de mise en boîte un peu bourrue qu'on s'attendait à trouver entre anciens compagnons d'armes ayant survécu sans dommages au baptême du feu et à quelques batailles mais tout à fait susceptibles de se battre à mort dans le premier bar venu. Non qu'elle sût ce qu'il en était réellement de la camaraderie bourrue entre compagnons d'armes, survivants de grandes batailles. A vrai dire, le mérite des liens affectifs « entre hommes » lui échappait totalement. La plupart des mâles de sa connaissance étaient prêts à nouer des liens avec tout ce qui pouvait bouger, voire avec ce qui ne bougeait pas, et ce n'était pas rare — mais beaucoup moins avec un autre membre de l'espèce. Où donc les idiots qui utilisaient ce terme avaient-ils vécu ?

Ils passèrent près de la Winnebago. Elle était de couleur crème avec filets bleus. Un auvent à rayures bleues et blanches occupait quasiment tout le côté exposé à l'est, et deux poulets picoraient d'un bec excité sous les tables basses et les quelques chaises de jardin posées de-ci de-là à l'ombre de la toile. Des airs de musique flottaient dans l'air au sortir de la porte et des moustiquaires ouvertes, des accords country, à ne pas s'y tromper, vaguement familiers, que Mattie fut incapable de replacer.

— Jimmy Buffett, dit Eddie, presque comme s'il se parlait à lui- même, mais d'un ton de voix approbateur et, — si Mattie, connaissant son caractère, n'avait pas jugé incongru de la part d'Eddie d'oser une chose pareille — presque patelin, aux accents doucereux.

Leurs regards se croisèrent. Elle vit clairement qu'il était distrait, mais Eddie détourna la tête, droit devant, vers la grange, en remarquant :

— Il y a un de ses morceaux dans le juke-box de votre café, il s'intitule *Margaritaville.* Un de ses gros succès. Un classique, qui durera toujours, pour une catégorie particulière de l'opinion. Je préfère pour ma part les Ramones. Ou peut-être même Reba McIntire.

Effectivement, songea Mattie, jaugeant Eddie d'un œil bizarre. *Margaritaville.* Elle se demanda à quel moment il avait bien pu trouver le temps d'étudier le catalogue du juke-box. Mais elle comprit dans le même temps qu'il essayait de détendre l'atmosphère, malgré ses regards vifs et perçants. Et c'est en remarquant cette attitude toujours aux aguets qu'elle se rendit compte qu'Eddie, pour inoffensif qu'il se voulait aux yeux des autres, ne laissait rien passer. Pas un détail ne lui échappait. Ce qui impliquait en toute logique que l'observation rapprochée devait être la partie de sa partie, pour ainsi dire. Et une fois encore, elle réfléchit à ce détail de la rencontre avec Jed : alors qu'Eddie n'avait jamais vu, de ses yeux vu, Jedediah Dowd, il l'avait reconnu à l'instant où Jed était apparu, à près d'une centaine de mètres de lui. Grâce à un album de photos souvenirs, c'est ce qu'il avait prétendu. Elle prit l'arrière du crâne de Scott en ligne de mire. Si un homme comme celui-là se gardait des albums souvenirs, alors elle était prête à aller plumer des poulets en enfer en compagnie de Richard Nixon.

En vérité, rien — ni personne — ne paraît être ce qu'il, ou elle, est, aujourd'hui. A environ trois mètres de la porte de la grange, Eddie se racla la gorge et décrocha une boulette de mucosités qu'il glaviotta bruyamment dans la poussière.

Mattie fut tellement distraite par cet étalage volontairement grossier de la part d'un homme qui s'était montré jusque-là poli qu'elle percuta le dos de Scott, lequel venait de s'arrêter brutalement devant elle.

— Oh ! à propos, dit-il, en tendant une main derrière lui.

Laquelle se trouva pleine des rondeurs de la hanche de Mattie. Ils sursautèrent tous deux à ce contact.

— Oh ! excusez-moi, dit-il en pivotant, un sourire sur le visage, sans toutefois ôter la main trop vite.

— Vous êtes censé me demander d'abord un numéro de téléphone, monsieur le touriste.

— Je voulais juste, poursuivit Scott, un tendre sourire aux lèvres, la main sous le pan de chemise, faire remarquer à Jed que j'étais enfouraillé.

Un pistolet apparut dans sa main tandis qu'il disait ces mots, un gros calibre, propre et patiné par l'usage. Mattie remarqua l'endroit où l'acier avait perdu de son éclat bleuté, sur le canon court. Comme une soufflure sur le métal.

— Eek, dit-elle, même si Scott présentait l'arme à

plat dans le creux de la main, la crosse dirigée vers l'avant, vous n'aurez jamais mon numéro de téléphone, songeant au même instant, et maintenant des *armes*, et quoi encore ? Elle comprit alors, pas étonnant, il ne s'en faisait pas vraiment, face à Jake MacBee, tout à l'heure dans le café...

Scott adressa un filet de sourire à Jed.

— Je ne pensais pas à mal.

— 357 Mag, dit Jed, devant l'arme, avant de regarder Scott droit dans les yeux. C'est une arme de flic.

— Quand et si on est flic, dit Scott dont le sourire s'élargit quelque peu.

Jed fit la moue.

— Heureux que tu aies signalé la chose.

Il se retourna et ouvrit la porte de la grange. D'où sortirent en guise de bienvenue d'étranges odeurs et un bourdonnement de voix.

— Il y a un point de contrôle, dit Jed, juste devant le détecteur à métaux.

Un détecteur à métaux ?

La grange s'ouvrait par une porte à deux battants, dont chacun était assez haut et assez large pour permettre à deux hommes sur leur monture de la franchir. Immédiatement à l'intérieur, était placé un cadre rectangulaire d'où partait une forêt de fils, avec, à son sommet, une pancarte électrique de couleur verte qui portait inscrit, PRET. Un homme en tenue de cowboy somnolait dans un fauteuil de jardin en aluminium placé à côté de l'appareillage. Il avait le chapeau sur les yeux et une Winchester 94 sur les genoux.

— Quoi ? remarqua Eddie. Pas d'Uzi ?

— Curly, c'est le genre de mec à qui il suffit d'une balle, dit tranquillement Jed. Pas la peine de le réveiller. Il a été debout toute la nuit.

Lui aussi, songea Mattie, en jetant un regard inquiet à Curly, quelle prévenance de le laisser ainsi dormir. On en était maintenant à deux armes.

— Mets le calibre dans la caisse, ici. Tu le récupéreras quand tu partiras pour de bon.

Jed tira une caisse en carton Dos Equis[1] de dessous le fauteuil de jardin.

Elle était à moitié pleine de canons et de crosses. Scott ajouta son engin à la pile.

Un paquet d'armes.

— Un à la fois, s'il vous plaît, dit Jed en glissant le carton en place sous Curly. Attendez que la lumière s'allume.

Il surveilla les passages au détecteur de métaux, Scott en premier, puis Eddie et enfin Mattie. Laquelle déclencha la machine. Qui se mit à couiner bruyamment.

Il lui était déjà arrivé de déclencher des détecteurs, dans les aéroports, à une ou deux reprises auparavant, et c'était toujours très embarrassant. Mais cette fois elle se retourna et donna libre cours à un petit coup de spleen.

— Tu veux me passer à la fouille, dit-elle à Jed par-dessus l'épaule, avant d'ajouter, du venin dans la voix : pour la *première fois* ?

Scott et Eddie poursuivirent discrètement leur chemin comme s'ils n'avaient rien entendu.

Jed vira au rouge sous son hâle de rouquin et, passant à côté de Mattie, il ajouta :

— Non, m'dame. Je peux constater, au vu des vêtements collants que tu as sur le dos, que c'est cette boucle de ceinturon rodéo qui a déclenché l'appareil.

— Je suis surprise que tu l'aies remarquée, dit-elle froidement.

En pure perte. Jed continua son chemin.

Elle le suivit jusqu'au milieu de la grange. Le spectacle était des plus étranges.

1. Bière brune mexicaine. (N.d.T.)

Le sol de terre battue était couvert de paille. Ce qui expliquait au moins une odeur à laquelle se mêlaient des relents discrets de fumier de vache et de cheval, avec, de temps à autre, la puanteur marquée de déjections de poules en train de fermenter. Mais d'autres odeurs l'emportaient sur les premières, des odeurs plus fortes, plus doucereuses ou beaucoup plus âcres, dont la gamme s'échelonnait de l'essence de menthe fraîche jusqu'au relent fétide de corde de chanvre en train de se consumer. C'était une débauche d'effluves divers, où prédominait la puanteur caractéristique de la came.

Les stalles avaient été converties en boxes, et trois côtés de la grange étaient réservés à des présentoirs, quelques planches posées sur tréteaux, voire de simples tables dans quelques cas, apprêtées de draps beiges tous identiques, sortis droit des rayonnages du supermarché. Chaque box était pourvu d'un carton de chemises numéroté épinglé au tissu, avec le numéro 1 à gauche du détecteur de métaux pour arriver, en tournant dans le sens des aiguilles d'une montre, au numéro trente-sept à sa droite. Six ou huit hommes et femmes, individuellement ou par paires, étaient répartis à travers la grange proprement dite, occupés à bavarder, à fumer ou les deux à la fois. Des rideaux de fumée restaient suspendus aux rais de lumière qui tamisaient l'air à l'oblique depuis le clair-étage au sommet de la grange.

Ils avancèrent à pas lents, en badauds en train de musarder. Sur chaque table étaient posées deux ou trois tourtières en aluminium, avec feuilles à rouler, allumettes et cendriers. Les tourtières étaient toutes pleines d'une variété différente de marijuana. On avait posé derrière chacune d'entre elles une pile de formulaires informatisés qui exposaient toutes les informations possibles et imaginables sur la variété de marijuana exposée.

Specimen	N° 4
Origine du semis	Michuacán
Lieu de culture	Comté de Humboldt
Génération	4e
Variété	Sinsemilla [1]
Séchage	Slo Dri [2]
Conservateur	Pas de conservateur
Matière Sèche	14 — 19 %
Calibrage ?	Effectué
Présentation	Colas [3] ; pousses ; feuilles
Quantités	par 10 livres et plus, à partir de $ *2700.*
Remises ?	A négocier
Livraison	Thanksgiving
Références	Ref : 326 — B
Commentaires	22 : Euphorie du Tueur, goût sucré. 17 : Impossible de travailler une fois chargé ; bouquet et goûts excellents. 9 : Le meilleur goût. Super pour le sexe. 31 : Aime ton prochain. Turbo. 5 : A comparer avec le 17, 19, 28. Partira très vite.

Pour cette variété particulière, on avait discrètement disposé un carton EPUISE sur le tas de feuilles de renseignements, avec une fiche référencée intitulée

1. En espagnol « sans graine » se réfère à un mode de culture particulier de la marijuana où les plants mâles sont séparés des plants femelles pour éviter la fécondation. La récolte se fait avant floraison et la drogue obtenue est très puissante. (N.d.T.)

2. Séchage lent et naturel. (N.d.T.)

3. Extrémité complète d'une branche, avec bourgeons luisant de résine. Très recherché. Goût très puissant. (N.d.T.)

« En remplacement ». Quatre codes alphanumériques similaires aux « Références » s'y trouvaient inscrits, d'écritures et d'encres différentes.

Mattie eut du mal à comprendre immédiatement ce que pouvaient bien signifier ces catalogues de données, mais elle se rendit progressivement compte qu'elle se trouvait sur les lieux mêmes de ce qui n'était autre qu'une foire commerciale à la marijuana de dimensions très importantes.

Eh bien ! nom d'un chien, se dit-elle, la belle affaire, mon petit ami est trafiquant de hasch. Et, nota-t-elle, le regard pétillant, tous ses amis avec lui. Bien, bien. Il ne dirige pas la Fraternité aryenne, c'est déjà ça, et il ne fait pas la contrebande d'organes conservés dans le formol, ou un truc du même genre.

Bien sûr, tout ça, c'est *bien* illégal ? Non ? Elle sentit sa tension se relâcher doucement, cédant la place à la fatigue. Voilà ce qui expliquait toutes les précautions, les voitures et les gens qui se trouvaient là.

Pour autant qu'elle pût en juger, ne restait plus qu'à expliquer l'attitude de Jed.

En passant à côté des gens en train de bavarder devant divers étals, elle entendit des mots comme bouquet, cru, hydrocannabinol, sexuation, tige, conservation, séchage à air chaud, taille des tiges, champ de maïs, niveau hydrostatique, attaque de pucerons, et Wow ! Certains la saluèrent aimablement. D'autres semblaient particulièrement doués pour lui tourner le dos chaque fois qu'elle regardait dans leur direction. Tous ces gens — il n'y avait pas que des hommes — des acheteurs, probablement, se dit-elle. Quelques-uns étaient habillés en tenue de ville ou ressemblaient à des hommes d'affaires en pantalon de toile et polo, avec, dans le lot, un couple — ils devaient être ensemble — qui arborait des tenues western assorties, à la dernière mode, bottes de cheval luxueuses en peau d'iguane et stetson de prix avec bandeaux concho. Un autre gars portait un bracelet-montre Rolex excessivement coûteux et deux chaînes en or sous sa chemise hawaïenne, un autre encore, un joli paquet de bagues et bracelets en argent et turquoise. Aucun d'eux ne paraissait spécialement attiré par les produits d'un box en particulier, ils faisaient plutôt figure d'amateurs éclairés. Un acheteur examinait à la lumière diverses parties de plantes, au travers d'une loupe qu'il tenait à la main. D'autres roulaient des cigarettes d'échantillllons divers qu'ils fumaient ensuite avec calme et componction. Chose étrange, ils se contentaient pour la plupart d'une ou deux bouffées soigneusement inhalées avant d'éteindre le joint. De toute évidence, tous ces gens n'étaient pas venus là uniquement dans le but de se défoncer. Elle rattrapa le petit groupe qui l'accompagnait.

— ... même opération, disait Scott d'un air approbateur.

— C'est un putain de parc d'attractions à thème, reconnut Eddie.

— On va expédier environ vingt mille livres cette année, dit Jed. Un peu moins, un peu plus.

Scott sifflota doucement.

— Seigneur, Jed. C'est combien, en moyenne, une livre ?

— Eh bien ! les prix augmentent chaque année. On essaie d'éliminer les vendeurs de feuilles de moindre qualité. Naturellement, on se charge quand même de leur vente pour les meilleurs producteurs, mais, l'un dans l'autre, je dirais que la livre la moins chère se négocie ici à quinze cents dollars.

Scott plissa le front.

— Ce qui nous fait...

— Trente millions par an, dit Eddie, écrasant un bourgeon dans le fourneau d'une petite pipe en laiton.

Scott le regarda, impressionné :

— Vraiment ?

Eddie haussa les sourcils et bourra délicatement la pipe de son majeur :

— Minimum, dit-il.

Jed acquiesça.

— Pour les producteurs, ça pourrait bien se monter à ça. Nous prenons un tout petit pourcentage là-dessus.

— Mm-hmm, dit Eddie, en faisant jaillir une flamme d'un briquet Bic.

Scott regarda autour de la grange.

— Qu'est-ce que vous faites de tous les échantillons une fois que c'est terminé ?

Jed haussa les épaules.

— On les fume. Ou on les donne.

Eddie tira sur sa pipe, l'air heureux.

Scott sourit, comme émerveillé.

— Une sorte de petite gratte, en douce. Naturellement, certains parfums rencontrent plus de succès que d'autres.

— Comment ça marche ?

— Tous les ans, un comité sélectionne le lieu, arrange transports et contacts. Un autre comité fait le tri parmi les producteurs et les récoltes.

— Ça ne doit pas être de tout repos, comme boulot.

— Disons que ça peut être un peu bousculé. Echantillonnage, sélection et transport, tout doit nécessairement se faire vers la fin de la saison, juste après la récolte, lorsque les producteurs ont quelque chose à nous montrer qui leur rapporte. Et c'est à ce moment-là que la sécurité est la plus délicate. C'est seulement quand la marchandise est dans la grange ou qu'elle est sortie de votre existence, en toute sécurité, entre les mains de votre intermédiaire, que vous savez que vous disposez de quelque chose à vendre. Des tas de choses peuvent se produire entre la graine et la plante montée.

— Mec, dit Eddie, en exhalant un nuage épais de fumée parfumée, je suis témoin.

— Tu ne manipules jamais les marchandises personnellement, dit Scott.

— En aucun cas. Il y a assez de fumée dans cette grange pour m'envoyer derrière les barreaux pendant un moment, mais il n'y a pas de came à vendre sur place. Personne n'entre ici ni n'en sort avec autre chose qu'une feuille de papier portant quelques chiffres alignés en planant bien haut. Ce n'est rien d'autre qu'une salle d'exposition.

— Hé ! allez, ne me fais pas marcher, Jed, dit Scott. C'est pas vraiment un spectacle pour innocents que tu as là.

Jed sourit et haussa les épaules.

— Bernie dit, « tu craches le paquet, et tu le laisses s'occuper du reste ».

— Bernie, de Seattle ? demanda Eddie.

— Bernie de Seattle.

— Bernie, l'avocat ?

— Bernie, l'avocat.

— Bon avocat, dit Eddie, en hochant la tête.

— Ch'sais pas. J'ai jamais eu besoin de lui.

— Oh ! dit Scott, rien que l'année dernière, il a fait sortir...

Jed leva les mains.

— Je ne veux pas le savoir.

— D'accord, dit Scott, en acquiesçant lentement d'un signe de tête.

— Alors, dit Jed, à combien se monte votre budget ?

— Ah ! dit Scott avec dérision, nous sommes autorisés à monter jusqu'à trente bâtons maxi.

— Quel genre de marché ?

— Deux mecs qui allongent, moitié-moitié ; ils se collent la marchandise au frais pratiquement toute l'année, et la revendent un bon prix quand le marché est à sec. Essentiellement par tout un tas de petits intermédiaires.

— Genre petit commerce, comme les boutiques Papy-Mamy, dit Jed.

— En fait, précisa Eddie d'un ton allègre, il s'agirait plutôt d'un consortium de gouines.

Jed regarda Eddie.

— Frisco.

Eddie sourit, la pipe entre les lèvres.

— Quelle ville, mais quelle ville... dit-il.

Jed fixa Eddie pendant un moment. Puis, s'adressant à Scott :

— Friquée, la clientèle ?

— Pas vraiment, dit Scott. Des clients classe moyenne à supérieure. Du genre à se partager une once de Maui Wowie [1] en quatre pour Noël.

— Quatre couples, dix jours de vacances, appart' en copropriété à Squaw Valley, ce genre de Noël-là, ajouta Eddie, apparemment pour clarifier les choses.

Il se gratta vigoureusement la tête, se désintéressa de la chose, balaya l'air devant lui comme s'il essayait d'attraper une mouche et laissa tomber la pipe, toujours fumante.

— Merde, dit-il stupidement.

— Nom de Dieu, fais gaffe, mec, dit Scott d'une voix irascible avant de se baisser vivement pour récupérer la pipe.

Jed sourit, imperturbable.

— Pas mal comme qualité, hein ?

Eddie écarquilla les yeux, les ferma, les écarquilla à nouveau :

— Est-ce que vous disposez d'une chambre fœtale par ici ? demanda-t-il d'une voix rauque. J'aimerais retourner dans le ventre de maman et remettre quelques petites choses au point avec elle...

Jed eut l'air embêté.

— Le mec est susceptible, expliqua Scott, en obser vant Jed qui écrasait du pied les braises fumantes libérées par la pipe dans la paille. Le meilleur homme de terrain que je connaisse. Un vrai réactif ambulant, on dirait du papier de tournesol.

1. Variété de marijuana de Maui, très réputée pour sa qualité. (N.d.T.)

— Combien vaut ce shit ? demanda Eddie.
— Lis la fiche, dit Jed. Derrière toi.
Eddie la prit, remonta ses lunettes sur son front et plissa les yeux.
— Un petit trois bâtons la livre, par lots de cinq livres minimum, marmonna-t-il. Passés dix, ça tombe à vingt-sept cinquante.
Il reposa la fiche sur la table.
— Si on allait jusqu'à dix, on aurait la ristourne, ça suffirait presque pour une livre de plus.
Scott était songeur.
— Hmmm...
— Ce qui me fait penser, dit Jed. Rien qu'une minute. Le temps de mettre mes archives à jour. Qui vous a prêté le Verlaine ?
Mattie, qui suivait attentivement la conversation sans comprendre tout ce qui se disait, sentit l'importance de la question. Elle lisait une fiche à une table voisine, dos tourné aux trois hommes.
— Ahm ! dit Scott, je ne suis pas certain de connaître le protocole.
— Ils ne vous ont rien dit ?
— Nous avons notre propre petit système, une double sécurité. Eddie en connaît une partie et moi, j'en connais une partie, mais nous ne savons pas lui comme moi ce que l'autre sait. Tu piges ?
— Qu'est-ce que tu crois que c'est, ici ? dit Jed d'un ton dégoûté, un putain de roman de James Bond ?
— Hé ! Jed, doucement, t'excite pas. Tu diriges ton affaire, nous dirigeons la nôtre.
— Dis-lui, dit Eddie.
Il plissa le front pour faire retomber ses lunettes sur le nez tandis qu'il reposait la fiche sur la pile de la table. Les lunettes refusèrent néanmoins de glisser et il continua ses grimaces sans résultat, sauf comique.
— De toutes manières, il ne va pas aimer ça.
Scott prit un air sérieux.
— Comment ça ?

— Regarde autour de toi, dit Eddie, toujours grimaçant. Il n'est pas ici.

Scott regarda autour de lui.

— T'es sûr ?

Eddie haussa les épaules.

— Peut-être qu'il se trouve dans la chambre fœtale.

— Nom de Dieu, il n'y en a pas ici, de tes foutues chambres, dit Jed, agacé.

— On n'est donc pas au Club Med, dit Eddie en haussant les épaules.

— Qui vous a prêté le Verlaine ?

— Super, dit Scott. Autant pour notre double sécurité.

— Ah ! écoutez voir, messieurs, dit Jed d'un ton irrité. Nous avons un problème. Sans sa résolution, pas question d'aller plus loin.

— L'autre moitié de notre aval n'a apparemment pas réussi à venir, dit Scott. Il n'est pas ici pour confirmer nos dires.

— Alors, laissez-moi réfléchir. Dites ce que vous savez.

— Eh bien ! dit Eddie, comme si rien au monde ne l'intéressait plus, moins encore le ton menaçant de Jed, nous avons le Verlaine.

— Et c'est le *bon* Verlaine, reprit Scott à l'unisson. Le numéro d'ISBN se termine par 298-4.

— Vraiment ? dit Eddie, l'air surpris. Ç'a une importance, ça ?

Scott commença à secouer la tête, étouffa un sourire et acquiesça.

— Vérifie.

Eddie sortit le livre de sa poche et jeta un coup d'œil.

— Eh bien ! que je sois pendu.

Il le tendit à Jed. Jed regarda la couverture, puis ouvrit le bouquin et étudia le dos de la page de garde.

— O.K !, dit-il en refermant le livre pour le rendre à Eddie. Jusqu'ici, ça colle.

— Et mon poème *favori*, poursuivit Eddie, une main sur le cœur, est, et a toujours été, *Clair de lune*.

Aucun des trois hommes ne faisait attention à Mattie qui, redoutant tout ce qui touchait à Verlaine, sursauta visiblement à l'énoncé du titre. Eddie montra Scott du doigt.

— C'est aussi son poème préféré.

Le mien aussi, songea Mattie, les jambes soudain très molles.

— Ça roule sur le velours, M. Eddie, du vrai velouté de pêche, dit Jed.

— Je croyais qu'on était dans un pays de pommes, sourit Eddie.

C'est à la maison que je devrais me trouver en ce moment, se dit Mattie, à les mettre en boîte pour le Seigneur Jésus comme pénitence.

— Et... ? dit Jed dans l'expectative, à l'adresse de Scott. Nous avons des règles. Le fait que je vous connaisse ne signifie rien. Verlaine est bon, le poème est bon, le numéro d'ISBN est bon. Qui est le sponsor ?

— Eh bien, répondit un Scott hésitant, et la fille... ?

Mattie eut l'impression de voir tous les regards converger sur elle. Impression trompeuse. Il n'en était rien.

Au ton de sa voix, il était évident que Jed écartait l'argument comme purement fortuit. Il ne lui accorda pas la moindre attention.

— Oublie-la, dit-il d'une voix dure. Qui est le sponsor ?

Scott haussa les épaules et roula les yeux au ciel en direction d'Eddie.

Eddie continua à sourire.

— Tucker Harris, dit-il.

11

Mattie avait déjà été prise au dépourvu par le passé, mais jamais à ce point. Elle aurait pu se trouver nue, sur le Mt Baker, en plein mois de janvier, à sniffer du fréon, sans se sentir aussi vulnérable et exposée qu'en cet instant. Il était suffisamment déplaisant d'avoir appris que Jedediah était mêlé jusqu'au cou à une affaire de came, sachant en outre que cette découverte allait irrémédiablement mettre un terme à leur relation ; c'était déjà fait, au demeurant. Il ne pouvait y avoir d'avenir pour eux deux. Ceci se passait plusieurs années avant l'entrée en vogue du « tout dire et rien cacher » relatif au droit de chacun à ses petits secrets, et Mattie pensait déjà à l'époque que, s'il était vrai que Jedediah ne lui avait pas fait confiance par le passé, il était tout aussi vrai que de son côté, jamais plus elle ne lui ferait confiance. Ainsi donc, en une seule et même journée, elle avait perdu son emploi, ses poissons siamois, et son petit ami. Ne lui restait plus qu'à avoir un gros pépin avec sa camionnette, et le cercle de ses malheurs serait complet. Mais pour l'instant les choses avaient soudainement pris un tour inattendu qui ne présageait rien de bon. Jedediah lui avait fourni une excuse raisonnablement solide pour le laisser tomber comme un tison brûlant ; mais si Tucker Harris se trouvait dans les parages, et s'il était porté à se vanter de ses exploits (chose que, de par l'expérience qu'elle avait des hommes, Mattie n'avait aucune raison de croire qu'elle ne se ferait pas) en ce cas, à la lumière de sa logique très masculine, Jedediah aurait un excellent motif pour l'abattre sur place *avant* de la laisser tomber comme un tison ardent, dans les profondeurs d'un quelconque ravin. Mattie fut mortifiée à cette perspective imprévue sur laquelle planait le spectre moralisateur et détestable d'un moment fugace de bon temps venant ruiner son existence à jamais, tout cela avant même que ne se soient levées les brumes de sa gueule de bois. Il paraissait impossible, inconcevable, que les quatre puissent se connaître et d'envisager un seul instant qu'ils se retrouvent entre les quatre murs de cette grange, bien avant que Mattie soit à même de recouvrer suffisamment de lucidité après le choc d'une telle éventualité pour se préparer une défense quelconque, si tant est qu'une défense quelconque pût même se concevoir. Tandis qu'elle faisait semblant d'étudier de très près un cola de marijuana aussi gros que son bras, elle se disait, qu'ils aillent au diable, tous ces foutus chromosomes qui n'en font qu'à leur tête et ce foutu désert minuscule, ce monde où nous vivons, là où tout le monde, apparemment, connaît tout le monde. Les bourgeons du cola avaient des reflets d'un brun rougeâtre, semés de taches dorées, et ils dégageaient une odeur puissante. Elle se demanda qui avait bien pu avoir le premier l'idée de fumer ces trucs-là. Ou, tant qu'on y était, de fabriquer de la corde à partir du même chanvre. Qu'est-ce qui était venu en premier : la corde ou la fumée ? Le pragmatisme ou le décollage, loin de soi-même, désincarné ?

Bon, pour fumer, il faut du feu. Ce qui limitait l'événement à dix mille ans. Elle avait les larmes aux yeux. Elle leva la tête vers les particules de poussière et de fumée qui dérivaient entre les rayons de soleil au sommet de la grange, pour empêcher les larmes de couler sur ses joues. Il y a dix mille ans que nous connaissons le feu. Il suffisait de faire un pas hors de cette grange et on se prenait les pieds dans un morceau de roche ignée qui traînait là depuis dix *millions* d'années ! Elle songea à un poème qu'elle avait étudié à l'université, d'un mec nommé Gray.

Les pierres sont venues de si loin qu'elles
ne peuvent plus parler.

C'était là tout le poème. Errol Gray ? Elle n'arrivait

pas à se souvenir du prénom du poète, ni du titre d'ailleurs, mais il était difficile d'oublier le texte du poème. Il la faisait rire. Elle n'avait parcouru que vingt-quatre toutes petites heures et la voilà qui était muette — que dire alors d'une ère géologique tout entière. Un roc parmi les pierres.

Pourquoi la race humaine n'a-t-elle donc pas appris à afficher le même flegme ? Il était un fait que les commérages avaient détruit plus de réputations qu'ils n'en avaient bâti, non ? Un dead-heat ?

Mais ce n'était pas fini.

— Nom de Dieu, dit Jedediah.

A l'annonce du nom d'Harris, il s'était reculé d'un pas devant Scott.

— C'est la poisse, dit-il, pareil à l'homme politique qui s'entend dire que le bébé qu'il vient d'embrasser est porteur du SIDA.

Scott et Eddie échangèrent un regard. Scott n'avait plus l'air aussi assuré. Sa queue de cheval bien régulière était toute sèche dans la chaleur ambiante et couverte de poussière, le col de sa chemise était sale. Une tache de sueur s'élargissait sous les aisselles de sa chemise aux motifs d'arabesques dont le dos était moite et froissé, à l'endroit où il aurait dû avoir son arme au métal frais contre son coccyx. La sueur coulait beaucoup, pour un climat aussi sec. Mais Eddie regarda directement Jed et sourit, en secouant la tête :

— Qu'est-ce qu'il a encore fait, ce salopard de cinglé ? dit-il. Quelque chose de bien foireux et haut en couleur ?

La lèvre de Jed se retroussa en rictus hideux. Il était facile de voir que le baratin enjoué d'Eddie lui tapait sur le système.

— On pourrait appeler ça comme ça. Au lever du soleil il est arrivé par la route, au volant de son camion, aussi vite que les cailloux le lui permettaient. Il n'a pas arrêté de tirer au fusil par la fenêtre de la cabine jusqu'au portail d'entrée, il a fait deux fois le tour de la cour, dérapé en cognant un des Samuraï et écrasé un poulet. Puis il a écrasé les freins et avant même que le camion ait stoppé, il était dans la cour à délirer complètement, comme quoi il venait de passer toute la nuit à baiser la meilleure poulette qu'il ait jamais eue, et il était prêt à se charger de tous les mélanges de came avant de s'occuper de tous les enfoirés qui voudraient déconner avec lui. Puis il a changé d'avis et s'est collé le canon de son fusil dans la bouche avant d'appuyer sur la détente. Clac. — Jed claqua des doigts. — L'arme était vide...

» Pas de bol, putain. Mec, qu'est-ce qu'on a été déçus. Il a réveillé tout le quartier. On avait fait la fête toute la nuit, et on était dans les toiles, écroulés, depuis moins d'une heure. Il a failli déclencher une guerre. C'était tout juste.

Eddie essaya de se retenir en faisant mine de rallumer sa pipe, mais il éclata de rire à la figure de Jed, en lui soufflant un nuage de fumée dans le nez. Son rire était un caquet si haut perché qu'il donnait l'impression de ne plus pouvoir arrêter une fois commencé.

— Tout à fait le genre de mec pour Eddie, on dirait, remarqua sèchement Scott.

Jedediah ne trouvait pas cela drôle.

— Ça se pourrait, dit-il, fixant d'un regard stoïque un Eddie plié en deux par une quinte de toux. Un des mecs de la grange, l'un de mes plus vieux clients, père de famille avec femme et enfants que je connais depuis dix ans, s'est payé une attaque ou quelque chose du même genre. Deux revendeurs ont été obligés de l'emmener à l'hôpital.

Eddie, qui commençait juste à se reprendre, suffisamment en tout cas pour se tenir debout, retomba une nouvelle fois, victime de son caquet. Plusieurs parmi les occupants de la grange cessèrent de vaquer à leurs activités pour assister au spectacle.

— C'est le shit de qui, celui qu'il y a sur la table, là-bas ? demanda l'un d'eux.

— Tu te souviens du numéro ?

Le second releva ses lunettes de soleil pour consulter une feuille de papier qu'il sortit de sa poche.

— Il y a un hôpital dans le coin ? demanda Scott très sérieusement.

— Je crois que c'est le *reuter alles*[1], dit le second homme.

— Non, il n'y en a pas, dit Jed, et on n'y serait pas arrivés s'il y en avait eu un. On l'a transporté par air jusqu'à Spokane.

— Par *air* ? Et comment ?

Jed serra les dents.

— Dans un avion agricole, dit-il paisiblement.

Mais Eddie avait entendu sa réponse. Son visage déjà rouge commença à virer au bleu. Il s'agrippa le ventre à deux mains.

— Arrêtez ! Je n'en peux plus ! dit-il en s'étouffant.

— Ils lui ont rasé le crâne et tout, ajouta Jed, d'un ton morne.

Eddie se mit à hurler.

Un tic nerveux tressauta sur la joue de Scott.

— Tu veux dire, quelque chose comme un biplan ? Avec des ailes et des câbles de tension et tout ça ? Qu'est-ce qu'il y a, Mattie ?

Mattie s'était affalée contre une des tables. Et elle laissa tomber le cola sur la paille.

— Hé, merde ! dit Jed en se baissant pour récupérer la marchandise aussi tendrement que s'il s'était agi d'un bébé.

— Je ne me sens pas bien vaillante, dit Mattie d'un ton haché, butant sur les mots.

Elle était d'une pâleur extrême, le sang s'était vidé de son visage. Scott la rattrapa dans ses bras et la fit asseoir délicatement sur le tabouret à côté de la table.

— Allons, allons, dit-il en lui massant la nuque. La

1. Variété de cannabis, originaire d'Afghanistan, dont est dérivé le haschisch. Introduit en Californie et cultivé en « sinse ». (N.d.T.)

drogue et l'argent sont des choses à rendre nerveux n'importe qui. Là, baisse la tête, doucement, très bas, là, c'est ça, sous le niveau du cœur, pour remettre la circulation en marche. C'est bien. Tu te sens capable de prendre une ou deux bonnes inspirations ? Peut-être que Jed a un peu de nitrate d'amyle.

De son côté Eddie avait fini par se redresser, en quête d'un peu d'air. Des rigoles de larmes lui barraient les deux joues, maintenant bien rosées, presque rouges. La bouche se tordait encore en un large sourire, et il se tenait le flanc des deux mains.

— Oh ! dit-il, en essayant d'avoir l'air sérieux, oh ! Seigneur, Dowd. Tu vas me faire mourir.

— Vas-y, accouche, dit Dowd méchamment.

Eddie ne fut pas démonté pour un sou.

— Alors où diable se trouve Tucker Harris ? Est-ce qu'il s'est senti suffisamment mal pour accompagner ton ami jusqu'à Spokane ?

Il étouffa un nouvel éclat de rire.

Le visage de Jedediah s'assombrit.

— Nous avons annulé son autorisation, dit-il d'un ton égal. Il a fait la chose la plus gonflée qu'on ait jamais vue au cours d'un Rendez-vous.

Son regard se tourna vers Mattie.

— Ça l'était, tout au moins, jusqu'à ce que vous débarquiez tous les trois.

Il se tourna vers Eddie.

— Harris est hors course. Eliminé. L'année prochaine, quoi qu'il fasse, quel que soit le mal qu'il se donne, malgré tous ses efforts, il lui sera impossible de découvrir où et même quand le Rendez-vous aura lieu.

L'allégresse d'Eddie décrut visiblement d'un cran.

— Je veux dire par là que cinquante ou soixante des plus importants distributeurs de hasch de toute l'Amérique du Nord se trouvaient réunis ici, hier, d'accord ? — Jed secoua la tête. — Je ne sais pas si vous le connaissez bien, ce gugusse, mais moi, je le connais depuis soixante-dix, et je l'ai dit à l'époque, et je le répète aujourd'hui, c'est l'être le plus autodestructeur... Non, je vais corriger ça. De toute mon existence, je n'ai jamais rencontré d'homme plus irrémédiablement voué à l'échec que lui, sans exception, et laissez-moi vous dire une chose, en soixante-dix, là où on se trouvait, vous n'auriez pas pu trouver une plus belle collection de perdants, même en les commandant chez Sears-Roebuck.

— Soixante-dix. Quand toi et Scott étiez au Vietnam.

— Au Vietnam.

Le regard d'Eddie passa de Jed à Scott et retour.

— Tu as connu Tucker Harris au Vietnam ?

— Il y était.

— Dans la même unité ?

Jed secoua la tête.

— Non. Une autre unité. On essayait tout simplement de survivre. Harris était un prad.

— Un prad ? Et c'est quoi un putain de prad ?

Jed plissa les yeux face à Eddie.

— Tu n'y étais pas ?

— Hé ! mec, dit Eddie fermement, droit dans les yeux de Jed, j'étais porté disparu sur le front avant même qu'il y ait eu le moindre front. Il était hors de question qu'ils me mêlent à leur fichue guerre. Et ils n'y sont pas arrivés. Ça m'a coûté un an au trou. Sans vouloir te vexer, ajouta-t-il d'un ton acide.

Jed hésita.

— Il n'y a pas de mal.

— Donc un prad, c'est...

Jed soupira.

— Patrouille de Reconnaissance A Distance. C'était une affectation spéciale et réservée. Chaque unité en avait une, si elle le pouvait. Ces mecs, c'était des solitaires absolus. Ils passaient une nuit, une semaine, dix jours, voire deux semaines, en pointe, en reconnaissance avancée derrière les lignes ennemies, à essayer d'évaluer les forces de l'adversaire. A la récolte des renseignements, c'est comme ça qu'on les appelait, mais tout ce qu'ils faisaient en réalité, c'était de transformer en purée le plus grand nombre de crânes ennemis possible. Ces mecs-là n'opéraient que de nuit, évidemment, même quand ils étaient en pleine jungle. Ils passaient leurs journées terrés dans des trous ou sur les arbres, et s'il se trouvait un serpent à l'endroit qu'ils s'étaient choisi pour veiller pendant qu'ils dormaient, c'était tant mieux. Il arrivait souvent aux mecs qui faisaient ça de se retrouver au beau milieu de manœuvres de nuit, en plein assaut d'une colline, et ils se retrouvaient obligés de passer une nuit entière et parfois jusqu'à la journée du lendemain dans une mare d'eau croupie, couverts de sangsues, sans bouger, sans même oser respirer. Ça peut vous paraître un peu dur, à vous, à moi, à la plupart des gens, mais les mecs comme Harris aimaient ça. Ces mecs-là revenaient, chargés de renseignements exclusifs sur les mouvements de troupes ennemies et deux oreilles de Viêt-congs fraîchement coupées autour du cou, rien que pour prouver qu'ils étaient bien allés jusque-là.

Eddie fit la grimace.

Mattie avait tout entendu ; c'était plus qu'elle n'en pouvait supporter. La dichotomie entre l'expérience qu'elle avait vécue avec Harris et ce qu'elle venait d'entendre Jed raconter de lui à Eddie la déchira complètement, de manière qu'elle n'aurait jamais crue possible, et son estomac lui renvoya jusque dans la bouche un peu de bile qu'elle recracha entre ses bottes sur la paille.

— J'aurais pu jurer que j'avais goûté cette marchandise-là pas plus tard qu'hier, dit l'homme, en levant les yeux de sa liste avant de montrer Mattie du menton. Est-ce qu'elle t'a paru si forte que ça ?

— Non, non, pas du tout, fut la réponse, d'une voix marquée par l'étonnement. Peut-être qu'on devrait y regoûter.

L'homme replia sa liste et reconnut que c'était peut-être ce qu'ils devraient faire.

— Bien, murmura Scott qui leva les yeux vers Jed. Peut-être qu'on devrait envoyer chercher ce coucou, dit-il plein d'espoir.

Jed secoua la tête, très sérieux.

— Quoi qu'il en soit, dit-il, il va falloir qu'elle attende que ça passe, ici, sur place, au moins jusqu'à demain.

— Allons, Jed, dit Scott d'une voix basse et pressante. Et si on...

Jed coupa court.

— Emmenons-la jusqu'à la maison, dit-il, en jetant un coup d'œil en direction de deux revendeurs qui s'avançaient vers eux, sans cacher leur curiosité. Elle pourra s'étendre un peu pendant que nous règlerons le problème.

Scott accepta et demanda à Mattie si elle se sentait capable d'arriver jusqu'à la maison. Elle hocha faiblement la tête, sans quitter des yeux le petit tas de fluide visqueux et jaunâtre qui luisait sur la paille entre ses bottes. Elle sentait qu'elle ne pouvait laisser voir son visage à quiconque, son visage allait la trahir...

— Hé ! attendez une minute, protesta Eddie. C'est le dernier jour, non ? On a des décisions à prendre, pas vrai ?

D'un geste, il balaya la vaste sélection de marijuana exposée tout autour de la grange.

Jedediah secoua la tête, d'un air fatigué. Il avait été chef de peloton au Vietnam, où il lui avait fallu prendre de nombreuses et difficiles décisions, souvent simultanément, mais la charge d'organiser ce Rendez-vous avec toutes ses contraintes commençait à lui peser.

— Non, dit-il fermement, ouvrant la voie devant Mattie, sans toutefois aller jusqu'à aider Scott. Pas tant que je n'ai pas éclairci ce point-là.

— Hé ! écoute, dit Eddie avec une énergie surprenante. On a roulé deux jours et deux nuits sans s'arrêter pour arriver jusqu'ici, et si tu...

— Je te l'ai dit, reprit Jed en se tournant vers Eddie, pas avant d'avoir éclairci ce problème. Tout n'a pas été vérifié comme il fallait. C'est tout.

— Ouais et alors, bon sang, comment vas-tu faire ça ? C'est Harris notre sponsor.

— Facile, dit Jed inflexible. Je vais lui poser la question.

Mattie poussa un grognement.

— Tout va bien, dit Scott en essayant de la rassurer.

— Non, ça ne va pas bien, gémit-elle.

Tous ces discours de crâneuse à espérer que Jed allait découvrir ce qui s'était passé avec Tucker Harris ne valaient plus un clou maintenant. C'était la dernière chose au monde qu'elle désirait, qu'il y eût ou non quelque chose entre elle et Jed.

Eddie eut l'air surpris.

— Lui poser la question ? Il est encore ici ?

— Plus ou moins.

— Où ça ?

Jed regarda Eddie droit dans les yeux et l'étudia un long moment.

— Y'a pas de mal, je dirais, dit-il alors d'un air songeur, à ce que tu saches qu'il est toujours ici. L'endroit est vaste.

— Tu ne t'es pas contenté de simplement le virer avec pertes et fracas ?

— Si ! c'est bien ce que j'ai fait. Mais je l'ai coincé ici.

— C'est pas bête, dit Eddie. Impossible de laisser un mec de cet acabit se balader libre comme l'air une fois qu'on lui a supprimé ses moyens d'existence.

Jed leva un sourcil et soupira :

— Tu peux redire ça encore une fois. C'est un vrai sac de nœuds. Qu'est-ce qu'on peut bien faire d'un mec comme lui ? Je ne pense pas que le garder au frais en attendant la fin du Rendez-vous soit suffisant.

Les menaces, ça ne prend pas sur un mec comme Harris. En fait, elles auraient tendance à avoir l'effet inverse. Pour lui, chaque menace est un défi.

Eddie acquiesça.

— Ça doit être commode d'avoir un mec comme lui sous la main, quand les circonstances s'y prêtent.

Jed fit non de la tête.

— Pas de la manière dont je vois les choses. On passe autant de temps à se faire du mouron à cause de lui qu'à l'utiliser de manière efficace, et le reste du temps, on fait tout pour l'éviter. Je regrette même de l'avoir jamais rencontré, cet homme-là.

Eddie et Jed se trouvaient à mi-chemin entre grange et maison. Scott et Mattie étaient déjà à l'intérieur.

— Si ça peut te consoler, dit Eddie, le style du mec Harris, ce n'est pas le nôtre. Mais malgré tout, ajouta-t-il avec obstination, c'est lui notre sponsor.

Jed s'arrêta sur place.

— Dis ! c'est quoi ton nom déjà ?

— Mertz. Eddie Mertz.

— Mertz. Mertz, s'il n'y avait pas Scott dans l'affaire, dit-il d'un signe de tête en direction de la maison, je n'en aurais rien à branler des deux jours que tu as mis à arriver jusqu'ici, même si ça devait signifier de te coller là où je crois que je vais être obligé de coller Harris. L'élégance de tes manières, pas même, oserais-je dire, l'apparition inopinée de Mattie, rien ne me ferait changer d'avis.

Eddie attendit. Il vit qu'il y avait bien deux jours que Dowd n'avait pas pris le temps de se raser.

— Mais puisque c'est avec Scott Michaels que tu as débarqué, et uniquement parce que c'est lui, je vais faire un petit effort supplémentaire, bien plus que je ne ferais d'habitude, pour m'assurer que tu es bien celui que tu prétends être.

Eddie acquiesça.

— J'apprécie. Mais comment vas-tu faire ?

— Je n'en suis pas sûr. Mais ce que je vais faire,

c'est aller jusqu'à l'endroit où se trouve Harris et là, j'aurai une petite conversation avec lui. Une conversation tout en finesse, qui plus est. Il ne saura même pas pourquoi je serai là, excepté peut-être pour le tuer. Et si dans le cours de la conversation ton nom apparaît, et si, d'une manière ou d'une autre, il confirme qu'il est bien ton sponsor, alors, et seulement alors, parce que tu avais le mot de passe, le livre, et Scott Michaels avec toi, et parce qu'Harris t'avait mis au parfum, alors, et seulement alors, pourras-tu tenter le coup de faire ce pourquoi tu es venu ici. Pigé ?

— Mec, dit Eddie en secouant la tête, tout ça me paraît un peu partial. Ce Harris est un salopard drôlement retors.

Eddie étudia Jed. A la lumière du soleil, ses yeux verts étaient visibles derrière les paupières plissées, à l'ombre de son chapeau. Le climat de cette région aride du Washington serait toujours une épreuve pour Jed. Il avait la peau claire et délicate des roux habitués aux climats humides, que le soleil et le vent irritaient. Les extrémités de sa moustache cirée tremblotaient sous le vent. Des bouffées lointaines de musique métallique en provenance de la Winnebago leur arrivaient, portées par les rafales. Un cheval renâcla et tapa du sabot dans le corral.

Finalement, Jed dit :

— Tu crois qu'il y a un autre moyen ?

— Ouais ! dit Eddie, ébouriffant sa crinière noire et crépue, les yeux plissés à la lumière, pareil à un myope. Je crois qu'on peut trouver un moyen.

Jed ne dit rien.

— Tu veux que je te dise ?

Jed détourna la tête en silence. Eddie savait qu'il ne pouvait lui forcer la main. Il voyait bien que Jed avait l'air un peu surmené et il se demanda s'il serait capable de comprendre les tenants et aboutissants d'une nouvelle proposition qui viendrait s'ajouter à tous les problèmes qu'il avait déjà.

Eddie suivit le regard de Jed. Leur faisait face, plein ouest, les contours indistincts sous le soleil couchant, les North Cascades, au-delà du Chelan Lake, à près de deux cents kilomètres de distance.

— Déjà été dans le Wenatchee[1] ? demanda Jed au bout d'un moment.

— Putain, non, dit Eddie. Déjà été au Tenderloin ?

— Seigneur que oui, dit Jed épouvanté en regardant Eddie.

— Ça, c'est du désert, et sauvage avec ça, tout à fait mon type, sourit Eddie.

Jed secoua la tête et remit son chapeau en bonne place. Il détourna la tête, puis son regard revint se poser sur Eddie.

— C'est quoi ta solution ?

— Elle est simple, dit Eddie. Tu préfèrerais ne pas avoir à tuer Harris, exact ?

Une nouvelle fois, Jed secoua la tête.

— Mec, soupira-t-il, ce que je veux, c'est une chose, ce qu'il adviendra en est une autre. Y'a pas à sortir de là, tôt ou tard, quelqu'un va le tuer. Ça ferait un joli sujet d'étude de savoir comment il s'est débrouillé pour tenir si longtemps.

Eddie hocha la tête en signe d'impatience. On aurait pu croire qu'ils discutaient d'une équipe de base-ball en course pour le titre.

— Mais, dis-moi la vérité, ça n'a pas besoin de se passer ici, et vaudrait mieux à tout prendre que ce soit quelqu'un d'autre qui le fasse, pour des raisons tout à fait différentes. Exact ? Sinon, ça fait qu'augmenter les risques.

— C'est bien ça le problème. Les risques.

— En outre, ajouta Eddie, tuer, ce n'est pas ton genre.

Jed ne tiqua même pas devant l'ironie de la remarque.

1. Région du centre de l'État de Washington, comprenant en partie les North Cascades. (N.d.T.)

Ayant eu quelque expérience en la matière, il était d'avis qu'un humain était par définition du genre à tuer. C'était aussi l'avis d'Eddie.

— Ah ! bon, d'accord. Désolé. Voici la proposition. Quand tu contacteras Harris, présente-lui les choses de la façon suivante.

Eddie commença à faire le décompte sur ses doigts.

— Il est venu ici pour acheter de la came, et, en fait, nous savons qu'il est venu ici en représentant quelqu'un. Même s'il lui revient une part du gros lot, il a d'autres gars avec lui dans l'affaire. Des gars qu'il ne veut pas décevoir.

— Exact.

— Toi, Jed, tu n'autoriseras pas Harris à revenir au ranch faire ses petites emplettes. C'est zone réservée et ce n'est pas négociable, il est interdit ici une fois pour toutes.

— Bien !

— Cependant, il y a deux mecs au ranch qui ont entendu parler de la mauvaise passe dans laquelle il se trouve, et même s'ils sont complètement d'accord avec toi, Jed, et avec ta décision, ils ne voient pas pourquoi ils ne donneraient pas un coup de main à leur vieux pote Tucker Harris pour le sortir de là. Mais qu'est-ce qui pourrait bien les pousser à faire une chose pareille ?

— Parce qu'ils l'aiment tendrement, comme un frère.

— C'est vrai, ça, confirma Eddie. Mais s'ils étaient en dette avec lui ?

Jed haussa un sourcil.

— C'est lui leur sponsor.

Eddie acquiesça.

— Encore exact. Et pour un petit pourcentage...

— ... considérant la loyauté dont ils font preuve à l'égard de leur sponsor, si ce dernier accepte qu'ils opèrent la transaction à sa place, il peut même te suggérer quelles qualités et cætera il recherche, et combien il est autorisé à investir, moins le pourcentage en question, c'est eux qui seront chargés des achats.

— Huh, dit Jed d'un air songeur. C'est plutôt pas mal. S'il voit qu'il peut accomplir la mission dont il est chargé alors qu'il a déconné en plein, il pourrait bien se montrer aussi docile qu'un agneau. Il n'aura plus aucune intention de m'envoyer au diable, moi et tous ceux qui l'ont viré. Ce sera même contre son propre intérêt de simplement envisager la chose.

— C'est bien vrai. Et tu auras l'esprit tranquille, plus besoin de te sentir obligé de le tuer pour lui fermer le bec. Il est pratiquement certain qu'il ne l'ouvrira pas, rien que pour pouvoir mener son affaire à bien. Sauf, bien sûr, s'il est cinglé.

— Bien dit, nom de Dieu, dit Jed en faisant la grimace tandis qu'il chassait la poussière à coups de pied.

— Donc, finalement, dit Eddie, à court de doigts pour terminer son énumération, il ne sera que trop heureux de te dire qui sont les deux gars qu'il sponsorise pour le Rendez-vous et on pourra alors passer aux choses sérieuses. Il se pourrait même bien qu'il se tienne à carreau, à attendre que tout soit terminé. Apporte-lui un petit joint avec les compliments de la maison, ça l'aidera à tenir la nuit. Ensuite tu pourras lui rendre les clés de son camion et toutes ses armes...

Jed fronça les sourcils.

— Quelles armes ? Tout ce qu'il avait, c'était un fusil de selle, un .30-.06.

Eddie leva les yeux et arrêta de compter sur ses doigts, en se demandant, qu'est ce qu'il croit. Que Harris n'avait avec lui qu'un minable fusil de chasse ? Il est vraiment compétent, ce Dowd ? Il hésita, laissa filer et reprit ses doigts en ligne de mire.

— Quoi qu'il en soit, dit-il, demande-lui s'il connaît un endroit où nous pourrions nous retrouver, au moins à mille kilomètres d'ici, plus ou moins sur la route de San Francisco. Disons, pourquoi pas, le grand lac réservoir dans les collines juste au sud d'Elko, Nevada, avec son terrain de camping et tout le tremblement. On pourrait le retrouver là, Scott et moi, d'ici quelques jours, pour lui donner la liste des marchandises, calculer le montant exact de notre pourcentage, et reprendre la route.

Eddie réfléchit un instant.

— Dis-lui dix pour cent.

Il leva la main.

— Bon ! dit-il d'un haussement d'épaules, je suis à court de doigts. Qu'est-ce que tu en penses ?

Jed ôta son chapeau et se gratta la tête.

— On pourrait même te refiler une part de notre pourcentage, suggéra Eddie. Ça ne me gênerait pas du tout. Mais alors pas du tout.

Jed cessa de se gratter la tête.

— Je ne suis pas autorisé à accepter ça, dit-il tranquillement.

Eddie se renfrogna.

— Quoi ? Tu as bien droit à une part de tout ce qui passe par ici, pas vrai ?

— C'est exact, Eddie. Mais ce que tu m'offres ne tombe pas dans cette catégorie.

— Pour l'amour du ciel ! dit Eddie d'une voix forte, ça n'a rien à voir avec un *pot-de-vin* ou quoi. T'es bien obligé de te coltiner des tas de conneries dans ce boulot. Il est normal que tu reçoives une compensation. C'est les affaires, un point, c'est tout...

— Interdit, dit Jed d'un ton irrévocable en remettant le chapeau sur sa tête. Je toucherai ma part sur tout ce que toi et Scott vous commanderez, pour vous-mêmes et pour Harris. Ça me suffit.

— O.K. !, O.K. ! dit Eddie, en levant les mains.

— Ch'croyais que tu connaissais les règles, dit Jed d'un ton maussade.

— J'ai dit, O.K. ! mec, reprit Eddie de sa voix la plus conciliante. Je me suis laissé emporter, c'est tout.

Qu'est-ce que je peux dire ? J'aime *bien* ça, claquer le pognon, surtout quand il s'agit du pognon d'Harris.

— Bon, dit Jed. Le reste de ton idée est O.K. ! En fait, elle est même bonne. Je comprends pourquoi Scott te garde dans l'affaire.

— Hé ! dit Eddie, le pouce tendu vers sa propre poitrine, les yeux plissés face à Jed, qui est-ce qui te dit que ce n'est pas moi qui le garde *lui* dans l'affaire ?

Jed éclata de rire. Un petit grognement ronchon qui ne trahissait pas tant son mépris pour la petite commande mesquine chipotée par Scott et Eddie au nom de leur organisation qu'il ne dévoilait le manque de pratique de Jed dans le domaine du rire. Eddie se renfrogna, soudain impatient. Bon sang, mais qu'est-ce qu'une fille comme Mattie pouvait bien lui trouver, à ce mec ?

— Combien de temps te faudra-t-il pour arriver jusqu'à Harris ?

— Deux heures, répondit Jed, aller, retour et conversation compris.

Il leva la main face au soleil pour s'en protéger les yeux et plissa les paupières.

— Je devrais être de retour à la nuit tombée.

Il fit demi-tour et s'éloigna en direction du corral.

— Deux heures ? Vraiment ?

Jed acquiesça d'un signe de tête.

— C'est à une balade à cheval d'ici, et un peu d'exercice me fera du bien. Curly, c'est le mec, là-bas, c'est à lui qu'il faudra vous adresser pendant mon absence. Ne le sous-estimez pas.

Eddie suivit Jed jusqu'au portail du corral, où il s'appuya contre la clôture et observa Jed qui se choisissait un cheval, une grosse jument baie.

— D'ici à ce que je revienne, dit Jed en posant une couverture sur le dos de l'animal, toutes les personnes ici présentes devraient avoir quitté les lieux. En fait, quand ils s'apercevront qu'il se passe des choses pas ordinaires, et je suis forcé de les mettre au courant, ils vont en finir très vite et prendre la poudre d'escampette.

Il cajola la jument pour lui faire accepter le mors.

— Si Harris marche dans la combine, et je ne vois pas comment il pourrait faire autrement, si son démon fait preuve d'un peu de bon sens...

Eddie fronça les sourcils.

— Son démon ?

— Il ne t'a donc jamais parlé de son démon ?

Eddie secoua la tête, lentement, faisant semblant.

— S'est-il jamais arrêté au beau milieu d'une conversation, comme s'il prêtait l'oreille à quelque chose que tu ne pouvais pas entendre ?

Eddie opina du chef, lentement, faisant semblant.

Jed opina à son tour.

— Il se reçoit des messages d'un démon qui habite sa tête, dit-il en se tapotant la tempe du majeur.

— Tu déconnes.

— Demande à Scott, si tu ne me crois pas.

Eddie hocha la tête.

— C'est ce que je vais faire. Ce démon, il a le sens des affaires, au moins ?

Jed haussa les épaules.

— S'il en fait preuve à cette occasion, et il devrait, logiquement, à mon retour, je vous laisserai deux heures, à Scott et à toi, dans la grange avant de boucler.

— Tu fermes immédiatement ?

— J'aurais fermé hier si j'avais pu. Avec tout le shit qu'il y a là-dedans, ça me rend nerveux.

Il tapota le cou de sa jument. Il paraissait évident à Eddie que Jed préférait déconner avec tout un troupeau de canassons qu'avec un seul bonhomme du nom de Tucker Harris.

— C'qu'y faut pas faire pour gagner sa croûte !

Eddie lança un regard curieux à Jed.

— Tu fumes, toi ?

— Pas question. Ce truc m'a rendu cinglé au Vietnam, j'en ai eu une trouille de tous les diables et j'ai même failli, un soir, descendre deux de mes hommes à cause de ça. J'ai détesté. Je n'ai plus jamais voulu toucher à ce truc ensuite.

— Huh, dit Eddie. Je sais que ça rend certains complètement parano.

— On me dit aussi que ça en rend d'autres très heureux.

Eddie sourit.

— Heureux comme des poissons dans l'eau.

— Tu fais comme tu veux.

— Merci. C'est comme ça que je l'entends.

— Moi, c'est l'argent qui me rend heureux.

— Tu fais comme tu veux.

— Merci, dit sèchement Jed, sans sourire.

Il avait posé la selle sur le cheval. L'équipement comportait un fourreau d'où ressortait la crosse bien patinée d'un fusil.

— C'est une des vieilles Winchester ? demanda Eddie.

— L'arme qui a conquis l'Ouest, dit Jed, l'une d'elles, en tout cas. — Il frappa l'animal du poing dans les côtes et resserra la sangle. — S'il restait encore un Ouest en 1894.

— Bon Dieu, dit Eddie au bout d'un moment, c'est une belle bête, ta jument.

— Elle fera l'affaire, dit Jed, flattant la croupe de la jument en passant derrière elle. O.K. ! M. Mertz. Remonte jusqu'à la maison et restes-y. Ne sors pas jusqu'à ce que je revienne. C'est Curly le patron si tu as besoin de quelque chose. Et cette petite fleur, c'est à Scott que tu la dois. Alors ne déconne pas.

Il fit sortir le cheval du corral, et regarda en direction de la grange. Curly était toujours en train de roupiller dans son fauteuil de jardin, le fusil sur les genoux.

— Curly ! Réveille-toi, nom de Dieu !

Curly laissa retomber au sol la botte qu'il tenait appuyée sur le genou et remonta le bord de son chapeau au-dessus de la racine des cheveux du canon de son fusil. Le visage émacié, il avait le nez crochu et les yeux rouges. Un coup de rasoir n'aurait pas été de trop. Aux yeux d'Eddie, il ressemblait à la quintessence du garçon vacher : grisonnant, mal lavé, les jambes en cerceaux, buriné, sans un rond en poche.

Jed se retourna vers Eddie.

— Ton idée me plaît bien, Mertz, dit-il. Pendant que je serai parti, ça te dirait peut-être de réfléchir à un petit détail qu'on n'a pas du tout envisagé.

— Lequel, Jed ?

— Mattie.

Son visage ne reflétait pas la moindre trace d'émotion.

— Qu'est-ce qu'on va faire au sujet de Mattie, hein, Eddie ?

— Tu n'as pas confiance en elle ?

— Ce n'est pas une question de confiance.

— Aw, dit Eddie, mal à l'aise, elle se remettra, tout ira bien.

Jed mit le pied à l'étrier et lança la jambe par-dessus la selle.

— Uh, uh, incontestablement, dit-il. D'une manière ou d'une autre.

12

Pendant ce temps, Scott Michaels et Mattie Brooke n'étaient plus qu'à deux boutons et une plaisanterie près de devenir amants.

La maison d'habitation du ranch était fraîche et

ombragée. Scott avait accompagné Mattie jusqu'au salon en façade et l'avait doucement allongée sur le canapé. Si elle ne se souciait pas vraiment de turpitude morale, Mattie se sentait incontestablement très malade eu égard à ce qu'elle avait commencé à entrevoir comme en étant la conséquence la plus immédiate, à savoir une confrontation désagréable. Qui plus est, la véritable nature des entreprises du ranch Cloverleaf l'avait profondément choquée, non seulement par son évidente illégalité ou parce que Jed s'était débrouillé jusque-là pour en garder le secret, mais aussi du fait des implications économiques énormes qu'une opération de cette ampleur devait inévitablement entraîner. Jusqu'à aujourd'hui, elle avait vécu, comme tout un chacun dans la région, avec la conviction joyeuse que Jed était parvenu à survivre avec plus ou moins d'aisance grâce aux subsides gouvernementaux, lesquels étaient non seulement légaux mais aussi potentiellement lucratifs. Le gouvernement subventionnait l'eau, la terre et les récoltes qu'on faisait pousser sur celle-ci grâce à celle-là. On subventionnait le transport et le stockage de certaines desdites récoltes, on payait des gens pour qu'ils ne cultivent pas certains produits, avant de fréquemment payer les mêmes pour détruire ce qu'ils avaient fait pousser. A une échelle suffisamment vaste, les tenants et les aboutissants d'un tel interventionnisme se comptaient en sommes plus que significatives. Mais un supermarché annuel de marijuana ? Représentant, qu'avait-il dit déjà, cinquante ou soixante producteurs ? Une « petite » commission sur trente millions de dollars ? C'était combien, une petite commission ? Si Jed recevait, disons, un dixième de cent par dollar, c'est à dire une commission d'un dixième de pour cent, sur trente millions de marchandises vendues, sa part d'une semaine se monterait à...

— Trente mille dollars ? dit-elle à haute voix à l'adresse du plafond.

Le visage de Scott apparut au-dessus d'elle. Il tenait

dans la main un linge humide, qu'il replia trois fois dans le sens de la longueur avant de le lui poser sur le front.

Il s'assit sur le rebord du canapé, une main appuyée contre le dossier, l'autre ajustant le linge mouillé.

— Qu'êtes-vous en train de calculer ? demanda-t-il. La commission de Jed ?

Mattie prit un air légèrement soucieux.

— Comment le saviez-vous ?

— Il se trouve que c'est à peu près ce qu'il va se faire cette semaine, s'il tire son épingle du jeu.

Elle croisa son regard. Il était bel homme et de sa position allongée, elle ne pouvait apercevoir sa queue de cheval. Une fois débarrassé de sa chemise bariolée, en lui mettant sur le dos quelque chose de correct, disons une jolie chemise western à carreaux avec boutons nacrés, on se retrouvait, au bout du compte, face à un gars pas mal du tout. Même s'il n'était plus très jeune. Tout comme Jed, Scott avait la quarantaine. Et tout comme Jed, Scott avait gardé une allure jeune. Tucker Harris, en revanche, buvait un tout petit peu trop, un tout petit peu trop régulièrement, et les effets de l'alcool étaient visibles sur ses traits bouffis et son petit estomac rondelet. Si Tucker Harris n'était pas aussi nerveux, du genre à ne pas tenir en place, s'il mangeait régulièrement, il se serait depuis longtemps enrobé gentiment comme tout homme de cet âge. Jed était resté jeune à chevaucher sur ses terres, mais il faudrait bientôt à Mattie réviser cette opinion-là. Elle se demanda comment faisait Scott pour rester actif.

— Pourquoi ne tirerait-il pas son épingle du jeu ? lui demanda-t-elle.

Scott se mit à mordiller sa lèvre inférieure et poussa un soupir en évitant le regard de Mattie.

— Il est acculé, Mattie. Il est sous un vrai feu croisé, de trois origines différentes.

— Trois ?

— Je crois bien, dit-il en détournant la tête. Est-ce que ces fameuses lettres sont ici ?

— Ouais ! dit Mattie en posant la main sur son bras. Entendez-vous par là que je représente un problème ?

Scott acquiesça.

— Et ce mec-là, comment s'appelle-t-il déjà, Zucker Farris ?

Elle rougit devant ce subterfuge clair comme de l'eau de roche, mais Scott ne remarqua rien.

— Tucker Harris, la corrigea-t-il. Ce n'est pas le hombre recommandable, où qu'il puisse se trouver.

Permettez-moi d'être d'un avis différent, songea-t-elle, mais elle ajouta :

— Parlez-moi de lui. En quoi vous pose-t-il un tel problème ?

Scott lui offrit un bref résumé de ce qu'au même moment Jedediah disait à Eddie dans la cour. Autant de mauvaises nouvelles de plus pour Mattie.

— Naturellement, au Vietnam, nous étions tous tueurs, dit Scott.

— Mais c'est du passé, tout ça, se dépêcha de faire remarquer Mattie, soucieuse de justifier ce qui paraissait de plus en plus, au fil des heures, comme un très mauvais jugement de sa part. Nous sommes aujourd'hui. Et personne aujourd'hui ne tue plus personne.

Scott fut sur le point de parler puis se ravisa.

— D'accord ? demanda-t-elle à nouveau, en lui serrant le bras d'un geste inquiet.

Il la regarda une nouvelle fois. Quelque chose lui seyait à ravir dans la moiteur du front, reste du passage du linge humide. Elle avait les yeux un peu écarquillés, un peu plus bleus, qui attendaient la réponse à sa question, sous ses cils naturellement longs. Du fait des heures de jour qu'elle passait dans le restaurant, sa peau était d'une pâleur inhabituelle, claire malgré tout, bien que la chair eût déjà entamé son processus de vieillissement, passant de la fermeté de la jeunesse à la mollesse de la maturité, exposant ce faisant les marques d'expression qu'y avaient tracé soucis et émotions, climat et expérience, tous facteurs dont le visage peut être le médium, le messager et le message. Mattie ne s'épilait pas les sourcils, pas plus qu'elle ne rasait le duvet léger qui venait ombrer les commissures de sa lèvre supérieure. Elle avait la bouche pleine et ses lèvres au repos dessinaient une moue légère, signe apparent d'une irritabilité qui n'existait pas de fait, mais plutôt d'un caractère naturellement curieux, et d'une sensualité tôt révélée et trop rarement exploitée. Ses deux incisives étaient ébréchées d'une légère demi-lune que leur avait arrachée un caillou, lancé par un copain de classe en CM1, mais, chose inattendue, ce petit défaut ne venait que s'ajouter à tous les autres pour lui offrir cette qualité d'allure que Scott était en train de découvrir, celle d'une femme en pleine maturité.

Mattie avait immédiatement remarqué l'effet qu'elle faisait à cet homme, et en dépit de sa rencontre récente avec un Harris qui n'avait rien laissé au hasard, en dépit de la proximité intimidante d'un Dowd moins transitoire si beaucoup plus ennuyeux, elle se mit en devoir de retourner à M. Michaels les attentions que celui-ci lui manifestait. En cet instant, sous le regard attentif de l'homme, les plus petits mouvements de son corps se chargeaient de sous-entendus sexuels. Il la dévorait des yeux, même lorsqu'elle posa doucement une main sur sa poitrine en répétant :

— D'accord ?

— Ahm, dit Scott, clignant des paupières sans toutefois détourner son regard de celui de Mattie, j'ai oublié la question.

— J'ai dit, répéta-t-elle d'une voix douce, personne ne tue plus personne aujourd'hui, pas vrai ?

Scott avait des problèmes.

— C'est vous qui me tuez, dit-il en ôtant le linge. Il remonta les boucles de cheveux noirs et humides qu'elle avait sur le front. — Vous êtes une très belle femme, Mattie.

— Personne... ? murmura-t-elle. Qui, moi ?

Mattie aussi avait des problèmes. Dans quelque recoin éloigné de son esprit, comme si elle venait de dégringoler d'une falaise, une toute petite voix qui s'en allait diminuant lui hurlait, non, non, pas deux hommes dans la même jou-ou-ou-ournée-ée-ée-ée. Avant de revenir pour mieux retomber, en se lamentant, et en plus, des in-in-in-con-con-con-nus-nus-nus.

— Vous, murmura Scott, portant ses lèvres tout près de celles de Mattie. Moi, — les yeux rivés sur la bouche de la femme, il se toucha la lèvre inférieure du bout du doigt, — moi, je suis flic.

Mattie bondit sur place comme si elle venait de toucher le point de court-circuit d'un fil de lampe. Scott accueillit sa réaction avec un amusement évident.

— C'est la raison pour laquelle vous n'avez rien à craindre, sourit-il.

— On en apprend tous les jours, dit-elle d'une voix rauque sans vouloir rien révéler de ses intentions.

Jamais encore elle n'avait fait ça avec un flic. Mais son esprit courait la campagne. Si les flics étaient dans la place, plus la peine de penser à Jedediah. Son sort était réglé.

Mais cette révélation soudaine s'en fut sceller l'inévitable, avec un petit à-côté pervers. Pour la première fois de son existence, sans compter l'excitation soudaine d'une relation sexuelle légèrement inhabituelle, Mattie eut une vague idée de ce qu'il devait en être de vivre prostituée. Quoi qu'il pût arriver dorénavant, les rapports qui la liaient à ce Michaels pourraient bien affecter son bien-être pour des années à venir. Mattie embrassa le doigt avant de refermer ses lèvres autour de la première jointure. Puis elle balança lentement la tête en arrière jusqu'à ce que le doigt glisse de sa bouche. Elle surveillait le regard de l'homme qui surveillait son doigt et les lèvres de Mattie.

— Comment est-ce arrivé ? demanda-t-elle doucement avant d'embrasser le doigt, tendrement, du bout des lèvres, d'un bisou minuscule.

Elle se disait, c'est quand même sidérant, la situation est encore plus bizarre que la nuit dernière avec ces foutus poissons. Jamais je n'aurais cru ça possible. On aurait dit qu'ils avaient déjà fait l'amour, ce n'était plus là que bavardages sur l'oreiller. Ils ne faisaient plus qu'un, familiers, intimes, dépendants, unis par les circonstances de l'instant. Cependant, la tension de savoir qu'une « nouvelle » fois était possible n'avait en rien disparu ; ils étaient dans l'orbite l'un de l'autre, à se prêter, dociles, à la gravité de leurs potentiels réciproques.

— Mon petit frère, dit Scott, suivant des yeux le bout de son doigt qui jouait autour de la bouche de Mattie. Après mon départ pour le Vietnam, mon petit frère, qui n'y est pas allé, s'est mis à se droguer. Nous avions grandi dans une ferme du West Marin, et nous étions très proches. Toujours à faire les mêmes trucs ensemble, tu vois, parce qu'on habitait une ferme. On n'a jamais beaucoup fait attention à toutes ces histoires sur les catégories d'âge, même s'il y avait cinq ans de différence entre nous.

» Quand je suis rentré du Vietnam, j'étais blessé. Pas bien grave comme blessure, mais suffisante pour me réexpédier dans mes foyers sans que je sois totalement estropié. Tu la verras peut-être par toi-même tout à l'heure.

— Ouais !

— Je me sentais un peu coupable à cause de ça, et c'était bizarre, les sentiments que j'avais sur la guerre en général...

Son doigt cessa ses mouvements et ses yeux vinrent s'accrocher aux yeux de Mattie.

— C'était...

Le doigt de Scott reprit ses tracés et ses yeux se mirent à le suivre. Le duvet fin qui ourlait la lèvre supérieure de Mattie lui fit penser aux cheveux d'un nouveau-né, ces cheveux fins et soyeux dont il n'existe rien au monde de plus doux et plus éphémère. Il sentit le coton sec gorgé de soleil de ses vêtements, allant jusqu'à détecter une bouffée légère du cuir de ses bottes, avec, au milieu de tout ça, les effluves doucereux du savon qu'elle utilisait pour sa toilette, et, naturellement, la poussière.

— Je m'étais dit que j'allais rentrer à la ferme pour y travailler un moment jusqu'à ce que je récupère et retrouve mes marques. J'avais été absent seulement une année, mais c'était comme si j'avais quitté un siècle pour atterrir au beau milieu d'un autre. Tyler avait les cheveux qui lui arrivaient au cul, il jouait de la guitare électrique et avait reçu un coup de matraque qui lui avait cassé le bras au cours d'une émeute devant le Bureau de conscription d'Oakland. Il n'avait même pas l'âge encore pour être incorporé, il avait encore un an devant lui, mais il haïssait la guerre et tous ceux qui y étaient mêlés de près ou de loin. Personnellement, je n'en étais pas un partisan fanatique, mais je voulais en discuter avec lui, voilà ce que je m'étais dit. Mais tout son discours n'était que du baratin politique gauchiste furieux et véhément, purement réflexe. Moi, je réagissais en bon fantassin de base. Tout ce qu'on pouvait se dire passait au-dessus de la tête de l'autre, et il nous était impossible de nous mettre d'accord sur quelque chose. C'était affreux. Mon petit frère m'était devenu totalement étranger, et réciproquement.

De fil en aiguille, nous en sommes arrivés à nous battre. Comme des chiffonniers. Une bagarre vicieuse et furieuse. A l'époque, je n'en savais rien, mais j'étais censé éviter les confrontations directes pour ne pas avoir à tuer quelqu'un pour une place de parking ou quelque chose du même genre. Ça s'est passé à cinq heures du matin, dans la laiterie. Il y avait bien deux semaines que nous n'avions pas revu Tyler et tout d'un coup, le voilà qui débarque, il a pointé son nez juste avant le lever du jour pour traire les vaches, comme ça, sans rien dire à personne. Impossible de lui faire entendre raison. Une chose que je ne savais pas non plus à cette époque, c'est que Tyler se chargeait aux amphets, et le matin en question, ça faisait trois jours qu'il n'avait pas fermé l'œil. Aux environs de trois heures, cette nuit-là, il en était arrivé à un tel stade de paranoïa qu'il a quitté la crèche où on l'hébergeait à San Franscisco et il est parti en voiture dans le seul but de venir traire les vaches, rien que pour faire quelque chose de bien réel. Il faisait une fixation là-dessus, nom de Dieu, à vouloir ainsi traire ces foutues vaches, et quiconque essayait de l'en dissuader se mettait en travers de son chemin. Tout se serait arrangé, finalement, je crois. Nous ne l'avions pas vu plus de trois ou quatre fois en plusieurs mois à ce stade, et quand il a débarqué avec ses pat'd'eph'à rayures, ses colliers de perles et ses longs cheveux, pesant tout juste cinquante-cinq kilos, tremblant comme une feuille, et qu'il s'est mis au boulot, les choses se seraient arrangées d'elles-mêmes, toutes seules, nous aurions pu le supporter, mais c'est alors qu'il a bousculé Papa...

A ce moment du récit, le doigt de Scott s'était trouvé rejoint par un de ses compagnons, et tous deux étaient en plein voyage d'exploration. Ils avaient retracé la ligne du menton de Mattie, pour descendre ensuite l'arrondi lisse et tendre de sa gorge, où ils s'étaient arrêtés, pour sentir le pouls qui battait là. Puis ils avaient remonté la courbure de la gorge derrière la mâchoire jusque derrière l'oreille, là où le pouce était venu les retrouver un instant pour tirailler le lobe de Mattie, très semblables en cela à la manière dont ils tiraillaient habituellement la propre oreille de Scott. Le lobe de Mattie n'avait été percé qu'à un endroit, remarqua-t-il ; tout comme le lobe gauche. Puis ses doigts frôleurs étaient redescendus, pour remonter avant de redescendre à nouveau, jusqu'à ce que la main tout entière tienne la mâchoire en coupe, lorsque Mattie se mit à bouger la tête contre la paume, et les circonvolutions délicates de l'explorateur étaient devenues alors la caresse de l'aventurière qui se prêtait à leur main ; laquelle descendit jusqu'au sein, qui se souleva à sa rencontre ; et elle s'arrêta là, d'où elle se prit à considérer en éclaireur les latitudes orageuses des deux antipodes.

— Je l'ai attrapé par la peau du cou, et je l'ai engueulé, poursuivit tristement Scott. Il s'est libéré et, en pivotant, m'a frappé violemment avec la trayeuse. Je suis tombé en bousculant une vache, qui m'a dérouillé à coups de sabot, et tout a commencé. On l'a complètement démolie, cette foutue laiterie. Ç'a été horrible. Papa nous tombait dessus pour essayer de nous séparer et il se faisait balancer contre les murs. Maman est sortie de la cuisine pour connaître les raisons de tout ce chambard et elle a commencé à nous taper dessus à coups de spatule, jusqu'à casser son ustensile. Tyler a essayé de me planter une fourche dans le corps alors je l'ai agrippé à la gorge et j'ai failli le noyer dans la cuve de collecte. Il s'en est sorti vivant uniquement parce qu'entre-temps était arrivé le camion citerne des Berkeley Farms pour le ramassage du lait. Le conducteur, Maman et Papa ont réussi à nous séparer.

Tyler avait l'air drôlement comique, debout devant nous, couvert de lait et de bouse de vache, même si ça nous avait coûté la livraison de la matinée et même si j'avais failli l'étrangler jusqu'à ce que mort s'ensuive. Je me suis mis à rire, ensuite, ç'a été le tour du chauffeur. Même Papa s'est mis à glousser une fois le choc de la bagarre passé. Mais Tyler n'a pas trouvé ça drôle, Maman non plus d'ailleurs. C'est à ce moment-là, je crois, qu'elle a compris que Tyler était allé beaucoup plus loin qu'aucun de nous ne se l'imaginait. Peut-être même qu'elle était au courant depuis un moment, déjà à l'époque...

Le résultat, c'est que Tyler est parti fou furieux. Je ne l'ai jamais revu. Un an plus tard, le coroner de

L.A. a appelé, et j'ai dû descendre jusque-là pour ramener le corps.

A ce moment du récit, Mattie s'était pressée de tout son corps contre Scott, dont elle modelait les muscles du dos sous les omoplates de ses deux mains. Scott l'enlaça à son tour, l'étreignant contre lui, même lorsqu'il reprit le fil de son récit, la bouche dans ses cheveux noir de jais.

— Lorsque j'ai quitté le Vietnam, je croyais avoir terminé une fois pour toutes avec les cadavres d'êtres humains, mais je me trompais. Tyler était encore plus maigre, mais c'est l'héroïne qui l'avait tué. Il était devenu camé à plein temps pratiquement depuis le jour où nous l'avions vu pour la dernière fois. Il n'y avait aucun effet personnel. Rien. Le coroner m'a dit que les amis de Tyler avaient nettoyé la minuscule chambre qu'il occupait juste avant que quelqu'un téléphone l'annonce de sa mort. Il m'a dit que c'était là un genre de comportement courant, lorsque l'overdose se produisait en compagnie d'autres raclures...

Ils roulèrent du canapé et tombèrent sur le tapis au sol. Mattie gémit doucement et pressa sa bouche contre celle de Scott, en se tortillant sous lui à dessein, alanguie, en plein abandon.

— Je suis aux stups depuis... dit Scott au milieu de leur baiser.

13

Eddie se tenait sur le seuil de la maison. A moins de trois mètres de là, Mattie et Scott se contorsionnaient sur le plancher au milieu du salon, emmêlés dans un tapis navajo, en train de lutter, aux prises avec le génie paradoxal très spécifique à la toile des jeans moulants.

— Suis-je en train d'interrompre quelque chose ? dit-il à haute voix.

La réponse de Scott lui parvint étouffée.

— Je lui raconte l'histoire de ma vie, dit-il.

Les contorsions se poursuivirent.

Eddie s'éclaircit la gorge bruyamment.

— Ecoutez, mes bons amis hétéro, elle ne va pas tarder à aller raconter ça aux anges si ça continue et si on ne commence pas à s'organiser.

Il jeta un coup d'œil par-dessus son épaule.

— Dowd ne plaisante pas quand il propose de régler ce problème à son idée, et nous disposons de moins de deux heures pour éviter ça.

Tandis qu'Eddie parlait, un des Samuraï démarra dans la cour et commença le lent et pénible trajet qui conduisait à la route d'accès. Curly se tenait face à la grange, le fusil cassé au creux d'un bras, et il bavardait avec deux ou trois hommes. L'un d'eux regarda en direction de la maison. Eddie lui fit signe de la main avant de lui tourner le dos et regarder Scott et Mattie. Ils n'avaient pas cessé de se peloter pour autant. Un vrai gâchis, le temps pressait.

— L'histoire de ta vie, hein ? dit-il. Vous a-t-il parlé de sa femme et de ses enfants ?

Mattie détourna la tête pour éviter les baisers ardents de Scott et le repoussa des deux mains contre sa poitrine.

— Des enfants ! Nom de Dieu, tu vas me lâcher ! Marié, avec des enfants !

— Allez, ma belle,'core un aut'p'tit poutou, dit Scott dans une moue de baiser.

— Non ! (Elle riait.) Bande de foutus salopards, impossible de vous faire confiance tous autant que vous êtes ! hurla-t-elle, complètement dégoûtée. Des enfants !

Scott se redressa, les bras en appui sur le sol.

— Je parierais que tu appelles ta femme « Maman », dit-elle en levant les yeux vers lui, et que c'est elle qui lave ton linge.

Aux yeux de Scott, elle était absolument ravissante, à jouer ainsi à s'offrir en images pour mieux battre en retraite en paroles, railleuse et terriblement excitante lorsqu'elle disait non. Avec sa chevelure noire et brillante étalée en éventail autour de la tête sur un fond de bleu et d'orange du tapis navajo, elle ressemblait à un coucher de soleil sur une planète de vacances, tout à fait l'idée qu'il se faisait d'une belle période de chômage technique.

— C'est bien dans la manière d'Eddie de vous embrouiller les idées, dit-il en lui fermant la bouche de ses lèvres d'un geste agressif. Vous savez, du genre, « le Bon Flic et le Méchant Flic » ?

Eddie traversa le salon et entama une fouille systématique de la maison.

— Ecoutez, dit-il en ouvrant la porte mince d'un placard à balais, j'aime bien regarder, mon psy me dit qu'on peut toujours apprendre quelque chose, mais, dis-donc, Scott, c'est quoi, cette histoire de flics ? Tu sais que ces gens-là me rendent nerveux.

Il ouvrait et refermait les placards.

— Rien que le fait d'en parler... C'est quoi, ça ?

Scott resta suspendu à bout de bras au-dessus du sol, ses hanches sur celles de Mattie, ses yeux rivés aux siens, et elle qui le regardait avec la même intensité. Seul un bouton restait encore attaché sur le chemisier de Mattie ; il n'en restait plus qu'un seul sur la chemise de Scott. Tous deux haletaient, le souffle court.

— Elle est au courant, Eddie, je le lui ai dit, répondit Scott.

— Au courant de quoi ?

— Elle sait que nous sommes flics.

Après un moment de silence, Eddie ajouta :

— Tu as perdu la tête ?

— Non, rien que le cœur.

— Et le cul est le suivant sur ta liste.

Scott frotta le menton de Mattie d'un doigt replié.

— Fais-moi confiance. Sans compter qu'elle est avec nous dans ce coup malgré toute la poudre que tu réussiras à jeter aux yeux de Dowd.

— C'est bien beau, tout ça, dit Eddie, mais ça ne nous avance pas. Peut-être qu'elle va aller maintenant raconter à son petit ami tout ce qu'elle sait de nous à son retour, pour se sortir de la panade et tirer son épingle du jeu avec lui. Après tout, si elle lui désigne deux flics, il faudra bien qu'il se dise alors que ça la dérange pas de le voir, chaque automne, faire l'intermédiaire sur des ventes de marijuana d'un montant de plusieurs millions de dollars, rien que pour joindre les deux bouts, et se constituer tous les deux un joli petit magot pour payer l'université au petit Johnny.

Scott regarda Mattie droit dans les yeux. Elle le dévisagea à son tour.

— Elle a vu le coup d'œil qu'il m'a lancé quand il s'est aperçu qu'elle nous avait accompagnés, dit Scott.

— Moi aussi, dit Eddie.

Il ouvrait et refermait les portes de placard dans la cuisine, les unes après les autres, comme s'il ne réussissait pas à remettre la main sur sa passoire alors que les invités étaient attendus d'un instant à l'autre.

— Et je pense que tu as raison. Elle ne dira rien. Dowd refuserait de l'écouter si elle parlait. Il est bien trop sexiste. Il est impossible qu'elle soit mêlée à tout ça, au moins, ça, c'est clair. Sachant cela, nous lui devons bien de la sortir d'ici en un seul morceau, puisque c'est nous qui l'avons amenée.

Mattie tira la queue de cheval de Scott. Hue Dia ! Eddie avait-il raison ? Elle ne devait s'attendre à aucune pitié de la part de Jedediah Dowd. Scott laissa glisser doucement ses lèvres jusqu'à venir couvrir la bouche de Mattie. Qu'est-ce qu'il est train d'essayer de prouver, ce mec ? se demanda-t-elle. C'est lui le champion du monde des baisers, toutes catégories ? Elle n'avait pas encore compris qu'au plus profond de lui, un mécanisme obscur disait à Scott d'embrasser, d'embrasser, embrasser tout son soûl, car ce pourrait bien être là son dernier baiser. Bon, bien sûr, ce ne sera pas son dernier, mais juste au cas où... Cette simple suggestion imprima à un baiser d'occasion, opportuniste et, somme toute, banal, une extraordinaire coloration d'urgence, à laquelle Mattie ne resta pas insensible. D'impassible au départ, elle avait commencé à retourner son baiser à Scott lorsque ce dernier se redressa.

— Hé !... dit-elle d'une voix rauque.

— Hé hé ! dit Eddie depuis la cuisine.

Scott se remit debout et sourit sans joie.

— Alors, qui est-ce qui taquine l'autre maintenant ?

Il se mit en demeure de boutonner sa chemise d'un air distrait, comme si c'était là un geste non familier. Lorsqu'il eut terminé, il tendit les mains à Mattie qu'il aida à se remettre debout.

— Nous parlerons d'adultère plus tard, murmura-t-il sans sincérité aucune, tandis qu'il l'embrassait.

Mattie, se méprenant sur ce manque de sincérité, détourna la tête devant son baiser, lequel lui atterrit sur la joue.

Scott prit un air encore plus sinistre.

— Scotty, dit Eddie en réapparaissant dans le salon. Tu te souviens comment on fait fonctionner ces machins-là ?

Mattie s'était retournée devant Eddie pour remettre de l'ordre dans ses vêtements. Elle regarda par-dessus son épaule et vit qu'Eddie tenait un AR-15. Elle ne savait pas que Jed en possédait un alors qu'elle avait préparé bien des repas dans cette cuisine. Elle ne savait pas non plus, d'ailleurs, qu'il s'agissait d'un AR-15. Elle savait simplement qu'il s'agissait d'une arme inhabituelle, et laide, avec ça, sacrément laide.

— Eddie, mon coco, dit Scott d'un ton appréciateur, en s'agenouillant sur le canapé pour prendre l'arme. Ils ne nous prennent pas très au sérieux par ici.

Il soupesa l'arme en connaisseur, comme un poids familier dans sa main, et en apprécia les dimensions.

— Eh bien ! fit remarquer Mattie, Jedediah croit que tu es son ami, pas vrai ?

Scott coucha le fusil en joue et sourit, un grand sourire bien large tout en dents.

— Ouais ! dit Scott, c'est ce qu'il croit.

L'expression qu'il arborait fit frissonner Mattie. Scott se trahissait par ses propres paroles. Espèce de frimeur, assoiffé de pouvoir, se dit Mattie pour elle-même, presque à haute voix, mais pas tout à fait. Me prendre à même le plancher est une chose, mais tenir une arme dans la main est un triomphe d'une qualité différente et trouver quelqu'un d'assez bête pour vous faire confiance est encore autre chose. Et une fois encore, elle se sentit tiraillée par des forces profondes et mystérieuses qu'elle ne comprenait pas. Jusqu'à aujourd'hui, elle n'avait jamais soupçonné qu'il pût exister une chose pareille ; des eaux traîtresses, profondes un instant, affleurantes l'instant suivant, claires ici, troubles là-bas, où rien n'était vraiment ce qu'il paraissait de prime abord ni ne restait pareil à soi-même bien longtemps ; des rocs déchiquetés, horribles et menaçants, surgissaient des ténèbres.

Un véhicule démarra dans la cour, ouvrant le chemin à une autre voiture jusque sur la route avant de contourner le massif de basalte et disparaître. Mattie songea alors que le café allait fermer sous peu. Rabbit le balayeur devait être en train de préparer ses serpillières et son seau dans l'arrière-salle, attendant que Mordecai retourne la pancarte rouge et blanche OUVERT pour afficher FERMÉ. Si elle avait été sur place, Mattie se serait tenue derrière son comptoir à trier menue monnaie, additions et cure-dents de la boîte à café marquée POURBOIRES qu'elle gardait près de la caisse enregistreuse. Mais pour intense qu'était son désir que ce fût effectivement le cas — et elle se sentit soudain submergée par une vague de nostalgie pour le brouhaha du café, un désir vertigineux d'en être à nouveau partie prenante — elle ne se trouvait pas au Dip Café, elle était là, dans la panade. A qui faire confiance ? Elle avait passé la nuit avec un mec dont tous ses amis disaient qu'il était psycho, et la demi-heure précédente l'avait vue flirter avec un homme marié qui prétendait être flic. Elle fixa les yeux sur Scott, l'observant en train de vérifier le bon fonctionnement de son arme. Quelle était la part de vérité dans tout ce qu'il venait de raconter ? Avait-il jamais eu un petit frère pour commencer ? Elle avait déjà remarqué l'aisance fluide avec laquelle Scott et Eddie enfilaient leur costume souple d'improvisateur au fur et à mesure que se succédaient les crises : Scott ou Eddie étaient-ils le moins du monde flics en fait ? Existait-il même des fermes laitières dans le West Marin ?

Non, non, Mordecai, plaida-t-elle en silence, laisse-moi nettoyer tout ce gras dégoûtant de dessous la grille ce soir. Assieds-toi donc et prends une bière. C'est O.K. ! Ouvre-m'en une. Ça ne me dérange pas. Vraiment. Regarde-moi bien. Où sont passés ces foutus gants en caoutchouc ? Ça va briller comme un sou neuf...

— ... chargeurs, disait Scott.

Il avait fait coulisser la culasse mobile et inspectait la culasse. Il voyait le plancher au travers.

— On va avoir besoin de chargeurs.

— Mattie.

Eddie la tenait à l'œil depuis un moment.

Mattie recula de deux pas en direction de la porte d'entrée ouverte et s'arrêta là, s'accrochant à la poignée des deux mains dans le dos.

— Eddie... dit-elle dans un souffle.

Deux portières de voiture claquèrent dans la cour derrière elle et la Porsche frime reprit vie en rugissant. Quelqu'un cria au revoir et la voiture se mit en marche, au ralenti, très lentement, très soigneusement, jusqu'à effectuer un tour complet devant la grange. Un poulet se mit à zigzaguer en s'arrangeant pour rester devant ses roues. La voiture était immatriculée dans le Colorado.

— Ne faites pas attention à lui, dit Eddie d'un signe de tête à l'adresse de Scott, en train d'ajuster la sangle du AR-15. Il redevient pro, c'est tout. Vous serez heureuse par la suite de constater qu'il savait ce qu'il faisait. Nous sommes dans la panade, et vous avec nous. Scott vous a dit la vérité. Nous sommes flics. Nous vous avons amenée ici avec l'idée qu'il n'était pas possible que vous ne soyez pas au courant des opérations de Jed ; votre présence devait nous faciliter les choses, et vous alliez nous servir de monnaie d'échange. Nous avions tort. Je sais que c'est difficile mais vous devez me croire : la situation est grave, très grave, et c'est nous les responsables. Et cette situation a pour nom Jedediah Dowd. Et sinon Dowd...

Mattie se mit à se balancer d'avant en arrière, toujours appuyée à la porte, exactement comme le ferait un enfant. C'était là un geste inconscient que révélait son désir profond de prendre la fuite, d'être libre, semblable en cela au baiser ardent que lui avait donné Scott. Et pareil à ce dernier, totalement sans effet, même pour l'immédiat. Qu'est-ce qui allait l'empêcher, après tout, de sortir de là, tout simplement, en franchissant la porte ?

Eddie perçut l'intensité de ce désir futile et baissa la voix :

— N'allez pas traîner du côté de Curly, là-bas.

Restez avec nous. C'est une chance fantastique d'avoir trouvé une arme ici, car au retour de Jedediah, notre sort sera réglé. Je lui ai raconté une belle petite histoire pour l'éloigner mais dès qu'il aura parlé à Harris, il va revenir ici avec suffisamment de renforts pour me réécrire mon script à sa manière.

— Mais pourquoi ? dit Mattie. Qu'est-ce...

— Parce qu'il n'a pas le choix, dit Scott.

Mattie secoua la tête.

— Je n'arrive pas à le croire. Jedediah...

Un regard passa entre Eddie et Scott.

— Croyez-le, Mattie, dit Scott, avec le plus grand sérieux.

Mattie s'empourpra de colère.

— Pourquoi devrais-je croire ce que tu me racontes, Scott Michaels ? Si tant est que ce soit là ton véritable nom ! Tout le monde passe son temps à me raconter que tout le reste du monde n'est qu'une bande de criminels. Eddie dit que Jed est psychotique et très dangereux. Scott et Jed disent que Tucker Harris est psychotique et très dangereux...

Eddie secoua la tête.

— Tout le monde est d'accord sur Tucker Harris, Mattie...

— Je dis que vous êtes tous cinglés ! Qu'est-ce qu'il peut bien avoir à dire, Tucker Harris, sur vous trois ?

Eddie et Scott la regardèrent fixement.

— Je ne sais pas, Mattie, dit doucement Eddie, sérieux. Qu'aurait-il donc à dire sur nous trois ?

Une révélation soudaine commença à se faire jour sur le visage d'Eddie, et sa bouche s'entrouvrit légèrement lorsqu'il en comprit la signification.

Le regard de Mattie plaida face à Eddie. *Non*, disait ses yeux, *s'il vous plaît*, non...

Mais Eddie était un intellectuel et il poursuivit l'idée jusqu'à sa conclusion logique, sans en envisager pour autant les conséquences, pareil aux savants fascinés de Los Alamos en 1944.

— Nous savons déjà, dit-il d'un air songeur, nous savons déjà, n'est-ce pas, ce que Tucker Harris trouvera à dire à votre propos ?

Le regard de Scott passa de Mattie à Eddie, une expression perplexe sur le visage. *S'il vous plaît...* suppliaient les yeux de Mattie, *s'il vous plaît Eddie, ne me faites pas ça, rien que parce que vous le pouvez...*

Chose surprenante et inexplicable, Eddie ne formula pas plus avant de nouvelles hypothèses. Il continua à regarder Mattie droit dans les yeux pendant un moment. Elle savait qu'il était à même de reconstituer toutes les pièces du puzzle, si ce n'était déjà fait, et elle n'était pas loin de se trouver impressionnée par sa perspicacité. C'est alors qu'il ajouta :

— Mattie, est-ce que ça ne *suffit* pas déjà de savoir ça de lui ?

Eddie lui manifestait encore un peu de respect. Incroyable.

Le regard de Scott alla d'Eddie à Mattie. Mattie voyait bien qu'il n'avait pas tout saisi encore, qu'il n'était pas sûr de ce qu'ils avaient compris, Eddie et elle, mais il était toujours prêt à laisser Eddie prendre la situation en main comme il l'entendait. Ils étaient doués, ces deux-là.

Et Eddie garda pour lui le secret de Mattie.

Dès lors, elle lui fit totalement confiance.

Elle ferma les yeux et acquiesça. Jamais elle n'avait éprouvé une telle honte de toute son existence ; jusqu'à ce jour, la honte avait été pour elle un sentiment ignoré.

D'autres voitures étaient sur le départ. Le soleil tomba derrière les Cascades dont les ombres démesurées commencèrent leur avance inéluctable vers le ranch Cloverleaf. Les grondements pénibles des automobiles disparurent pour céder la place au silence qui envahit tout. Jusqu'à la brise omniprésente qui tomba. Elle entendait deux personnes en train de bavarder dans la cour. Tandis que les terres se rafraîchissaient, les armoises se mirent à respirer et leurs senteurs piquantes arrivaient maintenant jusqu'aux narines de Mattie debout dans l'embrasure de la porte.

Elle ouvrit les yeux. Eddie et Scott attendirent.

— Eloignez-vous de la porte, dit doucement Eddie.

Elle ne bougea pas.

— Allez, venez.

Elle s'approcha du canapé, avec au cœur la même sensation qu'une petite fille qui viendrait de comprendre soudain qu'elle allait devoir se satisfaire bon gré mal gré de l'excursion invraisemblable que les adultes avaient préparée à son intention.

— Nous vous sortirons de là, dit Eddie. Il le faudra bien, dans la mesure où nous allons nous mêmes nous sortir de là, et que vous êtes avec nous. La boîte en bois de rose ou je ne sais plus quoi, est-ce bien là-dedans que Jed garde les lettres de sa mère ?

Elle hocha la tête. Elle avait complètement oublié les lettres. Normalement, elle ne venait jamais chez Jed sans les consulter à un moment ou à un autre.

— Y'a-t-il autre chose dans la boîte ? Comme des armes, par exemple ?

Elle secoua la tête, non.

— Avez-vous une idée de l'endroit où Jed garde ses munitions pour cet objet ?

Il indiqua le AR-15.

Elle secoua la tête. Avant d'acquiescer.

— Attendez, dit-elle.

Elle les conduisit à la chambre. Derrière le bureau près du lit, elle leur montra un fusil de chasse, un Browning automatique calibre seize. Dans le premier tiroir du bureau, derrière trois piles de chemises à carreaux soigneusement pliées, se trouvaient deux boîtes de cartouches et un Colt 44 à canon long avec un coffret en polystyrène plein de balles.

— O.K. !, dit Eddie, tandis que Scott vérifiait rapidement les armes en expert. C'est plutôt pas mal.

La voix était un peu à cran. Il n'y avait pas de

chargeur d'arme automatique et il se montra déçu par les cartouches de 44.

— Pas de têtes creuses, grommela-t-il.

Mattie fronça les sourcils. Qu'est-ce que c'était donc, ici ? Le Cambodge ? le comté d'Orange [1] ?

— Autant que vous le sachiez, dit Eddie. S'il n'y a que Jed et Curly à nous attendre là-dehors, nous avons une chance, nous serons à égalité. C'est le minimum d'opposition que nous pouvons espérer. Et je ne sais pas combien de mecs Jed a placés pour surveiller Harris. Il pourrait peut-être en détacher un ou deux pour venir nous régler notre compte.

Scott se dépêchait de recharger le fusil. Après quatre cartouches glissées dans la chambre, il tira un petit coulissant sur le côté et une cartouche monta dans le canon. Il en rajouta une dans le magasin. Puis il manipula le cran de sûreté, un petit bouton placé transversalement par rapport au pontet, rapidement, d'avant en arrière, en l'étudiant de près. Mattie connaissait la fonction d'un cran de sûreté sur une arme, et le geste la rendit tout particulièrement nerveuse. Il commençait à faire sombre dans la pièce et en ce qui la concernait, les gens qui tripatouillaient des armes la nuit tombée n'avaient pas des intentions très honnêtes, point final. Scott posa le fusil chargé sur le dessus de la commode et commença à introduire de grosses balles, laides et bien rondes, dans le barillet du revolver.

— Voici comment les choses vont se passer, poursuivit Eddie. Jed va arriver là-bas et il va découvrir au moins un des deux points importants de cette affaire. Il est possible qu'il trouve Harris tranquillement assis, pieds nus, désarmé, en train de dévider ses vannes sur le Vietnam avec le garde, à rouler ses cigarettes et attendre que Jed revienne pour le libérer une fois le Rendez-vous terminé.

1. Au sud de L.A., comté très conservateur, à la population très riche, où vivait John Wayne. (N.d.T.)

Mattie prit un air soucieux.

— Les pieds nus ?

— Pour le dissuader de s'enfuir. Le pays n'est pas recommandé aux gens sans chaussures, non ?

— Si...

— Jed va s'asseoir et il fera à Harris la proposition dont nous avons discuté tous les deux ; la proposition est excellente, mais il y a un petit problème. Harris ne sait pas le moindre foutu truc au sujet d'un éventuel sponsoring, personne dans l'opération n'irait jusqu'à lui offrir cette responsabilité. Ce mec est un fêlé du ciboulot, il est capable de tout. Il n'était même pas censé se trouver ici, d'ailleurs, et Jed s'en doute un peu. Bien que Jed ne m'en ait rien dit, je pense que Harris a dû débarquer ici avec des références à peu près aussi foireuses que les nôtres. A savoir qu'il a été mis au courant pour le bouquin de Verlaine et le mot de passe, et il s'est dit, au diable le sponsor, je vais toujours monter jusque-là et c'est le pognon qui va parler.

Scott eut un geste vif du poignet et le barillet du revolver se remit en position avec un claquement.

— Le mec peut distribuer un gros paquet de came, mais il a besoin d'un gros approvisionnement. Il a absolument besoin de contacts avec ce réseau-ci...

— Allons, allons, dit Scott.

Il prit le fusil et le revolver et se rendit dans le salon. Mattie regarda par la fenêtre derrière le bureau. Le crépuscule était tombé.

Eddie suivit Scott en continuant à parler. Mattie se rendit compte qu'il s'agissait moins d'une explication à elle seule destinée qu'une réflexion à haute voix pour tous les trois.

— ... alors il va tout simplement forcer le passage pour arriver jusqu'ici. Il sait qu'à ce niveau d'opération, il n'y a pas grand monde qui soit aussi impitoyable que lui et personne ne veut faire chavirer le navire. Il est sûr qu'il n'est pas flic ; donc pour qu'il garde son calme, ils vont traiter avec lui pour s'en débarrasser, et ils seront plus prudents l'année prochaine.

Scott fouillait à nouveau la cuisine, d'une main, le six coups dans le ceinturon de ses jeans et le fusil de l'autre main.

— Il ne leur faudra pas longtemps pour comprendre tout ça. Et là, nouvelle alternative ; A : Jed laisse Harris où il est, prend autant d'hommes qu'il estime nécessaire sans mettre en péril la surveillance de Harris, et il vient nous chercher. Auquel cas — il leva les yeux vers Mattie — nous aurons une chance de nous en sortir en combattant. Ou alors, B : il passe un marché avec Harris pour le mettre de son côté, et ils débarquent tous ensemble. Auquel cas, soupira-t-il, auquel cas nous sommes dans le pétrin. Une fois qu'ils seront ici, à moins que nous ayons de la chance, il ne nous sera plus possible de nous échapper. Ils seront trop nombreux, et ils auront Harris avec eux, et nous... eh bien, nous, nous aurons... vous.

Il secoua la tête.

— Bon ! ben dites, répartit Mattie, et si je me tuais tout de suite, qu'en pensez-vous ?

— Calmez-vous. Ce n'est pas ainsi que je l'entendais.

Scott s'attaquait maintenant au salon, avec l'aide d'Eddie. Ils commencèrent par le meuble stéréo puis passèrent aux rayonnages de livres. Les étagères montaient jusqu'au plafond et couvraient un mur entier, bourrées presque entièrement de westerns en livres de poche. Mattie soupira et jeta un coup d'œil. Max Brand, Louis L'Amour. Zane Grey. Owen Wister. Le *Shane* de Jack Schafer en édition critique trois fois plus épaisse que le roman lui-même ; des essais, verbiage et pures sottises. Des dizaines, des centaines d'autres. Des livres de gamin. Elle n'était jamais parvenue à faire lire à Jed un roman qui ne soit de près ou de loin sorti de quelque cerveau ringard mettant en scène sa version de camelote du « Vieil Ouest ».

Naturellement, il avait lu *The Big Sky* [1], mais il faut reconnaître à tout le monde, même à contrecœur, le droit à l'exception.

— Des munitions, des munitions, dit Scott avec impatience en tâtonnant derrière les rangées de livres, il doit bien y en avoir quelque part.

— C'est peut-être un souvenir, suggéra Eddie d'un air tristounet.

— Hé ! dit Mattie, ça ne suffit pas comme puissance de feu ? Vous êtes deux et il n'y a qu'un seul mec là-dehors à nous surveiller.

Scott l'ignora, le visage absorbé et anxieux tandis qu'il passait la main derrière les coussins du canapé.

Eddie, maintenant à genoux, en train d'inspecter l'arrière des disques 33T alignés au sol sous la chaîne stéréo dit :

— On devrait essayer de se trouver des munitions pour l'AR si possible, juste au cas où il faudrait régler le problème de la seconde contingence.

Il se releva, et s'épousseta les mains en regardant autour de lui.

— Ce qui est tout à fait, au cas où vous poseriez la question, la possibilité à envisager, non, le mot est mal choisi. Disons plutôt une probabilité, une éventualité, un scénario probable.

— Je suis au parfum, si tu veux savoir, dit Scott d'un ton sinistre tandis qu'il repoussait le canapé de quelques dizaines de centimètres en direction de la cuisine.

La lumière du jour ne leur arrivait quasiment plus.

Toutes ces belles paroles choisies et cette recherche frénétique de munitions rendait Mattie excessivement anxieuse.

1. Roman western classique d'A.B. Guthrie Jr. C'est le Montana qui a pris le nom de Big Sky Country, Pays du Grand Ciel. (N.d.T.)

— Je ne suis pas au parfum, moi, dit-elle. Vous voulez m'expliquer ? Est-ce que je peux vous aider ?

Eddie alla jusqu'à la porte d'entrée toujours ouverte et regarda par la moustiquaire. Toutes les voitures étaient parties à l'exception des divers véhicules de Jed, de la Winnebago et de la Chevy. La Winnebago était sombre. Pendant qu'Eddie observait la cour, une allumette craqua près de sa Chevy. C'était Curly qui allumait une cigarette. Il était assis sur le capot de la Chevy, les talons des bottes crochetés dans le pare-chocs avant, le fusil sur les genoux.

— Le scénario probable, dit Eddie d'un ton paisible, surveillant Curly qui souffla son allumette, c'est que Jed va tomber sur un paquet de cadavres quand il arrivera à la cabane, et pas l'ombre d'un Tucker Harris en vue.

Mattie respira sèchement, dents serrées.

— S'il a de la chance, à vrai dire, poursuivit Eddie d'une voix sombre. Et nous aussi, peut-être, qui sait.

— Comment...

— Je me demande s'il collectionne toujours les oreilles, dit Scott d'une voix abominable en tirant le tapis navajo.

Mattie resta frappée d'horreur. La pièce était maintenant pratiquement dans l'obscurité.

— La meilleure chose, dit alors Eddie comme s'il se parlait à lui-même, serait que Dowd et Harris se retrouvent tous les deux, face à face, perdus au milieu de tout ça, à se donner la chasse. Ce qui pourrait bien nous donner un avantage. Sinon, sans une substantielle puissance de feu...

Il laissa filer sa voix. Avant d'ajouter :

— Faut qu'on prenne la Chevy.

Mattie se tenait aux côtés d'Eddie, tout près de lui, et elle observait la cour par-dessus son épaule. L'extrémité incandescente de la cigarette de Curly s'illumina, désincarnée, au-dessus de la masse sombre de la Chevrolet. Tout était si tranquille qu'elle entendit

Curly cracher, à cinquante mètres de là. Placé qu'il était contre le vent, le bruit porta jusqu'à la maison. La brise s'était un peu rafraîchie avec la tombée de la nuit. Elle était plus fraîche que durant la journée, arrivant par bouffées discrètes au travers de la porte-moustiquaire. Le silence était extrême.

— Il y a des armes et une radio dans le coffre, murmura Eddie. Si on peut arriver jusque-là, on pourra lancer un appel et les retenir jusqu'à l'arrivée des troupes. Sinon...

Silence.

— Qu'est-ce... ? dit à nouveau Mattie comme si c'était là les seuls mots de son répertoire.

Eddie tourna à moitié la tête, pointa majeur et index droit sur sa bouche ouverte et rabattit le pouce sur les deux doigts, pareil au chien d'un revolver.

— Je ne veux pas me retrouver prisonnier entre les mains de Tucker Harris, murmura Eddie. Les verres de ses lunettes brillèrent dans l'obscurité. — Et vous non plus.

Les réflexions de Mattie commençaient à se faire un peu espiègles ; elle se sentait perdue, pareille à une touriste égarée dans Chinatown dont le chemin s'éclairait chichement à la lueur des pétards qui explosaient tout autour d'elle à l'occasion de la nouvelle année, des pétards tellement nombreux que leurs éclats individuels venaient se fondre en une mêlée chaotique bruyante et enfumée. Mais j'ai peut-être une carte dans la manche, songeait-elle, un as des plus méprisables et des plus diaboliques, droit sorti de son paquet de cartes aux chiffres ensanglantés, au fond d'une manche comme un trou noir sans fin, aux parois grouillant de tentacules dégoulinants, je pourrais peut-être, je pourrais peut-être bien l'avoir, cet atout... Tucker m'aime bien... Je ne lui déplais pas, non ?... Il a dit qu'il reviendrait l'année prochaine... Pas vrai ? Alors on s'est dépêchés de le faire. Peut-être qu'on pourrait... Peut-être que je pourrais... faire un marché pour nous sortir d'ici ? *Une monnaie d'échange* ?

Et la vision s'imposa soudain à ses yeux, d'une Mattie pénitente à genoux. Elle cognait silencieusement à la porte fermée d'un bâtiment obscur. Le sol était couvert de gravillons sableux ; elle frappa la porte à plusieurs reprises, mais elle n'entendait rien du bruit de ses coups au fur et à mesure qu'elle les assénait, et la porte refusait toujours de s'ouvrir. Elle hurlait aussi, sans plus entendre ses cris que ses coups. Elle se rendit alors compte qu'elle tambourinait à la porte fermée du Dip Café désert et sombre, et soudain, sa voix franchit la barrière de son oreille interne : Laisse-moi entrer, disait-elle, suppliait-elle. Laisse-moi entrer, laisse-moi entrer, laisse-moi entrer... Seigneur, se promit-elle, Seigneur, si tu me sors de là, je te le jure, je servirai mes clients à leur table comme la bonne petite fille que je suis pour le restant des jours qui me restent à vivre — à suivre exactement le destin que tu m'avais tracé — pardonne mon arrogance d'avoir cru que je pouvais pécher et jouer à l'intellectuelle en essayant de me trouver quelque chose de mieux que ce que Tu avais prévu pour moi — pas de retraite, non, je ne prendrai même pas de retraite, tu n'auras même pas besoin de me donner une augmentation non plus, Seigneur, bien que je...

— Eddie, dit Scott.

— Scotty.

— Trouve-les.

Scott était à quatre pattes devant le poêle à bois, là où arrivait une extrémité du canapé avant qu'il ne le déplace. Le tapis navajo était plié au pied du canapé, le fusil posé dessus. Il y avait une trappe dans le plancher, munie de deux pitons encastrés. Scott les découvrit au toucher et souleva la trappe.

Une nouvelle surprise, songea-t-elle.

— Mattie. — Tout le monde parlait à voix basse. — Une torche ?

Elle hésita. Reprends-toi. Tout ceci est ridicule. Tout le monde fume de la marijuana sur cette planète. Pourquoi diable...

— Mattie !

— Dans la cuisine, murmura-t-elle par réflexe.

Elle traversa le salon et se jeta sur l'accoudoir du canapé que Scott avait repoussé devant la porte de la cuisine. Elle se cogna juste au-dessus du genou et la douleur lui fit monter les larmes aux yeux. Mais elle contourna l'obstacle à tâtons et parvint à entrer dans la cuisine. Là, dans le placard sous l'évier, elle trouva la grosse lanterne alimentée par une pile unique et revint sur ses pas.

— Tiens, dit-elle.

— Mets le tapis par-dessus, dit Scott. Donne, je vais le faire.

Mattie prit le fusil sur le tapis et le posa sur le canapé. Dans l'obscurité, ses doigts en frôlèrent la détente. Elle prit peur mais le cran de sécurité était mis ; en tout cas, le coup ne partit pas. Scott tenait le tapis au-dessus du trou exposé par la trappe et plaça la lampe dessous.

Mattie ne soupçonnait pas l'existence de la trappe, même si de tels réduits secrets n'étaient pas rares dans les vieux ranches du pays. Lize en avait un près du réfrigérateur. Elle n'en faisait cependant aucun mystère, il était toujours vide hormis une grosse jarre de terre pleine de choucroute.

— J'arrive pas à enclencher ce foutu interrupteur... jura Scott, les mains sous le tapis. C'est un genre de téton-pression...

Mattie s'appuya contre l'accoudoir du canapé. Elle remarqua l'odeur âcre des cendres de bois, et se rappelait qu'une reproduction encadrée d'une peinture de Charles Russell était accrochée au-dessus du linteau derrière le poêle à bois, « Le Rire Peut Tuer », lorsqu'elle entendit le coup de feu.

Ils l'entendirent tous. Il venait de loin, mais pas

trop, suffisamment proche pour qu'on pût l'entendre. Scott arrêta de chercher. Eddie se figea, à moitié accroupi. Ils prêtèrent l'oreille. Les échos du coup de feu rebondirent dans l'espace et moururent, peut-être à des kilomètres de l'arme qui en avait été la cause, ou des oreilles qui les avaient perçus. Le silence enveloppa les témoins, pareil à un geste de réconfort, énorme mais sans chaleur aucune. Presque une minute plus tard, une des bottes de Curly racla le pare-chocs de la Chevy.

Mattie entendit un petit déclic et la lumière s'alluma sous le tapis. Scott en souleva un coin et ils tendirent la tête pour voir ce qui se trouvait là. La cachette était pleine de toutes sortes de trucs que Mattie ne reconnut pas. Bidons camouflés, jaunes et marron, verts et noirs, un pistolet au canon de gros diamètre, des caisses d'un vert sombre, un autre pistolet qu'elle reconnut comme un .45 de l'armée, diverses boîtes de munitions vertes et jaunes du genre de celles qu'on trouvait en magasin, un ceinturon à poches bourrées de chargeurs.

Scott soupira, un long soupir saccadé.

— O.K. ! la belle équipe, dit-il, on passe en automatique. Je me sens mieux. Tiens le tapis, Mattie.

Eddie se releva et alla à tâtons jusqu'à la porte d'entrée. Au bout d'une minute, il dit, sur le ton de la conversation :

— Hé, Curly !

Pas de réponse. Eddie éleva la voix.

— Curly ! T'entends ça ?

Un moment s'écoula.

— J'ai entendu, dit Curly.

— T'as reconnu l'arme ?

Curly ne dit rien.

— Eh bien ? dit Eddie quelques instants plus tard.

Mattie perçut la tension dans sa voix.

Curly ne disait toujours rien.

— Curly ! dit Eddie, plus fort, laissant percevoir l'urgence au ton de sa voix.

— Quoi ?
— Tu connais ce mec, Harris ?
— Non. Je connais Jedediah.
— Harris est très fort, Curly.
— Jedediah aussi.
— Merde, dit Eddie dans ses moustaches. Curly !
— Quoi, nom de Dieu !
— Je veux sortir.
Pas de réponse.
— Curly !
— Reste planqué, mon frère, dit calmement Curly. Jedediah sera de retour dans peu de temps.
— Et si ce n'est pas lui qui revient ?
— Impossible, dit Curly. Il en a deux autres avec lui, là-bas.
Il gloussa et éteignit son mégot contre la semelle d'une botte. Une gerbe d'étincelles fila jusqu'au sol. Eddie constata qu'il était toujours penché sur le capot de la Chevy.
— Est-ce que votre mec est aussi fort que ça ? dit Curly.
— Oui.
Curly réfléchit une minute.
— Je n'ai entendu qu'un seul coup de feu, dit-il, avec néanmoins un accent d'incertitude dans la voix.
— Putain, le prochain, t'auras pas le temps de l'entendre, marmonna Eddie à voix basse.
Il revint jusqu'à la trappe où Scott farfouillait toujours le contenu de la cache à l'abri du tapis. Pour la première fois, Eddie se déplaça plié en deux avant de s'accroupir :
— Mattie, murmura-t-il, une fois en position, vous le connaissez, ce mec ?
Mattie n'était pas loin de se trouver en état de choc. Elle essaya de murmurer « non ». Mais sa voix mourut dans sa gorge. Elle secoua la tête dans le noir.
Eddie soupira.
— Il va falloir qu'on se le fasse, marmonna-t-il.

Scott examinait quelque chose à la lueur de la lampe sous le tapis.

— Jed s'est toujours entouré d'hommes de talent, murmura-t-il.

Eddie soupira à nouveau.

— Ouais. Où est le fusil ?

— Ici, murmura Mattie en le lui passant.

— Donne le pistolet à Mattie, dit Eddie en posant le fusil contre le poêle.

— Prends-le, dit Scott, tournant la hanche vers Mattie.

Mattie regarda l'horrible crosse du revolver qui dépassait du ceinturon de Scott.

— Prends-le, Mattie. Il n'y a pas d'autre moyen.

Elle prit le pistolet. Il était beaucoup plus léger qu'elle ne l'aurait imaginé.

— La sécurité est là, dit Scott, en touchant le cran.

— On en est où, Scotty ?

— On a des chargeurs pour l'AR, un pistolet lance-fusées et un .45 réglementaire avec deux chargeurs et un paquet de balles.

— Super, dit Eddie. Et est-ce qu'on a un plan pour nous sortir de cette merde ?

— Je sais pas. Qu'est-ce qu'on cherche ?

— On cherche à foutre le camp d'ici, putain, dit Eddie, presque enfiévré. Cette radio ne servira à rien.

Scott sourit timidement et hocha la tête, sans relever les yeux du pistolet lance-fusées, dont il essayait de comprendre le mode de chargement et la mise à feu. Mattie songea à cet instant qu'il ne se doutait pas qu'Eddie avait la trouille. Ou alors, Scott avait décidé de n'y prêter aucune attention.

— Mattie vient avec nous.

— Ouais, ouais, dit Eddie, dont le regard fit l'aller-retour entre la porte et Scott, sans même effleurer Mattie. Mais comme qui dirait, le temps nous manque, mec.

— Ah ! dit Scott.

Il avait trouvé le cliquet de verrouillage, et le pistolet se cassa en deux parties dans sa main. Il examina une cartouche qui allait avec l'arme.

— Tu regardes bien, Mattie ?

— Bien sûr, dit-elle d'une voix tranquille en surveillant les mains de Scott.

Pour la première fois, elle remarqua qu'elles étaient petites, à l'ossature fine. Elle trouva étrange qu'il connaisse parfaitement une arme comme le AR-15 et ne sache utiliser un pistolet lance-fusées.

Comme s'il lisait dans ses pensées, Scott bredouilla :

— Impossible de me concentrer.

Et c'est alors que, finalement, elle se rendit compte que ces deux hommes avaient vraiment peur de Tucker Harris.

14

Toujours aussi subtil comme à son habitude, Eddie s'en aperçut également : Scott avait un petit problème de nerfs. L'esprit d'Eddie prit le relais.

— C'est toi le vétéran, dit-il d'un ton apaisant. Prends le AR et sors par l'arrière, par la cuisine. Le pistolet va marcher ?

Au fur et à mesure que parlait Eddie, Scott progressa. Il chargea la cartouche trappue dans le canon et referma la culasse. Ceci fait, le pistolet ressemblait quasiment à n'importe quel pistolet. Libérer le cran de sûreté et appuyer sur la détente, après s'être assuré qu'il n'y a personne en ligne de mire.

Scott tendit l'arme à Eddie mais Eddie lui indiqua Mattie du geste.

— Donne-lui le lance-fusées.

Elle prit le pistolet.

— On vous laissera cinq minutes pour vous trouver un coin où vous pourrez nous être utile avec ce truc. J'entamerai une discussion avec Curly à propos de Merle Haggard [1], de vaches ou d'autre chose. Au bout de cinq minutes, Scott lui annoncera qu'il est encerclé et qu'il a le choix. Au même moment, je crois que Mattie pourrait faire feu, de façon à illuminer la cour. Ou bien Curly comprend qu'il fait une cible parfaite et il se rend, ou bien...

— Ou bien c'est lui qui va se faire allumer, dit Scott d'un ton sinistre, en sortant une cartouchière de la cache.

S'y trouvaient accrochés de nombreux chargeurs pour le AR-15 dans des poches de toile verte, et deux grenades. Mattie les regarda, les yeux écarquillés, incrédules. Des grenades ? Elles ressemblaient exactement à ce qu'elles étaient censées être, tout comme dans les films. Comment appelait-on ça ? Une continuité logique ?

— Qu'est-ce que ça veut dire ? murmura Mattie. Se faire allumer ?

— Ça veut dire mourir au Vietnam, dit Scott d'une voix douce, mais mourir n'importe où, c'est toujours mourir, à ce que j'ai entendu dire.

— Vous allez tuer Curly...

Scott enfila la cartouchière par la tête.

— Ça dépend de lui, mais, ouais... dit-il furieusement, sans éclat, tandis qu'il refermait la boucle. C'est *moi* qui vais allumer Curly, s'il ne fait pas preuve de bon sens. Tout ce que *toi*, tu auras à faire, c'est de fermer les yeux et de tirer ta fusée.

1. Chanteur de country and western. (N.d.T.)

— Allez, on y va, dit Eddie, d'une voix pressante, c'est l'heure.

Scott se releva, le AR-15 à la main, et haussa les épaules à plusieurs reprises pour que la cartouchière se mette en place.

— Essaie de ne pas trouer la Chevy, lui recommanda Eddie.

— Merde, dit Scott, l'air soucieux, les clés sont dessus ?

— C'est toi qui conduisais, taré. Tu devrais le savoir.

Scott se tapota les poches d'une main hésitante.

— Elles doivent toujours être sur le contact, dit-il avec optimisme, en tout cas, je ne crois pas les avoir enlevées.

— Merde !

Eddie secoua la tête et tendit la main.

— Donne-moi la petite monnaie que tu as dans la poche. Sinon tu vas te trahir.

— Bonne idée.

Il sortit la monnaie de sa poche et la déposa dans la main d'Eddie. Un nickel tomba au sol, roula jusqu'à toucher le tapis navajo et tomba à plat.

Eddie faillit se lancer à la poursuite de la pièce, se ravisa et secoua la tête avant de fourrer le reste des pièces dans ses jeans, en se marmonnant à lui-même.

— Je nous vois déjà prendre la fuite au volant de ce Poppin'John [1], là-bas, dit Scott.

Il tourna la tête vers Mattie, le regard un peu vitreux.

— Est-ce aussi comme ça qu'on les appelle, par ici ? demanda-t-il bêtement, d'une voix curieusement terne et plate. Des Poppin'John ?

Mattie acquiesça.

— Je sais le conduire.

1. Surnom affectueux donné aux vieux tracteurs pétaradants John Deere. (N.d.T.)

— On a toujours conduit des International [1], constata Scott, maussade.

Eddie hocha la tête pendant un moment, oui, oui, avant de la balancer lentement, d'avant en arrière, les yeux rivés au sol. Non, non.

— On essaiera d'abord la Chevy, dit-il d'une voix tendue. On se retrouve là-bas.

— Cinq minutes, dit Scott.

Scott se fondit dans la pénombre de la cuisine. Eddie et Mattie tendirent l'oreille pendant un instant, sans parvenir à entendre le bruit de la porte.

— Hé ! dit soudainement Eddie, mais qu'est-ce qu'on fait là, hein ? Si on entend la porte, Curly l'entendra lui aussi.

Il fit demi-tour et se dirigea vers l'avant de la pièce. Puis il pivota sur les talons et alla jusqu'au poêle à bois où il récupéra le fusil. Il mit la main dans la cache pour éteindre la lampe, remarqua le .45 et hésita. Avant de secouer la tête et d'éteindre la lumière sous le tapis. Ce n'est pas une arme de plus qui allait les aider.

— Hé ! Curly, dit-il à haute voix, en piétinant délibérément le plancher de ses pas sonores. Curly !

— Quoi ? entendit-on au loin comme seule réaction.

— Qu'est-ce qu'un mec y peut-y faire din l'coin quand y veut s'trouver un peu de toubac à rouler ?

Curly gloussa. Mattie entendit grincer la porte de la cuisine.

— Qu'est-ce qu'il y a de si drôle ?

C'est l'accent le plus péquenot que j'aie jamais entendu de ma vie, voilà ce qu'y a, dit Curly en crachant bruyamment. Du toubac à rouler, mon cul, meeerde !

— Oh ! dit Eddie d'une voix meurtrie. Et qu'est-ce que tu dirais d'une carotte à chiquer, alors, collègue ?

1. Autre marque de tracteurs. (N.d.T.)

Mattie avança sur la pointe des pieds jusqu'à la porte et se posta derrière Eddie. Par-dessus l'épaule de ce dernier et sous l'auvent de la galerie, elle vit que quelques étoiles étaient venues éclairer les ténèbres à l'ouest. Vénus, et quelques autres.

— Qu'est-ce que j'en dirais ? dit Curly.

— Eh ben ?

— Eh ben quoi ?

— Qu'est-ce qu'y faut faire pour se trouver une cigarette ?

— Eh ben, je dirais qu'y faut aller faire un tour en ville et s'en acheter queq'z'unes, répondit Curly.

— Ah ! allez, mec, gémit Eddie d'une voix pathétique, je suis en train de jouer toute ma carrière ici à me ronger les sangs et je n'ai même pas de cigarettes pour me calmer les nerfs. Jedediah ne fume pas ?

— Jedediah ne fume pas, dit Curly d'un ton las.

Eddie attendit une minute. Puis il dit :

— Curly fume. Est-ce que je ne l'ai pas vu fumer ?

Curly ne dit rien.

Eddie laissa filer un petit moment.

— Curly les roule.

Curly ne dit rien.

Eddie laissa filer un petit moment, plus bref que précédemment.

— Nom de Dieu, et cette cigarette, Curly ?

— Après le retour du patron, répondit patiemment Curly.

— Allez, Curly, dit Eddie en élevant la voix tandis qu'il tirait Mattie par le bras pour la coller contre lui. Ça fait plus d'une heure qu'on est coincés ici-dedans.

— Où sont les deux autres ?

— Y se sont endormis.

— Le mec et la fille ?

— Ouais !

— Plutôt gonflés, dit Curly, admiratif malgré lui.

— Qu'est-ce qu'il y a de si gonflé à ça ? On traite à la régulière avec vous, non ?

— Ça reste à voir, grommela Curly.

Ils attendirent un moment. Mattie remarqua un drôle de bruit, comme si quelqu'un frottait un ballon de baudruche de la paume de la main. Elle se rendit compte qu'elle grinçait des dents.

Eddie murmura rapidement à l'oreille de Mattie :

— Allez-y. Dès que vous aurez passé la porte, tournez-vous et tirez la fusée droit vers le ciel, au-dessus de l'arrière de la maison, en direction de Curly, par là-bas, et ensuite planquez-vous au sol. Allez-y.

Tandis qu'il la poussait devant lui, il dit à haute voix :

— Et en plus tu ne nous crois pas ?

Curly resta silencieux. Ils entendirent ses bottes racler le pare-chocs.

— Curly !

— Taisez-vous, dit sèchement Curly.

La main d'Eddie se resserra sur le bras de Mattie, et elle s'immobilisa. Au bout d'un moment, elle entendit, elle aussi. Des bruits de sabots. Un cheval au petit galop. Ils l'entendirent, tous autant qu'ils étaient.

— Il est de retour, dit Curly comme pour lui-même.

— Merde, dit Eddie entre ses dents, ravalant le désespoir dans sa voix, quelqu'un est de retour.

Mattie comprit que même s'il s'agissait de Jed sur ce cheval, les choses allaient mal tourner. Mais elle comprit dans le même temps que si ce n'était pas Jed, cela signifiait que Jedediah Dowd avait probablement trouvé la mort. Et c'est alors que se fit la lumière, lorsqu'elle comprit à quel point les réflexions de tous ceux qui l'entouraient avaient précédé les siennes, et de fort loin. Et elle prit peur, pour de bon, cette fois.

Le bruit des sabots se fit de plus en plus fort, fort comme ce n'était pas possible, considérant la distance à laquelle ils devaient se trouver. La terre aride et chargée de poussière sonnait creux sous les fers. Mattie et Eddie s'efforcèrent de percer les ténèbres pour apercevoir cheval et cavalier, mais l'obscurité était maintenant totale. C'est à peine si Mattie réussissait à discerner la Chevy de la Winnebago, la Winnebago de la grange, et elle était incapable de distinguer la grange proprement dite de la butte témoin ou du ciel qui s'étendait au-delà. Eddie regarda vers l'arrière de la maison, puis vers Curly, puis dans la direction d'où, apparemment, le cheval devait approcher. Mattie entendait le souffle court d'Eddie, ses goulées d'air qui râpaient la gorge, puis un cliquetis léger et saccadé comme si son doigt jouait du cran de sûreté du fusil, qu'il tenait contre le jambage de la porte pour le cacher. Puis le tapotement cessa. La sécurité venait d'être enlevée. Il avait pris sa décision.

Il se tourna vers Mattie, en lui murmurant :

— Nous n'avons pas le choix, nous devons suivre le plan prévu jusqu'au bout. Simplement, maintenant, ils sont deux. Allez-y ! Tirez dès que vous jugerez que le cavalier se trouve suffisamment près de la Chevy pour qu'ils ne fassent plus tous les deux qu'une seule cible. Dépêchez-vous !

Il la repoussa pour l'éloigner de lui. Avant de hurler, comme s'il était rentré à l'intérieur de la pièce :

— Hé ! Scotty ! Réveille-toi ! Jed est de retour ! Réveille-toi, *il n'y a rien de changé* !

Mattie se dépêcha de traverser le salon et une nouvelle fois, se cogna au canapé en pleine course. La douleur remonta la jambe tout entière et elle en eut les larmes aux yeux. Elle s'arrêta et c'est seulement lorsqu'elle tenta d'agripper la cuisse aux muscles deux fois meurtris qu'elle se rendit compte qu'elle tenait un pistolet dans chaque main. Les sabots du cheval vinrent résonner plus fort à ses oreilles. Elle maîtrisa sa douleur et, contournant le canapé, traversa la cuisine au pas de course aussi vite et aussi silencieusement qu'elle le put jusqu'à la porte de derrière, où elle s'arrêta. Scott avait laissé le battant ouvert, mais il y avait une moustiquaire. Les bruits de sabots donnaient l'impression que le cheval était juste devant l'entrée, sans intention aucune d'arrêter avant d'être rentré au corral. Serrant les dents, Mattie poussa d'une main hésitante la porte-moustiquaire. Qui s'ouvrit immédiatement sous son impulsion. Scott avait décroché le loquet à ressort. Elle était dehors. Obscurité. Armoises. Le hangar à tracteurs et l'atelier de Jed à trente mètres, armoises encore et obscurité au-delà. Elle se faufila de biais sur sa gauche dans l'entrebâillement et laissa doucement revenir la porte contre l'huisserie. Pas le moindre signe de Scott. L'air s'était bien rafraîchi, mais une perle de sueur glissa de son aisselle le long des côtes sous sa chemise. Elle leva les yeux. Au-dessus d'elle, culminait le bord de la galaxie, la Voie lactée, comme suspendue au beau milieu d'une infinité d'étoiles. Il n'y avait pas de lune. Derrière un coin de la maison, elle réussit à distinguer les barres de clôture du corral, la forme sombre et plane de la gigantesque grange qui en fermait le côté le plus éloigné, la vaste mesa de basalte qui barrait de sa masse les constellations bas sur l'horizon nord. Elle aperçut les reflets de la vieille baignoire qui servait d'abreuvoir, et crut distinguer la silhouette d'un cheval penché au-dessus de l'eau. Un autre cheval avait passé la tête au-dessus de la clôture, comme s'il attendait quelque chose, et regardait au loin, au-delà de Curly toujours installé sur le capot de la Chevrolet. Mais l'angle de la maison empêchait Mattie de voir à une telle distance. Elle se baissa et posa délicatement le .44 sous la véranda.

C'est alors qu'elle entendit le claquement métallique du capot de la Chevy lorsque Curly changea de position, raclant le pare-chocs de ses talons de bottes.

— Hé ! Jed, gueula Curly, par ici.

Mattie ne voulait pas courir le risque de regarder au coin de la maison pour s'assurer de la position des deux hommes, mais elle comprit que s'ils étaient assez proches pour se parler l'un à l'autre, il était temps de lancer la fusée.

— Au moins, ton cheval, lui, il est de retour,

plaisanta Curly, et comme pour confirmer sa conclusion, un cheval du corral hennit doucement pour accueillir dignement son compatriote.

Mais Jed ne retourna pas le salut, le cheval ne ralentit nullement sa course, et ce fut seulement lorsque Mattie, les deux mains serrées sur le pistolet lance-fusées, les yeux fermés, tourna le dos à la maison et appuya sur la détente, qu'elle comprit qu'elle était effectivement un peu en retard dans l'exécution des ordres reçus dans le cadre de cette action militaire.

Le pistolet lance-fusées toussota ainsi qu'elle l'avait supposé, le percuteur avait touché correctement, et la fumée monta dans le ciel avec un sifflement. Elle ouvrit les yeux juste à temps pour voir un panache de fumée s'inscrire en courbe au-dessus de la maison avant de disparaître. Presque simultanément, elle se rendit compte qu'elle entendait un cheval qu'on freinait des rênes pour l'empêcher de pénétrer dans le corral avant qu'il ne s'arrête juste devant la barrière. Elle regarda sur sa droite. A une centaine de mètres au-dessus de la maison, la fusée s'enflamma et embrasa tout le secteur, cour, corral, grange, atelier et maison, d'un blanc intense et lumineux, dont les lueurs vacillantes obligèrent les ombres à se disperser en tous sens avant qu'elle ne tombe lentement en finissant de se consumer. Mattie se trouva prise au milieu d'un fantôme sombre qui allait s'allongeant derrière la maison. Mais le cavalier fit demi-tour. Il la vit. Elle le vit. Ou, ainsi qu'elle en vint à se convaincre encore bien longtemps après, elle vit cette chose indéfinissable.

Il y avait là le cheval de Jed, aucun doute là-dessus. Le grand bai, bien bâti. Mais le cavalier ne pouvait pas être Jed, ou alors, si c'était lui, il était méconnaissable. Il avait revêtu une combinaison noire, des bottillons d'assaut en nylon noir et semelles caoutchouc, et des mitaines noires. La combinaison comportait tout un tas de poches et de fermetures Éclair, toutes noires, mais le cavalier avait enfilé en supplément deux ceinturons en bandoulière ou un genre de harnais particulier, un peu comme celui qu'elle avait vu Scott porter peu de temps auparavant. La poitrine était festonnée de chargeurs, de fusées, et de ce qui ne pouvait être que des grenades, un poignard était glissé dans la botte contre le flanc visible du cheval et le dos était barré d'une arme de combat, le dernier cri en matière d'armement, un genre de fusil court et renflé, qui lui barrait la poitrine au canon dirigé vers le sol. L'arme était aussi hideuse dans sa finalité que l'AR-15 de Scott, bien que d'un genre totalement différent. Comme tout le reste de l'équipement, elle était également noire. En dernier lieu, le cavalier était coiffé d'une sorte de casque. D'abord Mattie crut qu'il s'agissait d'un casque de motocycliste, noir comme tout le reste, mais lorsque le cavalier pivota pour lui faire face, elle constata qu'il n'y avait pas de visage encadré par les oreilles du casque, moins encore de visage masqué par une visière rabattue. On aurait dit, en revanche, qu'on y avait fixé, moulé sur l'avant, un modèle de binoculaires particulier, pareil à des jumelles de théâtre raccourcies, équipé d'une mentonnière grillagée, un système respiratoire semblable à la partie inférieure d'un masque à gaz.

Le cheval s'immobilisa et baissa la tête par deux fois, le souffle court. Elle entendit le cliquetis du mors brisé. Le cavalier tira les rênes, le casque pivota, laissant apparaître les binoculaires. Ils ressemblaient à deux objectifs de 35 millimètres. Ils vinrent se poser sur Mattie, presque accroupie dans l'ombre de la maison, un pistolet lance fusées vide dans les mains. De toute évidence, elle avait été repérée par la technologie. Et, — elle le savait aussi clairement que l'intelligence qui se cachait derrière ces lentilles — le fait d'avoir lancé cette fusée la plaçait de façon irrévocable dans l'un des deux camps engagés dans la bataille.

L'espace pétrifié d'un instant, ne resta plus que le tableau figé aux lueurs stromboscopiques de la fusée au magnésium. Mattie eut bien du mal à se convaincre de la nature humaine de cette apparition guerrière, mais il n'y eut pas le moindre doute dans son esprit : la chose était animée de mauvaises intentions, ici même, sur le Cloverleaf, quelle que pût être son origine. En eût-elle eu le temps, elle aurait hurlé.

Mais elle n'en eut pas le loisir, le temps lui manqua car, en fait, sa perception aiguë de cet anthropoïde surprenant à dos de cheval n'avait duré en tout et pour tout qu'une seconde. Car dès l'explosion de la fusée, Scott avait hurlé dans l'obscurité, quelque part devant la maison :

— On ne bouge plus, enfoirés ! Police !

Tandis que Curly s'écriait :

— Merde ! Jed, où diable t'é...

Longtemps avant que ne s'éteigne la fusée, le cavalier avait dégagé son arme de l'épaule, le corps à moitié masqué par le cheval, déjà presque à terre, alors que Curly n'avait pas encore terminé son beuglement en réponse à Scott :

— Va-te-faire voir, 'spèce de salopard qu'y a même pas...

Mais Curly n'alla pas jusqu'au bout de sa dernière imprécation.

Curly était un mec doué, avec un certain penchant pour les boulots délicats, mais il n'avait pas la moindre chance face à des mecs de cet acabit. Scott l'avait dans la ligne de mire de son AR-15, à moins de quatre-vingts mètres. Eddie était prêt à le dessouder au fusil de chasse, malgré les cinquante mètres qui les séparaient, distance à vrai dire un peu trop grande pour qu'il pût faire mieux qu'épousseter le chapeau du bonhomme, ou lui envoyer au pis une giclée de chevrotines dans les yeux. Mais ce fut le cavalier sur le cheval de Jed, harnaché d'armes diverses qui fit rouler la grenade sous la Chevy lorsqu'il s'en approcha. Il était d'ailleurs bien le seul à savoir qu'elle se trouvait là jusqu'à ce qu'elle explose en même temps que le réservoir d'essence et toutes les munitions du coffre, faisant sauter du même coup au-dessus du toit de la grange Curly, la Chevy, et les espoirs de salut terrestre qu'ils avaient tous encore.

15

Le silence écrasant de la nuit du désert ne fit qu'accentuer le couinement dans son oreille droite, pourtant déjà excessivement méchant. S'il n'atteignait pas encore au grondement des sabots d'un cheval ou aux flatulences sonores de la bête en train de renâcler, il était assez comparable aux craquements de la selle et aux cliquetis du harnachement. Tucker se trouvait tellement distrait par les rêvasseries, conversations et calculs divers qui en résultaient en son for intérieur qu'il remarqua à peine les jappements et les hurlements d'une bande de coyotes en pleine course, en train de rabattre leur proie, enfin, de faire ce que les coyotes font, non loin de lui. Il se rendit compte avec surprise qu'ils étaient là, tous ces coyotes, car les bruits d'une meute sont de ceux qui peuvent faire froid dans le dos, même pour un homme à cheval et relativement assuré de se trouver plus grand que le plus grand des coyotes et, de ce fait, confiant dans sa relative supériorité.

Clip clop clip clop, quelques longues foulées encore, et Tucker Harris décida qu'il pourrait bien s'agir du cadavre de Jedediah Dowd qui faisait ainsi hurler tous ces coyotes.

Hé ! y'en a marre, ferme-la, mec, dit le petit démon

d'un ton agacé, en ajoutant, tu veux pas lui chanter un *Te Deum* pendant qu'ils le dévorent des orteils à la tête, comme à la Donner Party[1] ?

Ce qui rappelait à Harris que ses pieds, chaussés des meilleures bottes d'assaut disponibles sur le marché — à faire crever d'envie tous les va-nu-pieds de la Contra — avaient en fait été sérieusement lacérés par les arêtes de basalte et les épineux du désert, pendant qu'il traquait Jedediah.

Des chardons, fit remarquer le petit démon, en consultant un dossier marqué Flore du Versant Aride, la malédiction du Nord-Ouest, et du basalte vulcanisé, qui donne l'impression de marcher sur des éclats de cendriers.

Harris avait supporté ce petit inconfort stoïquement, non sans une certaine satisfaction. Une douleur suffisamment intense et les picotis et couinements grinçants qui harassaient sans répit ce qui lui restait de tranquillité se trouvaient réduits à un simple rayonnement en arrière-plan qui lui laissait le loisir de réfléchir plus ou moins clairement, ou, — et c'est là qu'allait sa préférence — d'étudier la douleur. Il aimait à considérer la douleur comme une entité séparée de sa conscience proprement dite, que, pour tuméfiante qu'elle pût être, lui, Harris, pouvait dès lors séparer de son être, avant de regarder, d'un œil détaché, le bourgeon de panique de tous ses nerfs cumulés grandir et s'épanouir en un long gendarme inverse. Ledit gendarme, fût-il à même de gonfler et se tordre, se distendre et suer avant de grandir soudain pour disparaître à sa vue au-delà de l'ombrelle de sa conscience vagissante, resterait, grâce à une discipline rigoureuse, une entité séparée. Séparée et, il aimait à le croire, défi constant qu'il appréciait à

1. Ou la Soirée Donner : du nom du chef d'un convoi de pionniers pris par le blizzard en 1846. Ils passèrent l'hiver à Donner Lake, la plupart moururent. Les survivants durent leur salut au fait qu'ils se nourrirent des cadavres. (N.d.T.)

sa juste mesure chaque fois. Empruntait-elle autant de circuits distincts qu'il lui était nécessaire, cette protubérance de douleur ne parvenait jamais à toucher de fait son être vrai au plus profond de lui, qui lui restait simplement contigu, pareil à une fourmi aux abords du téton violacé d'un gros ballon couleur d'hématome. C'est de l'embrasement initial de la douleur qu'il fallait se tenir loin, de manière à ne pas s'y laisser prendre et se faire emporter.

Une autre petite chose avait déjà commencé à l'agacer.

Tu me flattes, dit le démon qui tripotait l'arrière de son ordinateur. Je te laisse toujours les mains libres en situation de combat.

Conneries, dit Tucker, le regard fixé au-delà de sa douleur tumescente qui, lui sembla-t-il, grandissait, obstacle menaçant qui effaçait de son champ de vision la ceinture d'Orion dans le ciel de nuit. Tu mens, et ça ne t'empêche pas de chercher à brancher ton Boute-Joie.

C'est vrai, répondit le petit démon, qui avait renoncé à faire l'effarouché devant la longueur de câble d'ordinateur qui lui pendouillait dans le dos. Je ne vais quand même pas me refuser une petite rigolade. En plus, il y a de fortes chances pour que tu sois surpassé en nombre, une fois de retour au ranch.

Dowd n'a rien — n'avait rien — d'un empoté, marmonna Tucker, non sans quelque satisfaction. Mais son plaisir se trouva tempéré par le respect qu'il éprouvait à l'égard d'un vieux compagnon d'armes, Jedediah Dowd, qui avait combattu au mieux de ses talents, et perdu. Il s'était plutôt bien débrouillé, à vrai dire. Un peu trop humain, comme la plupart. Mais surtout un peu rouillé dans sa pratique des arts martiaux.

En tout cas, on a réussi notre coup sans même le Boute-Joie.

Quand donc as-tu remarqué pour la première fois,

mon cher organisme d'accueil et de survie, dit le petit démon occupé à manipuler les ports à l'arrière de sa machine, les yeux plissés à essayer de déchiffrer les étiquettes dans la pénombre de son réduit, que la queue du démon portait à son extrémité une prise mâle référencée RS-232C ?

Tucker frissonna. Bien longtemps après que j'ai remarqué le Boute-Joie.

Le démon secoua la tête et sourit, gentiment. Un sourire de tonton gâteau, chargé de sympathie pour l'humaine condition. Ah ! dit-il alors, c'était un peu tard.

Effectivement, soupira Harris. Mais personne ne veut laisser tomber.

Oh ! bien au contraire, dit le démon dans un large sourire, un sourire malfaisant, beaucoup justement se contentent de faire ça. Et pour bien moins de raisons au total que tu ne l'as fait. Il gloussa, et enficha sa queue à l'arrière de l'ordinateur. En fait, un jour, il l'avait peinte en gris, sa queue, pour gagner un peu plus de temps. Mais cela se passait il y a bien longtemps, bien avant que le commun des mortels eût manifesté sa déférence sans réserve à l'égard de la chose informatique. Mais, d'un autre côté, subsistait cette petite satisfaction d'avoir anticipé une mode conquérante pour la détourner, ne fût-ce que temporairement, à son propre avantage. Ne restaient plus aujourd'hui que quelques touches de gris, ici et là, et l'ensemble donnait l'impression d'un boulot d'amateur, à cloquer comme la queue d'un rat après un coup de soleil, tandis que l'appendice venait se faufiler depuis le port à l'arrière de l'ordinateur sous la table avant de revenir s'enrouler autour du fauteuil ergonomique et remonter jusqu'au bas de l'échine. L'interface préhensible.

O.K. ! dit le démon, comme pour lui-même. Il fit glisser une main depuis son derrière le long de la queue qu'il dégagea de son chemin, comme une lanière de fouet qu'il aurait fait claquer parce qu'elle le gênait, en revenant se placer devant son poste de travail. Où est donc passée cette revue pornographique...

Harris chevauchait, pas très à son aise, bien raide sur la selle. Il ne savait pas grand-chose des chevaux, en vérité, et le silence magnifique du désert l'emmerdait au plus haut point, à permettre ainsi qu'il le faisait au petit démon de se faire entendre haut et fort, plus haut et plus fort qu'il ne l'avait jamais fait quasiment de toute sa carrière. Au moins au Vietnam, il y avait eu des serpents et des mille-pattes, des scorpions et de la merde, accrochés tête en bas au-dessous des feuilles de bananiers, dans le noir d'encre inégalable d'une nuit sans ciel sous la marquise de la jungle en surplomb, à quelques centimètres de son visage, pour le distraire. Vous êtes-vous jamais trouvé étendu sur le dos, dans l'humus vaseux, dans le noir le plus total, sous le feuillage dégoulinant, vous interdisant sous peine d'échec sans rémission la moindre petite émanation du moindre petit bruit, les deux doigts d'une main serrés sur le dard d'un scorpion pendant que vous écrasiez la bestiole jusqu'à ce que mort s'ensuive — tête et mandibules, quatre ou six de ses huit pattes, et pinces aussi — dans le poing de l'autre ? Au bruit, on croirait déguster un morceau de galette de maïs fraîche, plein de guacamole. Au goût aussi... d'ailleurs... ça... brûle pas... autant... dans la bouche.

Oui, oui, ouïe, oui, ouïe, oui, ouïe, oui, ouïe, ouïe...

Encore l'effet Doppler ? Non ? Encore. Non ? Si ?

A qui tu poses la question, putain, marmonna le démon, en fourrageant dans une pile de revues devant la cuvette des toilettes. Au cheval ?

Nous n'avons pas été présentés.

Il s'appelle Hoc Bhui.

— Aw, allez, pousse pas, mec, pousse pas...

Rien que les faits, m'dame, dit le démon, en balançant sur le côté un exemplaire de *Vogue*. Pourquoi mentirais-je ?

Tucker vacilla maladroitement sur sa selle instable, le visage pincé. Y avait-il des scorpions au Vietnam ?

Tout à fait, répondit le démon d'un ton distrait, naturellement qu'il y en avait.

Je...

Le petit démon faisait la grimace au milieu de son paquet de revues. *Rolling Stock, Playboy, Elle, Catholic Digest, Exquisite Corpse, Casa Vogue, The Police Gazette, Penthouse...* [1] Tu ne te souviens pas ? Non. Non, je...

Tsk. Aah. Le voilà.

Soldier of Fortune.

Le petit démon se pourlécha ses lèvres épaisses et sensuelles, des lèvres de bouc.

Tucker Harris était distrait. Mais d'où venaient donc toutes ces conneries sur les scorpions ? Jamais on n'a vu de scorpions au Vietnam. Pas vrai ?

Entre ses incisives pointues et largement écartées, le démon força un filet d'air qui se changea en sifflement sans mélodie. Il se dépouilla de son slip en peau de guépard et s'installa dans le fauteuil ergonomique pour feuilleter sa revue.

Tucker n'aimait pas le tour que prenaient ses réflexions. Même pendant le trajet, trois jours durant, qui l'avait conduit jusqu'ici, il n'était pas parvenu à se trouver assez de temps pour réfléchir en profondeur sur le Démon et ses Œuvres qui lui saturaient l'esprit.

Mais il est vrai que tout ce temps, il avait eu la radiocassette dans le camion. Des armes à nettoyer, un périmètre à couvrir... Ce n'est que grâce à une logistique très serrée qu'il avait réussi à se trouver le temps pour Mattie Brooke. Mais même sur ce point, son petit démon l'avait obligé, en se débrouillant intelligemment pour mettre la main sur ce que Tucker présumait avoir

1. Mélange de revues réelles et parodiques dont Rolling Stock et Exquisite Corpse — Cadavre Exquis — deux revues littéraires obscures. (N.d.T.)

perdu, à savoir le dossier Mattie Brooke, ce qui lui avait permis de la retrouver — ce qui lui avait permis, au demeurant, de se souvenir du nom de cette femme. Mais toutes ces conneries sur les scorpions... Ça le tracassait... Et maintenant, le nom de ce cheval... Il réfléchit... Il ne se souvenait pas avoir entendu Jed mentionner le nom du cheval.

Le sang lui remonta au visage, et le paysage déjà plongé dans l'obscurité qui s'étirait de toutes parts s'assombrit encore. Ce casque est bigrement sensible à la chaleur, songea-t-il, en réglant un bouton cranté sur sa tempe. Mais il n'aurait pas dû dire ça. Je me serais peut-être contenté de l'attacher et...

Non, non... Je n'allais quand même pas l'attacher, pas vrai ? Non, je vais vous dire pourquoi je le sais, c'est parce que Jed a dit ce qu'il a dit uniquement parce que je lui avais demandé s'il avait une dernière requête.

Jed avait déjà découvert ses deux hommes, dans la cabane, sur les pâturages d'été, là où ils étaient censés garder Tucker à l'œil. Il se rendit compte trop tard qu'ils n'avaient jamais eu la moindre chance contre Harris. Pas plus que Jed d'ailleurs. Mais il s'était comporté dignement, en homme. Jed avait la mâchoire inférieure décalée de l'axe du visage, tordue sur le côté au point de repousser l'embouchure du canon de la Winchester de quelques centimètres, et la lèvre supérieure retroussée, révélant quelques dents.

— Harris, dit-il, en regardant Tucker droit dans les yeux, t'es dans un cul-de-sac, et t'as de la merde jusqu'aux genoux.

Tucker l'avait abattu avant qu'il mette un point final à sa phrase. En plein dans la bouche et la balle était ressortie par le sommet du crâne. En lui faisant sauter son foutu larynx de derrière sa foutue moustache ultra-cirée. Bonne-nuit-les-petits.

Comment Jed aurait-il pu appeler son cheval de son nom face à ce massacre ?

Il rit, un rire timide et hésitant, et talonna le cheval. Reniflant le vecteur maison, le cheval se mit au petit galop, chevauchée tout en secousses pour quelqu'un qui n'était pas au fait des fondements de l'équitation. Le Démon et ses Œuvres, c'est ça, songea-t-il, en se penchant vers l'avant pour agripper le pommeau. Il ferma les yeux devant le reste de cauchemar qu'avaient libéré ces deux mots, Hoc Bhui. Pour se donner un peu de cœur, il appuya sur le bouton étanche du walkman étanche placé dans une poche à fermeture Éclair, dont les écouteurs étaient intégrés au casque. Ah ! se dit-il, « Les Discours de Jesse Helms », mon préféré. Non, attends. Que dirais-tu de « Chicago » ? Ouaip ! dit le démon. « La Nuit Sur le Mont Chauve » ? Screaming Jay Hawkins ? Non, attends, j'ai trouvé. Les Andrew Sisters : « *Beat Me Daddy, Eight to the Bar* ». Aucune importance, tous étaient sur la bande. Mais son préféré était Avance Rapide. Tous ces couinements lui donnaient l'impression d'espionner son propre esprit d'une oreille indiscrète.

Cheval et cavalier continuèrent leur chevauchée à travers le paysage infrarouge. Car c'était là le spectre de vision qu'offrait à Tucker Harris son casque si particulier : des objectifs de visée nocturne fixés devant les yeux, des objectifs grossissants, alimentés par une série de piles dont le fil de liaison courait en serpentin d'un côté du casque jusqu'à l'une des sacoches accrochées à l'arrière de son harnais de combat. Le paysage vacillait en formes instables, un paysage martien — le Mars des profondeurs de l'espace, le Mars de la guerre —, rouges sur rouges plus sombres, et rouges par-dessus ceux-ci, et noirs sous les rouges, le Mars des rouges qui saignaient sur les noirs, et les noirs qui saignaient sur les rouges, le Mars des noirs qui s'évaporaient et des rouges qui se condensaient, le Mars de la chaleur et de la mort.

Etrange, se dit Harris, entre deux bonds sur sa selle, ceci ressemble tout à fait à une sorte de contraposée de perte sensorielle si j'en crois ma sensibilité aiguë au milieu de ce désert aux fantômes de chaleur, avec ce rock'n roll qui beugle dans mes oreilles au point que je n'entends même plus les sabots de ce cheval, ici, sous moi.

Ce n'est pas toi qui as songé à ça, marmonna d'un air sombre le démon derrière sa revue. C'est moi.

Tucker contempla l'image du petit démon qui, la chose venait de lui apparaître à l'instant, n'était plus si petit que ça. Il avait posé les sabots arrière en extension sur le pupitre de l'ordinateur, le visage masqué par les couvertures de *Soldier of Fortune* elles-mêmes illuminées du rayonnement vert de l'écran ; il massait le Boute-Joie rugueux et suppurant d'une prothèse de main bien lubrifiée tout en tournant les pages. Le Boute-Joie. Comme toujours, Tucker fut révulsé par le spectacle, sans toutefois réussir à réfréner une fascination introvertie. Les testicules du démon avaient la forme d'octaèdres, pareils à des dés de mohair sur lesquels on aurait renversé de la bière pour attendre qu'elle sèche. Le membre gonflé dont la peau se desquamait, changeait de forme, tandis que s'en arrachaient des morceaux de chairs pourrissantes, alors même qu'il regardait, obligeant Tucker à monter le volume de rock à fond jusqu'à la distorsion pour enfin détourner les yeux. Extraversion. Bientôt, comprit-il résigné, le petit démon allait usurper de plus en plus ses divertissements. Mais lorsqu'il balaya l'espace de ses yeux infrarouges, Tucker prit la décision de ne pas laisser tout le plaisir au petit démon.

Au moins, maintenant, il ne se contenterait plus d'être une cible facile. Bon ! grimaça-t-il, c'est vrai qu'il n'avait jamais vraiment été une cible facile, pas complètement. Une cible toxique, peut-être. Mais pas facile, à attendre qu'on la tire. Uriah et Marvin, les deux employés de Jed, n'oublieraient jamais ce détail. Il rit, d'un genre de raclement de gorge ricaneur. Ils n'oublieraient jamais plus rien, dorénavant.

Mais c'était Jed qui avait rendu à jamais impossible le verdict de cible facile. En fouillant le corps de Jed, Tucker avait trouvé les clés de son propre camion, qui se trouvait encore, alors comme maintenant, à l'abri dans un arroyo à mi-chemin entre le ranch et la cabane. A l'anneau se trouvait accrochée la clé qui ouvrait la boîte à outils en acier épais boulonnée au châssis à l'arrière de la cabine. Dans la boîte, se trouvait une sélection choisie, très choisie, de matériel de terrain. Son seul regret était toujours le même : celui de ne pouvoir emporter toutes les armes à sa disposition pour une seule et même mission — sans prendre, tout au moins, le camion pour les transporter. A plus d'une occasion, il avait dû étouffer dans l'œuf des impulsions identiques, comme d'avaler en une seule goulée tout son stock de Benzédrine ; mais il n'en avait rien fait — pas encore. Mastique-les bien, tu décolleras plus vite.

Ce casque, par exemple. Tucker ajusta du pouce une molette crantée sur le front. Les contours du ranch, encore distant de huit cents mètres, se précisèrent, passèrent au flou puis à nouveau au clair.

Prends le cheval, lui avait alors suggéré le petit démon, le cheval et les clés. Repose-toi, laisse-toi traîner. Qui plus est, ici, c'est l'Ouest Sauvage. La douleur qu'il éprouvait aux pieds se rappela à son souvenir, pareille aux bruits de pales d'un hélicoptère de passage, crescendo puis diminuendo. Equipe-toi bien et vas-y à cheval, tu y gagneras un élément de surprise, avait conseillé le démon. Ils croiront tous que tu es Dowd, quelqu'un avait ajouté. Difficile de déterminer qui avait pris ces décisions, même quand on est un comité restreint à deux membres.

C'est couru d'avance, même un jury n'y arriverait pas, grommela le démon, en tournant une page du *Soldier of Fortune*. Mmmm... « Affectations de choix — Afrique Noire... »

Tucker balaya le ranch du regard. De nombreuses

voitures avaient quitté les lieux depuis son dernier passage, mais ça ne posait pas de problème. Le petit démon avait ajouté une note à son dossier sur cette affaire, une note qui portait une dizaine de numéros minéralogiques qu'il pourrait toujours vérifier plus tard. Montana, Colorado, Californie, Oregon, Washington, Colombie Britannique, Arizona — ils venaient de toutes les régions de l'ouest, il y en avait même un de l'Utah. Ce serait un véritable guêpier grouillant quand viendrait le moment de s'y attaquer.

Ne restaient plus que les véhicules de Jed. Mais il cherchait à avoir confirmation d'une voiture dans le lot, plus précisément, espérant contre tout espoir. Si Michaels et Mertz étaient toujours là, et il était logique qu'ils y soient, parce qu'ils n'avaient pas assez de cran pour sortir des griffes de Jed, comme l'avait fait Tucker, pas assez de cran et pas assez de talent... Bon ! On allait s'amuser un petit peu. A ajouter, le garde, qui qu'il puisse être, et tous les autres, assez stupides pour être restés là à traînailler, un beau petit paquet. Et, ha, ha ! Ces gadgets technologiques, j'adore. Il y a là une Chevy qui ne s'y trouvait pas quand ils m'ont emmené avec si peu de ménagement. Et, qu'est-ce que c'est que ça ?

Un homme, assis sur le capot.

Il tient un fusil.

Le petit démon dans la tête de Tucker piquait une suée en même temps qu'une érection énorme. Pas exactement Aubrey Beardsley [1], songea le petit démon, en la jaugeant familièrement dans le miroir qui passait pour son œil intérieur, pas Salomé, mais... bien grosse. Et maladive. Il s'en saisit à la racine et serra au point que Tucker crut que quelqu'un lui vissait le cervelet

1. 1872-1898 : dessinateur britannique, qui illustra *Salomé* d'Oscar Wilde, ainsi que *Lysistrata* d'Aristophane dont il est fait référence ici à cause des érections énormes dont il avait pourvu certains des personnages.

au moyen d'une clé à pipe. Frappe-moi, ricana Tucker sur fond d'éclairs de lumière derrière ses paupières, frappe-moi de ta baguette de tambour maladive. Le petit démon haleta de plaisir.

Tucker mit la cassette en avance rapide de ses mains tremblantes. Les Rolling Stones.

Le petit démon balança sa revue lascive sur le côté et remonta illico presto un logiciel de données aussi vieux que l'informatique elle-même ; il y avait des siècles qu'il travaillait dessus. Il s'appelait l'Art de la guerre. Rapidement, il passa en revue les divers menus d'introduction, sélectionna l'option casque, élimina l'option son. Possibilité intéressante que de combattre, le système audio tellemment chargé de rock'n roll que le sens de l'audition s'en trouvait effectivement annulé. Ne vous reste plus que la simple faculté de voir, accrue par la technologie. Après cela, que la paranoïa, le sixième sens. Comme par le passé, celle-ci pourrait bien s'avérer plus utile que tout le reste. Le toucher ? A oublier. Tout juste bon pour les racoleuses et les pièges antipersonnel.

Quelques instants plus tard, il avait sur son écran exactement ce que voyaient les yeux de Tucker Harris, aidé en cela par le viseur à infrarouge attaché à la tête de celui qu'il habitait. Différents menus et fenêtres se succédèrent aux quatre coins du champ de bataille. Une carte du ranch. Les signalements de Scott Michaels et Eddie Mertz. Un bulletin météo. Un cadrage de la Chevrolet, qui s'avéra effectivement une voiture que Tucker avait vue auparavant. Un cadrage de l'arme tenue par l'homme assis sur le capot de la Chevy. Une Winchester, modèle 94. Pathétique. La même pétoire que celle de Jed. L'arme qui avait conquis l'Ouest, accompagnée de la Conviction Manifeste de la Supériorité Blanche. Le petit démon sourit. Tucker sourit avec lui. Aujourd'hui, ces armes-là perdraient.

Ponds-lui un œuf, suggéra le démon. Il appuya les touches qui correspondaient au sélecteur de menus et de l'autre main, agrippa sa démonitude, son Boute-Joie. Un top optique sur l'écran de l'ordinateur, superposé aux données fournies par le viseur nocturne, se déplaça au rythme des déplacements du Boute-Joie.

La main de Tucker se porta vers sa poitrine où les grenades accrochées dansaient la gigue au rythme des mouvements du cheval, pareilles à des pommes pourries de Halloween dans une baignoire pleine de mercure. Il en attrapa une.

Mais où sont passées toutes les autres ? Tucker balaya le champ, cour et bâtiments, et ne vit rien. C'est alors qu'à deux mètres de la Chevrolet, se rapprochant très vite, il aperçut une autre position. L'homme était posté derrière un râtelier à foin, au milieu de divers autres équipements agricoles, à bonne distance à la droite de la maison. Il était armé.

L'ordinateur couina. Beep ! AR-15. Une vue éclatée de l'arme se mit à pivoter sur trois axes sur l'écran. Enfin, un défi à relever. On effectua des calculs.

Ce n'est pas trop tôt, un défi. Tucker Harris reprit vie, pleinement. Son visage se mit à picoter sous le casque, ses viseurs à infrarouge, le masque respiratoire, les fils, les battements de rock'n roll, qu'il n'entendait d'ailleurs même plus. Ses poils se hérissèrent, qui lui couraient sur le haut de l'échine, pareils à un parterre d'anémones de mer sentant l'approche d'un courant chaud chargé de plancton. Son scrotum vint se visser à l'intérieur de son abdomen comme s'il se trouvait suspendu dans l'ionosphère au bout d'une corde. Un film de transpiration jaillit de dessous l'épiderme superficiel qui lui couvrait tout le corps, en repoussant trois jours de poussière cumulée de chacun de ses pores. Il pressa le cheval vers l'avant, lequel, sentant le corral devant lui et le soulagement de l'étrange masse irradiant de confusion installée sur sa selle, n'avait nul besoin d'être pressé : il accéléra le pas pour se mettre au trot. La Chevy était encore à cinquante mètres que l'homme au fusil se levait du capot et, debout sur le pare-chocs avant, la tête au-dessus du toit de la voiture, regardait vers l'arrière en lâchant un cri de bienvenue. Harris ne pouvait entendre Curly, mais il le vit comme en plein jour. Curly entendit le cheval, mais il n'y voyait goutte ; aussi ne vit-il pas la grenade que Harris, dégageant la sphère d'explosif de la goupille qui cerclait un doigt de la main accrochée au pommeau de la selle comme à une bouée, fit rouler au sol devant lui et son cheval. La grenade rebondit dans sa course, toucha une pierre, rebondit à nouveau contre le dessous de caisse de la Chevrolet et retomba au sol avec un bruit sourd, s'arrêtant sur place, juste sous le réservoir d'essence situé en-dessous du coffre. Curly entendit bien le bruit, mais le confondit très vite avec le grondement des sabots qui, presque immédiatement, contournèrent la Chevrolet immobile pour passer derrière elle en direction du corral. Lorsque ce mécanisme insidieux qu'est la grenade explosa, mettant presque dans le même instant le feu au réservoir d'essence puis aux munitions du coffre, avec un double bang semblable au passage du mur du son sur une filée de pétards, les déflagrations jumelles firent céder les fragiles cavités du métabolisme de Curly qui se sentit soudain très vieux : le capot se voila sous le souffle, arraché à la verticale, et vint s'écraser sur le côté de sa tête alors qu'il prenait son envol dans les airs, à tout jamais sans connaissance. Il n'eut même pas le temps de broncher.

Tucker Harris ne s'attendait pas à voir Mattie, moins encore à la surprendre derrière la maison, la main dans le sac, armée d'un pistolet lance-fusées. Personne ne lui avait parlé d'elle, aussi fut-il surpris de la voir. La soudaine illumination de la fusée n'était rien, sinon un beau spectacle, vue de l'intérieur du casque à infrarouge, et il apprécia. Dans le même temps, il comprit qu'il venait de se jeter dans la gueule du loup, un piège auquel Mattie avait participé : ils auraient un compte à régler, tous les deux, un peu plus tard. Pour l'instant, voyant qu'il ne lui restait plus qu'un pistolet lance-fusées déchargé dans la main, il se concentra sur la façon de neutraliser le gus à l'AR-15, lequel — il s'en était assuré d'un coup d'œil au passage, en longeant la Chevy — était Scott Michaels. Il ne pouvait pas en être autrement. Comme à son habitude, Michaels avait attendu l'explosion de la fusée pour ajuster son tir ; c'est ce qui le mena à sa perte. S'il avait fait feu sur Tucker à l'instant où il était censé le faire, il aurait peut-être pu tirer l'unique coup bien cadré qu'il allait avoir l'occasion de tirer. Il n'aurait d'ailleurs pas touché sa cible non plus, mais il aurait eu sa chance.

Il se laissa glisser de la selle au sol et s'éloigna de Mattie. Avec tout le bruit, la lumière et la puissance de l'explosion, le grand cheval piqua droit sur la barrière du corral ; immédiatement, s'ensuivit dans le corral une cohue, des chevaux qui hennissaient, tournaient, reculaient en tous sens, illuminés par la masse trempée d'essence enflammée de la Chevrolet. Les cartouches explosèrent dans le coffre. Des débris incandescents tombèrent à la ronde, sur les toits des bâtiments, dans les touffes d'amarante accumulées contre les clôtures, sur les meules de foin pleines de poulets endormis derrière le corral. Des incendies se déclarèrent. L'auvent de la Winnebago prit feu. Un débris de métal brûlant roula du toit à la grange et tomba à pic dans l'abreuvoir du corral avec un sifflement extraordinaire. L'air se remplit de vapeur et de fumée. Le toit de la grange prit feu.

L'arme à la main, Tucker roula sous la clôture du corral et se retrouva à plat ventre en position de tir. Au même instant, Mattie, abasourdie, leva les yeux juste à temps pour voir descendre du ciel un morceau de Chevrolet dans une traînée de flammes, à croire qu'il s'agissait d'un motard dont la chemise claquait au vent, fouettée par la vitesse de l'air. Mattie hurla, mais Tucker dut reconnaître qu'elle avait du mérite. Sans l'ombre d'une hésitation, elle bondit à travers la porte-moustiquaire sur l'arrière de la maison. La porte s'ouvrit mais c'était la seule solution. Il entendit le début d'un second hurlement lorsque le treillis et les échardes du cadre éclaté déchirèrent les chairs de Mattie. Mais son cri étouffé se perdit dans le fracas du métal enflammé qui accrocha le rebord de l'auvent — cet auvent que Mattie venait de quitter sans difficulté, d'un simple bond, avant de tomber au sol où il rata de peu les bottes de la fille, dépassant du trou dans la porte. La pièce de métal était grande, couverte d'essence, peut-être le couvercle du coffre, ou une aile, et brûlait à petites flammes allègres, orange et bleues, qui dansaient dans la nuit.

16

C'est un fait généralement ignoré, mais néanmoins significatif, que le démon préfère les orgasmes multiples. A peine Tucker avait-il mis la touche finale à son premier spectacle de mort et de destruction que le petit démon était déjà sur son dos, le pressant instamment de poursuivre vers de plus grands excès.

Tucker entendit le crépitement du AR-15. Au-delà du feu de joie rugissant qui consumait ce qui avait été une voiture, une ligne de trous vint transpercer comme autant de points de suture les côtés de la grange et de la Winnebago — miraculeusement intacte. Tucker sourit. Les nerfs de Michaels avaient lâché et il mitraillait vainement les flammes, probablement avec l'espoir qu'un chargeur entier de balles allait d'une certaine manière résoudre tous ses problèmes. Problème. Scott Michaels n'avait qu'un seul problème, à la connaissance de Tucker Harris.

Les boum syncopés du fusil automatique provenaient de l'autre côté de la maison. D'abord un coup, puis deux autres en succession rapide. Des gerbes de chevrotines glissaient inutilement le long de la portière gauchie de la Chevy côté passager comme du mur érodé de la grange. Le petit démon tapota son clavier. Ce devait être Mertz, car Scott avait une cible sur laquelle tirer, ce qui n'était pas le cas de Mertz, même s'il faisait feu malgré tout.

Il entendit un mouvement en provenance de l'arrière de la maison. Il vit les bottes de Mattie disparaître par le trou dans la porte, les semelles clairement détaillées à la lumière du morceau de voiture en flammes. Puis un pied ressortit pour éloigner le débris métallique de l'auvent. Et Tucker aperçut le .44 posé à l'extrémité la plus éloignée de la marche. Il était déjà debout et partait au pas de course.

Avant qu'il atteigne sa cible, une petite main sortit du trou dans la moustiquaire pour ramasser le revolver. Il continua malgré tout. La main agrippa l'arme. Harris combla la distance qui l'en séparait très vite. La main commença à faire rentrer l'arme dans la maison. Pour les dix foulées qui lui restaient à parcourir, Harris fournit une pointe d'accélération exponentielle et passa directement devant l'auvent sans s'arrêter. Au passage, il golfa le bras mince de la crosse de son arme, en se servant de son fusil comme d'un maillet de polo. L'os cassa net au dessus du poignet. Il sentit sans l'entendre une brindille humide se briser en deux. Il y eut un hurlement, sonore et brutal, et le pistolet rebondit devant lui dans la poussière pour s'arrêter juste au coin de la maison à l'instant précis où Harris le dépassait.

Au-delà de la maison, en position parmi le matériel agricole aligné contre la clôture sud, se tenait un homme armé. C'était Scott Michaels.

Tu aurais dû lui suggérer, à la Mattie, de se branler devant toi pour celui-ci, couina le petit démon, à peine audible au milieu du branle-bas de la salle de commande, c'est Huit Trésors qui est là-bas, derrière la herse à disques.

— Mattie ! hurla Michaels.

— Harris ! vociféra un Harris jubilant, tandis que ses balles découpaient un andain dans la nuit.

Harris avait su approximativement où Michaels se trouverait, mais il était en pleine course lorsqu'il fit feu, l'arme à la hanche, et son tir à l'estime fut légèrement décalé. Sans arrêter de tirer, il dut ramener le canon de quelques degrés pour avoir Michaels en ligne de mire. Ce qui donna le temps à Michaels de s'aplatir dans la poussière derrière la herse, tandis que les balles sifflaient au-dessus de sa tête en venant ricocher sur les disques de l'engin. Michaels n'avait pas eu le temps de remettre un nouveau chargeur. Il roula sur lui-même à plusieurs reprises pour s'éloigner de la herse, tout en rechargeant son arme et se redressa en faisant feu, le juron aux lèvres. Son tir arracha des éclats au mur de la maison et à l'atelier situé au-delà, mais Harris était trop loin sur la droite, à courir vers la clôture en lâchant de flanc et en vain des rafales en tous sens. Michaels vit qu'il se dirigeait vers la moissonneuse-batteuse délabrée, la dernière machine le long de la clôture, monstre sombre et imposant que venaient éclairer par intermittence les petits foyers qui se consumaient dans la cour. Michaels arracha la goupille d'une de ses deux grenades. Lancée avec précision en tir plombé, un talent mis au point vingt ans auparavant et inemployé depuis, la grenade monta en arc de cercle de la main de Michaels et retomba dans les quelque trente centimètres de grains qui pourrissaient dans la trémie à l'arrière de la machine. Elle toucha avec un bruit sourd et mou, juste après que Harris eut plongé derrière la moissonneuse. Michaels vit clairement la chose, mais il n'attendit pas l'explosion.

Il ouvrit le feu de son AR-15. L'arme cracha une courte rafale et cessa, chargeur épuisé. Michaels jura et éjecta le second chargeur, accompagné par l'explosion de sa grenade.

On entendit résonner un bruit énorme de tôles arrachées, pareil à l'explosion du méthane accumulé sous une plaque d'égout. Scott Michaels tomba à genoux et engagea à tâtons un nouveau chargeur dans le AR-15, en songeant au même instant qu'il violait un précepte premier du combat armé. Il était resté trop longtemps au même endroit.

— Tu es resté trop longtemps au même endroit, dit une voix forte.

Et là, chose incroyable, à vingt mètres et soixante degrés de l'endroit où il était censé voler en morceaux, se tenait Tucker Harris. Il se trouvait presque exactement là où Scott avait attendu, derrière la herse à disques, en embuscade, guettant l'instant où Harris sortirait de la nuit sur sa monture. Cela paraissait impossible, mais l'homme était un vrai chat. Il l'avait toujours été, et depuis le premier jour où il l'avait rencontré, la dernière chose au monde que désirait Scott Michaels était d'affronter en combat singulier, arme au poing, Tucker Harris. Harris était un chasseur véritable, un tueur efficace, un génie, à sa manière, un monstre dément aux dires du reste du monde. Personne n'avait jamais compris la manière dont Harris avait pu survivre aux situations dans lesquelles il s'était mis au Vietnam ; à cet égard, d'ailleurs, Harris, depuis son retour à la vie civile, n'était plus qu'une statistique depuis trop longtemps en souffrance, attendant d'être réglée. L'homme savait tout ce qu'il y avait à savoir sur la mort, à l'exception d'une chose. Il n'était jamais mort lui-même.

Etait-ce bien vrai, en fait ? Que voilà une question philosophique, qu'Eddie n'aurait pas manqué de rejeter en ricanant avec dédain, en disant, « Il est sur le point de te tirer dessus, pas vrai ? »

Et tout semblait indiquer que Scott Michaels ne serait pas l'homme qui enseignerait à Harris la leçon ultime de toute mort. S'il avait pu lire dans les pensées de Harris, il ne se serait même pas autorisé le luxe infime de se donner une chance. Mais il faut avouer, songea furtivement Michaels, toujours sans la prescience d'esprit de recommander son âme aux bons soins de ses ancêtres, qu'à regarder Harris avec tout cet attirail, tout de noir vêtu, avec toutes ces armes qui ballottent et, sur sa tête, un casque de visée nocturne, il ressemble bien à un robot. Un robot tueur. Comment faire pour lire les pensées d'un robot tueur ? Avec un logiciel tueur ? Où est-ce qu'on se le procure ? Au SRI [1] ? A la NASA ? A Hong Kong ?

Une fenêtre venait de s'ouvrir sur l'écran d'ordinateur du petit démon, et le petit démon, comme s'il s'ennuyait à mourir, en déclamait le contenu. C'était un vieux message de guidage, un de ceux que Harris connaissait par cœur. Michaels aurait-il su ce qu'il disait qu'il aurait interrompu illico toutes ses réflexions sur la personnalité de Harris pour passer directement à ses propres prières. Car aucune réflexion de cet ordre n'animait Harris en cet instant. Harris avait pourtant combattu avec Dowd et Scott Michaels de Tet à Danang, sur tout le Delta du Mékong, il avait été témoin du terrible massacre de Hoc Bhui qui avait à jamais changé les trois hommes ; il n'empêchait pas que son esprit en cet instant n'éprouvait aucun sentiment. Les instructions qu'on lui récitait traitaient de la manière dont l'ennemi ayant commis son erreur, il fallait s'employer à user au mieux du AK-47. Comme pour la plupart des armes automatiques, en tir automatique, le canon a tendance à se relever sous l'action des décharges. En conséquence, c'est une bonne chose, pendant que l'on fait feu, de garder une main sur le

1. Stanford Research Institute. (N.d.T.)

dessus de son arme en exerçant une pression verticale, du haut vers le bas, de la paume et du bras, afin de maîtriser son tir. Une fois maîtrisée, cette technique est très avantageuse quant à la précision de l'arme, laquelle pourrait s'avérer, dans le cas contraire, d'une précision tout à fait aléatoire.

En appendice à cet aide-mémoire, était incluse une note purement technique. Lorsqu'il y a incertitude quant à l'emplacement exact de l'ennemi, de même qu'en tir de nuit ou sous couvert dense, tracer un X avec les balles sur la position supposée. Ce qui aura pour effet d'optimiser les possibilités d'impact sur la cible.

Ces préceptes étaient quasiment instinctifs chez Harris. Il tailla le X. Un X bien serré.

Il est un fait que Harris voyait Michaels comme en plein jour, un Michaels rouge comme l'enfer, et la majeure partie des balles qui formaient le X touchèrent la silhouette de la cible en plein cadre.

Michaels s'effondra, mort sur le coup de douze balles dans le corps.

Le clavier du démon babilla les seize premières notes de « l'Hymne des Marines ». Tout comme un jeu vidéo vainqueur.

Le cri de souffrance d'Eddie Mertz déchira l'air tandis qu'il vidait vaillamment le Browning dans la direction de Harris. La chevrotine gicla directement au-dessus de l'endroit où son ami venait de tomber. Il hurla le nom de Scotty, cherchant en vain vengeance et sécurité dans l'élimination de Harris. Mais Harris avait couru et roulé au sol, couru et roulé, couru et roulé encore, avant même que Mertz eût fini de tirer.

Mertz avait su dès le début qu'ils n'avaient pas la moindre chance face à Harris ; il aurait bien recommandé la reddition s'il avait su que Harris pût un seul instant envisager de faire des prisonniers. Mais la réputation de Harris avait précédé ce dernier depuis longtemps, c'était un homme craint pour ce qui passait aux yeux des autres pour férocité sans pitié, et sa force de résolution aux limites insondables planait sur ses entreprises comme un zeppelin triomphant chargé de désespoir. Mertz comme Harris savaient que c'était moins une férocité sans pitié que l'aliénation mentale qui le poussait aux pires excès. Mais, ainsi que l'avait remarqué Michaels, juste avant qu'il ne meure, la plus grande aliénation de toutes était justement que Harris ne soit jamais parvenu à se faire tuer. Physiquement parlant. Le Seigneur en était témoin, ce n'était pas faute d'avoir essayé.

La mort de Scott fut pour Mertz la confirmation de tout ce qu'il savait de la réputation de Harris, et il attendait de sa part ce que Curly, Scotty, et, vraisemblablement — indubitablement — Jed et Dieu sait combien d'autres avaient reçu en partage. Quelle piètre façon de mourir, du propre aveu d'Eddie, que de finir en pleine boucherie violente au beau milieu d'une foutue revente de hasch en gros. A croire que les forces du destin n'avaient rien de mieux à faire, elles et les vents implacables de leur volonté inflexible.

Il jeta un dernier regard à Scott, étendu dans les ombres de la cour, avec ses grenades et ses chargeurs qui couvraient sa chemise aux arabesques colorées, un AR-15 fumant à ses côtés, les jeans trempés de son sang, ses bottes western usagées pointant vers le ciel lointain, vers la Voie lactée, comme des asymptotes au néant.

Il jeta en jurant le fusil vide vers la silhouette tremblotante de Tucker Harris. Le fusil à moineaux traversa la cour en faisant la roue pour finir par se fracasser contre une pierre, alors même que Tucker Harris faisait feu sous sa trajectoire. Le geste instinctif d'Eddie avait en fait été relativement précis, et il avait surpris Harris. Il était tendu, pressé contre le sol, derrière la pierre, quasiment invisible, une ombre parmi d'autres malgré les lueurs de la grange en feu, et le canon du fusil lui colla un bon coup dans l'omoplate.

Mais Harris ne broncha pas d'un pouce. Pas plus qu'il ne lâcha un son, ni le moindre couinement de plainte. La matrice de douleur vint se tisser tout à côté de lui dans l'obscurité, mais il n'y prêta aucune attention. Il continua à tirer. Que le petit démon fasse son estimation des dégâts, chose que le démon aurait pu faire, s'il en avait eu le désir, mais il était trop occupé avec son Boute-Joie. Le AK-47 crachait ses balles l'unc après l'autre en direction de la maison, une, deux trois quatre cinq six à la fois.

L'une d'elles toucha Eddie à la cuisse alors qu'il replongeait dans la maison par la porte d'entrée. Il hurla. Du sang jaillit de la blessure, artésien vu la forme de jet, bien qu'Eddie n'en vît rien. Il savait simplement qu'il était incapable de se lever. Une filée de jurons ininterrompus sortit de sa bouche, agglomérat d'invectives ordurières dont Catulle lui aurait fait compliment, aux portes de l'enfer. Il se traîna sur le sol à travers la pièce obscure en direction de la trappe devant le poêle. Eddie faisait tant de bruit qu'il trahit sa position avec une telle facilité que Harris crut qu'il s'agissait d'un mauvais tour, aussi perdit-il un peu de temps à changer de position après quelques secondes, toutes les deux balles. Les impacts dans le mur à l'extérieur de la maison retraçaient l'itinéraire d'Eddie sur le plancher à l'intérieur de la maison. Une seule balle toucha Eddie, dans le dos, une blessure en séton qui ne fit qu'augmenter l'intensité de ses hurlements. Arrivé à la trappe, il sortit le .45 réglementaire. Son oncle en possédait un tout pareil, une arme qu'il avait ramenée de la Seconde Guerre mondiale ; il avait passé à une occasion une excellente après-midi en sa compagnie, à cribler de trous des boîtes de bière scandinave dans les contreforts des Sierras, trente ans auparavant. Depuis ce jour, Eddie était pacifiste. A l'École de police, ç'avait été un réel problème. Jamais il n'avait tiré avec une arme plus sophistiquée qu'un revolver de service, pas très différent de celui que Scott avait laissé dans le carton Dos Equis sous le fauteuil de jardin en alu, au siège tramé de nylon vert et blanc, juste à côté du détecteur à métaux — il se souvint même de la marque du détecteur, Mtlgrd, ses pièces émaillées de blanc, le tapis de sol en caoutchouc noir posé sur le seuil — derrière la foutue porte d'entrée — quatre mètres cinquante de haut, couleur brun grisâtre — de cette foutue grange en sapin Douglas en train de se consumer en cendres, cette porte et ses foutus coins exposés à ce foutu nord en train de pourrir, là, nom de Dieu, maintenant, en ce foutu moment, pour retourner là d'où y venaient, nom de Dieu...

Eddie prit appui contre le canapé et se redressa. Il tâtonna dans le noir et sentit un chargeur déjà engagé dans l'arme et considéra — chose qui le rendit néanmoins inquiet — que Jed devait s'être asssuré qu'il était plein. Combien cela lui faisait-il de coups ? Sept ? Huit ? Neuf ? C'était du gros calibre. Il n'arrivait pas à se souvenir de la manière dont on sortait le chargeur pour vérification, le sang qu'il avait sur les mains rendait la perspective très glissante, et, qui plus est, il n'avait pas le temps. Donc tabler sur six. Six, pas une de plus.

Cinq pour Harris, une pour Mertz.

Il commençait à éprouver des vertiges de tout le sang perdu, mais la cause aurait aussi bien pu être le simple fait d'avoir touché et franchi le mur de la Peur. Il avait vécu la même expérience quasiment à chaque fois qu'il s'était trouvé mêlé à une fusillade : une accélération de tous ses nerfs, à ce qu'il estimait être leurs limites, jusqu'à ce qu'il se retrouve confronté à un envapé à la coke armé, incapable d'avancer ou de reculer, et c'est alors qu'il se découvrait au fond de lui une nouvelle énergie, un potentiel dont il ignorait jusqu'à l'existence, et il persévérait. Même en cet instant, une part de lui-même fonctionnait calmement, en se fondant sur l'hypothèse qu'il serait sauvé.

Bon ! c'était vaguement possible.

Il manœuvra la glissière pour engager une cartouche dans la chambre, et trouva le cran de sûreté dans le noir. Les .45 réglementaires qui avaient fait leur temps possèdent une double sécurité. L'une est un taquet coulissant juste à l'arrière du pontet. L'autre est une pièce mobile qui court sur toute la longueur de la poignée du pistolet, sur l'arête de la crosse. Si l'on veut faire feu, la première sécurité doit être délibérément ôtée, et l'on doit ensuite écraser la crosse contre la paume en même temps que l'on appuie sur la détente.

Harris avait cessé de tirer.

— Viens me chercher, Harris, ricana un Eddie terrifié, espèce d'outre dégonflée, sac à merde plein de guano de patriote !

Il dut serrer les dents pour lutter contre la douleur. Il faisait peut-être l'expérience d'un état de choc. Ouais ! c'est ça. Le choc.

Il tira une balle au hasard, à travers la fenêtre située à droite de la porte d'entrée. Le gros calibre remplit la pièce de bruit et de fumée, avec un recul digne d'une roquette.

— Allez ! viens, Harris ! Viens mordre le nez de la mort !

Quelque chose vint cogner la porte-moustiquaire avant de rebondir sur le planchage de la galerie.

— Enculé ! hurla Eddie en tirant à l'aveuglette lorsque la grenade explosa.

La déflagration souffla toutes les vitres de la fenêtre en façade et arracha la moustiquaire de ses gonds. Des fragments de grenade vinrent se ficher dans le plafond à panneaux, les livres de poche, le lambrissage du mur de devant. Eddie entendit gémir le poêle à côté de lui lorsqu'un éclat d'acier traversa la fonte. Mais hormis le sifflement violent qui lui résonnait aux oreilles, il resta en vie, à se vider de son sang, sur le plancher, devant le canapé.

Il tira deux autres balles à travers la fumée par la porte d'entrée, les deux mains serrées sur le gros pistolet. La fumée réfléchissait en lueurs sinistres les flammes du toit de la grange en train de se consumer.

— Connard merdeux en état de choc, paumé au milieu des pingouins debout, hurla Eddie, riant et pleurant à la fois, pourquoi tu n'as jamais crié à l'aide ? en songeant, et pourquoi *moi*, putain, je ne crie pas à l'aide ?

Une rafale d'arme automatique découpa une ligne d'impacts sur la façade de la maison. Une volée d'échardes et d'éclats de verre dégringola au sol à l'intérieur de la pièce, derrière chaque orifice de balle. La reproduction de Charles Russell derrière le poêle tomba par terre, le verre éclaté. « Le Rire Peut Tuer. » « Un Psycho Abat un Grand Fan de Charades Originaire de Frisco. »

Eddie s'enveloppa la tête de ses bras et mouilla son pantalon. Lorsque cessa la volée de balles, il tira droit à travers le mur qui lui faisait face, par simple confusion où se mêlaient la honte et la peur.

— Toi dont l'Hymne national sert de cervelle, la justice vaincra !

Nouveau tir automatique. De nouveaux éclats qui volent. Sur sa droite, le bruit inimitable du plomb qui s'écrase dans le papier, lorsque les balles déchiquetèrent la bibliothèque pleine de romans western. Eddie aurait voulu rentrer sous terre pour y attendre la mort. Scott lui avait parlé de cauchemars remplis du fracas d'armes automatiques et de hurlements. Eddie se mordit la lèvre inférieure jusqu'au sang. Le tir cessa. Aucune balle ne l'avait touché.

Combien de cartouches avait-il tirées ? Trois ? Quatre ? Quatre ! C'est ça, quatre. Il se demanda où était Mattie. Il l'avait entendue hurler à l'arrière de la maison, immédiatement après l'explosion. Depuis, plus rien. Il y avait combien de temps de ça ? Une heure ? Il n'était pas dupe. Harris avait déclenché une mitraillade de feu de Dieu pendant soixante secondes, en tout et pour tout, et deux personnes au moins étaient mortes, trois si l'on comptait Mattie, et maintenant...

Une ombre flotta un instant dans l'embrasure de la porte, derrière les panaches de fumée.

— Argh ! hurla Eddie. Espèce de clone sans sexe !

Et il fit feu — son avant-dernière balle — tandis que l'ombre disparaissait. Voilà. C'était la fin. L'ombre réapparut. L'ombre plus effilée qui barrait l'apparition ressemblait au canon d'un fusil.

Eddie retourna l'arme contre lui avec une plainte d'animal blessé. Il plaça le canon brûlant dans sa bouche. Alors seulement remarqua-t-il que la glissière était restée en arrière, verrouillée en position ouverte, la culasse à l'odeur âcre bâillait, vide. C'est ce qui arrive aux .45 quand ils ont tiré leur dernière balle, ils se prosternent dans l'attente d'un nouveau chargeur. Il n'y voyait rien mais il le sentait. On aurait presque pu croire que l'arme imitait par dérision sa propre bouche grande ouverte, béante à attendre la balle qui n'était pas là, la balle introuvable.

Il écrasa la détente malgré tout. Elle resta bloquée. Il ne se passa rien. Il eut un mouvement de recul involontaire comme si elle avait fait son office. La gorge serrée, la voix entre cri et sanglot, Eddie jeta le pistolet, de la main gauche, en direction de l'ombre dans l'embrasure fumante de la porte.

Tucker Harris balaya le pistolet inutile du canon de l'AK-47 et supprima son ennemi.

Un nouveau X.

Le petit démon n'en rata rien. Tu n'as toujours pas utilisé ton poignard.

C'est vrai, dit Tucker, en changeant de chargeur.

Elle est peut-être derrière la maison. Il scruta le brouillard de fumée âcre. Une lueur orangée virant au jaune plus chaud vacilla derrière les fenêtres de la maison, illuminant l'intérieur silencieux de reflets fantomatiques, semblables aux lumières tremblotantes d'un très vieux film, accompagnés par les claquements et craquements sonores du bois sec de la grange au fur et à mesure que l'incendie se propageait. Tucker avait remarqué de manière subliminale la chaleur intense qui lui brûlait le dos au travers de sa combinaison noire en toile nylon de parachute, lorsqu'il s'était posté accroupi près de la porte d'entrée côté grange. Malgré l'obscurité et la brume de fumée, il avait parfaitement pu distinguer Eddie tandis que ce dernier se débattait de manière bizarre, comme par défi, contre les affres de la mort. Ce qui lui rappela d'autres ennemis qu'il avait connus. Pas vraiment des affres, en fait, mais des clowneries. Tous ces hommes avaient déjà perdu avant même de combattre et il en avait toujours été ainsi : vingt années durant, leur combat n'avait été rien d'autre que des actions retenues, exécutées dans le seul but de conjurer la mort plutôt que d'essayer de la séduire, la tromper, la donner et la défaire. Et ils se demandaient pour quelles raisons Tucker Harris les avait toujours fuis, eux et tous ceux de leur acabit, au Vietnam ! Les choses en étaient au point que tous, comme un seul homme, en étaient arrivés à se convaincre que c'était eux qui évitaient Harris comme la peste, alors que c'était l'inverse. C'était pour eux la seule manière de rationaliser l'indignité de leurs propres couardises, que d'afficher ouvertement leurs opinions, à savoir que Harris et tous ceux de son acabit appartenaient à une espèce différente et inhumaine : ils étaient indignes du nom de compagnon d'armes. Belle histoire, bien crédible. Mais c'était eux qui étaient indignes, ils ne méritaient pas qu'on combattît à leurs côtés, ils répugnaient à donner la mort, et mettaient en danger leur propre vie comme celles de tous ceux qui luttaient avec eux, à cause de leur lâcheté instituée, socialisée. Pensez donc ! Pairs entre pairs, lâches entre lâches ! Qui créaient ainsi une hiérarchie très acceptable, fondée sur pusillanimité et retraite, « meilleur jugement », « retenue », « actions maîtrisées », et, au bout du compte : défaite ! Rien que des plus, tous socialement très acceptables, pour des gens qui ont pour génie la débâcle !

Doucement, dit le petit démon. Tu te replies sur toi-même et tu fais du prosélytisme : tu vas perdre ta concentration.

Harris grinçait des dents, petite habitude qu'il travaillait depuis un moment. Un dentiste d'un hôpital militaire pour vétérans lui avait fait remarquer qu'il avait des dents de drogué à la cocaïne, avant de suggérer, le visage en surplomb au-dessus de la bouche renversée de Harris, outils d'acier inox entre ses doigts gantés de latex, une assistante morte d'ennui à ses côtés et une lumière brillante dans le dos, « serait-il susceptible d'envisager une aide et un soutien psychologiques ? »

C'était la dernière fois qu'il avait mis les pieds dans un établissement pour anciens combattants. Une aide psychologique ! Des conseils de perdants ! Ces gens-là ne comprenaient rien. Il balaya du pied une chaise en bois qui s'en alla cogner la bibliothèque et il se dirigea vers l'arrière de la maison.

Le réservoir d'essence de la Winnebago, ou peut-être le bar, allez savoir, explosa dans un fracas assourdissant, projetant des débris sur le côté et le toit de la maison.

Le poignard, le poignard, couina le démon d'une voix perçante, tu pourras t'en servir pour la tondre.

Elle est peut-être armée, qui sait, gronda Tucker en s'esquivant pour se coller contre le mur à côté de la porte de cuisine, pourquoi est-ce que je devrais risquer la peau de mes fesses pour satisfaire tes petits plaisirs ringards ?

Cette poulette, criailla le petit démon, armée ? Tu lui as cassé le poignet ! Elle est probablement dans les pommes à cause des toutes petites palpitations d'un ostéo-traumatisme !

Harris pénétra dans la cuisine, plié en deux, presque collé au sol. Devant lui gisait la porte-moustiquaire pareille à une affiche électorale chiffonnée le lendemain de l'élection, qui en bloquait le seuil. Réfrigérateur, fourneau, petit coin-repas en Formica, deux fauteuils retournés, garde-manger — vides. Devant le seuil, la terre brillait de reflets beiges aux lueurs de la grange qui brûlait.

Le petit démon se reprit. Mieux vaudrait baisser le son, suggéra-t-il.

Tucker avait complètement oublié les Rolling Stones. Il leur coupa le son, presque complètement. Il pouvait maintenant entendre les craquements très bruyants, plus bruyants qu'il ne se l'était imaginé. Mais ils ne résonnaient pas plus fort que le bruit de sirène dans son oreille droite.

Dis, cette foutue grange brûle comme un véritable incendie, remarqua le démon.

Crois-tu qu'on puisse la voir ?

Le démon tapa sur son clavier. Plutôt éloigné de tout comme coin par ici. Mais c'est un gros incendie, et les gens craignent le feu comme si c'était le démon en personne.

Nous devrions en terminer et partir... si nous partons.

Le démon sourit. Il en reste une. Ensuite...

Tucker était posté contre l'huisserie de la porte arrière. Ensuite ?

Des oreilles. Seigneur. Rien qu'une peut-être. A qui les oreilles ? Celles de la fille. Mais — rien qu'une.

Il passa la tête au coin du dormant, scruta les ténèbres en direction de la grange. La sueur noya son visage, à l'intérieur du casque, et dégoulina le long du cou. La lumière était intense, et il fut obligé d'ajuster ses capteurs infrarouges. Le corral, parfaitement illuminé par les flammes, était vide. Les chevaux s'étaient enfuis. Le brasier culminait dans l'obscurité, deux fois plus haut que la grange proprement dite, à peut-être vingt-cinq ou trente mètres, surmonté d'un nuage de braises et de cendres que la chaleur intense propulsait vers le ciel. La bâtisse tout entière serait bientôt consumée. Il paraissait hautement improbable que l'incendie passe inaperçu sans qu'on vienne vérifier sur place.

Harris hésita. Toi et tes oreilles. Nous sommes en paix maintenant.

Le petit démon gloussa.

Nous la connaissons, toi et moi.

Le petit démon caqueta d'une voix aiguë de crécelle. Tucker avait toujours été fasciné par ce caquet énervant. Il croyait à l'entendre qu'il sortait droit de la bouche de quelque sadomasochiste en train de livrer délibérément une partie intime de son anatomie à des aiguilles brûlantes lui perçant les chairs, crucifié par une dichotomie radicale entre plaisir et douleur.

Le démon redoubla ses cris suraigus. On aurait cru entendre deux mille wagons de métro qui mettaient les freins au même moment à l'arrivée dans Brooklyn. Elle a les oreilles percées, s'égosilla le démon, elle y a peut-être même encore ses petits clous à tête de perle.

Quelque chose racla le sol sur sa droite. Il s'accroupit et fit pivoter le canon du AK-47. Manque de concentration de sa part. Il allait falloir éliminer le rock'n roll, son petit faible du moment. A moins de trois mètres, rampant dans la poussière, en sanglots, faisant autant de bruit qu'il lui était possible, Mattie se frayait douloureusement un chemin en raclant le sol pour se diriger vers le coin de la maison et, il voyait l'objet très clairement, le Colt .44 qui attendait là. Elle était tordue sur son flanc intact, et se tirait de l'avant grâce à son bras valide tandis que la main de ce même côté tenait le poignet brisé de l'autre bras, s'aidant de la poussée des talons et orteils de ses bottes. Un oiseau blessé, incapable de voler.

Sa seule et unique certitude de trouver l'arme à sa place devait s'expliquer par le fait qu'elle l'avait aperçue à la lueur de l'incendie de la grange. En tout cas, elle n'était plus qu'à quelques dizaines de centimètres de son but, elle allait ramper dessus d'un instant à l'autre.

Entraîné en cela par une dépravation telle qu'un exorciste aurait payé sa place pour l'examiner de plus près depuis son box privé, Harris appuya son fusil d'assaut contre le jambage de la porte et sortit le poignard de la gaine fixée au côté de sa botte. L'arme était à double tranchant, fabriquée de l'acier le plus fin, aiguisée comme un rasoir d'un côté et crantée de l'autre, pareille à un couteau-scie. Excellent pour la découpe, très bien pour le sciage. Un bel outil. La lame luisait comme une langue de feu volée à la grange en flammes, égarée là comme une extension de sa main.

Il enjamba la masse fumante et noircie de la Chevy à quelque distance de l'auvent, et Mattie l'entendit. Elle regarda par-dessus l'épaule et l'aperçut. Ou plutôt, elle vit *la chose*, car, une nouvelle fois, la silhouette qui se découpait sur fond de flammes battant l'air en tous sens, cette forme devant la grange en feu, arborant les créations technologiques les plus récentes en matière de guérilla, ne pouvait pas passer pour humaine. Harris était un androïde, une machine à tuer, un thanatophage d'ébène luisant sans autre fonction d'espèce concevable que de réduire à néant demeures, modes de transport, communications, peut-être même l'Histoire avec un grand H — ainsi que toutes les formes de vie qui les propageaient et les utilisaient, de la manière la plus efficace, sinon chaotique, possible. Dans un monde propulsé par les mutations spontanées, d'une certaine façon, par quelque travesti d'évolution semblable à une vaste conspiration, était apparu un environnement nouveau dans lequel cette nouvelle créature avait non seulement été engendrée mais encouragée à fleurir. Et c'est un de ces monstres qui était là, triomphant, après sa victoire aveugle, dans tous les sens du terme, avec, à ses pieds, un représentant d'une espèce plus douce, plus tendre, plus délicate, qu'il contemplait menaçant, en attente, comme cyniquement, cruellement hésitant quant à la diction à choisir pour l'ultime proclamation de sa victoire. Quelques pénultièmes vulgarités vinrent papillonner entre le petit démon, son ordinateur, et l'esprit délabré qui les abritait.

La grange est brûlante, là-bas derrière...

La fille a cessé de ramper...

Pas le temps...

Hé ! mais, c'était quand même du matériau pas dégueulasse... Regarde-moi un peu ces hanches.

Cesse.

Une ombre recouvrit la fille qui resta étendue en son milieu, immobile, le blanc des yeux brillant, impuissante. Des lames jumelles se dressèrent dans ses pupilles dilatées, exorbitées sous le choc. A bien des égards, elle n'était plus qu'en suspens, aux limites de la conscience. C'est alors que l'étrange masque qui couvrait le visage de l'ogre explosa, en venant l'arroser de débris divers, pièces d'électronique, échardes de circuit imprimé verdâtre brillant de cuivre, esquilles de lentilles éclatées, morceaux de câblage colorés, petits cylindres aux pattes en filaments, fragments de capiton en mousse, éclats de fibre de verre, parcelles d'os, giclures de cervelle.

Tout de suite après, l'avant-dernière chose qu'elle entendit fut un rugissement formidable, un bang de mur du son.

Harris l'entendit lui aussi, mais ce fut la dernière chose qu'il entendît jamais ; il sut, immédiatement, d'où le bruit était venu et, par expérience, se trouva tout surpris de l'avoir même entendu. Il se sentit alors envahi d'une sensation grandissante de soulagement absolu, en proportions exactes de la vitesse à laquelle sa vie avait commencé son reflux. Il sut qu'on venait de l'abattre, il sut que la blessure était fatale à brève échéance, sinon instantanément, ce qui expliqua la raison de sa surprise en entendant l'écho du coup de feu qui avait suivi l'impact. Mais la perspective d'un repos permanent, l'idée de se savoir libéré à perpétuité des griffes exigeantes et avaricieuses d'une vie qui partait à vau-l'eau, un cerveau en guerre contre lui-même, à moitié retourné, contenu par un crâne aux démangeaisons permanentes, comme rempli de laine d'acier chargée d'électricité statique, submerga instantanément tout regret qu'il aurait pu avoir de son échec à mener sa mission à terme ; il élimina dès lors toute idée d'entreprises terrestres à venir, alors même que les moyens d'en accomplir la moindre évacuaient son corps exsangue en chute libre.

Le petit démon prit la chose beaucoup moins bien, et les dernières perceptions de Tucker — quelques microsecondes au total — baignèrent dans un détachement amusé à la vue des clowneries frénétiques du petit démon cherchant à sauvegarder quelque chose, n'importe quoi, de l'une de ses plus magnifiques créations. Mais finalement, il fut submergé par un désespoir effréné. Un instrument de destruction, aussi précisément réglé et ajusté, venait de se trouver réduit en à peine un battement de cils à un tas de déchets juste bons à pourrir. Lui s'était montré tellement insistant, presque emphatique à vouloir cadrer sa cible pour le coup de grâce final, son clavier cliquetant à tout va comme les dents d'un crâne pris de folie, à un rythme frénétique, sans pour autant s'accorder ne fût-ce qu'un instant d'hésitation, tandis que son Boute-Joie menait en expert son organisme d'accueil droit au but et, — ce n'était pas là détail fortuit — se guidait lui-même vers de nouveaux sommets thanato-érotiques, qu'un laps de temps certain, un temps précieux au demeurant, s'était écoulé avant qu'il en vînt à remarquer l'énorme trou qui était apparu dans le mur derrière lui. Lorsqu'il l'eut aperçu, le vide extérieur commençait déjà à faire effet et même alors, il se trouva distrait par les dégâts considérables infligés au classeur qui était posé là, derrière son bureau contre le mur. Son tiroir supérieur avait immédiatement volé en éclats, ce qui signifiait que toutes les mémoires de sauvegarde comme les matrices couvrant la fin des années soixante étaient perdues de façon permanente, sans parler des bustes jumeaux de Dante Alighieri (1265-1321) et Virgile (70-19 avant J.-C.) qui étaient posés bien en vue sur le dessus du classeur, à regarder par-dessus son épaule, et ce depuis, oh ! des années — réduits à une poussière de plâtre.

Pris d'une énergie démoniaque, la bave aux lèvres sous la filée de jurons qui en jaillissaient, méprisants par le ton, excrémentiels dans le contenu, autant de salutations provocantes qui n'étaient pas sans rappeler les injures sorties tout récemment de la bouche terrifiée d'Eddie Mertz, le petit démon tenta brièvement de faire une évaluation des dégâts. Ses doigts volaient au-dessus du clavier, ses yeux palpitaient vainement sur son front simiesque. Leurs pupilles luisaient, rouge de sienne, orange, écarlates, chauffées à blanc, bleu de glace, et réfléchissaient le vert de l'écran d'ordinateur tandis que celui-ci relayait de façon heurtée rapport après rapport de blessures mortelles irréversibles, jusqu'à ce que, finalement, pour la première, la toute première fois, des fluides corrosifs s'en viennent délaver leurs globes protubérants, et ses yeux noyés d'orange se mirent à ressembler à rien tant que deux hublots contigus du *Titanic* en train de sombrer. Le vide extérieur aspira les dossiers entassés dans le classeur, qui jaillirent à gros bouillons au-dehors, toute une vie de malfaisances soigneusement documentées qui giclèrent dans le vide à une vitesse stupéfiante. Les revues disparurent elles aussi, puis ce fut le tour du mobilier. Le bureau se trouva arraché de dessous l'ordinateur, et l'ordinateur lui-même l'aurait immédiatement suivi, voire précédé, si le petit démon ne s'y était agrippé d'une patte griffue tandis qu'il s'accrochait de l'autre au rebord souillé de la cuvette des toilettes. Jusqu'aux déchets septiques qui s'y trouvaient — et que, dans toute cette excitation, il avait oublié tout récemment d'évacuer — et qui se gonflèrent en geyser dont les deux gerbes vinrent se diviser à peu près également sur les côtés de son visage dans leur précipitation à vouloir retrouver l'oubli chimérique qui les appelait au-delà de l'orifice qui allait s'élargissant. Mais bientôt l'ordinateur fut emporté par la tornade négative du vide dévorant, s'arrachant à sa prise et sectionnant la queue du démon du corps de celui-ci, à trente centimètres de son échine, avec un claquement formidable qui résonna du bruit d'un cathéter arraché *in-situ* en lui faisant le même effet. Il aurait aisément pu en faire repousser une nouvelle, grâce à une nourriture choisie, mais, pour la première et dernière fois de sa carrière, le petit démon hurla d'angoisse et de désespoir mêlés, et ce faisant, relâcha sa prise sur la cuvette des toilettes et se retrouva réduit en lambeaux menus par la force de succion hurlante qui le tira vers l'extérieur, au travers d'un orifice pas tout à fait assez grand pour que le petit démon pût y passer dans son entier ; en conséquence, il se trouva emporté, par petits bouts, jusque dans la nuit froide et hostile du désert, cette nuit où, sans un organisme d'accompagnement adapté, il n'aurait jamais survécu assez longtemps pour la corrompre et la suborner totalement — eût-il survécu — voire même — jamais existé.

17

La dernière chose que se rappela Mattie fut Chef Joseph en train de la renifler des pieds aux lobes d'oreille, avant de s'arrêter au-dessus de son visage assez longtemps pour passer la langue sur toute la longueur de la lacération sanglante que la moustiquaire déchirée lui avait ouverte sur la joue gauche. Puis il s'en était retourné pour la renifler en sens inverse jusqu'aux bottes. Le chien avait ensuite aboyé, et Mattie perdu conscience. Ce bon vieux Chef Joseph. Obscurité.

Elle se réveilla presque trente-six heures plus tard.

Au début, elle n'eut aucune idée de l'endroit où elle se trouvait. Elle entendit des veaux meugler. Au milieu d'unc mer de vagues, elle aperçut une bibliothèque. Des centaines de romans western de poche. Louis L'Amour, Mari Sandoz, Max Brand, Zane Grey, Owen Rountree. Très semblable par le contenu à la bibliothèque de Jed. Là s'arrêtaient les similitudes. Plusieurs fusils étaient accrochés aux murs. Une Winchester modèle 94, naturellement. Un Savage .300, avec lunette. Un Sharps .50, vieille arme à silex qui devait dater d'avant Lewis et Clark[1]. Une cheminée, qui flambait, montée en blocs de basalte taillés avec des bûches posées sur des ressorts de voiture en guise de chenets ; des fers à marquer et autres ustensiles à feu accrochés à un râtelier sur le côté ; un seau à charbon plein de vieux journaux et revues, avec hachette et petit bois ; un linteau en sapin Douglas, taillé à l'herminette et noirci par la fumée. Au-dessus du linteau, un fusil à deux coups au long canon, la fierté de Lize, que Mattie reconnut comme étant une carabine Spencer calibre .52, datant de la guerre de Sécession. Une arme conçue pour tuer les soldats confédérés, le bison, et les Indiens à huit cents mètres. « C'est comme un prolongement de ton propre esprit », lui avait fait un jour remarquer quelqu'un, en parlant d'outils. Comme le lui avait un jour dit Lize.

Il y avait un bidon de solvant et un refouloir muni

1. Explorateurs du continent américain. Meriwether Lewis et William Clark montèrent une expédition (1804-1806) à la demande du président Thomas Jefferson pour trouver un passage depuis les sources du Missouri jusqu'au Pacifique. (N.d.T.)

à une extrémité d'un bout de tison noirci suspendu au linteau.

Pendant un instant, elle entendit une musique céleste, un chœur immense, qui chantait au loin une cacophonie sans signification. A l'instant où la musique attirait son attention, elle disparut.

Un nœud de bois claqua dans l'âtre.

Elle se trouvait donc au Pas de Bêtise — chez Lize. On l'avait installée sur un convertible qui se transformait en canapé si besoin était. On avait tiré un fauteuil capitonné tout à côté du canapé, et sur la table basse collée au lit, étaient posés médicaments, pommade, teinture d'iode, gaze, ciseaux, et une boîte de baume sous la lampe. Il faisait jour, mais la lampe était allumée.

Un flacon de pilules parmi tous les récipients sur la table portait, tapés à la machine sur l'étiquette, les mots « Codéine 15 mg ». Ce qui expliquait cette sensation cotonneuse, le violent mal de tête, peut-être même aussi la musique, et cette palpitation générale du corps tout entier qui accompagnaient son retour à la lucidité, très semblable en cela à la manière dont l'image finit par apparaître sur l'écran d'une vieille télévision, bien après que le bourdonnement se fut changé en son cohérent. Elle bougea pour écarter une mèche de cheveux de son visage et sentit un métal froid contre son front. Son poignet droit était pansé, serré de gaze et d'adhésif, et les languettes de deux éclisses en aluminium ressortaient du bandage des deux côtés de l'avant-bras, d'où émanait une douleur sourde et permanente. Les chairs visibles révélaient la couleur noir jaunâtre d'un violent hématome. Elle étudia sa douleur un instant. On aurait cru que le poignet avait été placé dans un arrache-moyeux ou une sorte d'étau, deux mâchoires courbant l'os dans le sens contraire d'une troisième placée entre elles, qui s'opposait irrémédiablement à toute modification de l'état des choses. Le résultat, elle en était sûre, serait que l'os allait casser net. Mais un espace-tampon interlocutoire flottait entre sa blessure et la perception qu'elle en avait, de sorte qu'elle était incapable de localiser la nature exacte de sa douleur ni d'en apprécier l'intensité.

Les cheveux lui retombèrent dans les yeux et elle les écarta de l'autre main, cette fois pour découvrir un nouveau carré de gaze qui lui barrait la joue gauche. Précautionneusement, elle en explora les limites du bout des doigts.

Elle entendit le grincement de la moustiquaire. Lize entra dans la pièce et s'arrêta au pied du lit, un poing sur la hanche.

La porte s'ouvrit à nouveau avant de se rabattre contre le montant et Chef Joseph entra à pas feutrés derrière elle, ses griffes cliquetant sur le plancher jusqu'à ce qu'il atteigne le tapis. Il posa la tête au bord du lit et regarda Mattie. Sa queue battit l'air, hésitante, puis s'arrêta.

— Salut, P'tit Chef, dit-elle finalement, d'une voix humble, avant de lui frotter la tête de son bandage palpitant.

Chef Joseph ferma les yeux de contentement, tandis que ses bajoues se gonflaient sous chaque inspiration.

Lorsqu'elle cessa ses caresses, il la regarda un instant. Puis se dirigea vers un coin de tapis effrangé aux couleurs passées et en fit deux fois le tour avant de s'y poser et de s'y étendre, tête en l'air, dans un carré de soleil. Au bout d'un moment, ses paupières tombèrent, et les yeux mi-clos, sa tête se mit à tanguer doucement sous sa respiration régulière.

Lize était là, debout, à contempler le spectacle, une paire de gants de cuir accrochée à la hanche. Elle avait les joues rougies par l'effort et le plein air. Elle était vêtue comme à l'accoutumée, jeans, gilet en duvet complètement usé, chemise western, large ceinturon de cuir remonté haut sur les hanches, bottes de chasse lacées haut sous le genou. Elle grommela et enjamba Chef Joseph pour s'approcher de l'extrémité du lit.

— Fait plus frais ce matin, remarqua-t-elle, passant sur la gauche de Mattie, près du mur du fond du salon, avant de pénétrer dans la cuisine. Va geler d'ici la fin de la semaine. Je vais m'préparer pour aller chasser le canard dans le comté de Douglas, j'en ai déjà l'eau à la bouche, de toute cette chair fraîche. Aïe ! Je viens de mordre dans un petit plomb. Ça m'a pété un plombage, bon Dieu !...

Un couvercle se souleva d'une casserole, et un parfum de bouillon traversa la pièce. Poivre et ail, sauge et oignons, céleri et viande de bœuf. L'odeur réveilla les narines de Mattie, mais elle avait la bouche sèche, et ne s'était jamais sentie aussi agitée et impatiente de sa vie. Elle n'arrivait pas à trouver de position confortable, et au fur et à mesure de ses réveils, la sensation ne faisait qu'empirer. On aurait cru que les draps et couvertures s'étaient donné le mot pour venir lui agresser la peau. A côté du lit était posé un verre.

— C't'un verre ?...

Sa voix crissa comme un coassement moite qui la surprit elle-même.

— Hiver ? répondit Lize depuis la cuisine. L'automne. On est pas en hiver.

Mattie s'éclaircit la gorge et dit, d'une voix plus forte :

— Un verre d'eau.

— Un verre — oh ! ouais, dit Lize en regardant par-dessus l'épaule. C't'un verre d'eau.

Mattie but l'eau d'un trait. La migraine revenait, battante, comme la douleur au poignet.

— Tiens, c'est du bouillon de bœuf, dit Lize en revenant dans le salon derrière une colonne de vapeur. Ça t'fera du bien. Rien de tel que la viande pour guérir. Viande, tomates et aloès.

Elle posa délicatement un plateau près de Mattie sur le lit. Y étaient posés un bol de soupe et plusieurs tranches de tomates fraîches sur une assiette, salées et poivrées.

— Et p't'êt aussi un petit coup d'église, ajouta-t-elle. Ça aide à la guérison, ça aussi. Eh ! Assieds-toi.

Bonne idée, dit une voix.

— Quoi ? dit Mattie.

— Assieds-toi, j'ai dit.

Elle souleva un oreiller et attendit.

— Sans compter qu'y vaut mieux les manger. Une bonne gelée et y'en aura pu une seule, et que ch'sois pendue si j'ai envie de passer toute la nuit à les mettre en conserve.

— Ma tête... dit Mattie.

Elle se pencha en avant et la musique réapparut, lointaine. Elle redressa le buste. La musique disparut.

— Morphine, dit Lize. Doc a dit qu'il était probable que tu aurais la migraine. Une migraine et comme qui dirait, des démangeaisons ; impossible de tenir en place. Et t'auras envie de boire.

— Le docteur ?

— Le docteur, grommela Lize. J'ai craqué et j'ai fait venir Lyle Tumely jusqu'ici, aux environs de trois heures cette nuit. Ce salopard de bon à rien était rond comme une queue de pelle, mais soixante kilomètres de mauvaise route et un pot de café l'ont remis au niveau d'un bon vétérinaire. Suffisant en tout cas pour remettre un bras en place.

Elle plongea dans le bouillon une cuillère assez grande pour servir d'outil de jardinage.

— Tiens !

— Je ne...

— Tiens, dit Lize, d'une voix bourrue.

Mattie s'exécuta. Elle se contenta d'ouvrir la bouche et d'incliner un peu la tête en arrière, mais Lize versa le contenu de sa petite louche d'un coup. Mattie avala, convulsivement. Le bouillon lui dégoulina des commissures des lèvres. C'était bon, mais son estomac dansait encore la retourne.

— Mon estom...

— Morphine, dit Lize en lui essuyant le menton

d'un linge à carreaux avant de replonger la cuillère dans le bol. Lyle a dit que ce serait un peu dur pour ton estomac au début. Mange-moi c'te tomate-là.

Le jus lui coula sur le menton. Une tomate frais cueillie du jardin, mûre à point, parsemée de fenouil, et elle ne sentit rien pourtant de son goût sucré et parfumé.

— Qu'est-ce que tu lui as dit ?

— A qui ?

— Lyle.

— Un sabot de cheval capricieux, dit Lizc. Qu'est-ce qui peut bien arriver d'autre aux gens d'ici ? T'as pas été scalpée, et t'as pas été trouée de balles, mais je dois dire sur ma tête que je saurais jamais pourquoi ç'a pas été le cas. Toutes ces balles, elles devaient s'être mis dans la tête de toucher que des mâles, et rien d'autre.

Elle gloussa.

— Genre munitions officielles du Corps auxiliaire féminin. Des balles pour gamin.

Elle s'éclaircit la gorge.

— Et le tracteur t'est pas passé dessus non plus. T'avais pas de marques de pneus.

Elle fit engloutir à Mattie une nouvelle dose de bouillon.

— Tu crois que tu pourras te rappeler et raconter ça comme ça ? Peut-être que les petites plaisanteries ne sont pas utiles. Si jamais quelqu'un veut pas s'occuper de ses oignons, je veux dire.

Tout lui revint alors à flots, comme un collage d'horreurs. Le bruit des flammes dans l'âtre la rendit nerveuse. Ses yeux se remplirent de larmes et elle ravala un sanglot de bouillon.

— Comment, bredouilla-t-elle, s'appelait le cheval ?

Lize haussa le sourcil.

— J'espérais que ce serait *toi* qui allait me le dire, ce nom.

Mattie repoussa la tranche de tomate qu'on lui offrait et se mit à pleurer.

— Oh, Lize ! dit-elle en se séchant les yeux du coin du drap de lit lorsqu'elle remarqua une nouvelle fois la gaze sur sa joue.

Si elle avait regardé vers le bas du coin de l'œil gauche, elle aurait pu voir le bord flou d'un pansement de coton blanc sur sa joue.

— Lize, qui étaient ces gens abominables ?

Lize soupira, détourna la tête et revint à sa position première. Elle regarda la tranche de tomate qu'elle tenait à la main et la laissa retomber dans l'assiette.

— Chérie, c'était *tes* amis.

— Merci de parler d'eux au passé.

Lize hocha la tête d'un air sinistre.

— Vaut mieux t'en convaincre. Peut-être ben qu't'as gardé des photos, non ? Y sont éparpillés à travers tout le ranch de Jed comme des veaux après trois jours de blizzard.

Un veau meugla de l'autre côté de la fenêtre.

Lize écarta les cheveux du front de Mattie d'une main douce. Mattie était légèrement fiévreuse, ainsi que l'avait prévu le Dr Tumely.

— Pour sûr qu'y avait qu'des hommes, ajouta-t-elle avec tendresse. C'aurait pu être pire.

Mattie secoua la tête de désespoir, incapable de regarder Lize en face, incapable de rester allongée immobile, pleurant à chaudes larmes sur les draps.

— Oh ! Lize, j'ai tellement honte...

Lize lui caressa les cheveux.

— Honte ? dit-elle d'une voix douce. Honte de quoi ? T'as rien fait de mal. T'as même pas tiré sur personne. (Elle eut un geste de la main.) Tu es tombée sur des mecs pas commodes. (Sa voix se radoucit.) Pas commodes.

— Comment le sais-tu ? Comment t'as deviné ?

Lize la regarda.

— Deviné quoi ? Qui z'étaient pas commodes ? dit-elle, avant de hausser les épaules et regarder ses mains. Ça m'est venu tout seul, comme qui dirait, en un éclair, ajouta-t-elle sèchement. Ça m'a fait penser comme qui dirait à un grizzli qui se précipite sur le saumon une fois qu'il l'a fait sauter d'un coup de patte sur la rive, ou un chien de berger qui devient fou sur son premier agneau, ou, ou... elle laissa retomber les mains — ou comme un perroquet avec une aile brisée qui essaie en se traînant de s'enfuir loin des griffes d'un chat. Ce gus, cette *chose*, cette *vermine* là-bas, ce qu'elle avait en tête, c'était de t'écorcher vive, et y'a plus alors deux façons de s'y prendre. (Elle claqua des doigts.) Y'a pas deux façons. Tu te souviens pas ?

Mattie remonta les couvertures sous le menton et secoua la tête. Ce qui faillit retourner le plateau et la nourriture.

— Tu étais là ? demanda-t-elle d'une voix minuscule.

Lize remit le plateau en place.

— Il avait sorti un poignard et pis tout. Je déconne pas, t'aurais été un lapin à qui on aurait fait sauter les pattes, y t'aurait attrapée par les chevilles pour t'écrabouiller la cervelle contre un poteau, pis après y t'aurait écorchée. Et y m'a semblé qu'c'était exactement ce qu'il allait faire.

Mattie la dévisagea. De l'opéra. Elle entendait machin qui suppliait Mimi de ne pas mourir.

Lize dégagea un lambeau de nourriture accroché à une molaire au fond de la bouche à l'aide du petit doigt et l'étudia. Puis elle l'expédia d'une pichenette vers la cheminée.

— Tu connais ce mec ?

Mattie fixa Lize.

Lize regarda Mattie.

Mattie bascula la tête d'un côté, une sorte de réponse négative.

Lize fit la grimace et contempla Chef Joseph qui dodelinait au soleil.

— Tant mieux.

Elles restèrent silencieuses. Mattie voyait les feuilles de peuplier tomber au sol, de l'autre côté de la fenêtre. Chef Joseph reposa la tête au sol et soupira. Un nœud de bois claqua dans l'âtre. Au bout d'un moment, elle retrouva sa voix.

— Qu'est-ce qui l'a arrêté ? demanda-t-elle d'une voix douce.

Lize s'éclaircit la gorge.

— Le Spencer 56, dit-elle d'un ton banal, les yeux toujours fixés sur Chef Joseph.

Mattie regarda l'arme, suspendue au-dessus de la cheminée.

— Le fusil préféré de Louis Lammer, comme qui dirait, lui rappela Lize. Et ce salopard de flingot, y sait y faire, comme qui dirait.

Elle avait toujours déformé « l'Amour » en le prononçant « Lammer » et Mattie avait renoncé à la corriger depuis bien longtemps.

— Qu'est-ce qu'y tire juste, ce salopard. Nom de Dieu, ajouta-t-elle d'un claquement de langue en baissant la tête, et l'est sacrément puissant, un vrai canon, en plus.

Elle se retourna et regarda Mattie. Son visage hâlé, marqué par le temps, ridé, n'affichait pas la moindre émotion. Elle se retourna à nouveau et se remit à contempler le chien somnolent.

— On pourrait pas vider toute l'eau qu'y a derrière le barrage de Grand Coulee en faisant sauter une bombe atomique, ajouta-t-elle avec une satisfaction sinistre, plus vite que c'fusil qu'tu vois, il a vidé la cervelle de ce bonhomme.

Mattie riva son regard sur Lize.

— Vidé...

Elle fut incapable de répéter le mot.

Lize hocha la tête et regarda Chef Joseph.

— J'lui ai rendu service ; à lui, à toi, et au reste du monde, tous les trois réunis. Et c'était pas trop tôt, non plus.

Elle indiqua le plateau et la nourriture presque intacte.

— T'as fini ?

Mattie ne dit rien.

Lize emporta le plateau dans la cuisine et commença à faire la vaisselle.

Mattie regarda l'arme sur la cheminée. Ainsi donc, ils étaient tous morts. Harris, Eddie, Scott, Jed, Curly et Dieu seul savait combien d'autres, là où Jed détenait Harris. Et si Lize n'était pas arrivée à ce moment-là ?

Le minimum aurait quand même été six cadavres. Elle voyait encore la silhouette mécanique toute noire se dresser menaçante devant elle, l'énorme incendie, ce brasier tellement infernal qu'elle ne réussissait à distinguer que des reflets, de temps à autre, qui rebondissaient de-ci de-là des étranges lunettes du masque couvrant le visage de l'apparition. Elle avait été tellement certaine que la mort venait la chercher qu'elle n'avait même pas protesté, sans même parvenir à pousser le plus petit piaulement. Elle était restée étendue là, à attendre sa venue, pareille... à une grenouille devant les yeux du serpent.

Et c'est avec cet homme-là qu'elle avait « couché », moins de quarante-huit heures auparavant.

— Passe-moi ce verre, là.

Elle sursauta. Un véritable bond. Lize était à côté d'elle, debout, la main tendue. Mattie regarda autour d'elle, affolée, elle vit le verre d'eau vide et le ramassa de sa main valide en passant le bras au-dessus de son corps avant de le donner à Lize.

— Tumely a dit que tu devais prendre deux de ces foutus cachets si la douleur devenait insupportable.

Mattie regarda le flacon de pilules.

Lize grommela et s'en retourna à la cuisine.

— Et puis habille-toi, ajouta-t-elle par-dessus l'épaule. Faut qu'on t'emmène en ville.

Mattie fut horrifiée.

— Pour quoi faire ?

Lize se tenait dans l'embrasure de la porte de cuisine et s'essuyait les mains dans un torchon à carreaux rouges et blancs.

— Radio et plâtrage, dit-elle. Lyle a pas pu faire ces trucs-là ici, même si c'est un vétérinaire passable.

— Je me sens trop mal.

— C'est pour ça qu'on y va.

— Tu ferais mieux de m'abattre sur place, gémit Mattie.

— Ouais, ouais, dit Lize d'un air dégoûté. J'ai eu mon content de fusillade pour la semaine.

Elle enfila le torchon dans la poignée de porte du réfrigérateur.

— Et l'argent alors ? Je n'ai pas les moyens de me payer le docteur.

Lize secoua la tête.

— Habille-toi.

* * *

Sur le trajet vers la ville, Mattie interrogea Lize à propos du shérif.

— Quel shérif ? répondit Lize au pare-brise.

Mattie la dévisagea.

— Tu n'as pas appelé le shérif ?

Lize continua à regarder droit devant.

— Lize ? Tu n'as pas appelé le shérif ?

— Pour quoi faire ? dit-elle d'un ton renfrogné. Pour une bande de sales foutus trafiquants de came ?

— Et l'incendie alors ? Est-ce que personne n'a remarqué l'incendie ?

— Eh bien ! moi, je l'ai vu, l'incendie. Mais y faut dire que je cherchais les ennuis.

— Et puis qu'est-ce qui t'as fait venir jusque-là, de toutes façons ?

Lize secoua la tête, lentement.

— Une intuition.

— Quel genre d'intuition ?

— Ch'sais pas. Je me suis toujours demandé comme qui dirait comment Jedediah se débrouillait à tenir sa ferme. Je savais que le Cloverleaf allait lui sécher tout son argent comme une éponge, jusqu'au dernier centime qu'il pourrait trouver. Jusqu'à ce qu'y se retrouve sans un radis, à croire qu'il avait jamais eu le moindre pognon au départ. Mais alors, plus rien. Pasque j'en ai connu, de meilleurs fermiers que Jedediah Dowd, qui ont fini le ventre en l'air à essayer de tirer quelque chose de cet endroit. Mais qu'est-ce qu'y savait, nom d'un chien, des bêtes et de la culture des céréales ? Que dalle. Tout l'argent que Jedediah pourrait trouver allait disparaître dans cette propriété comme la larme d'un bébé sur un matelas en mousse.

Lize tambourina le volant de ses doigts. Mattie voyait bien qu'elle n'était pas à son aise, ce qui ne pouvait impliquer qu'une seule et unique chose : elle essayait de déchiffrer des émotions humaines. Lize était capable d'expliquer jusqu'au plus petit détail ce que faisait une vache, la manière dont une fouine s'attaquait à un poulailler, ou la raison qui faisait attendre une chouette perchée sur son poteau. Mais elle se trouvait mystifiée, gênée par les humains.

— Je veux dire par là... finit-elle par ajouter, je pouvais comprendre tout ce qui lui avait laissé ses cicatrices, tu vois... Elle fit un geste du bras, regarda par la vitre latérale, tourna à nouveau les yeux vers le pare-brise... la guerre et tout, la manière dont son père l'avait maltraité, et pis qu'y n'avait jamais sa maman et tout ça... mais jamais... après toutes ces années, il a jamais...

Elle ne finit pas sa phrase, mais Mattie comprit. En dépit de tout ce que Jed et Lize avaient traversé, après tout ce qu'elle avait fait pour lui quand il était gamin, après avoir passé des années à tenir pour lui un foyer où il pouvait trouver refuge, à défendre le petit contre son père ivre, après tout cela, lorsque Jed était revenu dans le Washington, il n'avait pas une seule fois rendu visite à Lize. La première fois que Lize avait entendu parler de son retour au pays se situa à l'occasion d'un de ses rares voyages jusqu'à la Grange, où elle était tombée sur lui par le plus grand des hasards. Sans compter qu'elle avait été obligée de lui arracher un bonjour de la bouche. Jedediah incarnait l'une des rares incursions de Lize dans l'univers enchevêtré de l'âme humaine — Mattie en était une autre. Lorsque Jed s'était comporté comme s'ils se connaissaient à peine, Lize s'en trouva bien plus meurtrie qu'elle n'en laissa jamais paraître. Elle n'arrivait pas à percevoir, au contraire de Mattie, que Jed avait été tellement blessé et meurtri dans la vie par ceux-là mêmes qui étaient censés l'aimer qu'il n'allait vraisemblablement plus jamais engager sa confiance ni son amour à quiconque. Ni Lize, ni Mattie, ni personne. Mais le fait de connaître ou d'ignorer ce traumatisme n'aurait pas protégé Lize. Jamais elle ne mentionna en personne l'incident de la Grange à Mattie, mais, Dip étant Dip, Mattie en connut bien vite tous les détails. Dans son incapacité à reconnaître dans le comportement de Jed une copie conforme du sien propre, Lize le mit au compte de l'ingratitude. Et cette expérience incurable était tout ce dont elle avait besoin pour décider que Jed avait grandi pour devenir ce quelque chose qui ne valait pas la salive pour lui cracher dessus.

Lize fit ressortir sa lèvre inférieure.

— Et puis... ce salaud l'a tué.

La Jeep toucha une ornière et rebondit. L'air était frais à l'intérieur du véhicule ; Lize avait pourtant remonté le pare-brise en position debout et mis la bâche rigide à l'arrière. Chef Joseph se leva et écarta les pattes afin de mieux encaisser les secousses. Sa tête pointait vers l'avant, entre Mattie et Lize, le regard avide rivé à la route, et se balançait patiemment. Il aimait la voiture.

Mattie insista un peu plus.

— Et tu t'es rendue là-bas pour examiner les finances de Jed ?

Lize se gratta la tête sous son chapeau.

— Ouais, Ouais ! J'les aimais pas, les deux avec qui t'étais. Le petit, ça allait.

— Eddie, dit Mattie, les yeux sur le pare-brise. Pour la première fois depuis des mois, le ciel s'était couvert de nuages. — Il s'appelait Eddie. Scott, lui aussi, était bien. Je les aime... je les aimais bien... tous les deux.

Le chemin de terre se terminait à la grand-route, et elles s'arrêtèrent pour laisser passer un tracteur et sa remorque qui filaient sur Spokane.

— Je ne sais pas, dit Lize, après être, non sans mal, montée sur la grand-route et avoir changé de vitesse. Au début, j'ai roulé un peu au hasard, sans idée précise. Je me suis mise à penser à des tas de trucs, et je venais de décider d'aller jusque-là et de régler l'affaire une fois pour toutes, face à face avec Jed, de femme à homme, à propos de la manière...

Elle s'éclaircit la gorge.

— En tout cas, poursuivit-elle, il avait toujours aimé les armes. Alors j'avais amené le .56 avec moi, en me disant qu'on pourrait aller faire une balade à cheval et tirer quelques cartouches en discutant le coup. Et je... je savais que tu étais là-bas... peut-être bien pour... pour aider...

Elle secoua la tête.

— Et, bon sang ! dit-elle avant de passer la quatrième sans plus rien ajouter.

— Combien de temps es-tu restée là-bas ? demanda Mattie.

Lize soupira.

— Assez longtemps pour voir que je n'étais pas de force. Ils étaient trop nombreux. Je remontais par la route de la rivière quand j'ai croisé toutes ces bagnoles chic qui allaient dans l'autre sens. J'ai été obligée de me ranger pour les laisser passer, pasqu'y en a pas un qui aurait essayé de le faire. Sauf quand les deux

Samuraï sont arrivés. J'arrive droit sur eux et ils l'ont quittée, cette foutue route, à fond les ballons. Pour me montrer les capacités d'un quatre-quatre, j'imagine. Y'en a même un qui s'en est allé défoncer la clôture, pour m'impressionner.

» Mais c'qui m'a surtout impressionnée, c'est toutes leurs plaques d'immatriculation. Et ça m'a mis la puce à l'oreille. Ils venaient de tout le pays. J'ai remarqué que la Chevrolet de ton copain de San Francisco n'était pas dans le lot. Pas plus que toi ni Jed d'ailleurs. J'avais vraiment l'impression que je mettais le nez dans des affaires qui me regardaient pas. Et puis, je me suis dit, au diable tout ça. Je vais me payer une petite balade à pied. Alors j'ai pris le Spencer et moi et puis Chef Joseph, on est partis à pied.

» Il y a une butte tout à côté du ranch de Jed. Il faut la contourner pour prendre son chemin. Et en plus, le coin est joli. On voit à des kilomètres à la ronde, depuis le sommet. Moi et le Chef on s'est installés là un moment. J'ai vu Jed partir à cheval vers le nord, en direction de la rivière. Y'a un autre groupe de voitures qui est parti à ce moment-là. J'ai regardé le coucher du soleil. J'ai vu le mec qui était assis sur le capot de la Chevy de tes amis, avec son fusil. J'ai vu la nuit tomber. J'ai entendu le coup de feu. J'ai entendu le cheval revenir. On aurait dit le cheval de Jed, au bruit. Mais le mec qui était dessus ne savait pas monter, y se faisait balader de droite à gauche, toujours prêt à tomber. Il est passé à cent mètres de moi.

» Pas longtemps après, ça a commencé, comme à la guerre.

» Je savais qu'ils étaient plus nombreux, sacrément plus nombreux. Alors je me suis installée et j'ai observé. En attendant de voir comment ça allait tourner. Et l'incendie de la grange m'a permis de tout voir, comme en plein jour.

Mattie avait commencé à ressasser ses souvenirs d'horreur.

— Ç'a été une question de chance, c'est tout, dit Lize au bout d'une minute.

— Qu'est-ce qui a été une question de chance ? murmura Mattie.

— Ç'a été une question de chance qu'y t'ait gardée pour la fin. Ça aurait pas servi à grand-chose que je débarque là-bas avec tous ces mecs qui se tiraient dessus avec leurs drôles de fusils. Mais si ça peut te rassurer, c'était inévitable, il fallait en finir avec lui. Il n'allait pas laisser âme qui vive sur place.

Lize regarda Mattie.

— Qui était-ce, au fait ? dit-elle.

Mattie frissonna. En dépit de la codéine, son bras lui faisait mal.

Lize grommela et retourna à sa conduite.

— Il a tué Jed, je l'ai su quand il est revenu avec le cheval de Jed. Jed n'aurait pas prêté sa monture à n'importe qui.

Elle tendit le bras vers le tableau de bord pour mettre le chauffage. Il ne se passa rien.

— Nom de Dieu, dit-elle. J'ai'blié. C'truc, y marche pas.

La remarque rappela à Mattie Scott, Eddie et la radio cassée de la Chevy. Et ses yeux s'embuèrent de larmes.

Il faisait froid dans la cabine de la Jeep. Le vent venait s'écraser sur le petit véhicule avec sauvagerie. On avait effectivement l'impression que le comté de Douglas allait passer d'été en hiver directement, sans transition. Chef Joseph laissa retomber sa tête sur l'épaule de Mattie.

— Les lettres...

Lize la regarda.

— Les lettres ! répéta Mattie en se débarrassant de la tête de Chef Joseph d'un haussement d'épaules avant de se redresser sur son siège. As-tu récupéré les lettres ?

Lize fronça les sourcils.

— Quelles lettres ?

— Les lettres de la mère de Jed. Elles étaient dans un coffret, ajouta Mattie d'une voix pressante, un coffret en bois de rose.

— Quel coffret ? Où ça ?

— Dans la maison ! La maison de Jed ! Est-ce que tu les as récupérées ?

Lize la regarda, les yeux écarquillés.

— J'm'en souviens, d'ces lettres, dit-elle paisiblement. J'avais'blié qu'c'était Jed qui les avait.

— Dans sa maison ! Dans un coffret spécialement fait pour ça !

— Dans sa maison, dit Lize, d'une voix adoucie. Je m'souviens. Tu m'en as parlé ; el'venaient de sa mère.

— Oui ! Oui ! dit Mattie.

Pour la première fois depuis qu'elle avait repris conscience, Mattie s'anima et mit la main sur l'épaule de Lize.

— Fais demi-tour. Il faut qu'on aille récupérer ces lettres.

Lize la regarda de tous ses yeux.

— Qu'est-ce qu'il y a ?

Lize ne répondit pas.

— Lize ! Lize ! dit Mattie en la secouant. Qu'est-ce qui se passe ?

— Mattie, dit Lize d'un ton sombre, après que j'ai abattu ce... ce...

— Je me fiche bien de lui ! s'écria sauvagement Mattie. Demi-tour !

— Tu étais complètement K.-O. Je n'arrivais pas à te ranimer. Tu étais couverte de sang, du tien comme du sien. Je ne savais pas si tu étais blessée, comment et où était ta blessure. Il y avait des morts partout. Je ne savais pas ce que tu avais. Il n'y avait pas de téléphone là-bas, tout brûlait...

Lize se retourna et regarda Mattie.

— Il fallait que j'aille récupérer la Jeep. Pour te sortir de là. Ça faisait presque trois kilomètres.

Mattie éprouva un sentiment de malaise, un sentiment accablant de mauvais présage, la certitude qu'en dépit de tout ce qu'elle avait entendu, le pire était encore à venir. Elle s'appuya contre le dossier du siège et regarda fixement, droit devant elle. Des voix en murmures imperceptibles résonnaient dans sa tête. Elle voyait huit kilomètres de route devant ses yeux et pas un seul véhicule à l'horizon.

Lize engagea la Jeep sur le bas-côté et s'arrêta. Des gros nuages de poussière jaillirent sous les roues et se mirent à rouler vers le sud-est. Le moteur tournait trop vite en régime. Lize repoussa le starter avec un juron. Mattie avait toujours le regard fixé dans le vide, droit devant.

Lize se tourna vers elle.

— Je t'ai portée, toi et ce foutu fusil, jusqu'à une centaine de mètres de la maison, dit-elle, peut-être même plus loin.

Mattie hocha imperceptiblement la tête, comme si son cou de porcelaine fine et très chère risquait de se briser au moindre mouvement brusque. Une boule d'amarante traversa la chaussée cinquante mètres devant elle. Le vent soufflait avec une telle violence que l'amarante ne roulait même plus, elle flottait dans les airs. La toile de bâche battait et claquait au-dessus de leurs têtes.

— Je ne savais pas s'il y en avait encore d'autres là-bas, ou quoi, poursuivit Lize avec fermeté, alors j'ai été obligée de te cacher dans les buissons en te laissant sous la surveillance de Chef Joseph, pendant que j'allais chercher la Jeep.

Mattie attendit.

— Lorsque je suis revenue, le temps pressait. Je t'ai mise dans la Jeep avec le Chef et je faisais demi-tour pour me diriger vers la sortie...

La toile de bâche tirait sur l'armature au-dessus de leurs têtes.

— Le ciel était éclairé comme en plein jour. Horriblement lumineux. On entendait les poutres claquer, des morceaux de toit s'effondrer. La fumée et les flammes sortaient de partout.

Mattie comprit alors. Avant même que Lize le lui dise, elle avait compris. Elle se retourna et regarda son amie. Pour la première fois de sa vie, Mattie vit des larmes dans les yeux de Lize. Et la crainte. Elle avait peur de quelque chose. De quoi ? De Mattie ? Non. Pas de Mattie : elle avait peur pour Mattie. Pour elle, Mattie. Pour la première fois en trente-cinq ans, Mattie comprit que Lize voulait l'entendre dire que tout allait bien. Entendre de la bouche même de Mattie qu'il n'y avait plus de problème. Elle le voyait dans les yeux de Lize. Dis-moi que tu vas bien. Tu sais que j'ai bien fait. Dis-moi que c'est vrai, dis-moi que tu le sais.

— La maison a complètement brûlé, dit Mattie. Puis elle changea sa phrase en question, qu'elle posa d'une voix parfaitement raisonnable. — La maison a complètement brûlé ?

Lize secoua la tête, et l'espace d'un instant, rien qu'un instant, merveilleux et horrible, Mattie crut s'être trompée.

Mais elle ne s'était pas trompée. Lize secouait toujours la tête, mais elle dit néanmoins :

— Depuis tout ce temps, le toit était en feu, Mattie. Et je me suis dit alors, j'ai eu un sacré flair de la traîner aussi loin. On ne pouvait plus rien pour la maison, elle brûlait presque aussi fort que la grange. Si je t'avais laissée derrière la maison, derrière la cuisine...

Elle fixa le vide et secoua la tête à ce souvenir.

— Bon Dieu, mais il ne reste plus rien là-bas, c'est impossible, tu sais, Mattie. L'incendie était tellement violent, et tous ces foutus livres qui alimentaient les flammes comme si on y versait de l'essence, et puis tout le reste de la bâtisse, c'était du bois. Tout a brûlé. Un vrai brasier, et tellement chaud qu'il a dû faire fondre les clous des murs et des chaussures des mecs. Il a fait fondre tout l'équipement de la cuisine, et le poêle du salon. Tout a fondu, les plombages de leurs dents comme les fusils qu'y z'avaient utilisés.

18

Lize se mordit la langue. Elle et son foutu moulin à paroles. Elle se concentra sur sa conduite.

Mais il ne vint pas à l'idée de Mattie de demander à Lize — dans la mesure où celle-ci n'avait jamais franchi le seuil de la maison de Jed — comment elle pouvait savoir qu'un des murs du salon était garni d'étagères chargées de romans western bon marché, ou qu'un poêle à bois était installé juste en face.

Il était concevable d'admettre que depuis deux ans, à peu de choses près, qu'elle voyait Jed régulièrement, Mattie ait parlé des livres à Lize. De toutes manières, si elle lui posait la question, Lize essaierait d'abord de bluffer en se servant de cet argument.

Lize avait mis les pieds dans la maison de Jed pour la première fois en y traînant la carcasse sans vie du robot tueur jusque dans la cuisine. Il ressemblait bien à un robot, c'est vrai, jusqu'à ce qu'elle l'empoigne. Ce ne fut plus, dès lors, qu'un cadavre d'homme, à tous égards.

La maison brûlait déjà — ce qui expliquait pourquoi elle avait traîné le corps dans la cuisine, pour offrir un petit coup de pouce au cours naturel des choses. Il y avait donc suffisamment de lumière pour qu'elle remarque les livres. Elle les avait contemplés un instant, tout en vérifiant si le cœur d'Eddie battait encore, tout à côté du poêle. Déchiquetés par les balles, horribles, qu'ils étaient, les bouquins. Comme le reste de la pièce d'ailleurs. Et Eddie aussi. Mort, bien mort.

Il était exagéré de dire que le poêle devait avoir fondu. Il était en fonte. Quant aux lettres, impossible qu'elles aient survécu. Si clles étaient dans la maison, elles avaient disparu en fumée.

De toutes manières, elle n'avait pas une seconde pensé aux lettres.

Lize attendit que Mattie dise quelque chose, qu'elle relève sa gaffe. Mais après un long silence, elle comprit que Mattie n'avait pas dû la remarquer.

* * *

Incapable de penser à autre chose qu'aux lettres, Mattie ne songea pas un instant au fait que Lize ne pouvait connaître l'existence des romans. Bien au contraire, elle rentra dans sa coquille sous ce nouveau choc. Tout le restant du trajet jusqu'à Dip, elle ne dit rien, les yeux fixés droit devant elle. Si Lize avait retourné la Jeep après une embardée, Mattie se serait contentée de rester là, assise, sans bouger, à attendre qu'on la sorte du véhicule démoli, guettant la venue du prochain désastre, à ne plus rien attendre d'autre que l'arrivée de la police venue lui apprendre qu'elle était morte. Elle l'aurait accepté. La perte de Jed Dowd était une chose ; il s'était finalement avéré plus qu'une simple illusion. La perte de l'amant d'un soir, qu'elle avait connu par inadvertance, au hasard d'une nuit, et qui s'était, lui, avéré fou dangereux semeur de mort, signifiait encore moins ; c'était en fait un soulagement. La perte de deux inconnus amicaux, lesquels s'étaient avérés flics sous couverture, pouvait éventuellement s'interpréter, au mieux, comme un événement malheureux, mais elle ne lui serait jamais, en aucun cas, un drame personnel. Elle pourrait apprendre, semblait-il, à remettre ces choses à leur juste place, à leur juste degré d'importance, si elle devait survivre. Mais la perte des lettres de Maureen Dowd, cette vie couchée sur le papier, prenait les dimensions d'une tragédie majeure. Il lui avait fallu attendre cet instant pour que Mattie reconnût combien ces lettres avaient compté pour elle. Elles en étaient arrivées à symboliser la résurrection de sa propre existence, les moyens qui auraient dû, inconsciemment ou non, lui permettre d'atteindre à l'objectif qu'elle s'était fixé, une porte de sortie loin de l'existence avilissante, poussiéreuse et sans but qui était la sienne, à Dip, Washington.

Elle en était au point de se considérer gardienne des œuvres littéraires de Maureen Dowd. Ignorées de tous une vie durant, même des quelques rares privilégiés qui avaient eu la chance insigne d'être les récipiendaires de leur sensibilité délicate, les lettres de Mme Dowd auraient pu trouver, grâce aux plaidoyers inlassables de Mattie, une reconnaissance, un prestige, et un respect que leur auteur n'aurait jamais jugés nécessaires ou crus possibles. Sans même parler d'une motivation plus obscure, dont Mattie venait seulement aujourd'hui de se rendre compte qu'elle l'habitait, le désir ancré profond de faire de sa lointaine parcelle de géographie américaine l'envie du monde littéraire en montrant à la face de l'univers, que cet enfer industriel, vide et désolé — le site du barrage de Grand Coulee — s'était avéré capable de produire une construction d'un type bien différent, une œuvre à la beauté éphémère.

Les lettres avaient aujourd'hui disparu, elles s'étaient évanouies sans laisser de traces, incinérées dans un enfer d'une autre mesure, celui du fils de Maureen Dowd et de ses ambitions de fortune pour modestes ou extravagantes qu'elles aient pu être. Disparues, en tous les cas. Réduites en cendres. Et avec elles, tous les espoirs d'un accomplissement aux modestes ambitions.

Toute chose lui semblait irrémédiablement, inéluctablement vouée à l'échec. Un chaos de forces malfaisantes comme autant d'obstacles lui semblait venir sournoisement abattre toutes les pensées qui osaient tester les limites du cours normal des choses, et forcer la moindre d'entre elles qui aurait osé prétendre à l'extraordinaire, à se soumettre, quasiment sur place, au point même où l'idée prenait naissance, sans la laisser aller plus loin.

Comme pour confirmer ces pensées nauséeuses, Mattie et Lize venaient d'arriver aux abords si limités de Dip, Washington. Mattie avait toujours les yeux rivés à la route, droit devant, mais elle voyait. Elle vit le panneau battu par les vents, à la peinture écaillée, qui marquait la sortie de Dip en affichant à la face du comté tout entier la supériorité de son équipe féminine de basket-ball pour une victoire vieille de cinq ans, qui ne s'était toujours pas reproduite. Au-delà, on trouvait la taverne aux fenêtres barrées de planches cloutées, de l'autre côté de la rue, la Grange, fermée pour la soirée, dont les pompes à fuel, essence et kérosène montaient la garde comme des sentinelles silencieuses qui veillaient là, depuis des années, à surveiller les achats parcimonieux et intermittents qui franchissaient les doubles portes, sacs de nourriture pour le bétail, engrais, bêches, cartouches de fusil de chasse et pinces plates. Puis le marchand de machines agricoles qui, à cette époque, exposait son plus petit stock de l'année à même la terre devant son magasin ; il s'agissait dans ce cas précis d'un tracteur diesel White qui ressemblait à un véhicule lunaire et coûterait à quelque fermier — ou au gouvernement — au moins cinquante mille dollars, ainsi que deux râteleuses à foin, du modèle le plus simple, juste bonnes à être tirées par une mule et ne valant guère plus d'un millier de dollars pièce. Puis l'énorme silo à grains de couleur grise qui surplombait la ville de sa masse menaçante et dont le vent infatigable agressait, millimètre par millimètre, la surface brute et irrégulière, peut-être à moitié vide, peut-être même pas, avec son seul et unique camion à blé garé sans chargement juste dessous.

Et, sur le trottoir d'en face, le Dip Café. Les yeux de Mattie reprirent vie pour se poser un bref instant sur la façade du café au moment où la voiture passait devant la vitrine. Les lumières étaient allumées. Mordecai devait encore s'y trouver. Un panneau de contreplaqué brut occupait la place de la vitrine abattue par le coup de fusil. Deux camionnettes à plateau se trouvaient garées en façade. L'une était chargée de balles de foin, sur un châssis de cornières, attachées par deux ou trois tours de corde. La seconde possédait, à l'avant du plateau, un réservoir à fuel graisseux, sali de boue séchée, d'où ressortait une longueur de tuyau d'aspect tout aplati. Une boule d'amarante était venue se ficher sous le pare-chocs arrière.

La clinique était située au-delà des limites extrêmes de la petite ville. C'était une bâtisse en parpaings de plain-pied, avec deux fenêtres et une porte en façade. Les deux fenêtres et la porte sur l'arrière surplombaient un ruisseau à sec plein de ferrailles rouillées, voitures, camions et machines agricoles. Deux mères se trouvaient dans la clinique ; la première était enceinte, la seconde accompagnait un enfant fiévreux qui n'arrêtait pas de chialer. Un vieillard très âgé et tremblotant fixait patiemment le vide devant lui. La réceptionniste, une adolescente boutonneuse installée derrière un petit comptoir où s'entassaient papiers, chemises, prospectus, échantillons de médicaments, pile de courrier publicitaire et une boîte de Pepsi, passa quasiment quarante-cinq minutes au téléphone, à essayer de retrouver la trace d'un flacon d'urine que le vieillard avait déposé à la clinique deux semaines auparavant. Le vent fouettait les fenêtres. Un poêle grinça dans un coin. Mattie connaissait tout le monde, jusqu'au nom du bébé pleureur. Tous la regardèrent sans cacher leur curiosité mais elle n'adressa la parole à personne. Il lui fallut pourtant attendre. Lize attendit en sa compagnie, tout aussi taciturne. Sa présence rébarbative prévenait toute question de la part des présents. La salle d'attente se dégarnit peu à peu, d'abord les femmes, ensuite le vieillard. Au bout d'une heure et quart, le médecin appela Mattie. Il l'emmena jusqu'à une pièce sur l'arrière où il prit des clichés de son poignet, sous deux angles différents. Comme Lize était présente à l'examen, pareille à un bouledogue plein de défiance, le docteur n'insista pas auprès de Mattie pour qu'elle ôte sa chemise afin de prendre une radio de son poignet. Il en avait pourtant envie. Mais il connaissait Lize. Mattie le connaissait. Depuis l'âge de seize ans, elle s'était fait un point d'honneur à se passer des services d'un médecin. Il la fit ensuite asseoir sur un tabouret près d'un grand évier et lui posa un plâtre. L'eau était froide, l'opération fut longue. Lorsque ce fut terminé, l'effet de la codéine s'était dissipé et Mattie avait laissé le flacon de pilules à la maison. Le bras lui faisait mal. Elle ne voulait rien demander au Dr Tumely. La douleur persistait. Finalement, elle craqua et lui demanda un analgésique. Un filet de sourire aux lèvres, il lui répondit qu'elle avait déjà une ordonnance. Lize avait dit qu'elle s'était procuré les médicaments prescrits. Où se trouvait-elle ? Au ranch. Il haussa les épaules. Que pouvait-il faire ? C'était une drogue délivrée sur ordonnance, et il ne pouvait se permettre d'en garder à la clinique. S'il faisait ça, les Indiens fractureraient la porte et voleraient les médicaments. Ils étaient déjà entrés, de toutes façons. Il montra aux deux femmes un trou dans la porte de derrière défoncée. C'était une porte isoplane. Il trouva deux aspirines. Il enverrait la facture à Mattie. Lize grommela en lui disant qu'il pouvait la lui adresser. Elles partirent.

Mattie tenait le bras en l'air ; elle avait l'impression d'avoir moins mal.

— Viens, on déguerpit et on va à la maison, grommela Lize. Ou bien tu préfères retourner chez toi ?

Mattie haussa les épaules, en se mordillant la lèvre inférieure. La maison, chez moi, songea-t-elle. Qu'est-ce que je vais bien pouvoir fiche chez moi ? La nuit était tombée et Lize alluma les phares. Elles dépassèrent le marchand de machines agricoles puis longèrent le Dip Café.

Chose étrange, Mattie entendit à nouveau la musique. Un chœur gigantesque, dans le lointain. Puis une voix. Arrête-toi, dit la voix.

Arrête-toi ?

— Arrête-toi, dit-elle d'une voix forte.

Lize quitta la route. Voilà le café, dit la voix.

Mattie regarda le café. Et alors ?

La voix se montra déçue. Tu as oublié ta promesse. Quelle promesse ?

Il y eut un déclic. Un déclic mécanique, intérieur, au plus profond d'elle. Un sifflement, pareil à celui d'une cassette bon marché... *Laisse-moi entrer... Seigneur, Seigneur, si tu me sors de là, je te le jure, je servirai mes clients à leur table comme la bonne petite fille que je suis pour le restant des jours qui me restent à vivre — à suivre exactement le destin que tu m'avais tracé — pardonne mon arrogance d'avoir cru que je pouvais pécher et jouer à l'intellectuelle en essayant de me trouver quelque chose de mieux que ce que Tu avais prévu pour moi...*

Suffit !

Tout est pardonné, dit la voix, placide dans toute sa magnanimité. Ton arrogance, tes aspirations intellectuelles, tes fornications.

Qu'est-ce... Elle jeta un coup d'œil en coin à Lize. Lize regardait droit devant elle.

Effectivement, remarque la voix comme en aparté, d'un ton suffisant, c'est un joli plan qu'Il t'a prévu.

Plan ? Il n'y a pas de pl...

Tu veux en entendre plus ? demanda la voix. Chaque fois que Mattie entendait la voix, celle-ci se faisait plus forte, plus pleine, de moins en moins semblable à un coup de téléphone distant, pour de plus en plus ressembler à... à...

Oui. Je veux dire. Non. Je...

Tu te souviens de ta promesse ?

Non. Je veux dire si. Naturellement. Je veux dire que je me souviens bien l'avoir *pensée* mais...

C'est le moment de remettre les pendules à l'heure.

Elle était assise, l'esprit vide. Plus rien. Epuisée. Il n'y a rien à remettre à l'heure.

Tout au contraire. Rien. Contente-toi de penser à rien.

Fadaises taoïstes, annonça plaisamment la voix. Eh bien ?

Eh bien quoi ?

— C'est qui ? dit Mattie brutalement.

— Quoi ? dit Lize d'une voix lente, lointaine.

— Ahm, dit Mattie dans un demi-sourire, je crois que je commence à parler toute seule.

Lize continua à regarder devant elle.

— Tu crois que tu es la seule à te parler à toi-même ?

Le sourire de Mattie s'en retrouva faussé et disparut.

Tu vois ? dit la voix.

Non. Je vois quoi ?

La Main de Dieu a intercédé en ta faveur, par le biais de Son humble instrument.

Mattie cligna des yeux en regardant Lize. La Main de... Elle ne parvenait pas à le dire. Lize tourna lentement la tête avec un large sourire plein de dents... Dieu...

Bingo, dit la voix.

Tu ne peux pas être...

Dieu ?

Non. Ni sérieux non plus.

Ah ! dit la voix, sérieux. Eh bien... tout dépend.

Après tout, quel est le sérieux de l'existence ? — La voix poussa un gros soupir. — Quant à l'autre question, eh bien ! Ce n'est pas très facile, à vrai dire. Comme si je devais aller à une soirée et quelqu'un ne me connaissant pas venait me demander, qu'est-ce que Tu fais ?

Seigneur, je...

Lui aussi, lui aussi. Bien que pour Lui, la réponse soit un peu plus facile. Il suffit qu'Il te montre Ses mains.

— Lize ? dit-elle à haute voix.

— Oui, répondit Lize, d'un ton beaucoup trop paisible.

Oui, dit la voix aux inflexions rassurantes. Lize aussi.

Elle... Mattie éprouvait des difficultés à réfléchir pour se sortir de tout ça. Son bras lui faisait mal. Depuis plusieurs heures, elle avait froid. Impossible de se réchauffer. Soudain, elle eut envie de capituler, abandonner, se rendre corps et âme... Elle était fatiguée. Tout lui faisait mal. Un instrument. Tu l'as envoyée, elle, comme... ton instrument ?

La vérité, gente dame, dit la voix, c'est que Lize était sur le chemin de la maison, prête à aller mettre ses tomates en conserve, lorsque tu as appelé à l'aide. Le chœur musical grossit un bref instant.

Alors ce n'est pas vrai qu'elle se faisait... du souci... pour...

Pour toi ? Qui ça, Lize ? Oh, oh ! gloussa la voix. Allons, allons, Mattie. Tu connais Lize. Elle aime s'occuper de ses affaires.

Mais... Mais...

Et, réfléchis un peu. Il y avait trois cents mètres du sommet de cette butte à l'arrière du crâne de ce monsieur Harris... dans l'obscurité. Ne penses-tu pas que la trajectoire de la balle ait pu, disons, être un peu aidée, par une... Main divine ?

Le regard de Mattie se posa soudain sur le volant de la Jeep. Lize tapotait patiemment son index calleux, usé par le travail, le doigt qui pressait la détente, sur le volant.

Plutôt bien, comme tir, hein, fille ? sourit la voix.

Mattie garda les yeux fixés sur ce doigt un long moment. Puis elle se détourna en direction du café. Il était là, dans l'obscurité venteuse.

L'orgueil est un péché, mon enfant, conseilla la voix. Pas très différent de la fornication.

Ça suffit.

— Arrête-toi, dit Mattie à haute voix.

— J'ai déjà arrêté, dit Lize d'une voix revêche. Et maintenant ?

— Je... je veux... il faut que je parle à Mordecai, dit Mattie.

Un pli soucieux barra le front de Lize. Elle n'aimait pas Mordecai. Y'avait pas grand monde qu'elle aimait bien, la Lize, nom d'un chien. Mais les voies du Seigneur sont impénétrables.

— Gare-toi. Je n'en ai que pour une minute.

Lize se gara.

— J'attendrai.

— Je n'en ai même pas pour une minute, marmonna Mattie en sortant de la Jeep.

A l'intérieur du petit restaurant, Rabbit manœuvrait seau et serpillière à la sortie de la cuisine en direction des toilettes. Mordecai était derrière son passe-plat.

Mattie n'avait pas remarqué le tracteur de Jake MacBee à l'extérieur. L'engin devait pourtant bien être quelque part parce que son propriétaire était bien là, installé au comptoir, penché sur sa tasse de café.

Tout s'arrêta à l'entrée de Mattie. Les lumières paraissaient plus fortes qu'à l'accoutumée. Mattie avait posé sur ses épaules le grand manteau en mouton fourré de Lize et elle tenait son plâtre de sa main valide. Le plâtre était encore humide. Sa joue portait un pansement propre et, au-dessus de la plaie, son œil gauche avait commencé à changer de couleur pour se transformer en superbe coquart.

Rabbit hocha sa tête grise à plusieurs reprises en signe de bienvenue, mais les hochements se ralentirent lorsque le plâtre attira son attention. Tête et cheveux n'étaient pas loin de ressembler à une copie conforme de la serpillière au bout du balai à ses pieds. Gêné, il battit en retraite bruyante, lui et son baquet, en poussant la porte des toilettes pour dames. Peut-être avait-il entendu les bruits qui couraient sur Mattie ces temps derniers ? Jake pivota sur son tabouret et bondit sur place en la voyant. Il replaça son chapeau Peterbilt en position, à deux reprises, avant de réussir à bredouiller :

— Que ch'sois pendu, nom de Dieu, Mattie ! Mais par tous les diables de l'enfer, qu'est-ce qui t'est arrivé ?

Très justement dit, commenta la voix, de très loin. Regarde, ajouta-t-elle, de plus en plus faiblement, tout est message, il suffit d'avoir appris à les lire. Parle, ma fille. L'expiation est possible... ici même...

— Mordecai, dit-elle.

Mordecai était occupé à balancer ses assiettes derrière le passe-plat, et il n'avait évidemment pas entendu Mattie.

— Mordecai !

Il leva les yeux et, surpris, marqua un temps d'arrêt. Il ouvrit la bouche, la referma.

— Je veux reprendre mon emploi.

Le silence remplit le café. L'eau sifflait bruyamment dans la cuisine. Au bout d'un long moment, le son étouffé d'une chasse d'eau qu'on tire retentit derrière la porte des toilettes pour dames.

— Mordecai ? répéta Mattie d'une voix tremblante. Puis-je reprendre mon emploi ?

Mordecai la fixa du regard derrière la fenêtre du passe-plat. Des nuages de vapeur blanche montèrent entre la fenêtre et son visage grisonnant, encadré par le tablier taché noué haut sur la poitrine et la coiffe de cuistot affaissée qu'il avait sur la tête.

— S'il te plaît, Mordecai, dit-elle, luttant contre la boule qui se nouait dans sa gorge. S'il te plaît, puis-je reprendre mon emploi ?

Mordecai coupa les robinets de l'évier en contrebas et s'essuya les mains sur le tablier. Puis il se racla les deux ou trois jours de barbe qui lui mangeaient les joues avant de jeter un œil en direction de Jake.

Mattie soupira, le souffle haletant, irrégulier.

— Je suis désolée, M. Jake, dit-elle d'une voix résolue en se tournant vers Jake. Je suis désolée d'avoir balancé ces... cette tasse et cette soucoupe sur vous, et d'avoir dit ce que j'ai dit.

Jake la regarda fixement. Ses lèvres remuèrent, mais aucun son n'en sortit.

— Mordecai, dit-elle, en ayant bien du mal à lever les yeux vers lui pour le regarder. Elle y parvint finalement et remarqua que son plâtre agissait comme une sorte de bouclier. — Je t'ai lancé un pot de café à la figure hier, ou la veille, et je suis ici pour te présenter mes excuses. Et... pendant que j'y suis, j'aimerais... je voudrais... Sa voix se fit toute petite. Finalement, les larmes se mirent à couler. — S'il te plaît, ne m'oblige pas à te supplier... parvint-elle à dire, la voix déchirée de sanglots. S'il te plaît, ne m'oblige pas...

Mordecai Sturm continuait toujours à la regarder par le passe-plat. Les lumières brillaient dans le café, tous entendaient le bourdonnement du tube fluorescent au-dessus du comptoir, et le vent qui venait s'insinuer par le jour sous la porte, et le bruit de goutte à goutte d'un robinet derrière le comptoir, et le ronronnement lointain de la Jeep de Lize qui tournait au ralenti sur le parking. Rabbit était silencieux, caché, à attendre. Il avait toujours apprécié Mattie.

Mordecai hocha la tête, la bouche légèrement entrouverte.

— O.K. ! Mattie, dit-il finalement. Tu peux reprendre ton emploi.

Mattie resta sur place, comme si elle n'avait pas

entendu, tandis que ses larmes glissaient en silence sur ses joues. Son ego en bouillie, passé au pilon, venait d'ouvrir les vannes de la félicité céleste. Mordecai tendit le bras vers une pile d'assiettes sales où s'entassaient des couverts.

— Viens quand tu seras prête, quand tu jugeras que tu peux travailler.

Il se retourna et fit disparaître les assiettes dans l'eau graisseuse de l'évier situé derrière lui. Puis il pivota à nouveau, et, écartant les bras de façon à pouvoir s'appuyer sur l'étagère du passe-plat, il fit un clin d'œil à Jake.

— Evidemment, ajouta Mordecai, comme les affaires ne tournent pas très fort et tout ça, il va nous falloir te faire débuter avec un salaire plus faible.

Un petit sourire vint étirer les commissures des lèvres de Jake, qui se tourna pour avaler une gorgée de café.

Mattie ne remarqua rien. Elle se pencha pour éponger les larmes de sa joue vierge de pansement sur la fourrure du manteau de Lize.

— Merci, Mordecai, renifla-t-elle, merci. Tu ne le...

Elle leva les yeux vers les deux hommes.

Qui la regardèrent en retour.

— Tu ne le regretteras pas, dit-elle d'une voix à peine audible en se tournant vers la porte, la gorge serrée. Je serai là dans une semaine.

Elle sortit.

* * *

On lui enleva le plâtre au bout de cinq semaines, mais elle travaillait déjà depuis un mois, ainsi qu'elle l'avait promis. A la fin de la deuxième semaine, Mordecai se laissa fléchir et lui donna une augmentation qui remonta le salaire de Mattie à son niveau précédent. De sorte qu'elle touchait à nouveau trois dollars cinquante-cinq de l'heure. Plus les pourboires. Il n'y avait qu'un seul changement à ses horaires. Elle ne travaillait plus le dimanche matin ni le mercredi soir. Le reste du temps, pas de problèmes, elle travaillait. Mais dimanche matin et mercredi soir, elle était à l'église. Il ne fallut pas longtemps pour que tout un chacun s'aperçût combien elle s'était radoucie depuis sa chute de cheval. On racontait que l'animal l'avait traînée un peu en tous sens avant que Lize puisse l'arrêter. Peut-être, alla-t-on jusqu'à dire, qu'elle s'était cogné la tête contre une pierre. Voire plusieurs pierres, qui sait. En se disant que « Lize la coincée » allait enfin mettre un peu d'eau dans son vin et se dépêcher d'investir dans l'achat d'une paire d'étriers qui se détachaient en cas de chute.

Autre fait non moins étrange : le comportement de Mattie à l'église. Elle suivait effectivement l'office, accomplissait tous les gestes et rituels. Elle se levait quand elle était censée être debout ; s'asseyait quand elle était censée être assise. Mais elle se refusait à prononcer la moindre parole. Pas de prières, pas même de bonjour. Pas plus que de psaumes, d'ailleurs. Rien que les gestes.

Mais personne ne trouvait à redire au comportement de Mattie serveuse. De toutes les serveuses qui avaient travaillé pour Mordecai, elle se montrait aussi efficace que les meilleures. Toujours prête à resservir du café, toujours là, dès que le client s'était assis, avec le menu et un verre d'eau glacée. A peine sortie du grill, la nourriture était déjà sur la table, toujours bonne et bien chaude, quel que soit le nombre de clients dans la place. Il ne lui arrivait jamais — ou pratiquement jamais — de mélanger les commandes. Elle se comportait toujours comme si elle était reconnaissante aux clients de leur présence et heureuse de faire ce travail. Impossible de la prendre en faute.

En revanche, elle ne parlait pas beaucoup. Malgré son âge, elle était bien jolie mais fuyait toute compagnie. Drôle de truc, d'ailleurs. A vrai dire, il n'y avait pas beaucoup de demandes. Sa cicatrice sur la joue, on l'aurait tout juste remarquée si elle avait voulu y mettre du sien, en acceptant de discuter un brin, de montrer un peu du cran dont elle avait fait preuve dans le temps, ou même de se maquiller un peu.

Quelques semaines après le retour de Mattie au café, quelqu'un remonta le chemin qui conduisait chez Jed pour demander l'autorisation de chasser le daim, et découvrit ce qui restait du Cloverleaf. Ce qui fit un joli scandale. Un peu plus tard, quelqu'un se présenta spontanément pour déclarer qu'il avait aperçu les rougeoiements de l'incendie cette nuit-là ; il avait cru qu'il s'agissait de la réserve, dans la mesure où la direction correspondait, et n'y avait plus pensé. Il y eut une grande enquête. Les enquêteurs virent Mattie, qui se trouva choquée en apprenant la nouvelle, mais le Seigneur lui donna la force nécessaire et elle se montra inflexible. Jed Dowd n'était pas venu à un de leur rendez-vous et elle ne l'avait pas revu depuis. Mordecai confirma son témoignage, il se souvenait l'avoir vu attendre, deux heures durant, aux abords du café, ce soir-là, et pas de Jed, et lui non plus ne l'avait pas revu depuis. Ce fut le sujet de conversation de tout le pays pendant des semaines, mais personne ne réussit jamais à comprendre ce qui s'était réellement passé. Le seul corps dont il restait suffisamment pour qu'on pût l'identifier était celui de Scott : une arme automatique à côté du cadavre, un harnais avec une grenade intacte, la chemise à arabesques trempée de sang. L'identification n'était possible qu'à partir de l'examen de la dentition, mais personne ne savait où aller chercher ces fameux dossiers dentaires. Tout le monde fut très surpris d'apprendre qu'il ne s'agissait pas de Jed. Puis on décida que le corps dans la pièce de devant devait être celui de Jed, mais dans la mesure où le cadavre était calciné, rendant toute identification impossible, la chaleur intense ayant fait fondre les plombages des dents, il n'existait aucun moyen d'obtenir confirmation de manière absolue.

Lize était retournée sur les lieux depuis bien longtemps, pour couper court à tout désir de Mattie de s'y rendre et lui confirmer par la même occasion que le coffret de lettres avait bien brûlé avec tout le reste. Ce qui était le cas. Elle découvrit un morceau de laiton de sept centimètres, intact, une ferrure incrustée dans le bois, qu'elle ramena à Mattie pour preuve que les lettres avaient été réduites en cendres et emportées par le vent. Puis elle se rendit à Spokane où elle fit installer un jeu tout neuf de pneus d'occasion sur la Jeep. Sans parler à quiconque de ce petit voyage.

Il y avait également un troisième corps, découvert à peu près exactement à l'endroit où se situait la porte entre cuisine et salon, lorsque la maison était encore debout. En fait le corps se trouvait parmi les carcasses noircies des quelques appareils ménagers que possédait Jed, essentiellement une cuisinière et un réfrigérateur. Il fut tout aussi impossible de savoir de qui il s'agissait au départ, car lui aussi était calciné au point de rendre toute identification impossible. Mattie comprit qu'il devait s'agir du cadavre de Tucker Harris, en apprenant que les os étaient mêlés à des morceaux de métal et de plastique fondus ; le cadavre avait en outre éclaté en morceaux à cause de toutes les munitions qui avaient explosé sous lui du fait de la chaleur intense. Malgré tout, encore longtemps après, aucune piste n'avait été découverte, et aucun moyen de découvrir l'identité du corps car nul ne savait où chercher les dossiers dentaires. Il fut simplement décidé qu'il ne s'agissait pas de Jed, pour une raison ou pour une autre.

Entre-temps, moins de trois semaines après que Mattie eut repris le travail, une semaine avant qu'on lui enlève son plâtre, l'hiver fit son apparition, un hiver dur, qui était en avance. Pendant deux jours, les températures chutèrent, il fit de plus en plus froid, les nuages se mirent à grossir au-dessus des Cascades, le vent cessa de souffler. Puis, la nuit du troisième jour, environ une heure avant la fermeture du café, la neige se mit à tomber. En petits flocons cotonneux et glacés, au départ, qui spiralaient jusqu'au sol. Puis la neige tomba plus dru et il fallut à Mattie presque une heure pour rentrer chez elle. Le lendemain matin, la neige recouvrait le sol sur soixante centimètres. Il n'en tomba plus guère que par intermittence au cours des mois qui suivirent mais elle ne disparut jamais complètement jusqu'à la fin de l'hiver.

Il fallut donc attendre le printemps suivant pour que deux cow-boys, passant sur les terres de Jed au départ du Two Bar — le Double Barre —, le ranch voisin à l'est, découvrent un paquet d'ossements et de vêtements que les coyotes et autres vermines avaient éparpillés à la ronde autour de la cabane de Jed. C'était là logiquement les restes de Uriah et Melvin, les deux aides que Jed avait engagés spécialement pour le Rendez-vous et les deux premières personnes que Tucker Harris avait tuées ce soir-là. Comme il avait utilisé pour ce faire une corde à piano, personne ne put dire comment elles avaient été tuées, et ce fut pure hypothèse que d'associer ces deux cadavres à l'incendie macabre du Cloverleaf près de neuf mois auparavant. Et comme Jed avait engagé les deux hommes sans rien connaître de leurs antécédents, une fois encore, aucune identification ne fut possible.

Jed avait été tué sur ses terres et Harris avait abandonné le corps dans un ravin. On ne retrouva jamais son cadavre.

Ils découvrirent ensuite le camion de Harris, garé dans un arroyo à bonne distance de la cabane et de la maison d'habitation du ranch. Le véhicule avait été complètement nettoyé par les vandales. Tout l'outillage, la Benzédrine, les armes sophistiquées, jusqu'aux roues, pneus et glacière, tout avait disparu. Les plaques avaient été volées sur un autre véhicule à San Diego près de deux ans auparavant. Cette piste ne mena donc nulle part.

Personne ne comprit véritablement jamais les raisons

exactes de cette fichue fusillade, car toutes les preuves existantes d'un trafic de drogue étaient parties en fumée avec l'incendie de la grange.

Après quelque temps, l'opacité même de l'événement rappela aux gens l'énigme du Big Divot, et toute conversation qui débutait par le mystère du Cloverleaf finissait inévitablement par en comparer les points inexplicables avec ceux du Big Divot.

Au bout du compte, cependant, les autorités réussirent à identifier le maxillaire aux dents gâtées dégagé du casque calciné et fondu qu'ils avaient découvert dans la cuisine de la maison.

La chose se passa un an après l'incendie, presque jour pour jour ; en fait, un an jour pour jour après la veille de l'incendie, deux hommes entrèrent au Dip Café.

Mattie travaillait comme d'habitude, et comportement habituel chez elle depuis ce fameux jour où, après sa chute de cheval, la bête l'avait traînée au sol, à ce que tout le monde disait dans les environs, elle restait parfaitement silencieuse. De temps à autre, on la surprenait en train de se murmurer quelque chose. Mais elle était très silencieuse.

Il faisait chaud à nouveau. Les deux hommes conduisaient un modèle récent de Ford bleu marine tout à fait banal, couvert de poussière. Ils étaient tous deux vêtus de pantalons et vestes de sport anonymes, tenue quelque peu inhabituelle dans cette région. L'un portait une cravate dénouée, l'autre une chemise blanche au col ouvert. Il avait également une moustache soigneusement taillée, les cheveux un peu longuets, mais propres et bien coupés. Les cheveux blond-roux du premier commençaient fortement à se clairsemer : le front était déjà bien dégarni, laissant à penser qu'il n'aurait bientôt plus rien sur le crâne. L'un comme l'autre n'avaient pas encore trente-cinq ans.

Jake MacBee était là, sur son tabouret près de la caisse enregistreuse. C'était un mardi, et il était remonté avec un jour d'avance en faisant la gueule parce qu'il revenait à vide. Il n'échappa pas aux regards des deux hommes qui inspectèrent les lieux, mais c'est à Mattie qu'ils s'adressèrent. Mordecai s'occupait de ses poubelles à l'arrière du café.

— M'dame, dit l'un des deux hommes avec un petit signe de tête.

Mattie sourit, avec, aux lèvres, le petit demi-sourire égaré qui était devenu le sien depuis l'accident, sans regarder les deux inconnus dans les yeux. Ils comprirent immédiatement qu'elle était légèrement « déjantée » et bien trop timide ou ombrageuse pour leur être d'une grande utilité. Ils échangèrent un regard pour se confirmer la chose. Le moustachu haussa les épaules et mâchonna son chewing-gum en passant la salle en revue, mains dans les poches, sans manifester grand intérêt. Il avait rencontré des tas de gens, dans ce coin du pays, un peu « déjantés ». Il commençait à s'y habituer.

— Café ? dit Mattie.

Le gars aux cheveux blond-roux sortit un petit étui mince et montra un insigne.

— Nous sommes du F.B.I., mademoiselle, dit-il en remarquant qu'elle ne portait pas d'alliance.

En fait elle ne portait pas le moindre bijou, à l'exception d'une petite broche qui ressemblait apparemment à un poisson stylisé. Encore une chrétienne. Une autre de ces chrétiennes « déjantées ». Il s'éclaircit la gorge en présentant son insigne à Mattie.

— Pas de café, merci. Nous sommes à la recherche d'un homme et nous pensons qu'il a traversé ce pays. Nous aimerions en toucher un mot avec tous ceux qui pensent l'avoir vu.

Jake arrêta la course de sa tasse de café, entre soucoupe et lèvres, et tendit l'oreille.

— Oh ! dit Mattie.

Jamais encore elle n'avait rencontré de membre du F.B.I., mais elle ne s'intéressait pas vraiment à ce que faisaient ces hommes-là, de la même manière qu'elle ne s'intéressait pas vraiment à ce que faisait le reste du monde. Néanmoins, elle fit appel à une petite musique intérieure aux accents célestes pour la calmer.

L'homme aux cheveux blond-roux laissa tomber deux photographies sur le comptoir.

Mattie examina les deux clichés d'un regard terne et embrumé. Elle se rappela le visage. Mais elle en était arrivée à un tel stade d'introversion, elle était tellement renfermée sur elle-même, à l'écart de tout comportement démonstratif autre qu'une simple complicité tacite, qu'à la vue de ce visage qu'elle connaissait, elle se contenta de sourire et d'ouvrir les mains, comme pour dire, qu'est-ce que c'est que ça ? Encore une de ces demandes stupides. Mais je vous l'ai déjà dit, pas une, pas dix, mais plutôt mille fois qu'une. *Uniquement le vendredi. Nous ne servons de poisson que le vendredi.* Alors qu'en vérité, de manière invisible, elle traversait un champ de pensées bien plus profond, qui s'organisait autour de, je suis en sécurité entre Ses mains, ou bien alors, si c'est la fin, quelle importance. Mais les gestes qui accompagnaient les pensées réelles ou supposées qui la tenaient seraient apparus comme parfaitement identiques, aux yeux de quasiment tout un chacun.

— Qu'a-t-il fait ? dit Jake, en se penchant sur le côté pour jeter un coup d'œil.

L'homme aux cheveux blonds regarda Jake.

— L'avez vu ?

Jake plissa les yeux et réfléchit :

— Nan, dit-il en se grattant un chaume de barbe vieux de deux jours, nan, je...

Il plissa le front.

Le moustachu regardait Mattie.

— Mademoiselle ?

Mattie répondit d'un voix amorphe, en examinant les photos :

— Ouais ! il est passé ici l'année dernière, à peu près à cette époque...

Les deux hommes échangèrent un regard.

— Vous vous souvenez de lui ? demanda le blond. Après une année ?

— Uh-huh, opina Mattie, il... il m'a fait des avances.

Mattie regarda Jake.

— Tu te souviens, Jake ? Tu étais là.

Elle avait les yeux ternes, presque vitreux.

Jake plissa le front et secoua la tête d'un geste incertain. Non, il ne se souvenait pas d'un truc pareil.

L'homme à la moustache étudia un instant la cicatrice sur la joue de Mattie puis échangea un regard avec son partenaire.

Le gars du F.B.I. reporta son attention sur Mattie et mâchonna son chewing-gum.

— Des avances, hein ?

Jake indiqua les photographies.

— Qu'est-ce qu'il a fait ? Il n'a pas l'air commode.

Mattie se retourna et reposa la cafetière sur le brûleur.

Le moustachu regarda Jake et ricana, d'un petit rire bref, sans joie.

— Pour sûr qu'il l'est pas, mon gars, dit-il, mâchant sa gomme avec une telle énergie qu'elle claquait bruyamment sous ses mâchoires. C'est le plus vachard des vachards. Le plus vachard et le meilleur.

— Tolérance zéro, ajouta l'autre. Bien avant qu'on ait songé à inventer la catégorie.

Il fit glisser les deux photos du comptoir au creux de sa main avant de les replacer dans sa poche de veste.

Jake regarda disparaître les photos.

— Le meilleur ? Le meilleur quoi ?

— Le meilleur de tous nos agents, dit le moustachu.

— Hé ! dit le blond.

— Quoi ! Qu'est-ce qu'y en a à foutre, Tyson ? dit le moustachu. Je veux dire par là, ça fait un an qu'on ne l'a pas revu, nom de Dieu, *un an*.

Le blond hésita.

— Ouais, mais...

— Exact ? insista la moustache. Exact ?

Les cheveux blondasses ne dirent plus rien.

— Voilà ! dit la moustache, roulant des yeux d'abord à l'adresse de Mattie, puis de Jake.

Jake prit un air soucieux et se passa la paume de la main sur ses rouflaquettes blanches.

— Agent ?

— Agent du Service de répression des stupéfiants.

Jake pointa un doigt en direction de la poche contenant les deux photos.

— Ce gus à l'air vachard, c't'un flic ?

La moustache avait pris un air nonchalant.

— La dernière fois que nous l'avons vu, c'en était un.

— Une sorte de flic, je dirais, en tous cas, interjecta le second. Nous aimerions beaucoup le retrouver pour en discuter avec lui.

— Pourquoi ? demanda Jake d'un air stupide. Y s'est perdu ?

La moustache ne fut guère amusée.

— Nous ne l'avons pas vu ces temps derniers, dit-il avec un filet de voix.

Il commençait de toute évidence à se fatiguer, à force de donner bien plus de réponses qu'il n'en recevait lui-même.

— Allons-y, ajouta-t-il à l'attention du blond.

— Hé ! dit Jake. C'est quoi son nom ?

— Tucker Harris, dit la moustache d'un air impatient, tandis que le nom faisait son chemin dans l'esprit de Mattie, en toute banalité, sans plus, ni moins. Jake acquiesça de la tête, sans rien ajouter. Il s'en fallut de peu qu'on ne vît pratiquement les deux noms se ficher dans son oreille la plus proche avant de ressortir par la seconde, flottant doucement dans les airs, totalement oubliés.

La moustache ouvrit la porte et céda le passage au blond.

— Hé, dit Jake plein de prévenance, si je le vois, est-ce que je dois lui dire que vous le cherchez ? Ou bien est-ce qu'il faut rien dire et vous passez un coup de fil ?

— C'est comme vous voulez, mon gars, dit la moustache en sortant.

— Tu leur as laissé une carte ? demanda son partenaire déjà sorti.

— Il ne m'en reste que deux, fut la réponse, avant que la porte se referme sur les deux hommes.

— Ben dis donc, dit Jake en se retournant vers le comptoir, celle-là, tu me la copieras !

— Quoi ? dit Mordecai en réapparaissant à la fenêtre du passe-plat avec une pile de hamburgers surgelés. Mattie le regardait droit dans les yeux : elle ne put s'empêcher de remarquer que Mordecai avait l'air très soulagé, à propos de quelque chose. Quelques contraventions pour stationnement interdit dans un passé sordide ? couina la voix dans le lointain. La musique avait disparu. Mattie sourit d'un de ses petits rictus rapides et indéchiffrables que Mordecai avait appris à ignorer.

Mordecai sourit d'un air coupable.

— Une bière ? demanda-t-il, connaissant par avance la réponse.

Mattie secoua la tête. Elle ne buvait plus.

Jake se pencha vers le comptoir, tête entre les épaules, et porta le bord de sa tasse à ses lèvres.

— Un flic perdu, gloussa-t-il.

Il avala bruyamment une gorgée de café.

Mattie se versa une tasse de café. Elle l'emporta jusqu'au box le plus éloigné de Jake où elle s'assit, en tournant le dos à ce dernier. Elle s'était mise à fumer ces derniers temps. Elle alluma une cigarette. Elle inhala profondément et souffla sa fumée vers la fenêtre. Au-delà de laquelle la Ford bleu marine, sans signes particuliers, s'engageait sur la grand-route en direction du nord. Un instant, un bref instant, le brouillard se leva de son esprit et elle se mit à gigoter. Elle songea, pour la millième fois peut-être, qu'elle aurait dû emporter ces lettres loin de Jedediah Dowd la toute première fois qu'elle les avait vues — c'était quand, déjà ? Il y avait deux ans ? Peu importe. Quand elle en avait eu l'occasion. La première fois qu'elle avait rencontré Jed. La première fois qu'elle les avait lues, ces lettres. Lorsqu'elle avait compris ce qu'elles représentaient. La deuxième, la troisième, la dixième fois qu'elle avait compris ce qu'elles représentaient. Dans tous les cas, elle n'avait pas agi en temps et heure. Et deux choses s'en étaient trouvées irrémédiablement détruites, conséquence directe de sa négligence : une œuvre belle et forte, et sa meilleure chance de s'en sortir. L'idée la taraudait, jour après jour, de savoir que ces lettres avaient disparu. Et sa vie en était polluée.

— Allons, remets-toi, courage, dit la voix. Tu m'as, Moi, maintenant.

Dix mille voix s'élevèrent en chœur pour un chant d'allégresse.

RIVAGES/NOIR

1. Jim Thompson : *Liberté sous condition*
2. Charles Williams : *La Fille des collines*
3. Jonathan Latimer : *Gardénia rouge*
4. Joseph Hansen : *Par qui la mort arrive*
5. J. Van de Wetering : *Comme un rat mort*
6. Tony Hillerman : *Là où dansent les morts*
7. John P. Marquand : *Merci, Mister Moto*
8. John P. Marquand : *Bien joué, Mister Moto*
9. David Goodis : *La Blonde au coin de la rue*
10. Mildred Davis : *Dark Place*
11. Joan Aiken : *Mort un dimanche de pluie*
12. Jim Thompson : *Un nid de crotales*
13. Harry Whittington : *Des feux qui détruisent*
14. Stanley Ellin : *La Corrida des pendus*
15. William Irish : *Manhattan Love Song*
16. Tony Hillerman : *Le Vent sombre*
17. Hugues Pagan : *Les Eaux mortes*
18. John P. Marquand : *Mister Moto est désolé*
19. Donald Westlake : *Drôles de frères*
20. Jonathan Latimer : *Noir comme un souvenir*
21. John D. Mac Donald : *Réponse mortelle*
22. Jim Thompson : *Sang mêlé*
23. William McIlvanney : *Les Papiers de Tony Veitch*
24. William McIlvanney : *Laidlaw*
25. Diana Ramsay : *Approche des ténèbres*
26. Donald Westlake : *Levine*
27. James Ellroy : *Lune sanglante*
28. Harry Whittington : *Le diable a des ailes*
29. John D. Mac Donald : *Un temps pour mourir*
30. J. Van de Wetering : *Sale temps*
31. James Ellroy : *A cause de la nuit*
32. Jim Thompson : *Nuit de fureur*
33. J. Van de Wetering : *L'Autre Fils de Dieu*
34. J. Van de Wetering : *Le Babouin blond*
35. Tony Hillerman : *La Voie du fantôme*
36. W.R. Burnett : *Romelle*
37. David Goodis : *Beauté bleue*
38. Diana Ramsay : *Est-ce un meurtre ?*

39. Jim Thompson : *A deux pas du ciel*
40. James Ellroy : *La Colline aux suicidés*
41. Richard Stark : *La Demoiselle*
42. J. Van de Wetering : *Inspecteur Saito*
43. J. Van de Wetering : *Le Massacre du Maine*
44. Joseph Hansen : *Le petit chien riait*
45. John D. Mac Donald : *Un cadavre dans ses rêves*
46. Peter Corris : *La Plage vide*
47. Jim Thompson : *Rage noire*
48. Bill Pronzini : *Hidden Valley*
49. Joseph Hansen : *Un pied dans la tombe*
50. William Irish : *Valse dans les ténèbres*
51. John D. Mac Donald : *Le Combat pour l'île*
52. Jim Thompson : *La mort viendra, petite*
53. J. Van de Wetering : *Un vautour dans la ville*
54. James Ellroy : *Brown's Requiem*
55. Jim Thompson : *Les Alcooliques*
56. W.R. Burnett : *King Cole*
57. Peter Corris : *Des morts dans l'âme*
58. Jim Thompson : *Les Arnaqueurs*
59. J. Van de Wetering : *Mort d'un colporteur*
60. W.R. Burnett : *Fin de parcours*
61. Tony Hillerman : *Femme qui écoute*
62. Kinky Friedman : *Meurtre à Greenwich Village*
63. Jim Thompson : *Vaurien*
64. Robin Cook : *Cauchemar dans la rue*
65. Peter Corris : *Chair blanche*
66. David Goodis : *Rue Barbare*
67. David Goodis : *Retour à la vie*
68. Barry Gifford : *Port Tropique*
69. J. Van de Wetering : *Le Chat du sergent*
70. Joseph Hansen : *Obédience*
71. Roger Simon : *Le Clown blanc*
72. Robert Edmond Alter : *Attractions meurtres*
73. Charles Williams : *Go Home Stranger*
74. John D. Mac Donald : *L'Héritage de la haine*
75. David Goodis : *Obsession*
76. Joseph Hansen : *Le Noyé d'Arena Blanca*
77. Jim Thompson : *Une combine en or*
78. Bill Pronzini : *La nuit hurle*

79. Joseph Hansen : *Pente douce*
80. Peter Corris : *Le Garçon merveilleux*
81. J. Van de Wetering : *Cash-cash millions*
82. Charles Williams : *Et la mer profonde et bleue*
83. Jim Thompson : *Le Texas par la queue*
84. Jim Nisbet : *Les damnés ne meurent jamais*
85. Howard Fast : *Sylvia*
86. Charles Willeford : *Une fille facile*
87. John P. Marquand : *Rira bien, Mister Moto*
88. Chester Himes : *Qu'on lui jette la première pierre*
89. Dolores Hitchens : *La Victime expiatoire*
90. William McIlvanney : *Big Man*
91. Masako Togawa : *Le Baiser de feu*
92. James Crumley : *Putes*
93. Geoffrey Homes : *Pendez-moi haut et court*
94. Geoffrey Homes : *La Rue de la Femme qui pleure*
95. George Chesbro : *Une affaire de sorciers*
96. Tony Hillerman : *Porteurs-de-peau*
97. James Ellroy : *Clandestin*
98. Tony Hillerman : *La Voie de l'Ennemi*
99. Charles Willeford : *Hérésie*
100. James Ellroy : *Le Dahlia noir*
101. J. de Wetering : *Le Chasseur de papillons*
102. Peter Corris : *Héroïne Annie*
103. Jim Nisbet : *Injection mortelle*
104. Joseph Hansen : *Le Garçon enterré ce matin*
105. Helen McCloy : *La Somnambule*
106. Howard Fast : *L'Ange déchu*
107. Barry Gifford : *Sailor et Lula*
108. Kinky Friedman : *Quand le chat n'est pas là*
109. James Ellroy : *Un tueur sur la route*
110. Tony Hillerman : *Le Voleur de temps*
111. Peter Corris : *Escorte pour une mort douce*
112. James Ellroy : *Le Grand Nulle Part*
113. Tony Hillerman : *La Mouche sur le mur*
114. George V. Higgins : *Les Copains d'Eddie Coyle*
115. Charles Willeford : *Miami Blues*
116. Robin Cook : *J'étais Dora Suarez*
117. Daniel Woodrell : *Sous la lumière cruelle*
118. William Kotzwinkle : *Midnight Examiner*

119. Ted Lewis : *Le Retour de Jack*
120. James Ellroy : *L.A. Confidential*
121. Daniel Woodrell : *Battement d'Aile*
122. Tony Hillerman : *Dieu-qui-parle*
123. Charles Willeford : *Une seconde chance pour les morts*
124. Paco Ignacio Taibo II : *Ombre de l'ombre*
125. Ross Thomas : *Les Faisans des îles*
126. Armitage Trail : *Scarface*
127. Edward Bunker : *Aucune bête aussi féroce*
128. Peter Corris : *Le Fils perdu*
129. Andrew Coburn : *Toutes peines confondues*
130. Marc Villard : *Démons ordinaires*
131. Pieke Biermann : *Potsdamer Platz*
132. James Lee Burke : *Prisonniers du ciel*
133. Hugues Pagan : *La mort dans une voiture solitaire*
134. Tony Hillerman : *Coyote attend*
135. Marc Behm : *La Reine de la nuit*
136. Les Standiford : *Pandémonium*
137. Jim Nisbet : *Le Démon dans ma tête*

RIVAGES/MYSTERE

1. Rex Stout : *Le Secret de la bande élastique*
2. William Kotzwinkle : *Fata Morgana*
3. Rex Stout : *La Cassette rouge*
4. John P. Marquand : *A votre tour, Mister Moto*
5. John Dickson Carr : *En dépit du tonnerre*
6. Rex Stout : *Meurtre au vestiaire*
7. Josephine Tey : *Le plus beau des anges*

Achevé d'imprimer le 17 juillet 1992
sur les presses de l'Imprimerie «La Source d'Or»
63200 Marsat
Dépôt légal Juillet 1992
Imprimeur N° 4397